Buch

Nach fünf langen Ehejahren ist die schöne Katrine immer noch unberührt – denn ihr Ehemann Giles Castlereagh ist unfähig, der noblen Südstaaten-Dynastie den dringend ersehnten Erben zu schenken. Da ersinnt Giles einen tollkühnen Plan: Katrine soll dem Sieger des alljährlichen Turniers für eine Nacht als Preis versprochen werden. So sehr Katrine über diesen Plan auch entrüstet ist, vermag sie sich doch dem eisernen Willen ihres Gatten nicht zu widersetzen. Und auch als der äußerst attraktive und verwegene Rowan de Blanc das Turnier gewinnt, wankt Katrine nicht in ihrem Entschluß. Doch Giles lockt die beiden mit Hilfe einer List an einen verlassenen Ort und vertraut auf Rowans Ruf als Herzensbrecher und Gentleman. Ein Nervenkrieg bricht an für das Paar wider Willen, und zunächst bekämpfen sie sich wie die Raubkatzen – doch bald schon zieht Katrine ihre Krallen ein und ergibt sich dem leidenschaftlichen Werben des stolzen Siegers.

Autorin

Jennifer Blake wurde in der Nähe von Goldonna, Louisiana, auf der Farm ihrer Großeltern geboren. Mit fünfzehn heiratete sie, mit zwanzig begann sie Romane zu schreiben. Seitdem hat sie weit über dreißig Bücher veröffentlicht und sich beständig in die Spitzenränge der Unterhaltungsautorinnen emporgeschrieben. Auch in Deutschland hat Jennifer Blake längst die Herzen ihrer Leserinnen im Sturm erobert und gehört neben Kathleen Woodiwiss zu den erfolgreichsten Autorinnen leidenschaftlicher Liebesromane.

Von Jennifer Blake liegen bei Goldmann außerdem vor:

Bitteres Paradies (9812) · Der Kreole (9463)
Brennende Glut (41446) · Ein Hauch von Paradies (9752)
Feuerlilien (9997) · Im Sturm erobert (41281)
Mitternachtswalzer (9675) · Nacht über Louisiana (9684)
Ruchloser Engel (42128) · Serenade der Leidenschaft (9998)
Strom der Sehnsucht (9814) · Träume des Südens (9467)
Wie Feuer auf meiner Haut (41250) · Wie Feuer im Blut (9830)
Wilder Jasmin (42221) · Willkür meines Herzens (41366)
Zärtliche Betrügerin (42032) · Zur Liebe verdammt (41246)

Jennifer Blake

Taumel der Sinne

ROMAN

Ins Deutsche übertragen
von Uschi Gnade

GOLDMANN VERLAG

Originaltitel: Arrow To The Heart
Originalverlag: Ballantine Books, New York

Umwelthinweis:
Alle bedruckten Materialien dieses Taschenbuches
sind chlorfrei und umweltschonend.
Das Papier enthält Recycling-Anteile.

Der Goldmann Verlag
ist ein Unternehmen der Verlagsgruppe Bertelsmann

Ungekürzte Taschenbuchausgabe Mai 1995

Umschlaggestaltung: Design Team München
Umschlagillustration: Daeni/Schlück, Garbsen
Druck: Elsnerdruck, Berlin
Verlagsnummer: 42624
Lektorat: Silvia Kuttny
Herstellung: Stefan Hansen
Made in Germany
ISBN 3-442-42624-3

1 3 5 7 9 10 8 6 4 2

1. Kapitel

Der Tanz, eine Quadrille, endete gerade, als der Mann den Ballsaal betrat. Katrine Castlereagh sah ihn von ihrem günstigen Aussichtspunkt auf dem Podest aus sofort. Sie sog scharf die Luft ein und stand dann reglos da.

Der Neuankömmling blieb in der Tür stehen und sah sich mit ruhiger Selbstsicherheit um. Der Butler hatte mit dem Voranschreiten des Abends seinen Posten verlassen; es war niemand da, der diesen verspäteten Gast hätte ankündigen können, niemand, der ihm den eleganten schwarzen Seidenhut oder den regenbesprenkelten Umhang hätte abnehmen können, der über seinen Schultern hing und in schweren Falten bis zu seinen Fersen fiel.

Die Tanzfläche leerte sich, und zwischen der Tür und dem Podest blieb eine weite Strecke schimmernden Parketts zurück. Der Mann wandte den Kopf und schaute über diesen freien Raum hinweg, der wie ein Gang wirkte.

Er kniff die Augen zusammen, als sich sein Blick auf Katrine heftete. Er gestattete sich, ihre Gestalt bedächtig von Kopf bis Fuß zu mustern, von den glänzenden Locken bis hin zum Saum ihres Ballkleids. Sein Ausdruck war grimmig und eindeutig abschätzend, ehe sich sein Gesicht zu einer höflichen, ausdruckslosen Miene verzog. Er nahm den Hut ab, klemmte ihn sich unter den Arm und ging langsam auf sie zu.

Er bewegte sich mit langgliedriger Anmut und ohne jede Spur von Hemmungen. Seine Schritte waren weder zu schnell noch zu langsam, aber sie enthielten genug von einer beherrschten Kraft, die das rote Seidenfutter seines wallenden Umhangs sichtbar werden ließ.

Seine maßgeschneiderte Abendkleidung saß perfekt an seiner großen muskulösen Gestalt und war angemessen dunkel, doch wies das eierschalfarbene Paisleymuster auf seiner weißen Weste auf einen gewissen Überschwang hin. Sein welliges dunkles Haar war kurz geschnitten; der leichte Regen eines Herbsttags in Louisiana, der vor den Fenstern des Ballsaals niederfiel, hatte es mit Tröpfchen besprenkelt, in denen sich das Licht der Wachskerzen in den Kronleuchtern an der Decke spiegelte. Um seinen Mund und die Augen herum hatten sich Lachfältchen eingegraben, von denselben heißen Winden und der starken Sonne eingebrannt, die seiner Haut das Goldbraun des polierten Eichenbodens verliehen hatten. Das Grün seiner Augen war gedämpft und spiegelnd wie ein Teich in einer Waldlandschaft, eine dunkle Farbe, die tiefe und eigenwillige Gedanken verriet.

Giles Castlereagh, Katrines Mann, der links von ihr stand, wandte sich von seinem Neffen ab, mit dem er gerade geredet hatte, als er das Eintreffen des neuen Gasts bemerkt hatte. Eine seltsame Erregung trat auf seine aufgeschwemmten Züge und verlor sich wieder. Langsam und bedächtig nahm er eine andere Haltung ein und trat von dem Podest eine Stufe herunter, ehe er die Hand ausstreckte, um die des anderen Mannes zu drücken.

»Rowan de Blanc, wenn ich nicht irre?« sagte Giles aalglatt und voller Selbstzufriedenheit. »Willkommen in Arcadia. Gestatten Sie mir, Ihnen meine Frau vorzustellen, Sir. Katrine, meine Liebe, du hast im Lauf der Zeit bestimmt schon viel über M'sieur de Blanc gehört.«

Katrine drehte sich wieder zu ihnen um, nachdem sie dem Butler signalisiert hatte, herzukommen und ihrem Gast Hut und Mantel abzunehmen. Ihre Begrüßungsworte kamen automatisch heraus, eine Sache der Erziehung und der Übung, wenngleich sie auch keineswegs sicher war, was sie sagte, als sie den Mann aus der Nähe betrachtete. Rowan de Blanc neigte den dunklen Schopf zu einer Verbeugung. Sie nahm zur Kenntnis, daß die Bewegung ganz dem entsprach, was sich gehörte, gerade tief genug, um Respekt zu erweisen, und doch nicht so tief, daß sie eine ungebührliche Demut ausgedrückt hätte. Als er sie ansprach, war seine Stimme tief und volltönend, und er wählte seine Formulierungen galant, ohne kokett zu wirken. Falls er das Zittern ihrer Hand bemerkte, als sie sie ihm reichte, war er so rücksichtsvoll, sich nichts anmerken zu lassen. Sein Händedruck war fest und doch sachte, und seine Lippen streiften den schwarzen Handschuh trotz aller Glut in einer unpersönlichen Form.

Er hatte eine breite Stirn und eine gerade Nase; seine dichten Wimpern waren ein Hinterhalt, von dem aus er die Welt beobachtete. Seine geschwungenen Lippen wiesen auf Großzügigkeit hin, und sein kantiges Kinn wirkte aggressiv. Seine Ausstrahlung wäre umwerfend gewesen, dachte Katrine, wenn auch nur eine Spur von Wärme aus seinem Ausdruck gesprochen hätte. So jedoch sah er schlichtweg zu gut aus, wirkte zu wohlerzogen, zu stark, zu verwirrend und allzu erfahren. Rowan de Blanc kam jeder Vorstellung von Vollkommenheit so nah, daß in seiner Gegenwart kein Wohlbehagen aufkommen konnte. Und gerade deswegen flößte er ihr Angst ein.

»Ich hoffe, Sie werden mir mein verspätetes Eintreffen verzeihen«, sagte der Neuankömmling und nickte gleichzeitig zum Dank dem Butler zu, der ihn von seiner Straßenkleidung befreite. »Die *St. Louis Belle* ist heute abend mit Verspätung in St. Francisville eingelaufen. Ich habe Ihre Einladung zu dem Turnier zwar erhalten, als ich noch in New Orleans war, aber von dem Ball, mit dem die Feierlichkeiten eröffnet werden, habe ich erst erfahren, als ich meine hiesige Unterkunft erreicht hatte.«

»Das macht doch nichts«, erwiderte Giles mit einer ausholenden Geste. »Diese Zusammenkunft kam impulsiv zustande, und das auch nur, weil einige der Herren vorzeitig eingetroffen sind. So oder so hatten Katrine und ich gerade überlegt, ob wir unseren Posten nicht allmählich verlassen sollten.«

»Das ist eine äußerst großzügige Haltung«, sagte der andere Mann, und sein Blick heftete sich wieder auf Katrines Gesicht, während sie in einer majestätisch steifen Haltung vor ihm stand.

Die Dame war, das mußte sich Rowan eingestehen, nicht gerade das, was er erwartet hatte. In dem warmen Kaffeebraun ihrer Augen lag keine Härte, und ihr Blick war keineswegs ausweichend. Die zarte Röte, die ihre seidenweiche helle Haut überzog, verlieh ihren fein geschnittenen Zügen einen Anschein von Frische, und der reizvolle Schwung ihrer feuchten, leicht geteilten Lippen zog seinen Blick magnetisch an. Faszinierend fand er auch ihr Haar, das, von einer Diamantnadel hoch oben auf ihrem Hinterkopf zusammengehalten, in dichten, schimmernden Wellen herabfiel. Seine Farbe war schwer zu bestimmen; im einen Moment wirkte es rostrot und golden mit kräftigen Brauntönen dazwischen, im nächsten Augenblick leuchtend braun mit einem rotgoldenen Glanz. Ihr meergrünes Brokatkleid bedeckte die sanft gerundeten Wölbungen ihrer Brüste, schmiegte sich an die schmale Taille, die eng in ein Korsett eingeschnürt war, und bauschte sich dann zu einem weiten, schimmernden Glockenrock.

Die langen, weiten Manschettenärmel ihres Kleides wirkten mittelalterlich. Das entsprach dem Anlaß, aber auch der Kulisse. Die vergoldete Tapete an den Wänden des Ballsaals wurde zur Hälfte von Wandteppichen verdeckt, die mit der Zeit dunkler geworden waren, aber auch von den Bannern längst verstorbener Könige; die Musiker, die das Pianoforte, Violinen, Hörner und die Harfe spielten, waren wie Hofnarren gekleidet, und durch die offenstehende Tür zum Eßzimmer konnte man einen langen Tisch auf Böcken sehen. Es waren jedoch keine Fackeln oder Binsenlichter auf dem Boden zu sehen. Giles Castlereagh war so klug gewesen, sich nicht allzusehr von den literarischen Exzessen Sir Walter Scotts mitreißen zu lassen, die der neueste Schrei waren.

Leise trieben die ersten Klänge der alten englischen Weise »Greensleeves« durch die Luft, die in einem sachten Walzerrhythmus gespielt wurden. Rowan machte sich die Musik augenblicklich zunutze. »Wenn Sie tatsächlich schon all Ihre Gäste begrüßt haben, Madam Castlereagh, würden Sie mir dann die Ehre erweisen, diesen Tanz mit mir zu tanzen?«

Auf Katrines Zügen nahm die Bestürzung Gestalt an. »Nein. Oh, nein, also, wirklich nicht – ich meine, für diesen Tanz bin ich bereits vergeben.«

Ihr Mann wandte den Kopf zu ihr um und starrte sie mit einer hochgezogenen Augenbraue an. »Ach wirklich, meine Liebe? An wen denn?«

»An dich natürlich«, sagte Katrine, und Röte stieg in ihre Wangen, »denn schließlich ist es der erste Tanz des heutigen Abends.«

»Unsinn. Wir wollen es doch mit der Etikette nicht allzu genau nehmen, schon gar nicht, wenn meine Gicht mich nahezu lähmt.«

»Dann werde ich eben während dieses ersten Tanzes bei dir sitzen bleiben.« Ihre Worte klangen entschieden. Giles war ein Mann, der an vielen Krankheiten litt, und die meisten dieser Leiden kamen ihm äußerst gelegen und waren ihm manchmal recht nützlich.

»Nein, nein. Geh schon mit M'sieur de Blanc. Ich will nicht, daß du dir etwas entgehen läßt, und du weißt doch, wie gern ich dich beobachte, wenn du deine Freude hast. Außerdem höre ich den Ruf der Sirenen aus dem Kartenzimmer.«

»Also wirklich, Giles…« setzte sie zum Protest an.

»Und wenn du mir einen Gefallen damit tust?«

Es war eine freundliche Bitte, doch der Blick seiner Augen war unerbittlich. Sie konnte nicht länger auf ihrem Standpunkt beharren, ohne Rowan de Blanc zu beleidigen.

»Wie du wünschst.« Katrine senkte die Wimpern und legte ihre Hand auf den Arm, den der dunkelhaarige Mann ihr steif hinhielt, und somit gestattete sie es ihm, sie auf die Tanzfläche zu führen.

Sie drehten behutsame Kreise, ließen dabei den korrekten Abstand zwischen sich und bewegten sich gemeinsam mit der gebührenden förmlichen Zurückhaltung. Dennoch lag in dem Blick, mit dem er sich über sie beugte, eine Intensität, die ihr Unbehagen bereitete. Die Frische der feuchten Nachtluft haftete ihm an und vermengte sich mit dem warmen männlichen Geruch nach gutgebügeltem Leinen und Pimentöl. Seine Hand auf ihrer Taille, die sie sicher führte, während sie ihre Kreise drehten, schien den Abdruck seiner Finger in ihre Haut zu brennen. Die Bewegungen seiner Oberschenkel, deren Reitermuskeln deutlich spürbar waren, beunruhigten sie, als seine Beine sich an die seidige Fülle ihrer Reifröcke preßten.

Katrine holte tief, aber unauffällig Atem, um ihre Nerven zu beruhigen. Schmollen war zwecklos; es würde ihr nichts helfen. Sie schaute kurz zu Rowan auf, als sie sagte: »Ich hätte nicht erwartet, daß jemand, der in Ihrem Ruf steht, unsere alljährlichen Spiele amüsant findet.«

»Mir war nicht klar, daß ich in einem besonderen Ruf stehe, Madam Castlereagh«, gab er zurück.

»Ihr Bruder hat ausführlich über Sie gesprochen. Er war sehr stolz auf Ihre Heldentaten, wissen Sie.«

»Ich weiß.« Die Worte kamen barsch heraus.

Mit flatternden Lidern wandte sie den Blick ab und sah ihn dann wieder an. »Ich meinte damit nur, daß unsere Wettbewerbe im Bogenschießen und Lanzenstechen und unsere Turniere mit den Messingreifen Ihnen fade erscheinen müssen. Diese Spiele lassen sich wohl kaum daran messen, mit Indianern aus dem Amazonas-Urwald auf die Jagd zu gehen, mit dunkelhäutigen Arabern durch die Wüste zu reiten oder lange gefährliche Reisen ins Herz von Afrika zu unternehmen.«

»Sie glauben, für mich ist das Risiko der erforderliche Faktor, damit ich mich amüsieren kann? Dies kann Ihr Turnier doch mit Sicherheit bieten.«

Seine Stimme war so bedrohlich sanft, daß sie Katrine einen Schauer über das Rückgrat sandte, doch sie weigerte sich, dem Beachtung zu schenken. »Ich bezweifle, daß die kleinen Gefahren des Wettkampfs an das heranreichen können, was Sie auf Ihren Reisen erlebt haben.«

Er lächelte auf sie herunter, eine flüchtige Bewegung seiner Lippen. »Solche Unternehmungen können kostspielig sein, und Sie vergessen den Preis für den Sieger.«

»Einen Beutel Gold? Weshalb sollte Sie das interessieren? Der Besitz Ihres Vaters war weit mehr als ausreichend, um Ihnen zu gestatten, jeder beliebigen Laune nachzugeben.«

Sein Lächeln verblaßte. Seine Worte kamen mit der Schärfe einer schneidenden Dolchklinge heraus, als er sagte: »Terence hat Ihnen eine ganze Menge erzählt.«

Katrine wich seinem direkten Blick aus. »Wir haben viel miteinander geredet.«

»Ach ja?« Er legte eine Pause ein und fuhr dann bedachtsam fort: »Und hat mein Bruder Ihnen auch gesagt, wie sehr er Sie geliebt hat, ehe er gestorben ist? Ist er vielleicht gar aus Liebe zu Ihnen gestorben?«

Ihr Atem stockte, und ihre Kehle schnürte sich zu. Sie geriet aus dem Takt und ins Wanken, und einen Moment lang zog er sie eng an sich, um sie zu stützen, bis sie das Gleichgewicht wiedergefunden hatte. Unter dem feinen weichen Wollstoff seiner Jackettärmel spannten sich die Muskeln seiner Arme an; die Härte und die Enge, in der sie sich wiederfand, hatte etwas von einem Gefängnis. In ihrem tiefsten Innern fühlte sie Panik.

Sie stieß ihn von sich, als sie herauszischte: »Nein, keineswegs! Darauf hat es nie auch nur einen Hinweis gegeben.«

»Sind Sie ganz sicher? Hat seine Anbetung vielleicht Anstoß erregt, so daß er gezwungen war, auf dem Feld der Ehre zu erscheinen?«

»So hat es sich nicht zugetragen. Niemand weiß, warum er sich erschossen hat. Man hat ihn lediglich mit der Pistole in der Hand am See gefunden.«

»Und warum«, sagte er bedächtig, »hat mein Bruder Sie dann *la belle dame sans merci* genannt, die schöne Dame ohne Mitgefühl?«

Einen gräßlichen Augenblick lang sah Katrine, wie das Kerzenlicht dunkler wurde, und sie hörte ein Rauschen in den Ohren. Ihre Brust schnürte sich zu, was von der Erinnerung an den Schmerz hätte herrühren können, von dem Druck ihres eng geschnürten Korsetts oder von der eisernen Umklammerung, in der sie sich befand. Sie atmete mühsam dagegen an. Sie würde nicht ohnmächtig werden, nein, ganz bestimmt nicht.

»Terence, Ihr Bruder ...« setzte sie an.

»Mein Halbbruder.«

»Ja, ich weiß«, sagte sie gequält. »Er ... diese Worte waren einer seiner Scherze, genauso wie der Titel, den er mir gegeben hat.«

»Ach wirklich? Hat er deswegen gesagt, am erbarmungslosesten gingen Sie mit sich selbst um?« Seine Stimme war leise, fast vertraulich.

»Ich habe keine Ahnung. Ich habe nie gewußt, daß er das dachte und daß er über mich gesprochen hat.«

»Das und noch viel mehr hat er in seinem einzigen Brief nach Hause geschrieben, an seine Mutter, an unsere Mutter. Er hat anscheinend oft an Sie gedacht. Sie haben ihn fasziniert, die schöne junge Frau, die mit einem kränklichen und ihr liebevoll ergebenen älteren Mann verheiratet ist, und doch haben Sie hilflos gelächelt, als Sie Ihr Gericht der Liebe abgehalten haben – letzteres habe ich doch richtig verstanden, oder etwa nicht?«

»Ja, ja«, sagte sie fast beiläufig. »Das war ein Spiel, das wir für die Woche des Turniers erfunden haben, meine Schwägerin Musetta und ich. Terence... war gut darin.«

»Er hatte Phantasie, falls es das ist, was Sie meinen. Er hat in Ihnen eine verkaufte Braut gesehen, die von ihrem Vater für ein Ideal verschachert worden ist und von ihrem Mann mit Reichtümern überhäuft wird, während sie gleichzeitig hier in Arcadia wie eine mittelalterliche Prinzessin in einem Turm gefangengehalten wird. Die Vorstellung, Sie zu erretten, hat seinen Sinn für Romantik angesprochen, obwohl er wußte, daß Sie gut bewacht werden.«

»Seien Sie nicht albern«, sagte sie in einer plötzlichen Aufwallung von Ärger. »So war es doch alles überhaupt nicht.«

»Nein?«

»Außerdem glaube ich nicht, daß Ihr Bruder mich als ein bemitleidenswertes Geschöpf angesehen hat.«

»Nein, vielleicht war es kein Mitleid, sondern Ritterlichkeit. Meine Mutter, die ihm sehr ähnlich ist, hat sich gefragt, ob er versucht hat, Sie zu erretten, und ob ihn seine Mühe das Leben gekostet hat.«

Katrine konnte den hämischen Unterton aus seiner Stimme heraushören. »Aber Sie halten das für unwahrscheinlich? Sie haben recht. Ich kann mir nicht vorstellen, was er gesagt haben könnte, um sie auf einen solchen Gedanken zu bringen; das ist völlig wirklichkeitsfremd.«

»Terence hatte mehr Mitgefühl, als gut für ihn war, aber er hat sich nicht dadurch ausgezeichnet, daß er wirklichkeitsfremd gewesen wäre.«

»Was wollen Sie also andeuten?« fragte sie, als die belebende Wirkung der Wut durch ihre Adern rauschte. »Wollen Sie auf eine schmutzige Liaison anspielen? Die Rache eines betroffenen Ehemannes?«

»Das scheint mir eine Möglichkeit zu sein.«

Sie hob das Kinn, und in ihren dunkelbraunen Augen blitzte die Wut auf. »Wenn Sie das glauben, dann kennen Sie Ihren Bruder nicht.«

»Und Sie kennen ihn besser?« Seine Lippen verzogen sich.

»Warum nicht, wenn Sie seit Jahren kaum noch in die Nähe von Louisiana gekommen sind? Und selbst wenn das nicht der Fall wäre, kann ich beim besten Willen nicht verstehen, wie ein Mann, der seine Zeit damit zubringt, in der Wildnis von Arabien Abenteuer zu bestehen, von den romantischen Impulsen eines anderen Mannes sprechen kann.«

»Meine Gründe dafür, andere Klimazonen vorzuziehen, haben nichts mit Romantik zu tun.« Die Worte kamen steif heraus.

»Nein, Sie waren nur restlos vor den Kopf gestoßen, weil Ihre Mutter sich wieder verheiratet hat, nachdem Ihr Vater gestorben ist, und weil sie Sie bei ihrem Vater in England gelassen hat und in dieses Land gezogen ist, um eine zweite Familie zu gründen und als Ersatz für Sie einen anderen Sohn großzuziehen.« Es befriedigte Katrine außerordentlich, den Ausdruck des Erstaunens und des Mißmuts auf seinem Gesicht zu sehen, da sie in seine familiären Hintergründe eingeweiht war.

»Es stimmt, daß ich in die neue Familie und das neue Leben meiner Mutter nicht gepaßt habe«, sagte er mit fester Stimme. »Der Grund lag eher darin, daß ich französisches und englisches Blut habe und in Europa geboren worden bin, weniger in der Eifersucht auf einen kleinen Bruder.«

»Halbbruder«, sagte sie bissig, ihn verbessernd wie er vorhin sie.

»Bloß weil er einen Franzosen aus Louisiana zum Vater hatte, hat er mir nicht weniger bedeutet. Wir waren beide Söhne meiner Mutter. Ich kannte ihn insofern, als ich ihn alle ein oder zwei Jahre in England gesehen habe, wenn er und meine Mutter die Familie ihres Vaters besucht haben. Und ich habe ihn gut genug gekannt, um zu wissen, daß er nicht freiwillig aus diesem Leben geschieden wäre und den irdischen Freuden entsagt hätte.«

Sie verspürte einen tiefen inneren Schmerz, und ihre Augen verfinsterten sich, als sie zu ihm aufblickte. Erinnerungen schossen ihr durch den Kopf, Erinnerungen, die sie mit niemandem teilen konnte, am allerwenigsten jedoch mit diesem Mann, der sie in seinen Armen hielt, während sie sich im Rhythmus der Musik wiegten und ihre Kreise drehten. Die Melodie ging ihrem Ende zu. Sie feuchtete sich die Lippen an. Schließlich sagte sie: »Sie sind nicht wegen des Turniers gekommen.«

»Haben Sie das auch nur einen Moment lang geglaubt? Nein. Ich bin gekommen, weil ich Sie sehen wollte, Madam, denn ich möchte wissen, was Sie mir über den Tod meines Bruders erzählen können.«

»Nichts. Ich kann Ihnen nicht das geringste erzählen.« Ihre Stimme war ein Klangfaden, der an beiden Enden ausfranste.

»Das glaube ich Ihnen nicht«, gab er ohne jedes Zögern zurück, als die letzten Töne verklangen und er gezwungen war, sie loszulassen. »Mir scheint, ich werde für den Zeitraum der Spiele hierbleiben müssen. Welcher Preis ist für den ersten Wettkampf ausgesetzt? Die Ehre, Sie morgen zum Abendessen führen und zu Ihrer Rechten sitzen zu dürfen? Dann werden Sie meinen Fragen wenigstens nicht ausweichen können.«

»Vorher müssen Sie erst noch gewinnen«, gab sie zurück, als sie sich umdrehte und auf Giles zuging, ihren Ehemann, der dastand und sich mit einem Nachbarn unterhielt. Dabei ließ sie ihre Hand so leicht wie möglich auf seinem Arm liegen.

»Oh, ich glaube, das wird sich schon einrichten lassen«, antwortete er.

Das Selbstvertrauen, das aus seiner Stimme herauszuhören war, wirkte, als scharrte ein Fingernagel auf Glas. »Welch eine Arroganz«, sagte sie, »da Sie die anderen Bewerber bisher noch nicht einmal zu sehen bekommen haben.«

»Ich glaube, zuerst finden die Fechtkämpfe statt?« Er zog bei diesen Worten eine Augenbraue hoch.

»Ja.« Ihre zurückhaltende Stimme war frostig.

»Es ist keine Arroganz im Spiel, wenn man das, was man zu können behauptet, auch zuwege bringt.«

Sie waren fast bei Giles angelangt, und daher konnte sie ihm keine Antwort mehr geben, aber er ließ es ohnehin nicht zu. An seinen Manieren war nichts auszusetzen, als er förmlich den Kopf zu einer knappen Verbeugung senkte und ihr für den Tanz dankte, ehe er sie stehenließ.

Katrine sah ihm nach, starrte seinen geraden, unbeugsamen Rücken an, seine breiten Schultern, die von dem dunklen Frack betont wurden, und die geschmeidigen Bewegungen seiner langen Beine. Sie hätte Erleichterung verspüren sollen, weil Rowan de Blanc das Turnier nur als einen Vorwand nutzte, um Arcadia aufzusuchen. Aber sie empfand keine Erleichterung. Er hatte sich schließlich in die Listen eintragen lassen. Dieser Mann war gefährlich.

Plötzlich war ihr das alljährliche Ereignis verhaßt, die Wettkämpfe im Fechten, im Bogenschießen und im Lanzenstechen, die immer mit einem Rennen endeten, das auf

Pferden aus Giles' geliebtem Gestüt ausgetragen wurde. Sie verabscheute das Gepränge, das sich auf Scotts Romane begründete und auf dem Giles bestand, und der aufgesetzte mittelalterliche Pomp und die Heuchelei widerten sie an. All das war ein großer Auftritt ihres Mannes, nichts weiter, und mit ihr hatte es gar nichts zu tun. Sie hatte das Turnier dieses Jahr absagen wollen, doch davon hatte er nichts wissen wollen. Wenn er sich nach ihren Wünschen gerichtet hätte, dann hätte Rowan de Blanc keinen Vorwand gefunden, unter dem er hier auftauchen konnte.

»Was mag dieser Mann wohl getan haben, wenn er dich derart in Wut versetzt hat?«

Verschlagene Andeutungen schwangen mit, als der Neffe ihres Mannes ihr diese Frage stellte, sowie er ihre Seite erreicht hatte. Als Sohn eines älteren Bruders war Lewis Castlereagh ein junger Mann, der altersmäßig nicht weit von ihr entfernt war. Katrine würdigte seine schlanke Gestalt kaum eines Blickes, als sie ihm antwortete. »Überhaupt nichts. Wie kommst du bloß auf den Gedanken?«

»Du schaust ihn so finster an, als würdest du ihm gern ein Messer in den Rücken jagen.«

Sie hob eine Hand zu den Stirnfalten zwischen ihren Augen. »Ich habe Kopfschmerzen.«

»Meine liebe Katrine, gib dich nicht so geziert. Ich habe gesehen, wie du mit dem Mann gesprochen hast.« Ein Lächeln, das einem hämischen Grinsen glich, verzog Lewis' dünne Lippen. Er beobachtete sie aufmerksam, und seine blaßblauen Augen waren so silbrig wie Spiegel, die einen leeren Raum widerspiegeln.

»Ach wirklich?«

»Das ist doch Terences älterer Bruder, nicht wahr? Ich frage mich, warum er wohl hergekommen ist.«

»Aus dem naheliegendsten aller Gründe, nehme ich an«, sagte sie knapp.

»Ach, glaubst du das wirklich? Schließlich müßtest du es am besten wissen. Er scheint ein imposanter Gegner zu sein, und zudem wirkt er sehr selbstsicher.«

»Das kann man wohl sagen«, antwortete Katrine mit einem Anflug von Bitterkeit.

»Nun, vielleicht können wir darauf hoffen, daß er morgen eine Niederlage erleidet. Ein netter kleiner Schwerthieb vielleicht, genau zwischen die Augen.«

Katrine widerstrebte es, auch nur in einem einzigen Punkt mit Lewis einig zu sein. Er gehörte nicht gerade zu den Menschen, die sie besonders mochte, und dieses Gefühl beruhte auf Gegenseitigkeit. Er war selbstgefällig und habgierig und setzte seine Heimtücke geschickt in die Tat um, und seit dem Tag seiner Ankunft aus England vor sechs Jahren, kurz vor ihrer Hochzeit mit seinem Onkel, hatte er sich entschlossen darangemacht, sie zu schikanieren. Er war gegen die Eheschließung und lebte in der ständigen Angst, sie könnte ein Kind bekommen, das Giles' beträchtlichen Besitz erben würde. Er hätte sich keine Sorgen zu machen brauchen, wenn Katrine auch keineswegs die Absicht hatte, ihn über die Sachlage aufzuklären.

Lewis strich sich mit einer Hand sein feines silberblondes Haar glatt und zog sich die Strähnen mit einer gereizten Geste wieder in die Stirn. »Weißt du«, sagte er bissig, »du solltest Giles wirklich warnen, falls de Blanc vorhat, Schwierigkeiten zu machen.«

»Ich gehe davon aus, daß Giles das selbst beurteilen kann. Schließlich hat er den Mann eingeladen.«

»Das ist richtig. Unter den gegebenen Umständen fragt man sich jedoch, warum.«

Katrine durchbohrte ihn mit einem Blick. »Was willst du damit sagen?«

»Ich meine natürlich das verfrühte Ableben des jungen Terence im letzten Herbst, was denn sonst?« Er riß die

Augen weit auf und wartete mit angehaltenem Atem auf ihre Antwort.

Sie hätte wissen müssen, daß er sie mit jedem Mittel gesprächig zu machen versuchte. Er war versessen auf Geheimnisse, insbesondere auf die anderer Leute. Das Nahen eines Mannes ersparte ihr jedoch eine Erwiderung. Sie drehte sich dankbar zu Alan Delaney um und lächelte ihn strahlend an.

»Habe ich euch gerade Terence erwähnen gehört?« sagte Alan. »Ich habe in der letzten Zeit oft an ihn gedacht – aber ich nehme an, das ist angesichts des Turniers ganz normal. Er fehlt mir. Er war einer der wenigen, die mich verstanden haben, wenn ich über Bücher geredet habe.«

Giles' Neffe bedachte den Mann mit einem zynischen Lächeln. »Wir haben auch von seinem älteren Bruder gesprochen. Rowan de Blanc hat Katrine belästigt. Das dürfen wir doch nicht zulassen, oder?«

Alan war mittelgroß und kräftig gebaut. Er kleidete sich sorgfältig, doch er besaß die rötliche Gesichtsfarbe eines Mannes, der viel Zeit im Freien verbringt trotz seiner ernsten Art und seinem Hang zu Büchern. Er ließ sich von niemandem zum Narren halten und merkte sofort, wenn man ihn ködern wollte. Er sah Lewis finster an, und seine rötliche Haut wurde dunkler, ehe er sich an Katrine wandte. »Stimmt das, Madam?«

»So, wie Lewis es hinstellt, ist es nicht«, sagte sie kurz angebunden.

»Habe ich mich etwa näher dazu geäußert, was er getan hat?« fuhr Lewis auf.

Alan schenkte dem Mann keine Beachtung und hakte nach: »Hat de Blanc Ihnen Ärger gemacht?«

»Ich war aufgebracht über ihn, das ist alles«, antwortete Katrine. »Er scheint zu glauben, mich träfe die Schuld an Terences Tod.«

»Das ist ja lachhaft«, sagte Alan kopfschüttelnd. »Er

müßte wissen, daß Sie die unbescholtenste Frau auf Erden sind; er braucht Sie doch nur anzuschauen. Soll ich mit ihm sprechen?«

»Nein, nein«, warf Lewis ein. »Ich bezweifle ohnehin, daß er auf Sie hören würde. Aber wenn ich mich recht erinnere, besitzen Sie im Fechten einiges Geschick, und an Mut hat es den Delaneys noch nie gefehlt. Vielleicht können Sie ihm ein oder zwei Kratzer verpassen, damit er sich auf seine Manieren besinnt.«

Alan sah Lewis fest in die berechnenden Augen. »Die Kämpfe werden mit stumpfen Degen ausgetragen, das ist doch bekannt.«

»Aber nur die Spitzen werden stumpf sein, nicht der Rest der Klingen.«

»Das ist wahr, aber es gibt dennoch Regeln, die ein Mann nicht brechen kann, wenn er als Ehrenmann angesehen werden will.«

Lewis zuckte die Achseln. »Dann machen Sie ihm eben begreiflich, daß er sich auf einen Kampf eingelassen hat. Falls Ihnen das möglich ist.«

»Und was ist mit Ihnen?«

»Mit mir? Meine Stärke ist die Verschlagenheit. Die echten Kämpfe überlasse ich robusten Männern wie Ihnen.«

»Ich werde wie immer versuchen, mein Bestes zu geben«, sagte Alan trocken.

»Damit«, sagte Lewis ironisch, »sollten Sie es schaffen.« Er lächelte Alan und Katrine säuerlich zu, nickte und entfernte sich.

»Dieser Stutzer«, murmelte Alan tonlos.

Katrine war geneigt, ihm zuzustimmen, wenngleich sie auch so tat, als hätte sie nichts gehört.

Erst später, als sie schon zu Abend gegessen hatten, schwebte Musetta in einer Woge aus goldgelber Gaze an Katrines Seite. Giles' Halbschwester, die der zweiten Ehe seiner Mutter entsprungen und mehr als zwanzig Jahre jünger war als er, hielt einen Teller aus elfenbeinfarbenem Porzellan in der Hand und aß gerade die letzten Krümel einer buttergelben Kokosnußmakrone. Mit ihren zarten goldblonden Locken, die sich um ihre feingeschnittenen Gesichtszüge kräuselten und über ihre hellen Schultern fielen, bot sie einen großartigen Anblick. Es war die Form ungekünstelter Perfektion, die so typisch für Musetta war.

»Erzähl es mir schnell, Katrine«, sagte sie in einem leisen, vielsagenden Tonfall, »ist er unseres Hofes würdig?«

»Du meinst Rowan de Blanc?« Katrine bedachte ihre Schwägerin mit einem unschuldigen Blick.

»Das weißt du doch genau. Die anderen haben wir doch schon ein dutzendmal auseinandergenommen und wieder zusammengesetzt.«

»Ach wirklich?«

»Vor allem du. Sei nicht gemein. Ich habe alles unternommen, was in meiner Macht steht, außer mit meiner Tanzkarte vor seiner Nase herumzuwedeln. Doch er hat außer dir niemanden zum Tanzen aufgefordert. Antworte mir.«

»Also gut«, sagte Katrine mit barscher Stimme. »Ich glaube nicht, daß er unseren Anforderungen genügt.«

Musetta wich ein wenig zurück, und ihre himmelblauen Augen wurden größer. »Aber er scheint ein so lohnenswerter Kandidat zu sein. Denk doch nur an den europäischen Schliff, den er einbringen kann, denk an das Wissen über Frauen und Männer, das er auf seinen Reisen erworben haben muß. Du kannst mir doch nicht einreden, du wolltest nicht hören, was er zu erzählen hat.«

»Ich glaube nicht, daß er sich für Wortspiele interessieren würde. Ebensowenig glaube ich, daß seine Antworten auf deine Fragen dir gefallen würden.«

Musetta warf den Kopf zurück und kniff die Augen zusammen. »Du machst mich neugierig, ja, allerdings. War das deine Absicht?«

»Keineswegs«, sagte Katrine kopfschüttelnd, und dabei fiel ihr eine glänzende kastanienbraune Locke auf die Schulter. »Ich halte es lediglich für einen Fehler, leichtfertig mit diesem Mann umzuspringen. Er ist wegen Terence hier.«

»Na, und wennschon? Wenn er Fragen stellt, wird er keine Antworten bekommen, denn wir können ihm keine Antworten geben. Sein Name steht auf den Listen für das Turnier; er wird in den Wettkämpfen gegen die anderen antreten. Während er sich mit den anderen davon ausruht, ist er vielleicht bereit zu spielen wie die anderen.«

Ein feuchter Windhauch hob die Spitzenvorhänge vor dem Fenster, in dessen Nähe sie standen. Der kalte Luftzug streifte Katrines Schultern. Sie umschloß ihre Ellbogen und rieb die Gänsehaut, die ihre Arme rauh werden ließ. Katrines Miene verfinsterte sich, als sie ihrer Schwägerin von Rowan de Blancs Drohung berichtete, den Wettkampf am kommenden Tag zu gewinnen, damit er sie nach Belieben aushorchen konnte.

»Du nimmst das alles viel zu ernst, wie üblich«, sagte Musetta achselzuckend.

»Ich wünschte immer noch, Giles hätte sich mit einer schlichten Party begnügt«, erwiderte Katrine mürrisch.

»›Damit uns der Spaß verdorben wird? Sei nicht albern. Ich schwöre dir, wenn ich es nicht besser wüßte, glaubte ich direkt, daß du Rowan de Blanc ganz für dich allein haben willst. Ich habe gesehen, wie du dich an ihn geklammert hast, als du gestolpert bist.«

»Das habe ich nicht getan.« Trotz ihres Leugnens stieg eine zarte Röte in Katrines Wangen auf.

Musetta bedachte sie mit einem anzüglichen Lächeln. »Ich hätte nichts dagegen, auch eine Handvoll oder zwei von diesem Mann an mich zu reißen. Ich kann es kaum erwarten, ihn beim Fechtkampf ohne Hemd zu sehen.

Und wie sich seine Hose hinten an seinen Oberschenkeln spannen wird! Mir wird ganz warm bei dem Gedanken.«

Während sie zusah, wie Musetta ihren Fächer aufklappte und sich damit kräftig Luft zufächelte, so daß die Locken um ihr Gesicht flogen, fragte Katrine: »Was würde Brantley sagen, wenn er dich jetzt hören könnte?«

Ihre Schwägerin zuckte die Achseln. »Er würde an seinem Bart zupfen, mißbilligend die Stirn runzeln und dann wieder Baumwollballen zählen. Wenn er selbst schon nicht mit mir tanzen oder mich ein wenig mit Gesprächen unterhalten will, dann kann er sich nicht beschweren, wenn ich mich anderswo umsehe.«

Musettas Heirat war von ihrem Bruder arrangiert worden, nachdem sie aus England gekommen war. Sie hatte einen Skandal verursacht, als sie nach Gretna Green ausgerissen war, um dort zu heiraten, was ihr jedoch nicht gelungen war. Anscheinend war das nicht ihre erste Eskapade dieser Art gewesen. Daß diese Eheschließung ein grober Fehler war, wurde schlechthin von allen akzeptiert, mit Ausnahme von Giles.

Katrine sagte: »Und Perry?« Die Musik setzte gerade wieder ein, als die Musiker auf ein Signal von Giles reagierten, der am hintersten Ende des Raums aufgetaucht war. Sie mußte die Stimme erheben, um die Klänge eines Strauß-Walzers zu übertönen und sich Gehör zu verschaffen.

»Der gute Peregrine«, sagte Musetta, und ihre Augen leuchteten strahlend bei dem Gedanken an den jungen Mann, der sich ihrer in der letzten Zeit annahm. »Auf *seine* Gefühle würde ich vielleicht sogar Rücksicht nehmen, wenn er mich darum bitten würde.«

Hinter ihnen waren Schritte zu vernehmen, und dann fragte eine leise Stimme, die rauh vor Gefühlsüberschwang war: »Meine Gefühle im Hinblick worauf?«

Musetta wirbelte in einer Woge von gelben Röcken herum. »Perry, mein Liebling, da bist du ja. Ich habe schon auf dich gewartet. Während wir miteinander tanzen, mußt du mir unbedingt sagen, was du von unserem Neuankömmling hältst. Er brüstet sich damit, euch alle mühelos zu besiegen. Wird er sein Wort halten können?«

Im nächsten Augenblick waren die beiden fort. Katrine stand da und sah zu, wie sie sich unter die anderen Tänzer mischten, die lachende Blondine und der schlanke, dunkelhaarige junge Mann mit dem ernsten Gesicht, den dunklen, glutvollen Augen und den feuchten roten Lippen. Perry stritt, so schien es, heftig ab, daß irgendein Gegner ihn schlagen könnte. Seine übertriebenen Gesten standen im Einklang mit dem flatternden gepunkteten Halstuch und dem ungewöhnlich langen Haar, eine romantische Frisur, die er bevorzugte.

Katrine seufzte schwach und schlang die Arme fester um sich. Musetta war so kapriziös. Sie konnte im einen Augenblick zuckersüß und im nächsten ein Biest sein. Sie lebte von einem Moment zum anderen und schwenkte bei der geringsten Gefühlsregung, die sie ergriff, von einem Extrem ins andere, dabei scherte sie sich nicht um die Konsequenzen dessen, was sie in ihrem Gefühlsaufruhr sagte oder tat. In den zwei Tagen, die seit dem Eintreffen des jungen Peregrine Blackstone verstrichen waren, war er kaum von ihrer Seite gewichen. Da die offenkundige Leidenschaft, die sie in ihm entfacht hatte, ihr schmeichelte, legte sie wenig Taktgefühl an den Tag.

Aber vielleicht würde ihr Mann nichts bemerken. Giles' Schwager war ein vielbeschäftigter Mann; die Verantwortung für das Gedeihen von Arcadia lag bei ihm. Da er für Giles die Geschäfte verwaltete, führte er sorgsam Buch über jeden Morgen Land, auf dem Baumwolle angepflanzt und dann zur Weiterverarbeitung geleitet wurde, über jedes Maultier, jede Zuchtstute, jedes Möbelstück und jede

Kleinigkeit, die erworben wurde, jeden Gegenstand, der aus dem Lager geholt, und jeden Bissen Nahrung, der an den Tischen der verschiedenen Haushalte verzehrt wurde. Er kümmerte sich um den Verkauf der Baumwolle und behielt Giles' Vermögen in Gold im Auge, das sich mit jeder Erntesaison vermehrte.

Er war untersetzt, etliche Jahre älter als seine Frau und trug den Bart, den Napoléon III. in jüngster Zeit hatte berühmt werden lassen, und zeitweise konnte er übertrieben diensteifrig sein. Brantley Hennen war derjenige, der die Höhe von Katrines monatlichem Haushaltsgeld und ihrem persönlichen Taschengeld festsetzte. Es war nur natürlich, daß sie ihn dafür ablehnte, wie sorgsam er es jedesmal Münze für Münze abzählte, als käme es aus seiner eigenen Tasche. Das hielt sie jedoch nicht davon ab, ein wenig Mitleid für ihn zu empfinden.

Am anderen Ende des Saals, hinter dem Kaleidoskop von Tänzern, das ständig in Bewegung war, lehnte Rowan de Blanc mit seinen breiten Schultern an der Wand. Er beobachtete sie, und seine dunklen Augenbrauen hatten sich über seinen Augen zu einem einzigen Strich zusammengezogen.

Katrine hatte gewußt, daß er dort stand. Von dem Moment an, an dem er sich dort hingestellt hatte, hatte sie seinen Blick auf sich gespürt. Von der Intensität dieser Augen ging etwas aus, was ihr das Gefühl gab, hilflos und angreifbar zu sein, als sei ihr jede Gegenwehr genommen worden. Das gefiel ihr gar nicht.

Sie hatte sich mit der mühsam errungenen Entschlossenheit und Würde der Schloßherrin von Arcadia und Gattin des Schloßherrn gewappnet. Ihr war die Vorstellung unerträglich, irgend etwas könnte ihr labiles Gleichgewicht in dieser Rolle erschüttern. Das würde sie nicht zulassen. Und schon gar nicht, daß Rowan de Blanc die Erschütterung auslöste. Nein, sie hätte es nicht einmal dann geduldet, wenn Giles persönlich sie aus der Bahn zu werfen versucht hätte.

Sie wandte dem Mann, der an der fernen, gegenüberliegenden Wand stand, den Rücken zu, ließ die Arme sinken und die linke Hand leicht auf ihrem Glockenrock ruhen. Mit der anderen Hand hob sie den schweren Brokatsatin des Saums vor sich, und dann reckte sie das Kinn stolz in die Luft und verließ gemäßigten Schrittes den Saal.

Rowan de Blanc zog die Stirn in Falten, als er diesen majestätischen Abgang beobachtete. Das herausfordernde Schwingen der vollen Röcke Katrine Castlereaghs löste einen Schmerz in seinen Lenden aus, der nicht nur unerwartet kam, sondern zu unangenehm war. Seine Finger prickelten vor Verlangen, sie zu berühren, sie in seinen Armen zu halten, als er sah, wie der Schein der Kerzen ihre Schultern schimmern ließ und ihrem seidigen Haar Glanz verlieh.

Der Drang, sie aus den vielen Schichten schweren Stoffs herauszuschälen und das weibliche Geheimnis zu entdecken und zu erkunden, das darunterlag, war so stark, daß er die Hände in dem Bestreben, diesen Drang zu unterdrücken, zu Fäusten ballte.

Allmählich begann er zu begreifen, warum Terence sich hatte bezaubern lassen.

Terence, in seiner Jugend und seinem Idealismus, war dieser Frau nicht gewachsen gewesen, einer verheirateten Dame, die nicht nur Reichtum und gesellschaftlichen Status, sondern auch eine ungewöhnliche Schönheit besaß. Er dagegen konnte es mit ihr aufnehmen. Das wußte er ohne jeden Eigendünkel.

Er würde all ihren Ausweichmanövern entgegenarbeiten, ihre Scheinheiligkeit von ihr nehmen, ihre Heucheleien zielstrebig aufdecken, eine nach der anderen. Er würde sich ein klares Bild davon verschaffen, wie es dazu gekommen war, daß sein Bruder um ihretwillen gestorben war. Er würde hinter die Wahrheit kommen, ganz gleich, wie lange er dazu brauchte, und er würde auch kein Mittel scheuen, um eine Antwort zu erzwingen.

Er würde es nicht dulden, daß ihm die Antworten versagt blieben. Und er würde sich auch nicht behexen lassen.

2. Kapitel

»Nun, meine Liebe, was hältst du von dem Feld?«

Giles stellte diese Frage, als er sich behutsam in dem Lehnstuhl neben Katrine niederließ, die tief in den Sessel gesunken war. Im Moment war niemand sonst in ihrer Nähe. Ein paar andere Gäste stiegen gerade die hölzernen Stufen am hinteren Ende der mit Segeltuch überdachten Tribüne hinauf, doch die meisten nahten vereinzelt von dem großen Haus her oder stiegen aus den Kutschen, die die kreisförmige Zufahrt säumten. Die Männer riefen einander mit lauten Stimmen allerlei zu, und die dichten Wälder, von denen Arcadia umgeben war, warfen ein schwaches Echo zurück. Die Frauen riefen einander Begrüßungen zu, während sie bemüht waren, mit einer Hand ihre Sonnenschirme gegen die warme Nachmittagssonne festzuhalten und mit der anderen ihre Röcke davor zu bewahren, daß sie auf dem Boden schleiften und von dem frisch geschnittenen Gras Flecken bekamen.

Dahinter ragte vor dem strahlenden Altweibersommerblau des Himmels der riesige gotische Bogen eines Hauses auf, das Giles sein Arcadia nannte, nach dem griechischen Ideal ländlicher Idylle benannt. Mit seinen hellgrau getünchten Mauern, den vielen kleinen Balkonen, den Spitzbogenfenstern mit den Buntglasscheiben und den hohen, spitz zulaufenden Giebeln, die durch Vierblattschnitzereien noch betont wurden, ging von dem Haus weder etwas Griechisches noch etwas Ländliches aus. Und innerhalb der dicken Mauern ging es auch nicht gerade idyllisch zu.

Der See, ein stiller brauner Teich mit einer blauen Glasur auf der Oberfläche, die durch die Spiegelung des Himmels im Wasser zustande kam, lag in einer kleinen Senke seitlich hinter dem Haus. Am anderen Ufer stand ein hoher, mit Zinnen versehener Kuppelturm, den Giles gebaut hatte, um sich dort ungestört zurückziehen zu können. Er spiegelte sich in seiner gesamten Höhe im Wasser wider. Von den Nachbarn wurde dieser Turm als Giles' Schrulle angesehen, ein Prachtbau, der als ein einzigartiges Gewächshaus diente und der, weil es in Mode war, auf Plantagen solch ein zweckloses Gebäude zu errichten, gebaut worden war. Vom Seeufer aus erstreckte sich der Rasen, über den die Gäste schritten, fächerförmig bergab zu der schalenförmigen Senke, in der die Tribüne errichtet worden war, da sie sich als eine Art natürliche Arena geradezu ideal anbot.

»Das Feld?« sagte Katrine auf die Frage ihres Mannes hin und ließ ihren Blick auf der großen Rasenfläche ruhen, die sich vor ihnen erstreckte. »Es erscheint mir sehr gepflegt, und jeder einzelne Grashalm ist so sorgfältig geschnitten, daß der Rasen wie ein großer Umhang aus smaragdgrünem Samt wirkt.«

»Du weißt sehr gut, daß ich vom Teilnehmerfeld gesprochen habe, von der Gruppe der Wettkämpfer.« Giles' Ton klang gereizt, als er mit einer ruckartigen Kopfbewegung auf die Männer wies, die aufgereiht am Rand der Arena standen.

Sie schürzte die Lippen und tat so, als dächte sie nach. »Ja, also, dieses Jahr scheint es ein verwegener Haufen zu sein. Ich wüßte nicht, wann ich je soviel Muskelkraft an einem Ort versammelt gesehen hätte.«

»Kraft ist entscheidend, aber auch Ausdauer.«

Ihr Mann sprach mit Worten, die seinem Hobby und

seiner persönlichen Leidenschaft, der Pferdezucht, angemessen waren. Sie drehte sich zu ihm um und sah ihm mitten ins Gesicht, als sie darauf antwortete. »Das trifft wohl zu – bei einem Hengst.«

»Sei so nett, die Dinge nicht derber hinzustellen, als es sein muß«, sagte er mit finsterer Miene. »Ist denn keiner darunter, der in deiner Gunst steht, keiner, auf dessen Sieg du Geld setzen würdest?«

Ihre Lippen verzogen sich zu einem Lächeln, in dem ein Hauch von Ironie mitschwang. »Da Kraft das Kriterium ist, würde ich sagen, ja, es gibt einen. Auf mich macht Satchel Godwin einen recht guten Eindruck.«

Der Mann, von dem sie sprach, war ein Riese, der muskulöseste von allen. Er war rauh, aber herzlich, und sein rotblondes Haar war so drahtig, daß es den Eindruck machte, als müsse er es mit Seifenlauge waschen; seine rötliche Haut wäre von noch soviel Sonne niemals braun geworden, und sein Benehmen war im selben Maß grob und respektlos, in dem es humorig war. Er liebte alle Sportarten, vom Fechten bis zum Fischen, und er ließ sich nie eines der Turniere entgehen, die Giles veranstaltete.

Ihr Mann starrte sie mit Mißbilligung in seinen blassen blauen Augen an. »Das hier ist kein Spiel, Katrine, und das war es auch nie. Mir wäre es lieber, wenn es nicht leichtfertig abgetan würde.«

Sie sah auf ihre Hände hinunter, die sich in den Volant ihres Musselinkleids gegraben hatten. »Ich sehe es als ein Spiel an, Giles. Nur ist es dein Spiel und nicht meins.«

»Du hast mir dein Wort gegeben.«

»Aber nur, weil du mich andernfalls nicht in Frieden gelassen hättest.«

Er holte tief Atem und stieß ihn mit einem tiefen Seufzer wieder aus. »Welche Gründe du auch gehabt haben magst – ich habe die Absicht, dich beim Wort zu nehmen, so oder so.«

Als sie aufschaute, stand ein unverhohlenes Flehen in ihren Augen, und sie sagte: »Giles, bitte …«

»Nein. Du hättest diese Angelegenheit anders regeln und mit Diskretion und simplen weiblichen Listen vorgehen können, wenn du dich dafür entschieden hättest. Du hast dich aber dagegen entschieden.«

Pein machte sich in ihrer Stimme bemerkbar, als sie die Endgültigkeit seiner Worte vernahm. »Das ist nicht so einfach, wie du zu glauben scheinst.«

»Du hast Angst, und daran gebe ich mir die Schuld, wenigstens zum Teil. Du bist zu lange eine unschuldige Ehefrau gewesen. Du fürchtest dich davor, dich einem anderen anzuvertrauen, da du nie die Reaktionen entwikkelt hast, die …«

»Das ist es nicht«, fiel sie ihm ins Wort, und glühende Röte zog sich über ihre Wangenknochen. »Es ist nur einfach … es ist unrecht.«

»Ich finde deine Prinzipien ehrenwert, meine Liebe, aber sie sind ein blödsinniges Hindernis. Die Zeit wird allmählich knapp.«

»Du wirst nicht sterben«, sagte sie kurz. Sie hatte diese Versicherung in den fünf Jahren ihrer Ehe schon so oft ausgesprochen, daß sie längst nicht mehr mitzählen konnte, doch im allgemeinen drückte sich mehr Sorge darin aus. Es war eine krankhafte Wahnvorstellung von Giles, daß er nur noch wenige Jahre zu leben hatte, doch er schien sie nicht abschütteln zu können.

»O doch, zu gegebener Zeit. Und für mich wird es sehr viel eher an der Zeit sein als für dich. Du bist jung, Katrine, und ich bin es nicht. Es wird Jahre dauern, bis du mir ins Grab folgst, Jahre, in denen du tun kannst, was dir beliebt. Aber im Moment will ich genau das, und ich will es von ganzem Herzen und aus tiefster Seele. Du mußt es mir geben, oder ich …« Er unterbrach sich abrupt und nahm eine aufrechte Haltung ein, dabei schaute er blicklos auf die Männer hinaus, die auf dem Feld standen. Schließlich gab er sich einen Ruck, streckte die Hand aus und ergriff ihre. Mit gesenkter Stimme sagte er flehentlich: »Du wirst das Richtige tun, meine Liebe. Ich weiß, daß du es tun wirst.«

Daraufhin erhob er sich und ging. Katrine sah ihm nach und beobachtete, wie er langsam die Treppe hinunterstieg und über den freien Platz auf die Wettkampfteilnehmer zuging, die gerade ihre Fechtwaffen auswählten.

Giles wäre gern unter diesen Männern gewesen, das wußte sie. Für ihn war es ein ständiges Ärgernis, daß seine Zeit energischer männlicher Tatkraft vorüber war. Vielleicht war das ein Teil seiner Besessenheit. Ebenso wie er an dem Turnier nicht teilnehmen konnte, konnte er auch im Schlafzimmer nichts geben und ihr nicht die Dienste leisten, von denen er das Gefühl hatte, sie hätte ein Recht darauf. Er mußte sich darauf beschränken, andere Männer in den Turnieren, die er veranstaltete, gegeneinander antreten zu sehen, und genauso mußte er mit ansehen, wie…

Nein. Solche Gedanken mußte sie sich verbieten. Er war ihr Mann, und auf seine Weise liebte er sie. Sie hatte ihn zwar aus Pflichtbewußtsein heraus geheiratet und sich den Wünschen ihres Vaters gebeugt, aber dennoch hatte sie mit der Zeit Zuneigung zu ihm entwickelt.

Er war ausnahmslos rücksichtsvoll und großzügig; kaum ein Tag verging, an dem er nicht etwas tat, um ihr zu zeigen, wie sehr ihm ihr Wohlergehen am Herzen lag. Er war seinen Dienern ein gütiger Herr, ein Gastgeber, der nicht aus Pflichtbewußtsein, sondern freudig die Gastfreundschaft des schönen Arcadia gewährte. Er war ein ehrenwerter Mann, der in dem nahen Städtchen St. Francisville und in ganz Louisiana, das früher einmal als British West Florida bekannt gewesen war, hochangesehen war. Wie hätte sie sich beklagen können, wenn er sie um einen Gefallen bat?

Sie hörte leise Schritte hinter sich. Katrine drehte den Kopf um und lächelte, als sie Delphia sah, ihre Zofe. Zwei Fächer baumelten an Seidenschnüren von ihrem Handgelenk.

»Hat sich denn schon etwas Interessantes getan?« fragte Delphia, als sie Katrine einen der Fächer reichte und den anderen für sich selbst behielt.

»Nicht wirklich«, antwortete Katrine.

»Es gibt also niemanden, der Ihnen ins Auge sticht, niemanden, der sich gegen alle übrigen absetzt?«

Katrine zog eine Augenbraue hoch, als sie das durchtriebene Lächeln ihrer Zofe bemerkte. »Sollte es denn so sein?«

»In den Unterkünften der Dienstboten heißt es, dieser de Blanc hätte einen Riesen mitgebracht. Es heißt, sein Diener sei ein Heide mit einem Turban und einem großen Schwert, das an seiner Seite hängt und einen Griff aus reinem Gold hat.«

»Das ist mir noch nicht aufgefallen«, sagte Katrine. Sie hatte ihrer Zofe Unrecht getan; sie hatte geglaubt, sie zöge sie mit Rowan de Blanc auf, nicht mit seinem Diener. Es gab einen guten Grund dafür, daß sie seinen Diener noch nicht gesehen hatte. Sie hatte es bewußt gemieden, in diese Richtung zu schauen.

Die Frau entgegnete nichts, sondern drehte sich um und schaute auf die Schar von Männern hinunter, die ständig größer wurde. Sie blinzelte ein wenig im grellen Sonnenschein, und dann stemmte sie die Hände in die Hüften. Delphia war eine Mulattin. Ihre Haut war karamelbraun, und ihre Augen waren dunkel und glänzten; das tabakbraune Haar fiel ihr in welliger Fülle auf die Schultern. Sie war eine exotische Schönheit und ebenso eitel wie gutmütig. Da sie sich selbst darüber lustig machte und sich keinen Pfifferling darum scherte, wer sonst noch über sie lachen mochte, machten es ihr die wenigsten zum Vorwurf. Sie mochte Männer jeder Größe, jeden Alters und jeder Hautfarbe. Delphia war Katrines Anstandsdame und Gesellschafterin gewesen, seit sie als Braut in Arcadia eingetroffen war. Wie es zwischen Zofe und Herrin üblich war, war sich die Frau über Katrines Situation durchaus im klaren.

»Es heißt«, fuhr die Zofe nach einem Moment fort, »daß dieser Barbar gestern abend die kupferne Badewanne für seinen Herrn gewünscht hat. Statt um Erlaubnis zu bitten, ist er einfach hingegangen, hat den Zuber hochgehoben und mitgenommen – eine Wanne, die nur von zwei starken Männern getragen werden kann. Heute morgen hat er zwei ganze Teller von den selbstgebackenen Brötchen verschlungen und ist dann ohne ein Wort des Dankes aus dem Haus gegangen.«

»Vielleicht spricht er kein Englisch«, überlegte Katrine.

»Mag sein«, stimmte Delphia ihr zu. Plötzlich riß sie die Augen auf. »Da ist er. Meine Güte, ist der groß! Ich frage mich, ob der Rest von ihm entsprechend geformt ist.«

Die Ehrfurcht in der Stimme ihrer Zofe reichte aus, um Katrine dazu zu bewegen, sich den Hals zu verrenken und selbst hinzuschauen. Die Frau wies auf ein Knäuel von Menschen am anderen Ende des Feldes. Es dauerte einen Moment, ehe die alten Männer, die jungen Knaben und die anderen Wettkampfteilnehmer so weit auseinandergegangen waren, daß sie etwas sehen konnte.

Delphia hatte nicht übertrieben; der Diener hatte einen mächtigen Körperbau. Sein Kopf und seine Schultern überragten die meisten Männer, die um ihn herumstanden, und er war mit einem großen weißen Hemd bekleidet, das bis zur Taille offenstand; dazu trug er eine Pumphose und um die Taille eine Schärpe, die zinnoberrot und grün gestreift war und an der das Schwert hing, von dem Delphia gesprochen hatte. Er hatte die Arme in seine Seiten gestemmt, und auf seinem braunen adlerartigen Gesicht stand ein bedrohlicher Ausdruck, während er über das samtgefütterte Säbeletui wachte, das aufgeklappt zu seinen Füßen lag.

Sein Wahrnehmungsvermögen war geschärft, und er mußte sehr scharfe Augen haben, denn es schien, als spürte er, daß er betrachtet wurde, und er wandte den Kopf um und sah zur Tribüne. Sein Blick glitt über Delphia und traf sich über die weite Strecke, die sie voneinander trennte, mit Katrines Augen. Er öffnete den Mund nicht, lenkte aber doch irgendwie die Aufmerksamkeit seines Herrn auf sich und wies mit einem Nicken dahin, wo Katrine saß.

Rowan de Blanc, der sich gerade mit Giles unterhalten hatte, drehte sich um. Vielleicht hatten sie sich über die Vorzüge von persönlichen Waffen gegenüber denen, die der Gastgeber bereitstellte, geäußert. Als er Katrine in die Augen sah, riß er die Klinge hoch und brachte den Säbelkorb auf die Höhe seines Kinns; das war der traditionelle Salut von Duellanten oder Fechtern. Dann riß er den Säbel wieder herunter und holte mit dem anderen Arm weit aus, während er seinen Oberkörper zu einer anmutigen Verbeugung neigte.

»Meine Güte«, sagte Delphia. »Wenn das nicht hübsch ausgesehen hat.«

»Ich hatte eher den Eindruck, daß er mich verspottet.« Katrines Antwort klang barsch.

»Dann müssen Sie so tun, als bemerkten Sie es nicht, während Sie eine Hand zu einem majestätischen Winken heben«, wies ihre Zofe sie an.

»Du weißt, wer das ist?«

»Selbstverständlich. Schnell, ehe er den Blick abwendet.«

Katrine tat, was Delphia vorgeschlagen hatte, wenngleich ihr Winken auch eher mürrisch als anmutig ausfiel.

»Da, sehen Sie das? Er glaubt, Sie seien voller Bewunderung.«

»Das möchte ich nicht hoffen!«

»Wenigstens wird er nicht ahnen, daß Sie ihn verabscheuen.«

»Ich verabscheue ihn nicht«, sagte Katrine knapp.

»Was denn?«

»Ich wünschte, er wäre niemals hergekommen.«

Die Zofe sah ihr lange und fest in die Augen, mit nüchternem Blick, ehe sie sagte: »Aber er ist da. Und Sie haben mit Ihrer Schilderung in keinem Punkt übertrieben.«

»Ich wußte doch, daß du nicht widerstehen kannst, ihn dir genauer anzusehen.«

Die Zofe legte den Kopf mit einem kläglichen Lächeln zurück. »Er hat mich keines einzigen Blickes gewürdigt«, sagte sie. »Er nicht und sein Riese auch nicht.«

Kurze Zeit später schlossen sich Musetta und ihr Mann Brantley Katrine und Delphia an. Die Tribüne füllte sich jetzt, und das Stimmengewirr wurde laut. Vier Musiker mit Hörnern erschienen und stellten sich paarweise beiderseits des Sichtbereichs auf. Katrines Mann kehrte zu seinem Platz zurück. Das Stimmengewirr gedämpfter Unterhaltungen begann abzuklingen, als die Menschenmenge wahrnahm, daß der Zeitpunkt des Spielbeginns nahte.

In dem Moment löste sich Alan Delaney aus der Gruppe der Kampfteilnehmer und ging direkt auf Katrine zu. Er blieb unter ihrem Platz stehen.

»Madam Katrine«, sagte er mit einer kleinen Verbeugung, »gestern abend wurde ich als Ihr Favorit bei den Kämpfen vorgeschlagen. Falls Sie es sich nicht anders überlegt haben, dürfte ich Sie dann vielleicht um ein Unterpfand Ihrer Gunst bitten?«

Er bezog sich auf Lewis' dämliche Herausforderung. Ihr Lächeln verzog sich zynisch. »Sie scheinen den Geist der Zusammenkunft zu erfassen.«

»Ich habe meinen Scott gelesen«, antwortete er und sah grinsend zu ihr auf. »Ganz zu schweigen von Tennysons neuen *Königsidyllen* über Artus und seine Ritter. Ich habe mir Gedanken über diese Angelegenheit gemacht und fand, ich könnte auch so galant wie möglich sein.«

War es möglich, daß Alan gegen Rowan siegen konnte? Das ließ sich nicht vorhersagen; Rowan schien es gewiß nicht so zu sehen. Und doch würde sie dem jungen Mann ihre Gunst nicht vorenthalten, wenn sie ihn damit anspornen konnte.

Sie trug keinen geeigneten Schal, kein Band im Haar, hatte keinen Sonnenschirm mit dekorativen Anhängseln, von denen sie eins hätte entfernen können. Der Rock ihres Kleids aus korallrotem Musselin hatte jedoch viele Rüschenschichten, und jede davon war mit Bändern in einer anderen Pastellfarbe eingefaßt und mit Schleifen in denselben verschiedenen Farbtönen versehen. Ihr suchender Blick blieb auf der passenden Schleife auf ihrer Corsage haften. Die Bänder der Schleife waren besonders lang und bestens für den Zweck geeignet.

Katrine entfernte die flatternden Bänder, beugte sich hinunter und reichte Alan, der die Hand danach ausstreckte, das eierschalfarbene, blaßrosa, hellblaue und gelbe Schleifenbündel.

Er schwenkte es einen Moment lang durch die Luft, und das weiblich weiche Material schien ihm ein wenig Unbehagen einzuflößen.

Seine Stimme war eindringlich, als er hilflos sagte: »Und was soll ich damit Ihrer Meinung nach jetzt anfangen?«

Delphia gab ihm die Antwort darauf, wenn sie sich auch weitaus zurückhaltender benahm als bei Katrine. »Binden Sie sich die Bänder um den Arm.«

»Darin habe ich noch nie Geschick besessen«, antwortete er mit einem Kopfschütteln.

»Gestatten Sie«, sagte Katrine.

Sie nahm die Bänder wieder an sich, stand auf und schritt die kleine Treppe, die gebaut worden war, um ihr die Preisübergabe an den Sieger des Tages zu erleichtern, halb hinunter. Sie beugte sich ein wenig vor und schnürte die langen Bänder schnell um Alans linken Oberarm, wo sie sorgsam darauf achtete, sie nicht so fest zuzuziehen, daß sie ihn in seinen Bewegungen behinderten, sie aber doch eng genug anzuziehen, daß sie sich nicht lösten.

»Somit, edler Ritter«, sagte sie, als sie damit fertig war, »haben Sie meine Gunst und meinen Segen.«

»Wie könnte ich, mit beidem ausgestattet, noch verlieren?« sagte er, und in seiner Stimme schwang Ernst mit. Er neigte den Kopf noch einmal zu einer Verbeugung, trat zurück, wandte sich ab und lief im Eilschritt wieder zu seinem Platz zurück.

Giles, der dieser Nebenhandlung stumm zugesehen hatte, sprach mit gesenkter Stimme, als sie sich auf ihrem Platz zurücklehnte. »War das weise, meine Liebe?«

»Nicht weniger weise als alles Übrige«, antwortete sie, ohne ihn anzusehen.

Giles machte eine finstere Miene, sagte aber nichts mehr. Im nächsten Moment gab er das Signal für die Hörner und erhob sich dann, um den Beginn der Spiele zu gebieten.

Sabre-Fechten, das Fechten mit Säbeln und nicht mit dem Florett oder dem Degen, war eine italienische Sportart, die in der letzten Zeit groß in Mode gekommen war. Giles war der Meinung, die längeren und schwereren Waffen würden für spannendere Kämpfe sorgen, die mehr mit echten Duellen gemeinsam hatten, die mit Schwertern ausgetragen wurden. Er stellte es sich interessanter als das gewöhnliche Fechten vor. Duelle mit Pistolen, Kämpfe, die allmählich den Schwertkampf ablösten und seinen Platz einnahmen, mochte er nicht. Bei Kämpfen, die mit Klingen ausgetragen wurden, sagte er, träten die Ausdauer, die Intelligenz und die intuitive Wahrnehmungsgabe weit deutlicher zutage und sie ließen viel Raum für die göttliche Intervention, von der man annahm, sie würde sich auf die richtige Seite stellen. Es gab genügend Männer in Louisiana, die seine Auffassung teilten, und daher waren die *salles d'armes* stets gefüllt, die Räumlichkeiten, in denen Männer mit Floretten übten, um sich gegen die Möglichkeit zu wappnen, sie könnten einem Gegner mit einem Schwert in der Hand gegenüberstehen. Und wegen dieser Praxis gab es allen Grund zu der Annahme, daß die Fechtkämpfe heute aufregend verlaufen würden.

Die Kämpfe sollten gleichzeitig ausgetragen werden, und jeder sollte gegen jeden antreten, und was zählte, war, wer von drei Runden in zweien besser abschnitt, wobei drei Touchés pro Runde festgesetzt wurden. Da sechzehn Männer angetreten waren, mußten vier Runden gekämpft werden. Die Verlierer jeder vorhergehenden Runde würden ausscheiden, und die Sieger würden neuerlich zu Paaren zusammengeschlossen werden, bis nur noch zwei der Wettstreiter übrig waren. Der Sieger der Endrunde ging dann als Sieger des Tages aus den Kämpfen hervor.

Wie Alan schon am Vorabend hervorgehoben hatte, hatte man die Spitzen der Säbel abgestumpft, nicht jedoch die Klingen. Der übliche Fechtstil bestand im Angriff und in der Parade, aber es waren auch Stiche zugelassen. Zielzone war nur der Torso, zwischen den Schulterblättern und den Oberschenkeln, ein Bereich, der durch Polster am Körper geschützt war. Der Ehrenkodex sollte eingesetzt werden, um ein Touché einzugestehen, und jeder Mann, der getroffen wurde, hatte laut auszurufen. Im Falle eines Doppeltreffers – bei dem beide Männer einander gleichzeitig trafen – würde der Treffer demjenigen angerechnet werden, der in der Abwehrstellung war, als es zum Touché kam.

Katrine haßte das Fechten, ob mit Floretten, Degen oder Säbeln. Sie haßte die Maschendrahtmasken und die gesteppten Polster, die die Männer zu fremden, gesichtslosen Kriegern machten. Sie haßte das Scharren und Klirren der Stahlklingen, die aufeinandertrafen und sich kreuzten. Sie haßte es, besorgt nach dem unkontrollierten Hieb Ausschau zu halten, bei dem Blut floß. Mehr als alles andere haßte sie das Gefühl von Verletzbarkeit in ihren eigenen Eingeweiden, wenn sie zusah, wie die Säbel blinkten und blitzten.

Und doch faszinierte es sie gleichzeitig auch. Sie bewunderte den Mut der Männer, die kämpften, aber auch das blitzschnelle Vorgehen und das eifrige Trachten, das Moment der Überraschung und der raffinierten Taktik auszuschalten, die einen zwangen, sich ständig umzustellen und keinen Augenblick lang abzuschalten. Dazu kam noch, daß diese Kämpfe, die nach klar festgelegten Regeln und Ritualen ausgetragen wurden und doch das Element der Gefahr nicht einen einzigen Augenblick lang ausschalteten, einem Duell näher kamen als alles andere, was sie je zu sehen bekommen würde. Solche Zusammenkünfte auf dem Feld der Ehre waren Frauen natürlich nicht zugänglich.

Es war seltsam, die Männer in der Öffentlichkeit ohne ihre Fräcke zu sehen. Das Jackett war ein Kleidungsstück, das niemals abgelegt wurde, noch nicht einmal an den allerheißesten Tagen, es sei denn bei außergewöhnlichen Notfällen, und auch dann nur unter überschwenglichen Entschuldigungen. Wenn sie jetzt die einengenden Fräcke und Halstücher ablegten und nur noch in Hemdsärmeln dastanden, so daß ihr wahrer Körperbau sich ohne die Hilfe der Abnäher oder Polster eines Schneiders zeigte, dann löste dieser Anblick bei den anwesenden Frauen heimliche Erregung aus. Katrine sah, wie Musetta sich auf ihrem Sitz vorbeugte und unverhohlen starrte, während die anderen Frauen schnelle, verstohlene Seitenblicke auf die Arena warfen oder den Himmel, das Gras und die Flaggen anstarrten, die im Wind wehten, und sonstwo hinschauten, nur nicht auf die Männer, die in Hemdsärmeln dastanden.

Die erste Runde dauerte nicht lange, da die unerfahrensten Kämpfer schnell ausschieden. In der zweiten Runde wurde Giles' Neffe Lewis von dem stämmigen Satchel Godwin aus dem Wettkampf geworfen. Somit blieben für die dritte Runde Satchel, Rowan, Alan und Musettas Perry übrig. Nach einer kurzen Ruhepause wurden die Kämpfe wiederaufgenommen, und Alan trat gegen Satchel an, während Perry Rowans Gegner war.

Die Art, in der die Fechtkämpfe ausgetragen wurden, nämlich einer nach dem anderen in schneller Abfolge, stellte die Ausdauer, aber auch die Geschicklichkeit und die Raffinesse auf eine harte Probe. Bei den beiden ersten Runden hatte das keine so große Rolle gespielt, doch jetzt wurde es allmählich deutlich.

Im früheren Verlauf des Tages waren seine Größe und seine Kraft für Satchel von Vorteil gewesen, denn diese Eigenschaften gestatteten es ihm, über seinen Gegnern aufzuragen und sie mit der Wucht seiner Hiebe, die das Handgelenk taub werden ließen, niederzuschlagen. Seine körperliche Verfassung entsprach jedoch nicht der enormen Kraft, die sich zu Anfang gezeigt hatte; er hatte in seinem Leben schon zuviel Wein und Whiskey getrunken und zu gut gegessen. Als die dritte Runde begann, konnte man ihm mühelos ansehen, daß er nachließ. Alan, der flink, geschmeidig und unermüdlich war, hielt sich meistenteils außerhalb der Reichweite seiner langen Arme und landete einen schnellen Angriff nach dem anderen; jedesmal hatte er sich sofort wieder zurückgezogen, und der kräftigere Mann konnte seine Angriffe nur keuchend und schnaufend parieren. Es kam zum ersten Touché, dann zum zweiten, ein Punkt für jeden der Männer. Das dritte Touché konnte Alan für sich verbuchen. Danach begnügten sie sich mit einer Serie von Scheingefechten, blinden Angriffen und Riposten, die niemandem etwas eintrugen und zu nichts führten.

Rowan und Perry entsprachen einander eher in ihrer Kraft und Wendigkeit, wenn Rowan auch einen etwas größeren Bewegungsradius hatte. Rowans größter Vorteil war jedoch seine Kunstfertigkeit; bald stellte sich deutlich heraus, daß Perry nur aufgrund von erbärmlichen Gegnern so weit aufgestiegen war. Das erste Touché ging an Rowan, und schon wenige Sekunden nach Beginn des Kampfes kam es dazu. Das zweite Touché, das er ebenfalls für sich beanspruchen konnte, folgte dem ersten direkt auf den Fersen. Das dritte ließ nur deshalb länger auf sich warten, schien es, weil Rowan den Kampf aus Rücksicht auf den Stolz seines Gegners in die Länge zog.

Ebenso deutlich war zu erkennen, daß Perry sich bewußt war, welcher Akt der Barmherzigkeit ihm hier erwiesen wurde. Seine Bewegungen wurden steif vor Ärger und Verdruß, und der kleine Teil seines Gesichts, der neben den Rändern seiner Maske zu sehen war, verfärbte sich dunkelrot. Er parierte einen Angriff nach dem anderen und trat dann jedesmal den Rückzug an, denn es gelang ihm nicht, selbst in die Position des Angreifers zu gehen.

In der Zwischenzeit konnte Alan seinen letzten Treffer landen, einen eleganten, wunderbar abgepaßten zweiten Hieb, nachdem der erste Angriff pariert worden war. Damit durchschnitt er Satchels Wachsamkeit wie ein heißes Messer, das ein Stück Butter zerteilt, und Alans Klinge stieß gegen den Brustschutz des kräftigeren Mannes.

Satchel stieß ein lautes Gebrüll aus, als er das Touché anerkennen mußte. In dem Moment, in dem alle abgelenkt waren, setzte Perry zu einem rasenden Angriff auf Rowan an; er holte aus, die Klingen kreuzten sich, gewaltsam riß er seinen Säbel los und hieb ihn mit aller Kraft nach unten, um bis zum Knochen vordringen zu können.

Rowan sprang mit einem Satz zurück, während er den unzulässigen Hieb abwehrte. Dennoch erwischte ihn die Klinge des Säbels dicht über dem Knie. Sie zerriß den Stoff seiner Hose, und leuchtendrote Flüssigkeit sprudelte heraus.

Die Frauen schrien auf. Die Männer brüllten. Giles sprang auf und gebot dem Kampf lauthals Einhalt.

Es war zu spät.

Das Licht schimmerte wie ein silbrigblauer Blitzstrahl auf Rowans Klinge, als er sowohl seine Verletzung als auch seinen Gastgeber ignorierend, noch einmal auf Perry losging. Jetzt ging alles so schnell, daß der Blick des Betrachters nicht mehr folgen konnte, doch die blitzschnellen Bewegungen führten dazu, daß Perry zurückwankte und verzweifelt zu parieren versuchte. Klingen kreischten, als Metall auf Metall stieß, und plötzlich kam es zu einem Wirbel von blendendem Stahl. Dann lag Perry auf dem Boden, und Rowan stand über ihm; die Spitze seines Säbels bohrte sich direkt über dem Herzen des jüngeren Mannes ein wenig in dessen Schutzpolster.

»Das kann ich mir wohl als Touché anrechnen«, sagte Rowan mir ruhiger Stimme und hob dann die Hand und zog sich die Maske herunter.

Perry sah auf die Klinge des Säbels, die ihn am Boden festhielt, und dann blickte er in die scharfen Augen des Mannes, der diesen Säbel schwang. Schließlich wandte er den Kopf der Tribüne zu und sah dorthin, wo Musetta saß. Die blonde Frau an Giles' linker Seite wandte den Blick von dem Mann ab, der unter der Säbelspitze lag.

Perry ließ sich zurücksinken. Seine geflüsterten Worte drangen laut durch die Stille, als er seine Niederlage eingestand. Dann fügte er mit lauterer Stimme hinzu: »Verzeihen Sie mir die Verwundung, falls es Ihnen möglich ist. In der Hitze des Gefechts habe ich ... den Kopf verloren.«

Rowan zog den Säbel mit einer schnellen Bewegung zurück und streckte die Hand aus, um dem jüngeren Mann aufzuhelfen. Seine Stimme war tief und ruhig, als er zustimmend sagte: »Schon in Ordnung.«

Daraufhin war der Kampf zwischen Rowan und Alan, der als nächster kam, fast eine Enttäuschung, da er gegen dieses Spektakel abfiel. Es war ein technisch einwandfreier Kampf, der formvollendet und pedantisch genau ausgeführt wurde, ein meisterhaftes Gefecht zweier guter Kämpfer, das beide Männer atemlos und schweißgebadet zurückließ.

Dennoch bestand keinen Moment lang ein Zweifel am Ausgang des Kampfes.

Katrine hatte sich bemüht, Rowan im Lauf des langen Nachmittags nicht zu beobachten, doch sie konnte die Bemerkungen, die um sie herum zu seiner Geschicklichkeit und Kunstfertigkeit, zu seinen präzisen Bewegungen und zu seinem formvollendeten Benehmen dem Gegner gegenüber geäußert wurden, nicht überhören. Die Art, wie er sich die Schnittwunde hatte verbinden lassen und darauf bestanden hatte, mit der nächsten Runde fortzufahren, hatte ihm die Bewunderung aller eingetragen.

Gegen ihn war absolut nichts einzuwenden, und man konnte nichts an ihm aussetzen. Er benahm sich tadellos und war schlichtweg vollkommen. Das war nicht gerecht.

Die Ablehnung stieg glühend in ihr auf, als sie es sich jetzt gestattete, seine Bewegungen zu verfolgen. Die Präzision seiner Bewegungen war enorm; er hielt den Säbel genau richtig, und seine linke Hand ruhte auf der Hüfte. Der weiße Verband, der sich kraß gegen den schwarzen Stoff seiner Hose absetzte, zog die Aufmerksamkeit auf die klar erkennbaren Muskeln seiner Oberschenkel und seiner schmalen Taille, vor allem dann, wenn er angriff. Der feuchte Hemdstoff klebte an seinem breiten Rücken und zeigte deutlich dessen Umrisse und betonte die geschmeidigen Muskeln seines Oberkörpers. Er hatte sich die Ärmel irgendwann im Lauf des Kampfs bis zu den Ellbogen hochgekrempelt, und seine festen, sehnigen Handgelenke und Unterarme waren entblößt. Die körperliche Anstrengung hatte bewirkt, daß sich sein Haar in Locken eng an seinen Kopf schmiegte und ihm das Aussehen eines römischen Gladiators aus alter Zeit verlieh.

Von seiner uneingeschränkten Konzentration auf die Säbelspitze seines Gegners und von der verhaltenen Art seiner Bewegungen ging etwas aus, was ihn von allen anderen Männern um ihn herum unterschied. Es war, als hätte er etwas von einer unerbittlichen Maschine an sich, als würde ein innerer Mechanismus seine Kraft und seinen Willen bis zum letzten Funken ausschöpfen, damit sie ihm das einbrachten, was er erreichen wollte, und es schien ganz so, als würde er andernfalls jedem, der sich seinen Wünschen entgegenstellte, den letzten Rest von Leben aussaugen.

Alan riß die linke Hand hoch, als er das letzte Touché des Kampfes anerkannte. Die beiden Männer verbeugten sich tief und setzten dann ihre Masken ab, klemmten sie sich unter den Arm und wandten sich zur Tribüne um. Sie standen Seite an Seite da, atmeten schwer und hatten die Säbelspitzen ins Gras zu ihren Füßen gebohrt.

Jubel brach aus, als die applaudierende Menge auf die Füße sprang. Die Hörner stießen einen Tusch für den Sieger aus. Die Wimpel und Fähnchen, die die Tribüne zierten, wehten sachte in der Brise, während junge Knaben, sowohl Schwarze als auch Weiße, in die Arena eilten und sich unter die älteren Männer mischten, die nach vorn drängten, um dem Sieger des Tages zu gratulieren.

»Gut gemacht, Rowan de Blanc!« rief Giles von dem Geländer der Tribüne aus, an dem er stand. »Treten Sie vor, und nehmen Sie Ihren Preis entgegen.«

Katrine sah zu, wie Rowan seinem Diener, der mit ausgestreckten Händen vorgetreten war, die Maske und den Säbel reichte und dann mit festen Schritten näher kam, bis er direkt unter ihr stand. Erst dann erhob sie sich und nahm den Lorbeerkranz in die Hände, den Delphia aus seiner Schachtel geholt hatte und bereithielt.

Als Katrine auf die Stufen zuging, traf ihr Blick auf die dunklen, versonnenen Augen Rowan de Blancs. Sie hielt einen Moment lang inne, als sei sie auf eine unsichtbare Schranke gestoßen, ehe sie sich zwang, zu ihm hinabzusteigen.

Rowan, der erhitzt und verschwitzt und matt bis in die Knochen war, stand da und sah Katrine entgegen. Sie wirkte so kühl und so unnahbar, dabei sah sie in ihrem Kleid, das die Farbe eines reifen Pfirsichs hatte, so reizvoll aus. Plötzlich wollte er sie kosten, die kühle Herablassung und den Widerstand durchbrechen, den er in ihrem Gesicht sah, und er wollte sie in all Ihrer Süße und ihrer Reife, in ihrer Wärme und Nachgiebigkeit in seinen Armen halten. Das Erstaunen über die Macht dieses Verlangens ließ ihn reglos dastehen. Es war so heftig, daß er nicht sicher war, ob er sich von der Stelle rühren konnte, ohne die Arme nach ihr auszustrecken.

Katrine blieb auf der untersten Stufe stehen. Ihre Stimme war melodisch, aber nicht ganz fest, als sie sagte: »Ich überreiche Ihnen, Rowan de Blanc, diesen Lorbeerkranz als ein Symbol für den Sieg, den Sie rechtmäßig errungen haben, aber auch als eine Anerkennung Ihrer überragenden Kampftechniken, die Sie heute bewiesen haben. Wenn Sie gestatten, werde ich Ihnen den Kranz jetzt mit dem römischen Siegerkuß aufsetzen.«

Sie hob den Kranz. Er senkte den Kopf, um ihn entgegenzunehmen. Als der Laubkranz direkt über seiner breiten Stirn auf seinem welligen dunklen Haar saß, legte sie die Hände auf seine Schultern und beugte sich zu ihm vor.

Sie hatte die Absicht, seine festen Wangen zu küssen, erst die eine, dann die andere. Er gestattete es ihr, eine Wange mit den Lippen zu berühren, doch als sie sich der anderen Wange zuwandte, drehte er im letztmöglichen Moment den Kopf um.

Die Oberfläche seiner glatten, harten Lippen war glühend heiß und schmeckte nach Salz und honigsüßem Verlangen. Dort brannte eine Feuersbrunst, die alles zu verschlingen drohte und sie aufrüttelte, in sie vorzudringen schien und sich wie erhitztes Öl durch ihre Adern ergoß. Jeglicher Gedanke fiel von ihr ab, und ein süßes Sehnen beherrschte ihre Sinne. Sie grub die Finger in die festen Muskeln unter ihren Händen und konnte sich nicht rühren.

Er bewegte sich fast unmerklich und hob eine Hand, als würde er sie nach ihr ausstrecken. Sie holte schnell Atem und stieß ihn von sich. Um ihn nicht ansehen zu müssen, wandte sie sich mit gesenkten Wimpern ab.

Mit hoch erhobenem Kopf stieg sie die Stufen hinauf und ließ ihn mit seinem Lorbeerkranz dort stehen, die Füße fest auf dem Gras.

3. Kapitel

»Sie haben keine ernsthafte Verletzung davongetragen?«

Die Frage, die Katrine stellte, gehörte zu der Sorte von Höflichkeitsfloskeln, die sie verwandte, seit sie und Rowan am Kopf des langen Banketts ihre Plätze eingenommen hatten. Dabei war ihr gar nicht nach Höflichkeiten zumute.

Ihre Nerven waren angespannt, und ihre Haut prikkelte, denn sie hatte das Gefühl, daß sie von jedem, der an dem langen Tisch saß, beobachtet wurden. Die Erinnerung daran, wie ihre Lippen mit denen des Mannes an ihrer Seite zusammengetroffen waren, lag wie eine weißglühende Kohle zuoberst in ihren Gedanken. Das engte sie in ihrer Redeweise ein, in ihrem Auftreten, in jeder einzelnen Bewegung, und es war ihr unmöglicher denn je, sich ihm gegenüber natürlich zu benehmen. Die gelassene Haltung dieses Mannes wirkte auf sie nur wie ein zusätzlicher Affront.

»Es ist nicht der Rede wert«, erwiderte Rowan, als er sich bequem auf seinem Stuhl zurücklehnte.

Katrine hatte im voraus gewußt, wie er ihre Frage beantworten würde. Zum einen lag es an seiner Wesensart, zum anderen hatte Delphia, die von den Gerüchten unter den Dienstboten wußte, ihr erzählt, Rowan hätte jedes Angebot, einen Arzt kommen zu lassen, energisch abgelehnt. Er zog es vor, sich von seinem Diener behandeln zu lassen.

»Sind Sie ganz sicher?« sagte sie nicht ohne eine gewisse Schroffheit. »Das Bogenschießen morgen wird anstrengend, und die anderen Männer werden Sie nicht schonen.«

»Ihre Sorge ist Balsam genug für jede Wunde. So oder so muß ich in Form sein, wenn ich am Abend wieder als Sieger aus dem Turnier hervorgehen will, damit mir das Privileg zusteht, an Ihrer Seite zu sitzen.«

Seine Stimme hatte einen seidigen Unterton, der Katrine gar nicht gefiel. Sie sagte: »Wenn Sie es genau wissen wollen – der Preisträger darf bei einem Picknick im Freien mein Begleiter sein. Ich bin sicher, daß es ein harter Schlag für Sie wäre, wenn Ihnen diese Gelegenheit entginge.«

Er schaute sie eine Weile nachdenklich an. »Und Ihnen wäre es lieber, wenn sie mir entginge.«

Katrine gab keine Antwort darauf und wandte den Blick vom Tisch ab. Er war T-förmig und mit Silber und Kristallglas beladen, mit verschiedenen Salzfäßchen, Messerbänkchen und Lorbeerkränzen, in die Astern und Efeu geflochten waren. Der flackernde Schein des Kronleuchters aus Kristallglas und Goldbronze über ihnen warf einen goldenen Schimmer über die versammelte Menge. In diesem weichen Licht wirkte Giles am anderen Ende des Tischs gesünder und wohlwollender als sonst; die männlichen Gäste schienen alle etwas Heldenhaftes an sich zu haben, und sämtliche Frauen wirkten schön. Es war ein täuschendes Licht.

Das Thema, das im Moment allgemein diskutiert wurde, war ein Überfall auf ein Waffendepot in Virginia, zu dem es kürzlich gekommen war. Ein Wahnsinniger namens John Brown hatte das Arsenal geplündert. Katrine hätte gern einen Vorwand dafür gefunden, sich dem Gespräch anzuschließen, um ihrem Tête-à-tête mit Rowan zu entgehen, doch es bot sich kein Einstieg an.

»Vielleicht gab es einen anderen Mann, der gern meinen Platz eingenommen hätte?« deutete Rowan an. »Möglicherweise derjenige, der Ihre Schleifen um den Arm getragen hat? Oder vielleicht auch der junge Hitzkopf, der so dringend gewinnen wollte, daß er sich vergessen hat?«

»Mir wären beide recht«, sagte Katrine spitz.

»Dann stört Sie also meine Gegenwart, wenn Sie ansonsten keine speziellen Vorlieben haben. Weshalb sollte das so sein, wenn Sie am Tode meines Bruders keinerlei Schuld trifft?«

Auf halber Strecke zwischen den beiden Tischenden gab Lewis mit gesenkter Stimme eine Bemerkung von sich und wandte dabei seinen hinterhältigen Blick dem Kopfende des Tisches zu. Die junge Frau, die zu seiner Linken saß, ein bleiches dunkelhaariges Mädchen mit riesigen schwarzen Augen, lief knallrot an und senkte den Kopf über dem Teller. Seine Nachbarin zur Rechten warf den rötlichbraunen Schopf zurück und brach in Hohngelächter aus. Die beiden jungen Frauen, Charlotte Martinez und Georgette Lowrey, waren Cousinen, die weiter flußabwärts wohnten, unterhalb von St. Francisville.

Katrine preßte die Lippen zusammen, ehe sie sich abwandte, um sich Luft zu machen und ihren Ärger an dem Mann auszulassen, der neben ihr saß. »Finden Sie etwa, ich sollte überglücklich über Ihren Erfolg sein, der Ihnen Gelegenheit gibt, mich in der Öffentlichkeit zu martern?«

»Zu martern? Das ist allerdings ein hartes Wort für das Wenige, was sich zwischen uns abgespielt hat.«

»Sie haben mich schließlich gewarnt, wie es kommen wird, oder etwa nicht?« sagte sie und ging nicht auf seine Bemerkung ein. »Es muß Ihnen große Genugtuung bereiten, daß Ihre Prophezeiung sich bewahrheitet hat.«

»Das ist es also, was Sie stört? Der Umstand, daß ich gewonnen habe?«

»Alles an Ihnen...« setzte sie an und unterbrach sich dann, als sie voller Entsetzen feststellte, daß sie sich beinah verraten hätte.

»Also, das ist wirklich ermutigend«, sagte Rowan, und sein Mund verzog sich spöttisch. »Ihre Abneigung ist demnach persönlich. Könnte das daran liegen, daß ich Sie an Terence und an Dinge erinnere, die Sie lieber vergessen würden?«

Sie schaute ihn lange an. »Ich kann mir keinen Mann vorstellen, der Terence unähnlicher wäre. Ihr Bruder war ausnahmslos freundlich und rücksichtsvoll, eine zarte Seele. Es hat Momente gegeben, in denen er temperamentvoll war, aber er hatte keinen Funken Gemeinheit an sich.«

Rowans Lippen wurden schmal. Es dauerte lange, bis er sagte: »Um dieser Eigenschaften willen haben Sie ihn geliebt?«

Katrine starrte ihn an, sah den Schmerz, der in seine markanten Gesichtszüge gemeißelt war, aber auch den plötzlichen Kummer, der in den hypnotischen Tiefen seiner grünen Augen aufstieg. In ihr kam der unerwartete Impuls auf, sich nicht länger zu wehren und Giles seinen Willen zu lassen.

Sie schnappte verblüfft nach Luft und sank so weit in ihren Stuhl zurück, wie die hohe Lehne es erlaubte. Sie feuchtete sich die Lippen an, die plötzlich trocken geworden waren, während sie ihren Verstand anstrengte und krampfhaft nach etwas suchte, was sie hätte sagen können. Seine Frage, die noch in ihren Ohren hallte, führte zu einer spontanen Eingebung.

»Ja, um dieser Dinge willen und aus vielen weiteren Gründen«, sagte sie, und ihre Stimme nahm einen heiseren Tonfall an. »Aber Terence war so jung, daß er das... das Spiel nicht verstanden hat.«

»Das Spiel«, wiederholte Rowan, und seine Augen wurden schmaler.

»Ja, natürlich. Was denn sonst? Ich bin eine verheiratete Frau.« Woher hatte sie die Anregung für diese Verstellung bezogen? Von Musetta, dachte Katrine, von ihr, die ständig über die Liebesspiele faselte, die in der englischen Oberschicht betrieben wurden, denn dort schloß man Ehen aus finanziellen Gründen, und das machte die Liebe zu etwas, was man außerhalb der ehelichen Bande suchte.

»Mein Bruder wollte mehr von Ihnen, als Sie zu geben bereit waren?«

»Ich fürchte, ich habe ihn ausgelacht, als er vorgeschlagen hat, wir beide sollten gemeinsam fortlaufen«, fuhr Katrine fort und schmückte es mit Schwung aus. »Es war so unrealistisch, so hoffnungslos romantisch. Ich wußte nicht, wie ernst es ihm damit war, und mir war auch seine Verzweiflung nicht klar. Erst nachdem er nicht mehr da war, habe ich begriffen, wieviel ich mir aus ihm gemacht habe.«

Er sah sie lange an. Schließlich schüttelte er bedächtig den Kopf. »Von dem, was Sie gerade gesagt haben, glaube ich nur einen einzigen Punkt. Terence war viel zu jung für Sie.«

Sie blinzelte ein paarmal, als sie das Kinn hob. »Sie wollten wissen, wie Ihr Bruder dazu gekommen ist, sich umzubringen, und ich habe es Ihnen gesagt. Es tut mir leid, daß Ihnen die Antwort nicht gefällt, aber so ist es nun einmal.«

»Und jetzt kann ich gehen und Sie in Ruhe lassen. So meinen Sie das doch?«

»Wie Sie belieben«, sagte Katrine, und ihr Tonfall war scharf vor Zorn, weil er sie so mühelos durchschaut hatte.

»Ich beliebe keineswegs. Ich glaube, daß ich Ihnen aus irgendwelchen Gründen Angst einjage, daß ich eine Bedrohung für Ihre Welt darstelle, eine Welt des Reichtums und der Geborgenheit. Ich bin nicht sicher, woran es liegt, aber es gibt etwas, woran ich nicht den geringsten

Zweifel hege.« Er zögerte einen Moment. Als er fortfuhr, triefte seine Stimme vor Anzüglichkeit. »Ich bin nicht zu jung, um irgendwelche Spiele Ihrer Wahl mitzuspielen.«

In der Stille, die sich auf sie herabsenkte, schienen die Stimmen der anderen Gäste am Tisch weit entfernt zu sein, das Klappern von Silberbesteck, das Klirren von Porzellan.

Meinte er das, was sie glaubte? Konnte das wirklich sein? Katrine, der der Atem in der Kehle stockte, konnte es nicht genau sagen. Und sie war auch nicht sicher, ob sie es wissen wollte.

»Was, keine Antwort?« fragte er. »Keine Neugier, sich ein Bild davon zu machen, in welchen Punkten Terence und ich einander gleichen könnten? Wir sind immer für sehr ähnlich gehalten worden, darauf gebe ich Ihnen mein Wort.«

Rowans Herz war wie eine eiserne Faust in seiner Brust, als er auf ihre Antwort wartete. Würde sie einwilligen und ihm schöntun und sich damit als ein herzloses Flittchen überführen lassen, oder würde sie ihn rundheraus abweisen und damit unter Beweis stellen, daß sie sich etwas aus Terence gemacht hatte und kein Interesse an einem Ersatz hatte? Er fürchtete, daß ihre Antwort so oder so einen Verlust für ihn darstellen würde.

Er war wütend auf sich, weil es ihm nicht gleichgültig war, wütend auf sich, weil er es sich gestattete, sich von der Frau an seiner Seite angezogen zu fühlen, wütend auf sich, weil er zuließ, daß man ihn von seinem eigentlichen Ziel ablenkte. Dieser Zorn war ihm vertraut; er trug ihn schon in all den langen Monaten in sich, seit er gehört hatte, daß Terence tot war, aber insbesondere, seit er in Arcadia eingetroffen war. Am heutigen Abend hatte er diesen Zorn dazu verwandt, jede einzelne seiner Äußerungen zu seinem Selbstschutz mit einem Sarkasmus einzufärben, der ihm persönlich zuträglich war.

Als sie ihn anstarrte, wich die Farbe aus Katrines Gesicht. Ihre Stimme war kaum mehr als ein Hauch, als sie sagte: »Sie wissen es also, stimmt's?«

Er wußte gar nichts, aber er hätte zu gern verstanden, was es wohl sein mochte, was die lebhafte Frau, neben der er gesessen hatte, in ein blasses Weib mit den Augen eines verwundeten Rehs verwandeln konnte, das sich nur noch zu schützen versuchte. Zögernd sagte er: »Dann darf ich also noch einmal ...«

»Sie brauchen nicht taktvoll zu sein; mir ist die Situation durchaus bewußt, da es sich schon seit Jahren unverändert so verhält. Es kann keinen Grund dafür geben, mir gegenüber nicht offen zu sein.«

»Das würde ich ebenfalls vorziehen«, sagte er und tastete sich behutsam vor. »Und doch – Sie müssen zugeben, daß das nicht ganz unkompliziert ist.«

»O ja«, sagte sie, und ein schiefes Lächeln trat auf ihre blassen Lippen, »soviel räume ich bereitwillig ein.«

»Wenn Sie mir vielleicht sagen würden, wie Sie innerlich dazu stehen?«

»Ich bin dagegen! Ich bin entschieden und unabänderlich dagegen!«

»Und warum das?« Sein Blick war durchdringend.

»Anstand, Ehre, eine persönliche Abneigung dagegen, mich in einer derart privaten Angelegenheit der Anweisung eines anderen Menschen zu beugen. Und dazu kommt noch jeder andere Einwand, den man sich angesichts der außergewöhnlichen Natur dieser Übereinkunft ausmalen kann.« Katrine, die sich in Hitze geredet hatte, unterbrach sich abrupt, als sie das stirnrunzelnde Erstaunen sah, das sich immer deutlicher auf seinem Gesicht breitmachte.

»Und Sie wollen mir damit sagen«, bemerkte er zögernd und ungläubig, »daß mein Bruder früher einmal in diese Angelegenheit ohne Anstand und Ehrgefühl verwickelt war?«

Heftige Röte stieg in ihr Gesicht. »Sie haben mich hereingelegt. Das ist unverzeihlich.«

»Ach, tatsächlich?« sagte er in einem schroffen Tonfall. »Kein Mittel ist so niederträchtig, daß ich es nicht einsetzen werde, um dahinterzukommen, was Terence zugestoßen ist. Ich kann nicht glauben, daß er bereitwillig an etwas teilgehabt hat, was das Gegenteil der Begriffe bedeutet, die Sie benutzt haben, aber wenn es so war, dann muß ich es wissen.«

»Die Sache, von der ich gesprochen habe, hat nicht mit ihm zu tun, zumindest ...«

»Was wollten Sie gerade sagen?«

Sie wandte den Blick von seinen harten, forschenden Augen ab. »Ich habe schon mehr als genug gesagt, und nichts davon hat irgend etwas mit dem Grund zu tun, aus dem Sie hergekommen sind. Es wird das beste sein, wenn Sie es vergessen. Vergessen Sie alles, was gewesen ist, und gehen Sie.«

»So einfach werden Sie mich nicht los.«

Sie wandte sich ihm wieder zu. »Wenn Sie klug sind, werden Sie auf mich hören.«

»Ich habe niemals Weisheit geheuchelt«, sagte er und sah ihr fest in die Augen.

Ein Schauer, der einer Mischung aus Grauen und Erregung entsprang, überzog Katrine bei seinen Worten, die dreist auf seine Entschlossenheit hinwiesen. Er wußte natürlich nicht, was er sagte. Wie hätte er es auch wissen können? Sie mußte verrückt gewesen sein, wenn sie auch nur einen Augenblick lang geglaubt hatte, er wüßte es. Terence war nie darüber in Kenntnis gesetzt worden, jedenfalls nicht rundheraus, aus welchen Gründen er nach Arcadia eingeladen worden war. Wie hätte er es also seinem älteren Bruder erzählen können?«

Nein. Niemand außer ihr, ihrer Zofe und Giles wußte etwas davon. Manchmal glaubte sie, daß Lewis einen Verdacht hegte, aber um mehr als das konnte es sich nicht handeln. Er war kein Mann von der Sorte, die ein solches Wissen unwidersprochen hingenommen hätte, nicht, wenn er sich sicher gewesen wäre. Dann hätte er niemals den Mund gehalten. Er hätte selbst dann sein Wissen verwertet, wenn es bedeutet hätte, seinen Onkel zu verletzen und seine Position in Arcadia zu gefährden; er hätte gar nicht anders gekonnt.

»Katrine, meine Liebe, gib uns die Antwort auf eine äußerst bedeutsame Frage!«

Der Ruf kam von Musetta, die auf halber Höhe des Tisches links neben Perry und ihrem Mann Brantley gegenübersaß.

»Jetzt?« fragte Katrine. Fragen der Art, wie Musetta sie im allgemeinen stellte, wurden gewöhnlich nach dem Abendessen im Salon oder auf der Veranda vor dem Haus diskutiert, wenn sich alle dort versammelt hatten, vielleicht auch draußen auf dem Rasen oder in einem vergleichbar inoffiziellen Rahmen.

»Welcher Zeitpunkt könnte besser sein, wenn sich die Frage gerade stellt?« Musetta, die in eierschalfarbenem Satin mit einer Schicht gelber Spitze darüber erstrahlte, bedachte Perry mit einem lachenden Blick, ehe sie fortfuhr. »Es geht um folgendes: Welche oberste Pflicht ist ein Mann einer Frau schuldig, der er sein Herz verpfändet hat?«

»Liebe natürlich«, antwortete Katrine nahezu beiläufig.

»Ja, sicherlich, und unsterbliche Hingabe, das versteht sich von selbst. Aber was kommt danach?«

Für Katrine stellte es eine Erleichterung dar, ihre Gedanken dieser geistigen Übung zuwenden zu können. So nämlich sah sie solche Fragen an, als Dinge von philosophischem Interesse, die ihr eine geistige Zerstreuung gewährten, obwohl ihr bewußt war, daß Musetta diese Dinge völlig anders sah. Ihre Schwägerin behandelte solche Debatten wie einen Flirt.

»Ich stelle die Behauptung auf«, sagte Perry mit hochrotem Gesicht, »daß die oberste Pflicht die Ehre in all ihren Formen ist. Nach außen hin sollte jede Regel der Höflichkeit und des Respekts beachtet werden, ganz gleich, was sich vielleicht im privaten Bereich abspielt.«

»Und ich halte daran fest«, wandte Musetta mit einem kecken Lachen in ihren dunkelblauen Augen ein, »daß es das Wichtigste ist, sich den Wünschen der Frau zu beugen. Sie läuft die größte Gefahr, und daher ist es ihr Recht, in der Liebesbeziehung über jeden Schritt zu entscheiden, jeden Richtungswechsel zu bestimmen, den die Romantik einschlagen mag.«

Das Stimmengewirr war verstummt, als das Interesse der anderen Essensgäste sich dem kleinen Drama zuwandte, das in ihrer Gegenwart aufgeführt wurde. Georgette, das große Mädchen mit dem rotbraunen Haar, das neben Lewis saß, beugte sich vor, um ihm etwas zuzuflüstern, was ihm ein wieherndes Lachen entlockte, das er jedoch sofort erstickte. Zwei ältere Frauen steckten die Köpfe zusammen und schauten streng und doch lebhaft Musetta an, während sie mit gesenkten Stimmen miteinander redeten.

Es schien, als erwarteten alle Anwesenden eine amouröse Intrige. Katrine hegte Zweifel. Musetta liebte hochgezogene Augenbrauen und kostete Koketterie aus, doch sie beachtete die Anstandsregeln genauer, als sie nach außen hin vorgab. Katrine glaubte manchmal, daß ihre Schwägerin sich so benahm, um ihren Mann für seine Gleichgültigkeit zu bestrafen.

»Was ihr da sagt, ihr beide, hat volle Gültigkeit«, sagte Katrine und legte den Kopf zurück, als sie darüber nachdachte. »Ich würde jedoch behaupten, daß die oberste Pflicht, die ein Mann einer Frau in dieser Situation schuldig ist, ihr Schutz ist, sowohl körperlich als auch seelisch.«

»Schutz?« Musetta rümpfte die Nase. »Wie langweilig.«

»Das finde ich nicht«, antwortete Katrine. »Der hingebungsvolle Liebende darf niemals etwas tun, was der Frau seines Herzens Kummer bereitet, darf niemals erlauben, daß ein anderer ihr mit Worten oder Taten weh tut. Die Ehre und der Gehorsam, der sich den Wünschen der Frau beugt, die Dinge, die ihr beiden genannt habt, sind in dieser Vorstellung eingebettet: Wenn ein Mann sowohl für den guten Namen und den gesellschaftlichen Stand als auch für das persönliche Wohlergehen der Frau Sorge trägt, dann muß er sie in der Öffentlichkeit und im privaten Bereich ehren. Wenn er ihr Geborgenheit vermitteln und ihr überflüssige Sorgen ersparen will, dann muß er sich ihren Wünschen beugen, ob sie ausgesprochen werden oder nicht. Denn solange die Liebe andauert, ist sein Leben ihr geweiht. Für einen Mann ist das der einzige Lebenszweck – die Frau zu beschützen, die er mit seiner Liebe beehrt hat. In einer vollkommenen Welt wäre das zugleich auch die Frau, die seinen Namen trägt, seine Kinder gebärt und somit beiden die Unsterblichkeit verleiht. Unsere Welt ist keine vollkommene Welt, kann aber, wenn wir Glück haben, der Vollkommenheit nahekommen.«

Musetta rümpfte ihre Stupsnase, als sie Katrine ansah.

»Gewählt formuliert und richtig wie immer. Wie provozierend.«

»Es war nicht so gemeint«, sagte Katrine und lächelte schwach.

»Ich weiß«, sagte das ältere Mädchen. »Das macht es nur noch schlimmer.« Sie tat so, als sei sie erbost, als sie eine rundliche Schulter zu einem Achselzucken hochzog und dann lächelte, ehe sie sich abwandte.

»Das scheint ein Thema zu sein, über das Sie sich schon viele Gedanken gemacht haben«, bemerkte Rowan mit leiser Stimme, als die anderen das Interesse verloren und ihre unterbrochenen Gespräche wiederaufnahmen.

Katrine sah ihn widerstrebend an. Sie suchte seinen Blick und fragte sich, ob er damit wohl hatte andeuten wollen, sie müsse in Liebesangelegenheiten sehr erfahren sein. Schließlich sagte sie: »So, wie wir in dieser kleinen Gemeinde hier leben, hat man jede Menge Zeit für solche philosophischen Übungen.«

»Ich verstehe. Gibt es keine praktischeren Dinge, mit denen Sie sich beschäftigen?«

Katrine verbrachte jeden Tag viel Zeit mit den Aufgaben, auf die man sie von ihrer Geburt an vorbereitet hatte: Sie überwachte die Reinhaltung und die Reparaturen des großen Hauses und plante die Mahlzeiten; sie wies die Hausangestellten in ihre Arbeiten ein, löste Probleme und legte Streitigkeiten zwischen ihnen bei; sie vergewisserte sich, daß die zahlreichen Gäste ihres Mannes sich wohl fühlten; sie sah nach der Gesundheit und dem Wohlergehen der Feldarbeiter, der Kinder und der alten Menschen in den Unterkünften der Dienstboten – und bei alledem war sie eine fähige und aufmerksame Gastgeberin.

Mit ruhiger Stimme antwortete sie: »Nichts, was mich geistig beschäftigt.«

»Ich dachte, vielleicht macht es Ihnen einfach nur Spaß, die Königin zu spielen, Preise zu vergeben und Huldigungen als das anzunehmen, was Ihnen zusteht.«

Ihre Lippen wurden schmaler, ehe sie sie öffnete und sagte: »Sie sind verletzend, aber ich kann wohl davon ausgehen, daß Sie es vorsätzlich sind.«

»Warum sollte ich Sie beleidigen wollen?«

»Ich glaube, Sie sind wild entschlossen, etwas gegen mich zu haben und in mir eine schlechte Person zu sehen, die zu allem in der Lage ist.«

»Wenn ich mich täusche, dann zeigen Sie mir, wieso und in welchen Punkten ich mich irre.«

»Das kann ich nicht«, sagte sie mit einem entschiedenen Kopfschütteln. »Von mir aus können Sie glauben, was Sie wollen.«

»Angenommen, ich sagte Ihnen, daß ich Sie für die begehrenswerteste Frau halte, die mir je begegnet ist. Was wäre dann?«

Ihre Augen wurden fast unmerklich größer, ehe sie die Wimpern senkte. »Ich würde den Verdacht schöpfen, daß Sie mich überreden wollen, Ihren Wünschen nachzukommen, und das mit Mitteln, die nicht nur unfair wären, sondern noch dazu fruchtlos bleiben müßten.«

»Das könnten Sie recht haben«, sagte er mit einem barschen Lachen, »aber andererseits vielleicht auch nicht. Haben Sie sich das schon überlegt?«

»Ich würde Ihnen ins Gedächtnis rufen, daß...«

»Ja, ich weiß schon, Sie sind eine verheiratete Frau«, beendete er den Satz an ihrer Stelle mit einer unwilligen Geste. »Was hat das mit irgendwas sonst zu tun, vor allem aus dem Mund einer Frau, die so leichtfertig über Liebende und deren Angebeteten redet?«

»Ich habe mich, wie Sie selbst wissen müssen, nur theoretisch dazu geäußert«, sagte sie, denn von der Skepsis, die sie in seinen Augen sah, hatte sie sich zu einer Erklärung überreden lassen.

»Was? Keine Einbildungskraft, keine Phantasie? Sie können wohl kaum erwarten, daß ich das glaube, da Ihr Mann soviel älter ist als Sie.«

»Giles hat nichts damit zu tun.«

»Nein?« Er schüttelte den Kopf, und seine Augen waren finster. »Finden Sie nicht, daß er eine Rolle dabei spielen sollte?«

Sie holte tief Atem, doch zu der Ruhe, die sie suchte, gelangte sie nicht. Durch die Zähne sagte sie: »Meine Beziehung zu meinem Mann ist nicht Ihre Angelegenheit. Ich wäre Ihnen sehr verbunden, wenn Sie sich dazu nicht mehr äußern würden.«

»Ach wirklich?« fragte er, als stellte er sich selbst gerade die Frage, ob er es bleibenlassen sollte. Dann bewegte er abfällig eine breite Schulter. »Vielleicht werde ich es bleibenlassen, wenn Sie ein interessanteres Thema ansprechen.«

»Wir können aber auch«, sagte sie, und ihre Augen sprühten Funken, »ganz aufhören, miteinander zu reden.«

»Dann könnte es so aussehen, als hätten wir miteinander gestritten, und ich bin sicher, daß Ihnen das nicht lieb wäre. Die einzigen Menschen, die sich in der Öffentlichkeit streiten, sind Feinde und Liebende.«

»Dann lassen Sie uns unter allen Umständen Feinde sein.«

Katrine hatte den Eindruck, ihre Worte seien etwas zu deutlich gewesen, um noch dem guten Ton zu entsprechen, aber sie war nicht bereit, sie zurückzunehmen. Dem finsteren Ausdruck auf seinem gut geschnittenen Gesicht war deutlich zu entnehmen, daß diese Abmachung nicht nach Rowans Geschmack war. Er sagte jedoch nichts mehr, und endlich gelangte die Mahlzeit barmherzigerweise zu einem Ende.

Der darauffolgende Morgen war zum Bogenschießen nicht direkt geschaffen. Der dunkle blaugraue Himmel am Horizont im Süden kündigte Regen an. Schmutzig wirkende Wolken trieben am Firmament und führten zu einer Dunstglocke, die das grelle Sonnenlicht dämpfte, die Sicht jedoch unscharf werden ließ. Die leichte Brise, die die Segeltuchplanen auf der Tribüne flattern ließ und das Gras der schalenförmigen Arena in Bewegung versetzte, konnte sich durchaus negativ auf die Genauigkeit auswirken, mit der man sein Ziel anpeilte. Der Rauch, der von den Barbecue-Feuern aufstieg, hing tief, und sein Geruch löste bei allen das Gefühl aus, der echte Herbst könne nicht mehr weit sein. Es war in der Nacht sogar ein wenig kühler geworden, aber noch handelte es sich lediglich um einen Temperatursturz, dem man mit einem leichten Kaschmirschal begegnen konnte.

Katrine hatte sich mit einem kleinen Schal aus zartem elfenbeinfarbenem Seidenchiffon ausgerüstet, um damit einem der Kämpfer für den heutigen Tag ihre Gunst bezeugen zu können. Gleich nach dem Frühstück hatte sie Satchel den Schal überreicht. Er schien ein naheliegender Champion zu sein, denn sie wußte, daß er oft wie die im Wald lebenden Indianer, die dieses Gebiet früher durchstreift hatten, mit Pfeil und Bogen Wild gejagt hatte.

Diese Geste hatte ihn tiefer getroffen, als sie es erwartet hatte. Sein Gesicht lief puterrot an, und mit mürrischer Stimme sagte er: »Ich werde Sie nicht im Stich lassen, Ma'am.«

»Ich bin sicher, daß Sie gut genug sind, wenn Sie nur Ihr Bestes geben«, antwortete sie, als sie ihm den Schal um den Oberarm band.

»Ich werde allen anderen eine so schlimme Niederlage verpassen, daß sie mit eingezogenem Schwanz abziehen, vor allem der Fremde.«

Sie schaute kurz zu dem stämmigen Mann auf. »Sie mögen Rowan de Blanc nicht?«

»Er ist viel zu selbstsicher, wenn Sie mich fragen«, sagte Satchel mit einem finsteren Blick.

»Genau das denke ich mir auch«, sagte Katrine freundlich.

»Machen Sie sich keine Sorgen, ich werde mich schon um ihn kümmern.« Satchel nickte schwerfällig.

»Gut«, antwortete sie. »Sehr gut.«

Als sie jetzt ihren Platz auf der Tribüne einnahm, sah Katrine den stämmigen Giganten auf dem Feld auf und ab laufen. Er wedelte mit dem Arm, damit der Seidenschal wie ein Banner wehte, und er strahlte mit all dem Stolz und der Freude eines Kindes, das ein neues Spielzeug geschenkt bekommen hat.

Sie hörte Schritte hinter sich, und Lewis beugte sich über ihren Stuhl, um ihr ins Ohr zu flüstern. »Ich verstehe die Wahl, die du für den heutigen Tag getroffen hast, meine Liebe«, sagte er, »aber meinst du nicht, du hättest ihm raten sollen, sich weniger auffällig zu gebärden?«

»Warum denn das?« fragte sie und warf einen flüchtigen Blick in sein hageres Gesicht unter dem silbrig blonden Haar.

»Damit es keine allzu große Demütigung für dich bedeutet, wenn er besiegt wird.«

»Wie kommt du auf den Gedanken, er könnte besiegt werden?« Ihr Tonfall war schneidend.

»Durch eine persönliche Information. Ich habe aus allerbester Quelle gehört, daß unser Rowan mit einem langen Bogen in der Faust aufgewachsen ist und daß der Wildhüter seines Großvaters, der ein bekehrter Wilderer war, ihm diese Kunstfertigkeit beigebracht hat.«

»Das hätte ich mir ja denken können.« Katrine schloß die Augen und preßte die Lider fest zusammen.

»Ja, allerdings. Du hättest mich schließlich nur fragen müssen. Ich bin mir seiner schlagenden Überlegenheit so sicher, daß ich mein Geld auf ihn gesetzt habe.«

»Lieber das, als dich mit ihm an Geschicklichkeit zu messen?« fragte sie, weil sein herablassender Tonfall an ihren überspannten Nerven zerrte.

»Oh, niemand hat je einen Wildhüter angewiesen, mich darin zu unterrichten. Weißt du, für den Geschmack meines Vaters hatte diese Sportart zu sehr den Anstrich der unteren Schichten. Und außerdem vergeude ich meine Zeit nicht mit nutzlosen Anstrengungen.«

»Was heißen soll«, sagte sie streng, »du gibst zu, daß du gegen Rowan de Blanc keine Chance hast?«

»Wenn du es so sagen willst. Die bloße körperliche Leistung ist noch lange nicht alles, was einen Mann ausmacht.«

»Ah, dann fühlst du dich ihm also geistig ebenbürtig«, schloß sie.

Ein gepeinigter Ausdruck wischte das hochnäsige Lächeln von seinem Gesicht. »Das doch zumindest.«

»Ich frage mich, ob das wohl stimmt«, sagte sie in einem versonnenen Tonfall, während sie ihren Augen gestattete, den Mann zu suchen und zu finden, von dem sie gerade sprachen.

»Du verletzt mich«, beklagte sich Lewis. »Ich hätte nicht geglaubt, daß du eine so geringe Meinung von meinem Intellekt hast.«

»Darum geht es nicht«, sagte sie, und ihre Augen waren durchsichtig und klar, als sie ihm den Blick wieder zuwandte.

»Dann hast du also eine derart hohe Meinung von de Blanc? Nun, wenn das nicht interessant ist.«

»Ich habe einen gewissen Respekt vor ihm, ja, das stimmt. Wenn ich du wäre, würde ich mich davor hüten, ihn zu unterschätzen.«

Das Lächeln des hageren Mannes war giftig. »Er war dir wohl in einer Auseinandersetzung überlegen, was? Das ist noch keine Garantie für seinen Scharfsinn.«

Sie nahm die Beleidigung hin, ohne auch nur eine Miene zu verziehen. »Er ist nicht wegen der Spiele hergekommen. In dem Punkt hast du recht gehabt. Er glaubt, daß es mit Terences Tod etwas Seltsames auf sicht hat.«

»Das betrifft mich ja wohl kaum«, sagte der Neffe ihres Gatten, und doch bildeten sich kleine Falten in seiner Stirn, die seine Augenbrauen zusammenzogen, als er jetzt seinerseits Rowans großgewachsene Gestalt ausfindig zu machen versuchte.

»Ich fand nur, das solltest du wissen«, sagte Katrine und

senkte die Stimme, um eilig den Satz zu beenden, als sie Brantley Hennen auf sich zukommen sah.

Musettas Gemahl lächelte mit der gewohnten geistesabwesenden Leutseligkeit, als rechnete er Zahlen zusammen. Als er den Mund aufmachte, war sein Tonfall beiläufig. »Hat einer von euch Musetta gesehen?«

»Heute morgen noch nicht«, antwortete Katrine. Musetta kam gewohnheitsmäßig nicht zum Frühstück nach unten, sondern zog es vor, sich ein Tablett in ihr Zimmer bringen zu lassen, ehe sie auch nur einen Fuß auf den Fußboden setzte. Sie kleidete sich in aller Ruhe an und tauchte genau dann auf, wann es ihr paßte.

»Wir haben uns gestern abend darauf geeinigt, daß wir uns heute zusammensetzen. Jetzt kann ich sie nicht finden.«

»Ich nehme an, es ist ihr entfallen.«

»Da bin ich mir ganz sicher«, sagte Musettas Mann mit einem Seufzen. Er drehte den Kopf erst in die eine und dann in die andere Richtung und ließ die beiden stehen.

Katrine wandte sich um und suchte das Feld mit den Augen ab. Perry Blackstone war nirgends zu sehen. Es war unbesonnen von Musetta, gleichzeitig mit ihm anwesend zu sein, und das auch noch mit einer solchen Öffentlichkeitswirkung.

Lewis, der ebenfalls den Blick auf das Spielfeld unter ihnen gesenkt hatte, schnalzte mit der Zunge, um so zu tun, als wollte er seine Mißbilligung ausdrücken. Einen Moment später schlenderte er fort, vielleicht, um sich auf die Suche nach der Vermißten zu machen.

Die Spiele begannen wie geplant. Das erste Ziel des Morgens war eine gewöhnliche Zielscheibe, die in einer Entfernung von hundert Schritten aufgestellt war. Satchel, der als erster schoß, schickte seine drei Pfeile alle durch die Zielscheibe, und sie blieben so stecken, daß die Federn, mit denen sie versehen waren, kaum noch auf der markierten Seite der Scheibe herausschauten. Bedauerlicherweise waren sie jedoch nicht im Schwarzen gelandet und brachten ihm somit keine hohe Punktwertung ein.

Zwei Pfeile von Alan trafen die Zielscheibe, wenn auch nur um Haaresbreite. Keiner der anderen kam so dicht ans Ziel, Das heißt, bis Rowan seine Pfeile abschoß. Seine drei Pfeile blieben so dicht nebeneinander mitten im Schwarzen stecken, daß sie wie ein einziger Pfeil erschienen.

Der Rest des Morgens verlief ebenso deprimierend.

Rowan traf bei jedem seiner drei Versuche das schwingende Pendel.

Er plazierte jeden Pfeil aus einem Köcher in den Tontauben, ehe die Sanduhr durchgelaufen war.

Wie ein Indianer aus den Prärien des Westens schoß er im Reiten und traf die ausgestopfte Attrappe, die als Ziel diente, bei fünf Versuchen fünfmal, und jeder Pfeil landete dort, wo rot das Harz markiert war.

Schließlich kam es zur Endrunde, die sich von einem mittelalterlichen Wettkampf im Bogenschießen herleitete. Das Ziel bei diesem Anlaß war ein lebender Vogel mit leuchtend buntem Gefieder, traditionell ein seltener und wertvoller Papagei. In Arcadia ersetzte man ihn durch eine Taube. Katrine verabscheute diesen Wettkampf fast so sehr wie das Fechten, obwohl er in Wahrheit selten tödlich für die Taube ausging. Sie bemühte sich, niemals hinzusehen, wenn der lebendige Vogel mit einem Bein an einem langen, geflochtenen Lederriemen angebunden und der Lederriemen dann am oberen Ende der Stange befestigt wurde. Sie tat ihr Bestes, um in eine andere Richtung zu sehen, wenn der Vogel und der Pfahl hoch in die Luft gehoben wurden, ehe der Pfahl in den Boden gesteckt wurde. Im Vorjahr hatte sie einen Vorwand gefunden, um die Tribüne zu verlassen, während die Pfeile dem armen Tier entgegenflogen, das mit wilden Flügelschlägen darum rang, in den Himmel zu entfliehen. Das konnte sie jedoch nicht alljährlich tun, ohne die allgemeine Aufmerksamkeit darauf zu lenken.

Der Pfahl wurde in den Boden gerammt, die Pfeile wurden überprüft, und die Männer nahmen ihre Posten ein. Diejenigen aus dem Publikum, die während der Unterbrechung fortgeschlendert waren, kehrten zu ihren Plätzen zurück. Das Gelächter und das Plaudern, die Wetten und die Diskussionen über den Stil der Teilnehmer, aber auch die Geschichten, die über die frühere Turniere ausgetauscht wurden, erstarben.

In dem Moment ertönte ein Klagelaut, das Gurren einer Taube zur Paarungszeit, eine Folge von zwei Tönen. Der flatternde Schatten eines weiteren grauen Vogels glitt über die grüne Arena. Er kreiste tief um den Pfahl, auf dem die schreiende Beute festgehalten wurde, und flog dann wieder fort. Gleich darauf war er wieder da. Für einen Moment landete er auf dem Pfahl neben der festgebundenen weiblichen Taube, und dann flog er wieder fort, kreiste, während der zarte goldene Schimmer des verblassenden Lichts auf seinen Flügeln lag, und schrie dabei auf.

Katrine beugte sich auf ihrem Stuhl vor, und ihr Blick war auf den kreisenden Vogel geheftet. Es war eine männliche Taube, die exakt den Grauton der Wolken hatte, die sich am Himmel zu ballen begannen, und um den Hals hatte sie einen dunklen Ring. Hinter sich hörte sie Fragen und leises Gemurmel, als die anderen Gäste bemerkten, was hier vorging.

Giles, der neben ihr saß. beugte sich zu ihr herüber, als er mit gesenkter Stimme sagte: »Irgendwie ist es zu einer Verwechslung gekommen. Das Weibchen auf dem Pfahl muß zu einem Taubenpärchen gehören.«

»Aber das ist ja furchtbar«, sagte sie. »Sorg dafür, daß es losgebunden wird.«

»Das ist doch nur ein Vogel, meine Liebe. Wenn er versucht, hinter dem Männchen herzufliegen, werden seine Anstrengungen nur zu einem um so spannenderen Kampf führen.«

»Was zählt das schon? Nein, also wirklich, Giles; es ist ein Bild des Jammers.«

Das hektische Kreisen des Männchens, dessen Schreie sich mit denen des festgebundenen Weibchens vermischten, strahlte eine gewisse Tragik aus. Katrine kam es so vor, als sei ihre Brust in einen Schraubstock gespannt. Sie ballte auf dem Schoß eine Hand zur Faust, und die Fingerspitzen der anderen Hand wurden weiß, weil sie die Stuhllehne so fest umklammerte.

»Ich glaube nicht, daß die Männer in der Arena mir für eine Einmischung dankbar wären«, sagte ihr Mann.

»Sag ihnen, daß ich dich darum gebeten habe.« Die Stimme kam gepreßt aus ihrer Kehle.

»Das willst du doch wohl nicht im Ernst. Ich weiß, daß du keine Unstimmigkeiten während des Turniers aufkommen lassen willst. Und außerdem – ah, es ist ohnehin zu spät.«

Der erste Wettkampfteilnehmer, ein junger Mann von einer benachbarten Plantage, war an die Markierung getreten, spannte seinen Bogen und schoß den Pfeil ab. Er landete weit rechts neben dem Ziel. Bei seinem zweiten Versuch kam er dem Ziel auch nicht näher. Dennoch war laut zu vernehmen, wie die Taube mit den Flügeln schlug, als sie versuchte, in die Gegenrichtung zu fliegen.

»Jetzt«, sagte Katrine zu Giles, als der junge Mann von der Markierung zurücktrat. »Sag ihnen, sie sollen sofort aufhören.«

Giles schüttelte kaum wahrnehmbar den Kopf. »Es wäre nicht fair, das Ziel noch auszutauschen, nachdem schon geschossen worden ist. Jeder einzelne Mann sollte dieselben Chancen haben, vor Schwierigkeiten desselben Ausmaßes stehen.«

»Und wie stehen die Chancen für die Taube?«

Giles, dessen Aufmerksamkeit ganz der Arena galt, antwortete nicht darauf.

Einer nach dem anderen schossen die Bogenschützen ihre Pfeile ab. Perrys Pfeile kamen der freien Taube näher als der festgebundenen. Alans Pfeile zischten unter dem flatternden Vogel vorbei. Satchels erster Pfeil landete in dem Pfosten. Bei seinem zweiten Anlauf flog der Pfeil direkt auf die Taube zu, so zielstrebig, daß Katrine sich die Hand vor den Mund schlug und aufsprang. Die Taube schrie auf. Der Pfeil flog weiter, und drei graue Federn trieben zu Boden und wiegten sich in der leichten Brise.

Katrine ließ sich langsam wieder auf ihren Platz sinken. Sie schaute zu dem letzten Mann, der darauf wartete, an die Reihe zu kommen. Rowan beobachtete sie und hatte dabei die Augenbrauen zusammengezogen. Sie sah ihm einen Moment lang in die Augen und schaute dann über die Baumwipfel hinaus. Hinter ihr legte sich der Lärm der Menschenmenge, und ein erwartungsvolles Schweigen setzte ein.

Es war völlig ausgeschlossen, daß das festgebundene Taubenweibchen überleben konnte. Rowan war zu geschickt, zu diszipliniert, zu perfekt. Das arme kleine Ding war zum Untergang verdammt, soviel wußte Katrine mit Sicherheit. Sein Gefährte, der so getreulich und in seiner Notlage so hilflos war, konnte das Weibchen nicht retten. Gleich würde der Tod in Form eines schnellen Pfeils kommen, der das Herz durchbohrte. Blutüberströmt würde das Tier auf den Boden stürzen. Leblos würde es am Ende des Lederriemens hängen, den es in seinem Grauen mehrfach um den Pfahl geschlungen hatte. Jegliche Freude und alle Erinnerungen an die Hingabe und das leidenschaftliche Paaren würden erlöschen.

Katrine empfand eine merkwürdige Identifikation mit dem Vogel, der an dem Pfosten festgebunden war. Es schien ihr fast so, als sei es ihr eigenes Herz, das den Pfeil spüren würde, ihr eigenes Leben, das vorübergehen würde, ehe es wirklich begonnen hatte. Innerlich spürte sie die Erwartung des Schmerzes, und sie fühlte den panischen Drang, vor dem Schicksal fortzufliegen, das ihr bevorstand. Es war ihr einfach unerträglich. Sie konnte das nicht mit ansehen. Und doch brachte sie auch nicht die Willenskraft auf, sich vor diesem kleinen Drama zurückzuziehen und fortzugehen.

Als zöge er unwiderstehlich ihren Blick an, schaute sie noch einmal dahin, wo Rowan stand. Er war an die Markierung getreten und spannte seinen Pfeil sorgfältig und gedankenversunken. Als er ihn gespannt hatte, schaute er zu dem Ziel auf und sah dann noch einmal zu Katrine. Seine Augen wurden schmaler.

Katrine fühlte sich von seinem Blick durchbohrt, und sie verlor sich in seiner angespannten Konzentration und in seinem besessenen Anpeilen des Ziels. Dort spiegelte sich das bedrohliche Sturmgrau des Himmels, dachte sie, aber auch der gehärtete Stahl seiner Entschlossenheit.

Ein Windhauch ließ die Enden ihres Schals flattern. Die Kühle ließ sie zittern. »Nein«, flüsterte sie unbewußt, und es war ein Flehen. Sie schüttelte kaum wahrnehmbar den Kopf. »Bitte nicht.«

Rowan wandte seinen Blick wieder dem Ziel zu. Er nahm die richtige Haltung für den Schuß ein. Er spannte den Bogen und schaute noch einmal zum Firmament auf, als wollte er sich ein Urteil über den Wind bilden, und dann heftete er seinen Blick auf die schreiende Taube.

Groß und aufrecht stand er da, und der Wind zersauste sein Haar und schmiegte die Falten seines Leinenhemdes an seinen muskulösen Oberkörper. Seine Füße standen in den Stiefeln fest auf dem Boden, und die dunkle Hose zeigte die strammen Muskeln seiner Waden und Schenkel. Er stand ganz still da, und doch war seinen Schultern nicht die geringste Anspannung anzusehen, als er den schweren Bogen hielt, und er strahlte keinerlei Eile oder Zweifel aus.

Er schoß den Pfeil ab.

Der Pfeil sang, als er schnell und hoch durch die Luft sauste. Er sang eine leise Todesmelodie. Die versammelten Gäste holten hörbar Atem und keuchten. Das kreisende Männchen stieß einen Schrei aus. Die Männer in der Arena wandten die Gesichter zum Himmel.

Katrine preßte die Lider fest zusammen und schlug sich die Hände auf die Ohren. Sie konnte es nicht mit ansehen, wollte von dem Gemetzel nichts hören und sehen.

Ein Ausruf ertönte, ein Schrei, ein Chor der Verwunderung aus einem Dutzend Kehlen. Dann brach Jubel aus. Katrine öffnete die Augen.

Als erstes sah sie die Tauben. Sie waren wieder ein Paar, das Weibchen war frei. Sie kreisten umeinander und bewegten sich in anmutigen Arabesken, schwiegen im Delirium des Glücks, als sie über der Arena höher und immer höher in die Luft aufstiegen. Mit einer letzten ausholenden Drehung wandten sie sich nach Westen und verschwanden aus der Sicht.

Rowan stand da und war auf seinen Bogen gestützt. Er sah den Tauben nach. Auf seinen Lippen erlosch gerade ein klägliches Lächeln. Er wandte sich ab, als Alan vortrat und ihm auf die Schulter klopfte.

In dem Pfosten, der mitten in der Arena stand, zitterte ein Pfeil, der schließlich stillhielt. Die Spitze hatte sich ganz oben in das Holz gebohrt. Der Riemen, mit dem die Taube festgebunden gewesen war, hing baumelnd herunter und wehte im Wind. Er war von der Pfeilspitze säuberlich durchtrennt worden.

Nein, es war nicht nur ein Pfeil. Zwei Stück. Zwei Pfeile waren in den Lederriemen geschossen worden.

Es war kein Zufall, daß der Lederriemen durchschnitten worden war.

Rowan hatte die Taube befreit. Er hatte seine Chance geopfert, als Sieger des Tages aus dem Turnier hervorzugehen, und das nur, um einem einfältigen Geschöpf Mitleid zu erweisen.

Er hatte keinerlei Einwände dagegen gehabt, seinen Pfeil auf ein lebendes Tier abzuschießen, und daher schien es kaum so, als hätte er aus Mitgefühl heraus gehandelt. Es hatte keinen Grund dafür gegeben, das Tier nicht zu töten, sich ehrenhalber zu enthalten, weil die anderen nicht in der Lage gewesen waren, die Taube zu töten.

Dann war also die Frage, warum er so gehandelt hatte. Weshalb bloß?

4. Kapitel

Giles erhob sich, wandte sich der Menge zu und hielt die Hände auf Schulterhöhe, um alle zum Schweigen zu bringen. Als seine Gäste ihre Ausrufe der Verwunderung über Rowans Geschicklichkeit im Umgang mit Pfeil und Bogen verstummen ließen, erhob er die Stimme und wandte sich an die Menge.

»Meine Freunde«, sagte er mit tiefer Stimme in einem feierlichen Tonfall. »Nur selten ist mir das Privileg zuteil geworden, eine derartige Kunstfertigkeit mit ansehen zu dürfen, wie sie uns gerade zu unserer Erbauung vorgeführt worden ist. Aber noch nie, ich wiederhole, noch nie habe ich ein so herausragendes Beispiel für Galanterie und Mitgefühl gesehen. Es erfordert eine enorme Persönlichkeit, die Chance auf einen Sieg zu vergeben, wenn man sie fest in der Hand hat. Nur ein außergewöhnlicher Mann täte das aus keinem anderen Grund als der Rücksicht auf das Feingefühl einer Dame.«

Katrine sah kurz mit finsterer Miene zu ihrem Mann auf. Er lächelte auf sie herunter, ehe er fortfuhr. »Ich selbst, meine Freunde, habe den flehentlichen Blick gesehen, den meine liebe Frau dem Mann zugeworfen hat, der hier und heute als Sieger aus den Wettkämpfen hervorgegangen wäre. Ich habe außerdem in dem Moment, in dem Rowan des Blanc diesen Entschluß gefaßt hat, gesehen, daß der Appell eines zarten und ungewöhnlichen Herzens nicht vergeblich sein sollte.«

Katrine schlug die Wimpern nieder und warf einen schnellen Blick auf Rowan, der noch in der Arena stand. Stimmte das? fragte sie sich. Dann war die Frage schnell wieder vergessen, als sie die nächsten Worte ihres Gatten hörte.

»Als Anerkennung für eine derart überlegene Darbietung sportlichen Verhaltens verleihe ich hiermit aus eigenem Antrieb und mit Ihrer gnädigen Genehmigung«, fuhr Giles in einem sonoren Tonfall fort, »Rowan de Blanc den Titel des Turniersiegers für den heutigen Tag, verbunden mit allen Ehren und Privilegien, die diesem Status zukommen.«

Die Menge bekundete mit Applaus und großem Hurra ihre Zustimmung. Giles schloß sich dem Beifall an und wandte sich dabei an Rowan. Der Lärm dauerte eine Zeitlang an. Als sich wieder Stille herabsenkte, hielt er dem Mann mit dem Pfeil und dem Bogen die Hand hin und rief: »Treten Sie vor, und lassen Sie sich als Sieger ehren!«

Alan beugte sich vor, um Rowan die Waffe abzunehmen, wobei er lachend eine Äußerung von sich gab. Als Rowan sich abwandte und auf die Tribüne zuging, waren seine hohen Wangenknochen dunkel verfärbt.

Es schien Katrine fast so, als widerstrebte es ihm, die Ehrung entgegenzunehmen, die ihm zugesichert worden war. Sie fragte sich, ob er wirklich das Gefühl hatte, sie nicht verdient zu haben, ob es ihm möglicherweise etwas ausmachte, daß seine Schwäche, sich der Laune einer Frau zu beugen, in der Öffentlichkeit herausgestellt wurde, oder ob es ihm nur lieber gewesen wäre, wenn er seinen Triumph auf fairere Art erworben hätte.

So oder so änderte es nichts. Sie mußte in jedem Fall aufstehen und den Lorbeerkranz nehmen, der bereitgelegt worden war, und ihm damit entgegengehen. Sie wäre die Stufen hinuntergestiegen, aber Giles legte eine Hand auf ihren Arm, um sie zurückzuhalten, und dann bedeutete er Rowan, zu ihnen heraufzukommen.

Rowan erklomm die Stufen mit müden Schritten. Er fühlte eine Schwere in seinem Innern, und er war mehr als nur ein wenig verwundert. Er wußte nicht sicher, worauf der Impuls, die Taube zu verschonen, zurückzuführen war. Er hatte Katrine Castlereagh angesehen und den Schmerz und das Leid in ihrem Gesicht wahrgenommen, und das nächste, was er wußte, war, daß er bereits danach gehandelt hatte. Es schien, als sei zwischen dem Augenblick, in dem er geahnt hatte, wie ihr zumute war, und dem Moment, in dem er danach gehandelt hatte, um ihre Qualen zu lindern, keine Überlegung erforderlich gewesen.

Das gefiel ihm gar nicht. Er wollte den verdammten Lorbeerkranz nicht haben, wollte nicht in die Nähe dieser Frau kommen, nicht jetzt, nicht in der Form und nicht, ehe er selbst dahintergekommen war, was ihm eigentlich widerfahren war. Er sehnte sich nach einem Bad und einer Massage, wünschte sich nur noch, Omars geschickte Hände würden die Spannungen aus seinem Nacken massieren, und er erhoffte sich, gleichzeitig würde die bodenlose Dummheit von ihm abfallen.

Mit dem Kranz in den Händen kam sie auf ihn zu. Er war zu groß, und daher konnte sie ihm den zweifach verfluchten Kranz nicht aufsetzen, solange er dastand und sie angaffte wie ein Bauerntölpel.

Mit einem tonlosen Seufzen ließ er sich auf ein Knie sinken. Vielleicht war das die Haltung, die er verdient hatte. Ihr zu Füßen.

»Ich muß mich bei Ihnen bedanken«, sagte sie, als sie die Hände ausstreckte, um ihm das Laub in das drahtige, leicht gelockte Haar zu drücken. »Sie haben wahrhaft galant gehandelt – ob es nun um meinetwillen oder aus einem persönlichen Grund war.«

Er hob den Blick zu ihrem Gesicht. »Das war nicht der Rede wert, Madam Castlereagh. Sie brauchen sich zu nichts verpflichtet zu fühlen.«

»Sie haben dafür den Lorbeerkranz des Siegers aufs Spiel gesetzt; ich glaube, daß Ihnen das etwas bedeutet. Wie sich jetzt herausgestellt hat, hat ihr Opfer Sie nichts gekostet. Das Glück scheint auf Ihrer Seite zu sein.«

»Dem kann ich nur zustimmen«, sagte er, und sein Mund verzog sich zu einem schiefen Lächeln. »Alles andere wäre unhöflich.«

»Und das brächten Sie nie über sich, nicht wahr?« Sie machte Anstalten, sich von ihm abzuwenden.

»Was?« sagte Rowan leise, und sein Blick fiel auf ihren Mund. »Kein Siegerkuß?«

Er rührte sich nicht von der Stelle, an der er kniete, als sie sich ihm wieder zuwandte, und daher war sie gezwungen, sich zu ihm hinunterzubeugen. Seine Selbstbeherrschung kehrte wieder zurück, als er den Widerwillen in ihren Bewegungen sah, die Verbindung von Ablehnung und gefügigem Pflichtbewußtsein in ihren Augen. Und doch durchzuckte ihn eine inbrünstige Neugier, wie sie ihn wohl angesehen hätte, wenn sie ihn aus freiem Willen und eigenem Verlangen geküßt hätte.

Als ihre Lippen sein Gesicht berührten, trug das nicht gerade dazu bei, seinen widerspenstigen Gedanken Einhalt zu gebieten. Ihre Lippen waren kalt, so kalt wie das Eis von den Seen im Norden, das die Dampfschiffe in den Süden brachten, und doch durchfluteten sie ihn mit einer prickelnden Wärme. Er wollte sie wärmen, sie vor sich auf die Knie ziehen und...

Er war verrückt. Sie war eine Dame, und sie war die Frau eines anderen Mannes. Sie war die Frau, die irgendwie den Tod seines Bruders mit verschuldet hatte. Er würde sich nicht in ihren gefährlichen Bann begeben. Jedenfalls nicht, wenn sich dagegen etwas machen ließ.

Die Wolken, die sich bedrohlich zusammengeballt hatten, trieben unter schwachem Donnergrollen und ohne jeden Tropfen Regen auseinander. Ein paar tiefhängende Schwaden verblieben, aber die Sonne segelte durch sie hindurch, und Licht und Schatten wechselten sich miteinander ab. Die versammelten Zuschauer und Teilnehmer brachen nacheinander zum Haus auf, um sich frisch zu machen, ehe das Barbecue serviert wurde. Hinterher verteilten sie sich auf dem Rasen, und ihnen folgten Dienstboten, die ihre beladenen Teller und die Gläser mit Wein aus Trauben und Äpfeln trugen. Schließlich bildeten sich dann dem Alter und den Interessen entsprechend kleine Grüppchen, und man lehnte sich unter den Bäumen behaglich auf Stühlen zurück.

Der Duft von gebratenem Rindfleisch und Schweinefleisch, von würzig zubereiteten Bohnen, Kartoffelsalat, Eiersalat, gedämpften Äpfeln und Birnen, von eingelegten Gurken und Zwiebeln und schmackhaften Saucen, von Kokosnußkuchen und Bratäpfeln vermischte sich mit dem beißenden Geruch von Holzrauch und dem würzigen Duft des Laubs, das die Herbstfarben anzunehmen begann. Am Waldrand ragten die hohen Stengel von Goldruten auf, blau blühender Wasserdost wuchs niedrig und dicht, lavendelfarbene Astern standen dort, und um all das rankten sich hellrote Purpurwinden, deren Blüten sich gerade schlossen. Spottdrosseln stießen glockenklare Rufe aus, und Kardinalsvögel flogen von einem Baum zum anderen. Gelbe und orangefarbene Schmetterlinge flatterten mit zarten Flügeln in kühnen Neigungswinkeln über das Gras und die Zäune.

Giles saß mit Angehörigen der Barrows zusammen, Nachbarn aus der näheren Umgebung, die oft als die reichste Familie im Landkreis bezeichnet wurden. Da er viele der Vorlieben der älteren Herren in dieser Familie teilte, so das Pferderennen, das Kartenspiel um hohe Einsätze und große Feste in seinem Haus, sah er sie als gute Freunde an.

Katrine saß ein Stück weit entfernt unter den ausladenden Ästen einer Sumpfeiche in ihrem eigenen Kreis. Darunter waren Musetta und Perry, Alan als Begleiter der schüchternen Charlotte, ein Akt der Barmherzigkeit, der ihr Vergnügen zu bereiten schien, wogegen Georgette sich an Satchel gehängt hatte. Rowan war ebenfalls dabei; er hatte es sich bequem gemacht und nahm die Glückwünsche, die ihm zuteil wurden, gelassen und heiter und mit einem Anflug von Bescheidenheit, mit dem er sich selbst herabsetzte, entgegen. Er schien die Blicke nicht wahrzunehmen, mit denen ihn die Frauen bedachten, die vorbeigeschlendert kamen, und ebensowenig beachtete er, mit welcher Anbetung Charlotte bei jeder seiner Äußerungen an seinen Lippen hing, daß Musetta mit ihm flirtete oder wie unverhohlen Georgette ihn bewunderte.

Nicht nur die Frauen schienen beeindruckt zu sein. Die Männer erwiesen ihm einen gewissen Respekt, von dem vorher nichts zu bemerken war, und sie schlossen sich den Meinungen, die Rowan de Blanc äußerte, mit geradezu peinlicher Höflichkeit an.

Es wäre komisch gewesen, dachte Katrine, als sie das Gebärdenspiel beobachtete, wenn es nicht so ärgerlich gewesen wäre. Weshalb sollte der geschickte Umgang mit Waffen, zumal wenn es sich ausgerechnet um für einen Gentleman nutzlose handelte, plötzlich das Ansehen eines Mannes vergrößern? O ja, sie verstand den Reiz einer herausragenden Leistung in Verbindung mit erlesenem Sportsgeist – sie nahm seine Wirkung sogar an sich selbst wahr –, aber es war trotzdem lachhaft.

Das schlimmste daran war, daß der Vorteil, den er errungen hatte, für sie unüberwindlich sein konnte. Diese Furcht lauerte ständig in ihrem Hinterkopf wie ein Kopfschmerz, der sich nicht lindern läßt. Das machte sie nicht gerade zu einer aufgeschlossenen Gastgeberin, obgleich sie sich bemühte, bei dem Geplänkel mitzumachen und sich die Analyse der Vorfälle des Vormittags anzuhören, die um sie herum betrieben wurde. Als Alan und Rowan ein Gespräch über den Aufstand in Haiti begannen, der mit dem Selbstmord des schwarzen Herrschers, des Kaisers Christophe, geendet hatte, hörte sie einen Moment lang zu und gestattete ihren Gedanken dann abzuschweifen.

Sie fand, sie bildeten ein reizvolles Grüppchen, das nahezu perfekt West Florida repräsentierte, das jetzt wieder unter seinem alten Namen bekannt wurde, Feliciana, das glückliche Land. Perry, dessen Mutter Französin gewesen war, konnte auf die längste Familientradition in dieser Gegend zurückblicken; kurz nach der Besiedelung durch die Franzosen Anfang des achtzehnten Jahrhunderts war seine Familie schon hier ansässig geworden. Satchels Familie besaß ihr Land, seit die Briten diesen Teil von Louisiana durch ein vertragliches Abkommen erworben hatten, nachdem die Spanier Louisiana vor mehr als neunzig Jahren an sich gebracht hatten: seinem Urgroßvater waren aufgrund seiner Verdienste als Hauptmann im britischen Heer dreitausend Morgen zugestanden worden, ein Anreiz zur Besiedelung eines damals wüsten Landstrichs. Georgettes Urgroßvater war nach dem Unabhängigkeitskrieg als Tory auf der Flucht vor den Vereinigten Staaten in der Hoffnung hergekommen, Freunde in diesem britischen Territorium zu finden, und er war nicht enttäuscht worden. Charlottes Großvater war mit dem spanischen Gouverneur Galvez hergekommen, als er die Rebellion der Briten an der Ostküste dazu genutzt hatte, einen Feldzug zu unternehmen und der britischen Besatzung ein Ende zu bereiten.

Katrine selbst verdankte ihren derzeitigen Stand einem Großvater, der während des Kriegs von 1812 seine Zelte in den Carolinas abgebrochen hatte und noch rechtzeitig in Feliciana eingetroffen war, um sich der Gruppe anzuschließen, die die Spanier hinausgeworfen und den Bereich des Landes zu einer unabhängigen Republik erklärt hatte. Volle vierundsiebzig Tage lang regierte die Republik sich selbst mit allem, was dazugehörte, eigenem Militär, einer Landesflagge und einer Nationalhymne, bis die Föderiertentruppen der Vereinigten Staaten kamen, um das kleine neue Land zu annektieren.

Er war ein bemerkenswerter Mann gewesen, ihr Großvater. Sein Sohn, Katrines Vater, war nicht so verwegen, nicht so einfallsreich und kein solcher Glückspilz gewesen. Wäre er es gewesen, dann hätte sie sich wohl nie überreden lassen, Giles zu heiraten.

Natürlich war es zwecklos, sich solche Gedanken zu machen. Sie stellte ihren Teller mit dem unangerührten Essen zur Seite. Ihr war schlagartig der Hunger vergangen.

»Ich schwöre es dir, Katrine«, sagte Musetta in einem scharfen Tonfall, »deine Geistesabwesenheit nimmt von Tag zu Tag zu. Wach aus deiner Verträumtheit auf, und hör mir gut zu. Diese Frage bedarf lebensnotwendig einer Antwort.«

»Es tut mir leid. Ich habe nicht zugehört.«

»Das weiß ich selbst. Ich habe gefragt, ob ein Mann, der um seiner Mätresse willen ein Opfer bringt, Anspruch darauf hat, dafür belohnt zu werden.«

Katrine war augenblicklich klar, wie diese Frage aufgekommen war und daß Musetta sie dazu einsetzte, Rowans Aufmerksamkeit auf sich zu ziehen. Ihre Stimme war gepreßt, als sie sagte: »Nein.«

Ihre Schwägerin zog eine Augenbraue hoch. »Meine Güte, wie entschieden du das sagst. Überleg dir doch nur: Wenn ein Mann aus selbstlosen Motiven heraus auf das verzichtet, was er mehr als alles andere begehrt, und es in der Macht seiner Mätresse steht, ihn für diesen Verlust zu entschädigen, sollte ihm dann nicht der Trost zukommen, den sie ihm spenden kann?«

»Wenn du es so formulierst, ja, natürlich«, antwortete Katrine. Sie unterbrach sich und sprach dann weiter, als ihre Gedanken klarere Gestalt angenommen hatten. »Aber du hast gefragt, ob er ein Recht darauf hätte, diese Belohnung zu verlangen. Wenn er sie fordert, dann weist das darauf hin, daß sein Handeln von tieferen Beweggründen und Hintergedanken bestimmt war. Dann kann von einem Opfer nicht die Rede sein. Dieser Mann hat sich als minderwertig erwiesen, indem er versucht hat, sich den Anschein der Selbstlosigkeit um des erhofften Lohnes willen zu verleihen. Ihm sollte dafür nichts zugestanden werden, und er sollte noch nicht einmal hoffen dürfen, die Achtung seiner Mätresse wiederzuerringen.«

Rowan lehnte sich auf seinem Stuhl vor, als er sprach. »Ist das nicht etwas hart geurteilt? Darf sich ein Mann keinen Trost oder zumindest ein Zeichen erhoffen, daß seine Mätresse sein Tun zu würdigen weiß?«

Sie sah ihn fest an. »Hoffnung ist wieder etwas gänzlich anderes; hoffen darf jeder. Aber hier geht es darum, daß das, was eine Frau einem Mann von sich aus bewilligen könnte, nichts mit dem zu tun hat, was ein Mann für sein Recht halten könnte, das ihm zusteht. Und auch nichts mit dem, was eine andere Person ihm vielleicht zugestehen würde.«

»Ach, darum geht es also, wenn ich recht verstehe?« fragte er, und seine Stimme triefte vor unterschwelliger Anzüglichkeit.

Katrine sprang mit einer so plötzlichen Bewegung auf, daß sich der Reifrock unter ihrem Kleid an ihrem Stuhl verfing, der hinter ihr zu Boden fiel. Sie nahm es kaum wahr. Die Wortgefechte, die höflich vorgebrachten Beleidigungen und die verborgenen Anspielungen konnte sie nicht mehr ertragen. Sie mußte schleunigst weg.

»Sie ... Sie müssen mich entschuldigen«, sagte sie. »Ich habe vor Einbruch der Dunkelheit noch ein paar Besorgungen in St. Francisville zu erledigen.«

Sie ließ die Tischgesellschaft sitzen und verschwand so schnell, wie es ihr weiter Glockenrock erlaubte. Sie hatte nicht mehr als ein halbes Dutzend Schritte zurückgelegt, als sie das leise Geräusch hörte, mit dem Stoff an Stoff streifte, und gleichzeitig spürte, daß jemand an ihrer Seite war.

Schwarze Stiefel, auf Hochglanz poliert. Eine Hose aus feinem Wollstoff in einem gedämpften Grau mit schwarzen Streifen.

Als sie stehenblieb und sich umdrehte, sah sie sich Rowan gegenüber. In einem giftigen Tonfall fragte sie: »Wohin wollen Sie?«

»Es ist, falls Sie sich nicht erinnern sollten, mein mühsam errungenes Privileg, Sie begleiten zu dürfen, wohin Sie auch gehen.«

»Zu dem Zweck habe ich einen Stallburschen, der mich kutschiert.«

»Schicken Sie ihn fort«, schlug er vor.

»Ich brauche keinen Begleiter, und ich will auch keinen haben.« Diese klaren Worte mußten auch für ihn unmißverständlich sein.

»Es geht hier darum«, sagte er und parodierte vorsätzlich, wie sie sich vorhin ausgedrückt hatte, »daß es mein Recht ist, an Ihrer Seite zu sein.«

»Nicht gegen meinen erklärten Willen.« Sie war stolz darauf, wie ruhig ihre Stimme war.

»Was das angeht, kann ich mich nicht erinnern, daß persönliche Wünsche erwähnt worden sind.«

Bei diesen Worten lächelte er auf sie herunter. Es war ein freundliches Lächeln, und doch schwang darin eine so stille Sicherheit und Macht mit, daß sie das heftige Verlangen verspürte, ein großer, starker Mann zu sein, und sei es auch nur für eine einzige, alles zunichte machende Sekunde.

Sie probierte es auf eine andere Art. »Sie werden sich langweilen; ich habe vor, Seidenstickgarn in genau abgestimmten Farbschattierungen auszuwählen, ein paar neue Handschuhe zu kaufen und die Kiste Ananas mitzubringen, die heute morgen mit dem Dampfer angekommen ist, da es die Früchte heute als Nachtisch nach dem Abendessen geben soll.«

»Dann werden Sie wohl Ihre Kutsche nehmen. Es wird mir eine Ehre sein, Sie zu kutschieren.«

Sie starrte ihn lange an. Schließlich sagte sie: »Warum?«

Er neigte den Kopf zu Seite. »Was glauben Sie wohl? Ich habe Anschläge auf Ihre Tugend und auf Ihre Ananas vor.«

»Sie glauben, Sie können mich überreden, mit Ihnen über Terence zu sprechen«, sagte sie mit einem vernichtenden Blick, ehe sie sich von ihm abwandte und weiterging.

Er hielt mit ihr Schritt. »Und Sie sind wild entschlossen, nichts zu sagten. Möglicherweise gelingt es uns ja, ein anderes Thema zu finden.«

Katrine dachte schon daran, ihr Vorhaben aufzugeben und Delphia und einen der Bediensteten loszuschicken, damit sie die Dinge holten, die sie brauchte. Für sie war der Ausflug lediglich ein Vorwand gewesen, um allein sein zu können, und wenn sich das nicht bewerkstelligen ließ, dann hatte die Fahrt in die Stadt ihren Zweck eingebüßt. Sie dachte jedoch gar nicht daran, sich von ihm vorschreiben zu lassen, was sie zu tun hatte. Außerdem half es ihr nichts, in Arcadia zu bleiben, denn auch hier würde er sie erbarmungslos verfolgen.

»Sie werden mich nicht kutschieren«, sagte sie. »Falls Sie es vorziehen sollten, sich nicht von einer Frau kutschieren zu lassen, dann bleiben Sie besser hier.«

»Einverstanden«, sagte er augenblicklich und fügte trocken hinzu: »Das wird eine ganz neuartige Erfahrung für mich.«

»Außerdem werden Sie warten müssen, bis ich mir etwas Passenderes angezogen habe.«

»Die Zeit könnte ich dafür nutzen, mich ebenfalls umzuziehen.«

Sie starrte ihn lange an, und seine Entschlossenheit, sich an keiner ihrer Bedingungen zu stören, sondern gern einzuwilligen, machte sie argwöhnisch. Es schien ihr jedoch nichts anderes übrigzubleiben, als ihm seinen Willen zu lassen.

Die Besorgungen wurden ohne viel Aufwand erledigt. Rowan erwies sich als erstaunlich brauchbar bei der Abstimmung der Seidengarnschattierungen aufeinander und der Auswahl gutsitzender Handschuhe. An der Schiffsanlegestelle wartete er nicht etwa, bis ein Arbeiter kam und die Ananas ablud, sondern hievte die schwere Kiste selber in die Kutsche und hinter den Sitz.

Außerdem erwies er sich als ein umgänglicher Begleiter; nicht ein einziges Mal kam er auf seinen Bruder oder auf die Situation in Arcadia zu sprechen. Statt dessen redete er über die Baumwollernte, die gerade eingebracht worden war, und über die sechshundert Ballen weißes Gold, die die Felder abgeworfen hatten, die sich hinter der waldigen Gegend, von der Arcadia umgeben war, meilenweit erstreckten. Er sprach über Pariser Moden und Mätzchen, über die Sehenswürdigkeiten von London und über eine Villa, die er in Rom besaß. Als sie Freunde in St. Francisville erwähnte, griff er ihr Stichwort auf und erzählte von Leuten, die er in New Orleans während der alljährlichen *saison des visites* getroffen hatte, zu der jeder, der etwas auf sich hielt, flußabwärts fuhr, um sich die brandneuesten Opern und Theaterstücke anzusehen.

Erst als sie von der Anlegestelle der Dampfschiffe losfuhren, bemerkten sie, wie dunkel der Himmel geworden war. Droben im Nordwesten hing drohend eine grauviolette Wolke. Katrine entschloß sich zu dem Versuch, es nach Arcadia zu schaffen, ehe der Regen einsetzte. Das war ihr erster Fehler. Den zweiten beging sie, als sie die Stadt schon weit hinter sich gelassen hatten und dahinrollten, der aufkommende Sturm grobkörnigen Sand aufwirbelte und ihnen Laub, das er von den Bäumen riß, ins Gesicht wehte und die Äste von hohen Eichen und Buchen, die über die Straße hingen und sie wie ein Tunnel umgaben, über ihren Köpfen knackten.

»Vielleicht wäre es das beste, wenn ich die Zügel übernehme«, schlug Rowan vor.

»Ich schaffe das schon allein.« Katrines Antwort war barsch. Sie mußte ihre gesamte Kraft und Konzentration aufbieten, um die braune Stute, die vor einer Ranke scheute, die sich losgelöst hatte und auf die Straße hing, in Schach zu halten. Sie konnte die Anstrengung im Rücken, in den Schultern und in den Händen in ihren kastanienbraunen Lederhandschuhen spüren, mit denen sie das Pferd lenkte.

»Das glaube ich durchaus, aber warum sollten Sie sich derart anstrengen, wenn es mir bei weitem leichterfallen würde?«

Ihr blieb keine Zeit für eine Antwort. Eine große Eule, die die vorzeitige Dunkelheit aufgeschreckt hatte, kam auf sie zugeflogen. Die Stute warf den Kopf zurück, wieherte vor Entsetzen und bäumte sich dann in ihrem Zaumzeug auf.

Die Kutsche schlitterte quer über die Straße. Katrines Handschuh zerriß, als sie mit den Zügeln kämpfte. Rowan beugte sich vor, um seine Hände auf ihre zu legen und so fest zuzupacken, daß es ihr nahezu die Knochen brach. Die Kutsche sauste in eine Staubwolke, die der Wind aufgewirbelt hatte.

Katrine versuchte, die Hände von den Zügeln zu lösen und sie Rowan zu überlassen. Im Moment der Übergabe kam es zu einem lauten und unheilvollen Knacken. Die Kutsche schlingerte und fiel dann mit einem ohrenbetäubenden Krachen auf eine der Achsen. In einem Hagel aus Erdbrocken und Laub glitt sie ächzend und umkippend auf einen Straßengraben zu.

Katrine spürte, wie sie vom Sitz rutschte und wie die Kutsche unter ihr einen Satz machte. Sie sah, wie die Baumstämme schnell näher kamen. Dann umschloß eine Stahlschlinge ihre Taille und raubte ihr den Atem. Sie wurde in die Luft geschleudert, taumelte und stürzte. Etwas prallte von ihrem Kopf und ihrer Schulter ab und ließ sie vor Schmerz erblinden. In einem festen Griff versank sie in scharfkantige Dunkelheit.

Langsam kam sie wieder zu sich; es schien, als könnte sie fühlen, ehe sie etwas zu hören vermochte, und als könnte sie eher hören, als den Willen aufzubieten, die Augen aufzuschlagen. Sie lag auf einer warmen, harten Unterlage. Sie hatte leichte Kopfschmerzen, aber ein angenehmes Gefühl der Bequemlichkeit, und sie konnte frei und ungehindert atmen. Irgendwo in der Ferne hörte sie ein rasselndes, trommelndes Geräusch, aber sie war in Sicherheit davor, in Sicherheit vor allem. Die Luft war kühl und feucht und roch nach alter Holzasche, Staub und Mäusen.

Sie zog die Stirn ein wenig in Falten, als ihr aufging, daß nichts so war, wie es hätte sein sollen. Langsam schlug sie die Augen auf und war sich dabei der Notwendigkeit, aber auch ihres Widerwillens bewußt.

Rowan hielt sie in seinen Armen. Sie war von deren Kraft und Festigkeit umgeben, aber auch von seinem

Geruch, der sich aus warmem Regen, gebügeltem Leinen und Leder zusammensetzte. Sein Gesicht war streng und verkniffen, und er machte ganz den Eindruck, als sei er Herr der Lage, obgleich in den schattigen Tiefen seiner Augen Sorge stand.

Sie waren in einer Hütte, die frei von allen Einrichtungsgegenständen war, und ihr wurde klar, daß die Hütte auf einem Stück unfruchtbaren Landes stehen mußte, auf dem eine Familie ihre Zelte abgebrochen und ein Schild an der Tür zurückgelassen hatte, auf dem stand: SIND NACH TEXAS GEZOGEN. Nicht weit von sich sah sie einen rauchgeschwärzten Kamin mit einer Herdstelle, die von alter Asche verkrustet war. Der Regen trommelte auf das Dach über ihrem Kopf und strömte durch eine Ecke des Raumes unablässig hinein. Rowan lehnte in Hemdsärmeln mit dem Rücken an einer unverputzten Wand. Sie war mit seinem Mantel zugedeckt. Darunter war das Oberteil ihres maßgeschneiderten Reisekostüms bis zur Taille geöffnet, und ihr Korsett war gelockert worden.

Katrine blieb völlig regungslos liegen, als ihr aufging, daß Rowan de Blanc sie in die Hütte gebracht hatte, solange sie bewußtlos gewesen war, daß er ihre Kleidungsstücke aufgeknöpft, die Schnüre des Mieders über ihrem Korsett gelöst, ihre Brüste freigelegt und ihr Korsett gelockert hatte. Dann hatte er sich hingesetzt und sie in seine Arme gezogen.

Was hatte er sonst noch getan?

Irgendwo tief in ihrem Innern stieg glühende Röte auf und überschwemmte ihre Schultern und ihren Hals und brannte in ihrem Gesicht. Sie atmete tiefer durch. Ihre Hände, an denen sie keine Handschuhe mehr trug, ballten sich zu Fäusten.

Rowan beobachtete diese Anzeichen ihrer Entrüstung. Die Ursache war ihm bekannt, und er hatte auch nichts anderes erwartet; dennoch ärgerte er sich darüber. Er hatte getan, was getan werden mußte, und dabei hatte er mehr oder weniger gefürchtet, sie würde sterben. Sein Entsetzen darüber hatte ihn schockiert; er hatte nicht glauben können, daß ihm das soviel ausmachen könnte. Als er festgestellt hatte, daß ihr Herz noch schlug, und als er dahintergekommen war, daß sie noch atmete, sowie er sie aus der brutalen Einengung durch ihr Korsett befreit hatte, hatte seine Furcht sich gelegt. Erst dann hatte er die süßen und vollkommenen Wölbungen zur Kenntnis genommen, die er freigelegt hatte, den matten Perlenschimmer ihrer nackten Haut, den zarten Knochenbau darunter.

Seine Hände hatten zu zittern begonnen, und er hatte sie kurz ausgestreckt, um ihren Körper zu berühren, aber dann hatte er über der schmalen Taille, die er so mühelos hätte umspannen können, innegehalten. Seine Finger hatten sich so weit gekrümmt, daß sie sich perfekt der Form der Brüste angepaßt hätten, die von einem zarten Geflecht aus blauen Adern durchzogen waren und auf deren hübschen gewölbten Rundungen korallrote Spitzen saßen.

Er hatte die Hände zurückgezogen, obwohl diese Anstrengung ihm einen Krampf in den Armen und Knoten in der Magengrube eingetragen hatte. Er hatte sie zugedeckt und dann unter Aufbietung eiserner Willenskraft dagesessen, um Vergessen gefleht und der Erregung seines Körpers und der inbrünstigen Lust in seinem Innern abzuklingen geboten.

Er hatte diesen Kampf mit der Versuchung gewonnen. Er hatte völlig regungslos dagesessen und ihre Gesichtszüge betrachtet, die blauen Schatten der Ermattung und der Anstrengung unter ihren Augen. Und wozu all das? Um Anschuldigungen in ihrem festen Blick zu sehen. Oder bildete er sich das etwa nur ein?

»Es tut mit leid«, sagte er, und die Worte kamen barsch heraus. »Ihr Atem ging zu flach, und es war niemand sonst da, der Ihnen hätte helfen können.«

Etwas in Katrines Innerem reagierte auf den verhaltenen Zorn, den sie in seinem Gesicht sah, und auf die beherrschte Spannung, die sie in seinen Armen wahrnahm. Er begehrte sie, das erkannte sie deutlich. Nie in ihrem ganzen Leben hatte sie sich so angreifbar gefühlt, noch nicht einmal in den Momenten ihrer Hochzeitsnacht, in denen Giles neben ihr gelegen und ihr Nachthemd geöffnet hatte, ehe er sich vor Scham über seine Unfähigkeit, sich ihr weiter zu nähern, von ihr abgewandt hatte.

Plötzlich fragte sie sich, was sie empfunden hätte, wenn sie wach gewesen und Rowans intime Berührungen bei klarem Bewußtsein erlebt hätte, als er sie aus ihren Kleidungsstücken herausgeschält hatte, und sie fragte sich, wie es gewesen wäre, wenn er nicht aufgehört hätte. Plötzlich wünschte sie sich inbrünstig, eine Frau zu sein, die die Arme ausstrecken und zu ihm sagen könnte: »Mach mit mir, was du willst. Halt mich fest. Zieh mich eng an dich. Nimm mich, und zeig mir all die Dinge, die Musetta andeutet, die sie aber nie näher erklärt. Laß mich etwas empfinden, irgendwas. Lieb mich mit dem Verlangen, das Liebe vortäuscht, wenn du mich schon nicht für immer lieben kannst.«

Doch solche Gedanken waren ihr so wesensfremd und lagen so außerhalb von allem, was sie je für möglich gehalten hätte, daß sie ihr jede Willenskraft zu rauben schienen und es ihr unmöglich machten, sich von ihm zu lösen. Sie brachte es lediglich fertig, die Augen niederzuschlagen. Ihr Blick fiel auf die festen Konturen seiner Lippen, die so klar gezeichnet und doch an den Mundwinkeln sinnlich geschwungen waren. Die Erinnerung an die glühende Geschmeidigkeit dieser Lippen, die sie auf ihrem eigenen Mund gefühlt hatte, stand so lebhaft vor ihren Augen, daß es fast schien, als könnte sie den prickelnden Druck der Berührung jetzt noch spüren. Das Verlangen, das noch einmal zu erleben und auszukosten, war so gewaltig, daß es ihre Lippen beben und pulsieren ließ. Sie fragte sich, was er wohl täte, wenn sie den Arm ausstreckte, eine Hand auf seinen Nacken legte und seinen Kopf zu sich hinunterzöge, bis …

Nein.

Sie kniff die Augen fest zu. Der Schlag auf den Schädel mußte ihrem Verstand geschadet haben. Sie konnte sich nicht vorstellen, woher diese wollüstigen Impulse sonst hätten kommen können.

Der Mann, der sie in seinen Armen hielt, stellte die größte Gefahr für sie da. Wie konnte sie hoffen, ihre Keuschheit, ihre Unbescholtenheit und ihre Selbstachtung zu wahren, wenn sie zuließ, daß ihre Abwehr gegen ihn sich dergestalt schwächen ließ?

»Sind Sie in Ordnung?« fragte er, und eine Spur von Angst schwang in seiner gesenkten Stimme mit. »Die Beule auf Ihrem Hinterkopf scheint nicht allzu schlimm zu sein; ich habe schon oft gesehen, daß Männer nach einem Schlag auf diese Stelle das Bewußtsein wiedererlangen und einfach aufstehen, als sei nichts geschehen. Aber ich kann jederzeit losreiten und einen Arzt holen, falls Sie es wollen. Der Stute ist nichts passiert; sie ist draußen angebunden.«

Katrine rang sich ein flüchtiges Lächeln ab. »Ich glaube, mir geht es einigermaßen gut. Sie scheinen Ihre Sache … gut gemacht zu haben. Wenn Sie jetzt vielleicht so freundlich wären, mich aufstehen zu lassen?«

»Selbstverständlich«, sagte er. Es kam stockend heraus, und die Sorge war von ihm abgefallen, als sei sie nie dagewesen.

Ohne große Anstrengung half er ihr hoch. Mit beiden Händen griff sie nach der weichen edlen Wolle seines Mantels, der sie bedeckte, als er von ihr zu gleiten begann. Sie stieß sich von ihm ab, sank wankend in die Knie und rang darum, wieder auf die Füße zu kommen. Er stand sofort da, schlang den Arm um ihre Taille und stützte sie, während sie die Füße aus ihren Röcken befreite und das Gleichgewicht wiederfand.

»Danke«, sagte sie leicht gestelzt.

Er entgegnete nichts darauf, trat zurück, kehrte ihr den Rücken zu und ging zu der offenen Hüttentür. Er lehnte sich mit einer Schulter an den Türrahmen, blieb dort stehen und starrte in den strömenden Regen hinaus.

Er ließ sie allein, damit sie sich ungestört wieder ankleiden konnte, begriff Katrine. Sie war ihm dankbar, sowohl für sein Vorgehen als auch für sein Verständnis. Es war unsinnig, verärgert über ihn zu sein, und doch war sie es. Er hätte nicht derart deutlich klarzustellen brauchen, daß er keinerlei Interesse daran hatte, sie dabei zu beobachten.

Einen Moment später wandte er sich über die Schulter an sie. »Der Regen scheint nachzulassen. Mir gefällt die Vorstellung nicht, Sie hier allein zu lassen, während ich nach Arcadia reite, um eine andere Kutsche zu holen. Sie können die Stute nehmen, wenn Sie mögen, und ich folge Ihnen zu Fuß.«

Sie warf einen Blick auf seinen steifen Rücken. »Ich habe keinen Damensattel und kein Zaumzeug dabei. Ich bin nicht sicher, ob mir die Stute ohne Zaumzeug gehorcht, und schon gar nicht, wenn sie einen flatternden Rock sieht.«

»Dann übernehme ich es, sie im Zaum zu halten, falls Sie nichts dagegen haben, im Damensitz zu reiten.«

Er rief ihr ins Gedächtnis zurück, daß sie darauf bestanden hatte, den Wagen zu kutschieren, womit sie ihn und sich in diese mißliche Lage gebracht hatte. Mit gepreßter Stimme sagte sie: »Weshalb sollte ich etwas dagegen haben?«

Es war nicht gerade ein bequemer Ritt. Katrine war gezwungen, sich ihres Reifrocks und ihrer Petticoats zu entledigen, und dennoch blieben unerfreulich große Stoffmengen, die festgehalten werden mußten, damit die Stute sich nicht erschrak.

Sie ritt nicht wirklich im Damensitz, sondern saß vor Rowan, der sie mit seinen Armen umschlungen hielt. Ohne ihre gewohnten Unterkleider, die ihr Schutz gaben, nahm sie mit unangenehmer Deutlichkeit die festen Muskeln seiner Oberschenkel und jede Bewegung des Pferdes wahr, die ihre sanften Rundungen mit rhythmischer Regelmäßigkeit an ihn preßten. Es war nur gut, daß sie keine allzu weite Strecke zurücklegen mußten.

Als sie die Auffahrt nach Arcadia hochtrabten, sagte Rowan: »Es gibt da noch etwas, was Sie wissen sollten. Es geht um Ihre Kutsche.«

Katrine reagierte nur mit einem fragenden Laut darauf, da ihre Aufmerksamkeit von dem ungewohnten Tumult vor der Eingangstür des großen Hauses in Anspruch genommen wurde. Es schien, als hätte sich ihre Rückkehr lange genug hinausgezögert, um Sorge zu wecken.

»Ist es tatsächlich Ihr Fahrzeug? Kutschieren Sie es gewohnheitsmäßig selbst?«

Sie sah schnell zu ihm auf. »Das tue ich, seit ich alt genug bin, um die Zügel selbst zu halten. Giles hat nichts dagegen; die Kutsche ist ein Geburtstagsgeschenk von ihm.«

»Ein kaputtes Rad hat dazu geführt, daß sich die Kutsche überschlagen hat. Etliche Radspeichen waren vorsätzlich angesägt.«

Sie schwieg, als sie die Möglichkeit bedachte, die er andeutete – jemand hätte das Rad beschädigt, damit es zu einem Unfall kam, bei dem sie sich Verletzungen zuzog. Ihre Stimme war gepreßt, als sie sagte: »Sie müssen sich irren.«

»Mag sein. Aber Sie sollten Ihrem Kutscher oder einem Stallknecht sagen, daß er von jetzt an genauer auf mögliche Schäden achtet.«

Mehr konnte er nicht sagen, da sie sich dem Haus näherten und ihnen ein halbes Dutzend Menschen entgegenkam: Alan und Satchel, Musetta und Perry, der Butler Cato und Delphia. Giles stand unter dem gotischen Portal über der Freitreppe und wartete.

Ausrufe der Verwunderung, das Fordern von Erklärungen und Äußerungen zum glücklichen Ausgang des Geschehens begleiteten die beiden ins Haus. Giles ließ den Aufruhr noch kurze Zeit zu, obgleich seine Züge sich verfinsterten, als er von Katrines Kopfverletzung hörte. Schließlich gebot er der Fragenflut Einhalt.

»Jetzt reicht es aber. Ich bin sicher, daß Katrine und Rowan uns beim Abendessen bis in alle Einzelheiten von ihrem Abenteuer berichten werden, aber bis dahin sollte Katrine sich hinlegen und sich ausruhen.«

»Eigentlich fehlt mir nichts weiter«, sagte sie mit einem mechanischen Lächeln, »und ich habe noch einiges zu tun. Ich sollte jemanden losschicken, damit er die Ananas holt, falls wir sie heute abend essen wollen, und dann muß auch noch ein Wagner angewiesen werden, die Kutsche zu reparieren und sie zurückzu ...«

»Nur keine Sorge, das wird schon veranlaßt. Du solltest lieber etwas für dich tun. Ich bin sicher, daß du dich zumindest umziehen möchtest.« Giles drehte sie bei diesen Worten an den Schultern zu einem hohen Pfeilerspiegel um.

Katrine gefiel der vorwurfsvolle Tonfall ihres Mannes nicht; sie sah selbst nur zu gut, wovon er sprach. Das Haar fiel ihr in wirren Strähnen herunter, in denen sich kleine Stücke Baumrinde verfangen hatten; im Gesicht hatte sie Schmutzspuren, und ohne ihre Petticoats hingen ihre Röcke schlaff herunter und schleiften auf dem Fußboden. Sie sagte kein weiteres Wort, sondern gab Delphia ein Zeichen und stieg mit ihr die Treppe hinauf zu dem langen Gang, der zu ihrem Schlafzimmer führte.

Giles folgte ihnen, betrat nach Katrine deren Zimmer, wartete, bis Delphia ebenfalls eingetreten war, und schloß die Tür hinter sich. Sein Blick war gebannt auf Katrines blasses Gesicht gerichtet, als er sich wieder an sie wandte. Unumwunden sagte er: »Ich habe mir Sorgen um dich gemacht.«

»Das tut mir leid, aber es ließ sich nicht verhindern.« Sie setzte sich an ihre Frisierkommode, und Delphia begann augenblicklich, ihr die Nadeln aus dem Haar zu ziehen.

»Als du nicht zur erwarteten Zeit zurückgekommen bist, dachte ich im ersten Moment, du hättest es dir anders überlegt.« Seine Stimme war anzüglich. Er wartete gespannt ihre Antwort ab.

»Du meinst...« setzte sie an und fuhr nach einem Zögern fort: »Nein, das hätte ich nicht getan.«

»So, wie die Dinge stehen, ist das wirklich ein Glück. Es wurden Bemerkungen laut, de Blanc würde mit dir ausreißen. Es wäre ein gewaltiger Jammer, wenn alles durch eine Indiskretion gefährdet würde, durch einen Moment der Unbesonnenheit verdorben.«

»Und ich hätte geglaubt«, sagte sie bissig, »du hättest dich gefreut, ganz gleich, wie sich die Sache einfädeln läßt.«

»Da hättest du dich gewaltig getäuscht, meine Liebe. Es ist nie meine Absicht gewesen, als Narr dazustehen oder öffentlich als Hahnrei zu gelten. Du mußt doch selbst wissen, daß damit das Motiv hinter dieser ganzen Scharade null und nichtig wäre.«

Katrine sah ihrer Zofe im Spiegel in die Augen und stellte fest, daß sich dort ihr eigener Zorn spiegelte. Sie sagte zu Giles: »Du hättest dich nicht zu sorgen brauchen. Es hat keinerlei Gefahr bestanden.«

»Das begreife ich jetzt auch. Dennoch könntest du dir diese Überlegung für die Zukunft merken.«

Sie drehte den Kopf um und sah ihn lange fest an. »Ich bezweifle, daß das nötig sein wird.«

Er wippte einen Moment lang auf den Fersen, ehe er vortrat und neben ihren Schultern stehenblieb. »Du bist müde von deinem Sturz, und daher werde ich dich jetzt nicht unter Druck setzen. Aber ich erinnere dich hiermit zum letzten Mal daran, daß du mir dein Wort gegeben hast. Ich habe dir bereits gesagt, daß ich dieses Versprechen einklagen werde, und genau das habe ich auch vor, ganz gleich, wieviel Kummer es dir bereiten wird. Es wäre weit besser, wenn du mich nicht zwingst, Maßnahmen zu ergreifen, die wir beide bereuen könnten.«

In seiner Stimme schwang etwas mit, was ihre Nerven vor Sorge vibrieren ließ. »Was willst du damit sagen?«

»Es gibt Mittel, mit denen man sich absichern kann, daß ein störrisches Füllen stillsteht, um sich von dem Hengst besteigen zu lassen. Du solltest bestrebt sein, dir das zu merken.«

Bei seinen letzten Worten wandte er sich ab und ging. Sie sprang auf und rief ihm nach. Als er sich wieder zu ihr umdrehte, war sein Gesicht dunkelrot angelaufen, aber unbarmherzig.

Die Proteste und die flehentlichen Bitten, die ihr alle gleichzeitig durch den Kopf schossen, erstarben in ihrem Innern, und nur Verzweiflung und Trostlosigkeit blieben zurück. Ihre Kehle schnürte sich zu, und sie brachte kein Wort heraus.

»Ja, meine liebste Katrine?«

Die liebevolle Anrede machte ihr Mut. »Sag mir eins, Giles, nur eine Kleinigkeit. Machst du dir auch nur das Geringste aus mir?«

»Auf meine Art bin ich dir von ganzem Herzen in Liebe zugetan. Habe ich dir das nicht schon oft gesagt?«

»Was kann das für eine Art von Liebe sein, wenn du zu so etwas fähig bist?« Die Worte waren ein Aufschrei ihres Herzens.

»Dir muß doch klar sein, daß es auch für dich das beste

ist. Katrine, ich bemühe mich, selbstlos zu sein, obwohl es mir schwerfällt.« Er wandte sich erneut von ihr ab. Die Schlafzimmertür schloß sich hinter ihm.

Das war nicht sein Ernst – es konnte einfach nicht sein Ernst sein. Er versuchte bestimmt nur, sie mit Drohungen einzuschüchtern, um sie gefügig zu machen. Giles hatte sie bislang immer mit der größten Rücksichtnahme behandelt, die schon an übertriebene Nachsichtigkeit grenzte. Er hatte nie die Hand oder auch nur die Stimme gegen sie erhoben. Sie hätte ihn als die Güte in Person bezeichnet.

Und doch konnte sie den Tag nicht vergessen, an dem er sie in den Stall mitgenommen hatte und ihr eine edle junge Stute ausgezeichneter Abstammung gezeigt hatte, die er gekauft hatte. Sie sollte von seinem kostbarsten Hengst gedeckt werden, soviel wußte Katrine, weil er es ihr selbst gesagt hatte, aber sie hatte nicht gewußt, daß es an jenem Morgen stattfinden sollte.

Die Stute war zwar körperlich reif genug für eine Paarung, doch ihr graute vor der zügellosen Wildheit, dem schrillen Wiehern und den Bissen in den Nacken, mit denen der Hengst sich auf sie stürzte. Sie war mit wildem Blick durch die Koppel gerast, hatte um sich getreten und gebissen. Sie war dem Hengst erfolgreich entkommen, bis Giles angeordnet hatte, ihr die Füße zu fesseln und sie so am Zaun festzubinden, daß sie sich kaum noch rühren konnte. Katrines Gatte hatte mit einem zufriedenen Lächeln zugesehen, wie der begierige Hengst auf die hilflose Stute losgelassen worden war.

Er hatte doch bestimmt nicht andeuten wollen, daß er ihr diese Demütigung zumuten wollte. Das konnte einfach nicht sein; nur ein Irrer wäre auf einen solchen Gedanken gekommen. Sie war seine Ehefrau. Es war schlichtweg ausgeschlossen.

Oder etwa doch nicht?

Katrine hob eine Hand und rieb sich die Stirn. Wieder sah sie ihre Zofe im Spiegel an und fragte: »Was soll ich bloß tun?«

»O Madam«, sagte Delphia behutsam, »Sie werden tun, was getan werden muß, wie alle anderen auch.«

5. Kapitel

Das Lanzenstechen am folgenden Morgen wurde ähnlich abgehalten wie die Fechtkämpfe, abgesehen davon, daß es um einiges leichter war, den Gewinner zu ermitteln.

Über die gesamte Länge des Feldes war in regelmäßigen Abständen ein Dutzend hoher Pfosten aufgestellt worden, und an der Spitze jedes Pfostens waren rechtwinklig Sprossen angebracht. Von diesen Querstreben hingen Ketten mit Messingringen an den untersten Kettengliedern. Der Ring an dem ersten Pfosten von rechts hatte etwa die Größe eines herbstlichen Vollmonds, den man am Horizont sieht. Nach links hin wurden die Ringe immer kleiner und waren schwieriger mit einer Lanze zu durchstechen, bis der letzte schließlich nur noch den Umfang des Handgelenks einer kleinen, zart gebauten Frau hatte.

Von den Reitern wurde verlangt, daß sie mit einer Lanze, die sie unter einem Arm hielten, so viele der Ringe wie möglich durchstachen, während sie in scharfem Galopp an den Pfosten vorbeiritten. Der Mann, der die meisten Ringe aufspießte, hatte gewonnen. Im Falle eines Gleichstands mußten die beiden erfolgreichen Wettkampfteilnehmer noch einen zweiten Durchlauf machen, bei dem ausschließlich sie gegeneinander antraten.

Bei dieser Sportart wurden Geschicklichkeit, Koordination, gute Nerven und unvergleichliche Reitkunst in einem Maß gefordert wie sonst nur, wenn tatsächlich beim Lanzenbrechen Mann gegen Mann antrat. Einem Mann, der sich für einen Sportler oder einen Reiter hielt, wurde hier alles abverlangt, was er nur aufzubieten vermochte. Der einzige Faktor, der noch hinzukam, war der, welches Reitpferd ein Mann sich auswählte.

Rowans Diener führte einen grauen Hengst heraus, ein geschmeidiges Tier mit bebenden Muskeln und angespannten Nerven, einem geschwungenen Hals und blendend gestriegeltem Fell, das wie polierter Stahl in der Morgensonne schimmerte. Das Pferd war ein Vollblut, ein Araber. Aus den Ställen hatte man vernehmen können, daß das Tier Saladin hieß. Von dem Moment an, in dem Katrine es sah, befiel sie eine fatalistische Trostlosigkeit. Sie spürte aber auch einen Schauer der Beklommenheit, der ihrem Gesicht eine Röte verlieh, die lange brauchte, um zu verblassen.

Es war ein strahlend schöner klarer Tag, und der Himmel setzte sich in seinem durchsichtigen Blau gegen das Grün der Bäume ab, die das Feld umschlossen. Nach dem Regen hatte es in der Nacht abgekühlt, und mehr Laub als bisher wurde von den Bäumen geweht. Man brauchte Capes gegen die frostige Morgenluft, doch um die Mittagszeit würde es wieder wärmer werden. Der lange Altweibersommer, der so typisch für den Herbst in den Südstaaten war, näherte sich seinem Ende.

Katrine schöpfte ein gewisses sinnliches Vergnügen aus dem klaren, warmen Licht, aber auch aus dem Anblick der Männer, die mit den Lanzen in Bereitschaft und mit hochgradiger Konzentration in den Gesichtszügen über das Feld donnerten. Sie jubelte ihnen für jeden aufgespießten Ring zu und stöhnte, wenn sie allzuoft einen Ring mit der Lanzenspitze trafen und ihn mit verrückten Sätzen durch die Luft sausen ließen. An diesem Tag hatte sie Perry ihre Gunst erwiesen. Sie hatte den Eindruck, daß Musetta den flatternden Schal mit Zorn in den hellblauen Augen musterte, aber dagegen ließ sich nichts machen. Von allen Männern aus der Gegend von Arcadia, die zu dem Wettkampf angetreten waren, hatte Perry die schärfsten Augen und saß am sichersten im Sattel.

Katrines Herz pochte vor Hoffnung heftiger, als Perry die Ringe einen nach dem anderen aufspießte, ohne auch nur einen einzigen zu verfehlen – bis er den letzten und kleinsten Ring erreichte. Diesen einen erwischte er nicht. In dem Moment argwöhnte sie den Ausgang des Turniers, und sie konnte nur froh sein, daß sie darauf vorbereitet war.

Rowan ritt schärfer, schneller und schwungvoller. Er hielt die schwere Lanze, als sei sie nicht schwergewichtiger als ein Spazierstock, und er ritt, als lenkte er den Hengst nicht etwa mit den Zügeln, sondern mit Herz und Seele. Und er spießte jeden einzelnen Ring auf, vom größten bis zum kleinsten, als pflückte er gemächlich Äpfel oder Pfirsiche.

Sie hätte aus der Haut fahren können. Es war einfach gräßlich. Katrine hätte am liebsten ihren Platz auf der Tribüne verlassen, dem Geschehen den Rücken zugekehrt und wäre fortgegangen, ohne den Siegerpreis zu übergeben, ohne Rowan de Blanc in die Augen schauen und dort den siegessicheren Ausdruck sehen zu müssen.

Aber das ging nicht. Sie mußte ihre Pflicht erfüllen. Das wurde von ihr erwartet, und niemand hätte eine Weigerung verstanden. Giles hätte das zweifellos nicht zugelassen.

Daher blieb sie sitzen, wo sie saß, während Rowan de Blanc mit hocherhobener Lanze und den schimmernden Ringen darauf über das gesamte Feld ritt. Sie blieb auf ihrem Platz, als er seinen Hengst vor ihr anhalten ließ und die Lanze langsam zu ihr hinneigte. Sie saß ganz still da und ließ zu, daß die aufgespießten Ringe von der Lanze glitten und klirrend und klingend auf ihren Schoß regneten.

Sie haßte ihn, und ihr war auch die Tatsache verhaßt, daß sein Gesicht kein Anzeichen von Prahlerei, sondern nur stille Selbstsicherheit aufwies, verhaßt, daß er ihr das Gefühl gab, diese Belohnung verdient zu haben, verhaßt, wie er auf einer Höhe mit ihr auf seinem Pferd saß und das erwartete, wovon er wußte, daß es jetzt kommen mußte.

Sie spielte mit dem Gedanken, so zu tun, als hielte das Gewicht der Ringe sie auf ihrem Sitz fest, damit jemand anderes gezwungen war, ihre Aufgabe zu übernehmen, Sie spielte mit dem Gedanken, aufzustehen und die Ringe alle um ihre Füße herum fallen zu lassen, während sie in eine künstliche Ohnmacht entschwebte. Sie spielte mit dem Gedanken, dem Mann auf dem Pferd sämtliche Messingringe einen nach dem anderen an den Kopf zu werfen.

Dann sah sie aus dem Augenwinkel, daß Musetta sich von ihrem Sitz erheben wollte. Ihre Schwägerin beabsichtigte, ihr die Rolle abzunehmen, die ihr rechtmäßig zustand; Katrine merkte es ihr an. Zweifellos würde sie es auskosten, Rowan den Siegerkuß zu geben. Plötzlich war ihr auch das unerträglich.

Katrine nahm die Ringe und legte sie Giles, der neben ihr saß, auf den Schoß. Sie erhob sich und stieg bis zur untersten Stufe hinunter, während Rowan von seinem Pferd stieg und ihr entgegenkam. Sie setzte ihm den Lorbeerkranz auf und berührte mit den Lippen sachte erst eine Wange, dann die andere, und all das ging schnell vorüber. Er hielt die Augen niedergeschlagen und stand regungslos da, doch sein Gesicht war vor Anstrengung gerötet, und sein Herzschlag versetzte den Wollstoff auf seiner Brust in Bewegung.

Sie traute ihm nicht. Sie begann sich abzuwenden, um eilig den Rückzug anzutreten. Der niedrige Absatz ihres Schuhs verfing sich in den Säumen ihrer steifen, vollen Röcke aus Schottenstoff. Sie wankte und verlor das Gleichgewicht.

Seine Hände schossen vor, um sie aufzufangen, und er riß sie an sich. Einen Moment lang spürte sie die festen Muskeln seiner Schultern unter ihren Händen, und sie fühlte, wie ihre Brüste sich an seine harte, flache Brust preßten, nahm wahr, wie ihre Reifröcke um seine gespreizten Beine schwangen, und bemerkte, wie seine kräftigen Finger sich schmerzhaft in das Fleisch ihrer Oberarme gruben. Sie war von einer Aura überwältigender Männlichkeit und verhaltener Kraft umfangen, von dem Duft nach Pferden und Pimentöl, gestärktem Leinen und erhitztem Mann. Sie hörte weniger und fühlte eher, wie er plötzlich scharf den Atem einsog.

Er trat zurück und hielt sie noch einen Moment lang an den Armen fest, ehe er sie losließ und seine Arme seitlich an seinem Körper herabfielen. »Passen Sie auf«, sagte er ernst, »sonst tun Sie sich noch weh.«

»Und Ihnen auch«, antwortete sie aus zugeschnürter Kehle.

Ein schelmisches Lächeln zuckte kurz über sein Gesicht, doch in seinen Augen waren Schatten von einem so dunklen Grün wie die Unterseite eines hellen Eichenblatts. »Nichts wäre naheliegender«, antwortete er.

Wenige Stunden später tanzten die beiden Walzer und bewegten sich in physischer Übereinstimmung miteinander zu den Klängen des »Mondscheinwalzers«. Alle hatten sich im Salon und nicht etwa im Ballsaal eingefunden und die Stühle und die Tische an die Wände gerückt, um Platz zum Tanzen zu schaffen.

Sie hatten zu Abend gegessen, und danach hatte Musetta ihnen auf dem Klavier etwas vorgespielt. Sie war nicht nur hübsch anzusehen, als sie vor den Tasten saß, sondern sie spielte ihnen eine Sonate von Chopin meisterlich vor. Anschließend wurde die stille dunkelhaarige Charlotte gedrängt, etwas zu spielen. Sie hätte sich geweigert, wenn ihre Cousine Georgette nicht darauf beharrt und sie ans Klavier gezogen hätte. Sie sah sich unter den Gästen um, und ihr Gesicht war so bleich wie ihr weißes Kleid, die Augen verzweifelt, als hätte man sie aufgefordert, ein Verbrechen zu begehen. Das änderte sich, als Rowan an ihre Seite schlenderte und nach der Gitarre griff, die auf dem Klavier lag. Seine Unterstützung und sein ermutigendes Lächeln brachten Charlotte dazu, »Maiden's Dream« und »Scarborough Fair« zu singen. Seitdem betete sie Rowan fast unablässig mit Blicken an.

Es war ein Abend nach Katrines Geschmack, ein schlichtes Zusammenkommen der rund zwanzig Gäste, die für die Dauer des Turniers im Haus untergebracht waren. Es herrschte eine gedämpfte Stimmung; die Herren waren nach den drei anstrengenden Tagen, die sie hinter sich hatten, erschöpft, wogegen die Damen sich ihre Energien für den großen Ball aufsparten, der morgen nach dem Rennen stattfinden sollte.

Das Turnier war jetzt endgültig abgeschlossen. Rowan würde morgen als König herrschen. Der Beutel Gold, der dem Sieger zugesichert worden war, würde ihm privat ausgehändigt werden. Und dann war wieder für ein Jahr Ruhe.

Dennoch war es unwahrscheinlich, daß Giles seinen Gästen gestatten würde, schon so schnell wieder abzureisen. Er hatte für den Tag nach dem Rennen eine Jagdgesellschaft arrangiert, die eine Reise flußabwärts auf seinem eigenen Dampfschiff erforderlich machte. Er versuchte immer, die Parties, die er in seinem Haus veranstaltete, auf mindestens eine Woche auszudehnen, aber oft konnten sie sich auch über zwei oder drei Wochen hinziehen.

Katrine hatte geglaubt, sie hätte wenigstens Zeit bis nach dem Rennen, um einen Ausweg aus ihrem Dilemma zu finden. Im Lauf des Abends stellte sie das immer mehr in Frage. Giles hatte den ganzen Tag über einen grimmigen Eindruck gemacht, und jetzt stand er da und beobachtete sie und Rowan beim Tanzen; seine Augen waren schmal, seine Lippen vor Entschlossenheit zusammengekniffen.

»Ihr Mann«, sagte Rowan, als er leichtfüßig mit ihr den Walzer tanzte und sie dabei galant führte, »war so großzügig, Ihre Gesellschaft bis zum gestrigen Abend mit mir zu teilen. Aber jetzt habe ich den Eindruck, es macht ihm keine allzu große Freude mehr, Sie in den Armen eines anderen Mannes zu sehen.«

»Er hat keinen Grund zur Eifersucht«, sagte sie.

»Die meisten Ehemänner brauchen keinen Grund, der wirklich vorhanden ist; was zählt, ist der Schein der Dinge. Ich gestehe, daß mir seine jetzige Haltung verständlicher erscheint als seine bisherige.«

»Sie verstehen das nicht«, sagte Katrine, finster dreinblickend, da die Erinnerung an Giles' Einwände am Vorabend ihr wieder durch den Kopf gingen.

»Das mag sein«, erwiderte er. »Hat Terence es verstanden?«

Rowan wappnete sich gegen den Vorwurf und den Schmerz, den er in ihren Augen sah, als sie zu ihm aufschaute. Er hatte sich so intensiv mit den Wettkämpfen und mit seiner Gastgeberin befaßt, daß er zeitweilig den Grund seines Erscheinens hier zu vergessen schien.

In den letzten Tagen hatte er gezielt für Gelegenheiten gesorgt, sich mit Alan und Perry und sogar mit Brantley Hennen und der reizenden Musetta zu unterhalten. Aber das hatte ihn kein bißchen weitergebracht.

Die Zeit verging, und er war dem Wissen, was seinem Bruder zugestoßen war, keinen Schritt näher als an dem Abend seiner Ankunft.

Letzte Nacht, als er im Bett gelegen und sich bemüht hatte, nicht darüber nachzudenken, wie Giles Castlereagh Katrine in ihr Schlafzimmer gefolgt war, war er auf die

Möglichkeit gestoßen, daß man bewußt versucht haben könnte, seine Aufmerksamkeit von seinem Ziel abzulenken. Es wäre nicht das erste Mal, daß eine Frau zu einem solchen Zweck benutzt wurde. Die Frage war nur die, wie weit Katrine gehen würde, um diesen Zweck zu verfolgen, und ob sie ein williges Werkzeug war.

Er wußte, daß sie gewisse Skrupel hatte. Zumindest glaubte er das zu wissen, aber es konnte auch reine Heuchelei sein. Er wollte sich nicht vorstellen, sie könnte nicht das sein, wofür sie sich ausgab.

Er hatte viele Frauen gekannt, doch nur die wenigsten hatten ihn länger als eine Nacht oder einen Tag halten können. Diese Frau faszinierte ihn, wenn es ihn auch ärgerte, sich das einzugestehen. Sie war verführerisch und nachgiebig, und sie entzog sich voller List und Tücke. Gleichzeitig steckte sie voll aggressiver Wut und Ablehnung. Sie kam auf ihn zu und wich vor ihm zurück, sie lockte ihn an und lief dann vor ihm fort, bis er nichts anderes mehr wollte, als sie einzufangen und sie festzuhalten, sie dann langsam auszuziehen und sich anzusehen, was sie vor ihm verbarg.

Er hatte sehr, sehr dicht davor gestanden, genau das zu tun, und was hatte ihm das eingebracht? Eine Nacht rasender und unerwünschter Gelüste. Und als diese vergangen waren, hatte sie ihn immer noch fasziniert.

Es war ein gefährliches Vergnügen, mit ihr zu tanzen, sie nachgiebig in seinen Armen zu spüren und zu sehen, wie gehorsam sie sich von ihm führen ließ. Sie bewegte sich mit einer solchen Anmut und derart im Einklang mit ihm, als könnte sie seine Gedanken lesen und seine Instinkte erfassen. Wenn er spürte, wie ihr Reifrock seine Schienbeine und seine Oberschenkel streifte, dann war das, als fühlte er durch ihre Haut hindurch die Zartheit ihrer Knochen, ein Vorspiel zur Intimität. Der Duft, der aus ihrer Haut und ihrem Haar aufstieg, ließ ihn an einen

Garten im Mondschein denken, in dem Lavendel, Rosen und Jasmin in voller Blüte standen. Der matte Schimmer ihrer Haut im Kerzenlicht und der Glanz ihres Haars versklavten ihn. Er segnete die Tradition, die besagte, daß es sein Recht als König war, so viele Tänze von ihr zu erbitten, wie er wollte. Er würde nehmen, soviel er bekommen konnte, und dabei würde er sich nicht einen Augenblick lang an der Steifheit seines geschundenen Körpers oder an der Stichwunde in seinem Bein stören.

Katrine gefiel das gar nicht, soviel wußte er. Sie weigerte sich, ihm länger als eine Sekunde lang in die Augen zu sehen, und sie bewahrte strikt den Abstand zwischen ihnen. Daß paßte ihm nicht, aber er hatte nicht die Absicht, sich dadurch von dem abhalten zu lassen, was er tun mußte.

Seine Worte brachen das Schweigen, das kurz zwischen ihnen geherrscht hatte. »Ich hatte den Eindruck, daß Sie mich gemieden haben. Habe ich etwas getan, womit ich Ihr Mißfallen erregt habe?«

»Selbstverständlich nicht«, sagte sie. »Ich mußte mich nur um meine Pflichten kümmern.«

Er ging nicht auf ihre Ausrede ein. »Zwischen uns beiden gibt es keinen Grund zur Verlegenheit, falls darin das Problem besteht. Was gestern nachmittag geschehen ist, war unvermeidlich.«

Sie bedachte ihn mit einem gereizten Blick. »Das ist mir durchaus bewußt.«

»Gut. Warum erröten Sie dann?«

Seine volltönende Stimme ließ eine Saite in ihrem Innern, die lange brachgelegen hatte, vibrieren. Katrine sah ihn durch gesenkte Wimpern an. Seine scharf geschnittenen Gesichtszüge wurden von einem so charmanten Lächeln gemildert, daß sie ihm nur aus zugeschnürter Kehle antworten konnte. »Ich erröte nicht; es kommt von der Anstrengung.«

»Ja, natürlich«, sagte er und wirbelte sie so wild herum, daß ihr schwindlig wurde und sie sich an seine muskulösen Arme klammerte. Inmitten der schnellen Drehungen sagte er: »Ihr Mann gibt uns ein Zeichen, aber ich bin nicht sicher, ob er Sie oder mich sprechen will.«

Katrine spürte, wie sich ihr Magen verknotete, aber sie antwortete nichts darauf.

Giles war äußerst freundlich, als der Tanz endete und sie vor ihm stehenblieben. »Verzeih mir, meine Liebe«, sagte er zu Katrine, »aber ich fürchte, ich muß dir für kurze Zeit deinen Partner entführen. Es gibt da eine Angelegenheit, die ich in meinem Arbeitszimmer mit ihm besprechen muß.«

Bei dieser Angelegenheit hätte es sich ohne weiteres auch um den Beutel Gold für den Sieger handeln können, doch sie fürchtete, daß das noch nicht alles war. Sie sah ihrem Mann in die erloschenen blauen Augen und sagte: »Vielleicht sollte ich mich euch anschließen?«

»O nein, das glaube ich nicht. Es ist bestimmt besser, wenn wir uns von Mann zu Mann unterhalten.«

Katrine sah aus dem Augenwinkel Rowans Stirnrunzeln. Sie ignorierte es und konzentrierte sich ganz auf ihren Mann. »Bist du dir in dem Punkt auch ganz sicher?«

»Ja, meine Liebe, völlig, Du brauchst dir keine Sorgen zu machen, wenn ich anschließend nicht zurückkomme. Ich glaube, danach werde ich mich gleich schlafen legen.«

»Bist du krank?« Seine Lippen wiesen eine leichte bläuliche Färbung auf, und sein Gesicht war bleich.

»Ich fühle mich nicht besonders gut. Zweifellos habe ich beim Abendessen etwas zu mir genommen, was mir nicht bekommen ist.«

»Soll ich dir Cato schicken?«

Ihr Mann bedachte sie mit einem unwilligen Blick. »Mach bitte keinen Aufstand, Katrine. Wenn ich ihn brauche, läute ich. Im Moment mußt du dich um unsere Gäste kümmern.«

»Ja, etwas anderes bleibt mir wohl kaum übrig«, sagte sie. Sie rührte sich nicht von der Stelle, als sie den beiden Männern nachsah, die sich ins Arbeitszimmer begaben.

Kaum eine halbe Stunde, nachdem Giles und der Ehrengast sich zurückgezogen hatten, fand der Abend sein Ende. Einer nach dem anderen zogen sich die Gäste in ihre jeweiligen Schlafgemächer zurück. Katrine gab Cato und den beiden Zimmermädchen, die den Salon in Ordnung bringen sollten, noch ein paar Anweisungen, und dann lief sie eilig durch die Eingangshalle und an der geschwungenen Treppe vorbei zu der Bibliothek, die auch als Arbeitszimmer diente und in die sich Giles am liebsten zurückzog.

Vor der Tür blieb sie stehen. Sie hob die Hand, um anzuklopfen, doch dann ließ sie sie wieder sinken und umklammerte mit einer Hand die andere. Sie starrte die Türfüllung an, ohne sie wirklich zu sehen, und dann kniffen sich ihre Lippen zusammen. Wieder hob sie die Hand und klopfte an das Holz. Sie griff nach dem Türknopf aus getriebenem Silber, stieß die Tür auf und trat ein. Giles saß mit einem Glas Cognac neben dem Ellbogen an seinem Schreibtisch. Er sah gespenstisch aus. Seine Haut war blaß und bläulich, und der Kragen seines Hemdes war von Schweiß durchtränkt. Er preßte sich die Hände auf den Bauch, als hätte er Schmerzen.

Rowan stand mit dem Rücken zum Raum am anderen Ende des Arbeitszimmers, hatte mit einer Hand die schweren Draperien vor den Fenstern gepackt und starrte in die Dunkelheit hinaus. Bei Katrines Eintreten wandte er den Kopf um und sah ihr über den roten türkischen Teppich, der mitten im Raum lag, in die Augen, doch sein Blick war unergründlich.

Mit einem fiebrigem Glanz in den Augen und einem

zufriedenen Lächeln auf den bebenden Lippen drehte sich ihr Mann zu Katrine um. »Komm herein, meine Liebe«, sagte er. »Du freust dich sicher, wenn du den Ausgang unseres Gesprächs erfährst. Rowan hat eingewilligt.«

Katrine blieb so abrupt stehen, daß der Schwung ihrer vollen Röcke ihr die Krinoline gegen die Waden schlug. Es dauerte lange, bis sie einen Laut durch ihre zugeschnürte Kehle zwingen konnte.

»Nein«, flüsterte sie.

»Ich versichere dir, es ist so. Du brauchst nicht zu glauben, dieses Einverständnis hätte sich leicht erringen lassen, denn das war keineswegs der Fall. Dennoch beanspruche ich diesen Sieg für mich.«

Sie schluckte schwer und rang um Selbstbeherrschung. Ihre Stimme war gepreßt und tonlos, als sie sagte: »Herzlichen Glückwunsch.«

»Ich danke dir. Jetzt bin ich ziemlich ermattet. Ich habe das Gefühl, mich hinlegen zu müssen. Aber so oder so kann ich ohnehin nichts anderes mehr tun, als euch beide miteinander allein lassen.«

Sie öffnete die Lippen, um zu protestieren, doch es kam kein Laut heraus. Im nächsten Moment gab sie den Versuch auf. Vielleicht war es das beste, wenn das, was gesagt werden mußte, jetzt gleich gesagt wurde.

Giles zog sich schwerfällig auf die Füße und ging zur Tür. Mit dem Türknopf in der Hand blieb er stehen und sah sich noch einmal um. »Gute Nacht, meine Liebe«, sagte er.

Katrine antwortete nicht. Im nächsten Moment schloß sich die Tür hinter ihm.

Sie drehte sich langsam zu dem Mann um, der am Fenster stand. In der Stille, die sich zwischen ihnen erstreckte, konnte sie das Ticken der Uhr auf dem Kaminsims und das Zischen der Kerzen in dem Messingkronleuchter über ihren Köpfen hören. Sie konnte sehen, daß sie sich beide in der Fensterscheibe spiegelten, zwei Menschen, die so starr und leblos wie Statuen dastanden. Der Druck in ihrem Innern war so groß, daß sie das Gefühl hatte, er schnürte ihr das Herz zusammen und schmerzte in ihrer Kehle. Sie hätte am liebsten geschrien, sich das Gesicht mit den Händen bedeckt, wäre fortgelaufen und hätte sich versteckt, hätte alles getan, um vor den demütigenden nächsten Augenblicken zu fliehen. Aber das ging nicht.

Sie holte so tief Atem, daß ihr Korsett leise knackte. Schließlich sagte sie: »Ich hatte schon geglaubt, ich könnte mich darauf verlassen, daß Sie als Ehrenmann ablehnen.«

»Da haben Sie sich geirrt.« Die Worte kamen barsch heraus.

»Warum?« rief sie aus, und das Wort entriß sich ihr von allein. »Lieber Gott, warum?«

Er ließ den Vorhang sinken und wandte sich zu ihr um. »Aus mehreren Gründen, und bei einigen geht es um Fragen der Ehre.«

»Oh, bitte!« Sie schnitt eine geringschätzige Grimasse.

»Der entscheidendste aller Gründe war mein Eindruck, daß Sie nicht völlig dagegen eingenommen sind, jedenfalls nicht, wenn ich der Erwählte bin.« Die Worte kamen schroff und ohne Betonung heraus.

Sie holte scharf Atem. »Wenn Giles Ihnen das gesagt hat, dann hat er sich getäuscht. Sie erinnern sich doch sicher noch daran, daß ich Ihnen gesagt habe…«

»Ja, durchaus«, sagte Rowan und neigte den Kopf, »obwohl mir zu dem Zeitpunkt nicht recht klar war, wovon Sie eigentlich reden, und zudem bestand noch eine geringe Chance, daß Sie es sich inzwischen anders überlegt haben.«

»Nein, keineswegs«, sagte sie schroff.

»Das sehe ich selbst.« Er unterbrach sich und fuhr sich mit einer Hand durchs Haar. »Ich glaube, wir haben gerade von meinen Gründen gesprochen. Auch die Neugier zählt dazu. Ich konnte der Gelegenheit nicht widerstehen, mir ein Bild davon zu machen, ob meinem Bruder dasselbe Angebot unterbreitet worden ist. Und ob er es angenommen hat.«

»Nein, und das gilt für beide Fragen«, sagte sie und ballte die Hände so fest zusammen, daß ihre Ringe sich in ihre Finger schnitten. »Da Sie die Antworten auf Ihre Fragen bekommen haben, steht es Ihnen jetzt frei, sich zurückzuziehen.«

»Ach ja? Und was ist mit meinem Gelübde, hinter die Todesursache meines Bruders zu kommen? Kann ich es mir leisten, eine Chance auszuschlagen, die es mir erlaubt, noch ein paar Wochen hierzubleiben, Wochen, in denen die Wahrheit ans Licht kommen könnte?«

Ein frostiges Lächeln trat auf ihre Lippen. »Ist das der Punkt, bei dem es angeblich um Ihre Ehre geht? Wie können Sie es mit Ihren Prinzipien vereinbaren, etwas Niederträchtiges zu tun, um dieses Gelübde einzuhalten?«

»Es ist nicht ganz so niederträchtig, wenn es einem Nutzen dient.« Die Worte kamen entschieden heraus, doch er wandte den Blick dem Muster des Teppichs zu.

»Oh, Ihre Rücksichtnahme ist wirklich grenzenlos. Der Nutzen, wenn ich Sie daran erinnern darf, ist nicht meiner. Nur mein Mann schöpft einen Nutzen daraus!«

»Es ist auch für Sie von Nutzen«, sagte er leise, »wenn ich Sie durch meine Weigerung Qualen und Gefahren aussetze.«

Dann sah er ihr wieder in die Augen, und seine waren im Kerzenschein klar und von einem dunklen Smaragdgrün. Sie hätte schwören können, daß keine Spur von Tücke oder wollüstigen Hintergedanken in diesen Augen stand. Mit scharfer Stimme fragte sie stockend: »Was soll das heißen?«

»Mir ist von Ihrem Ehemann unmißverständlich klargemacht worden, daß kein weiterer Wettbewerb ausgeschrieben wird, um meinen Platz auszufüllen, falls ich seine Bitte abschlagen sollte. Er sagte, er würde sich direkt an den Mann wenden, den er vielleicht schon von Anfang an hätte auswählen sollen, nämlich seinen einzigen Blutsverwandten.«

»Lewis?«

»Genau. Ihrem Mann ist bewußt, daß Sie seinen Neffen nicht besonders gut leiden können. Lewis würde von ihm mitgeteilt bekommen – wenn auch mit tiefem Bedauern –, daß Gewaltanwendung ein akzeptables Mittel ist, sich Ihre Mitwirkung zu sichern.«

Jede Farbe wich aus ihrem Gesicht, und sie wankte ein wenig. Gleichzeitig erinnerte sie sich wieder an die Warnung, die ihr Giles im Zusammenhang mit nervösen Stuten erteilt hatte. Es dauerte einen Moment, bis sie sich dazu durchringen konnte, Rowan wieder anzusehen. »Und Ihnen«, flüsterte sie, »ist Ihnen ebenfalls der Gebrauch... dieses Mittels gewährt worden?«

Der Ausdruck seiner Augen veränderte sich nicht, doch seine Lippen verzogen sich verächtlich. »Was mir an Mitteln gewährt worden ist und was ich einsetzen werde, sind zwei verschiedene Dinge.«

»Also ja«, sagte sie, und ihre Augen weiteten sich.

»Ich habe mich nie in meinem Leben einer Frau aufgezwungen, und ich sehe keinen Grund dafür, jetzt damit anzufangen«, sagte er in einem Tonfall, der so klang, als riebe sich Stahl an Stahl.

Katrine hörte seine Worte kaum. Wie konnte Giles ihr das antun? Wie konnte er das tun und dabei behaupten, daß er sie liebte? Sie konnte es einfach nicht glauben, selbst jetzt noch nicht.

Ihr Mann war verrückt geworden; eine andere Erklärung gab es nicht. Seine Krankheit mußte seinen Verstand angegriffen haben.

Aber was für einen Unterschied machte das, solange

von ihr gefordert wurde, daß sie nach seinen Vorgaben lebte? Er wollte einen Erben haben und würde vor nichts zurückschrecken, um ihn zu bekommen; soviel hatte er überdeutlich klargestellt. Sie war dem Thema monatelang ausgewichen, sogar jahrelang. Jetzt konnte sie sich nicht mehr davor drücken.

»Nein«, sagte sie und schlang die Unterarme umeinander und rieb sich mit den Handflächen das eiskalte Fleisch. »Ich kann es nicht tun. Es ist falsch, ganz falsch. Ich kenne Sie kaum, und Sie kennen mich ebenfalls kaum. Es verstößt gegen jedes Anstandsgefühl. Und noch entscheidender ist, daß die Gelübde, die ich bei meiner Hochzeit abgelegt habe, es verbieten.«

»Sie haben aber auch Gehorsam gelobt, und es ist der Wunsch Ihres Mannes.«

Sie schüttelte den Kopf so heftig, daß ihre hochgesteckten Locken hüpften. »Er hat kein Recht, diesen Wunsch zu äußern.«

»Es geht hier nicht mehr um eine Frage von Recht und Unrecht. Er hat seinen Wunsch klar und deutlich geäußert.«

Sie bedachte ihn mit einem hämischen Blick. »Und was ist mit Ihnen? Stören Sie sich denn nicht an dem Wissen, daß Giles all Ihre Fertigkeiten auf die Probe gestellt hat, als wollte er einen kostbaren Hengst zum Decken auswählen?«

Ein Ausdruck, bei dem es sich um Selbstverachtung hätte handeln können, zog über sein Gesicht und verschwand schnell wieder.

»Es hat mich gestört, als es mir klargeworden ist, als mir gesagt worden ist, daß ich wegen meines angeblichen Könnens ausgewählt worden bin. Um die Wahrheit zu sagen, es stört mich immer noch. Dennoch bin ich aus persönlichen Motiven hergekommen und kann mich schlecht darüber beklagen, wenn andere ihre eigenen Gründe haben.«

»Sie könnten sich weigern, selbst jetzt noch.« Als sie ihn anstarrte, verbarg sich hinter der Kühle ihres Blicks ein Flehen.

»Sie auch. Sie könnten Ihren Mann verlassen und zu Ihrer Familie zurückkehren.«

»Glauben Sie etwa, das hätte ich mir noch nicht überlegt?« rief sie aus. »Ich habe keine Familie. Mein Vater ist im Jahr nach meiner Hochzeit gestorben. Meine Mutter starb kurz nach meiner Geburt. Ich habe niemanden, und ich kann nirgends hingehen, und ich wüßte auch nicht, wovon ich leben sollte.«

»Was werden Sie tun, wenn ich mein Versprechen zurückziehe? Sich Lewis ergeben?«

»Niemals«, sagte sie voller Verachtung.

»Was bleibt Ihnen dann für eine andere Wahl, als sich den Anordnungen zu beugen, die Ihr Mann trifft?«

Ihre Augen waren dunkel, als sie ihn ansah. »Nein. Ich werde niemals zulassen... ich gestatte nicht... ich kann nicht...«

»Können Sie es selbst jetzt noch nicht in schlichte Worte fassen?« fragte er mit grimmiger Ironie. »Schon gut, ich verstehe. Sie werden mich niemals freiwillig in Ihr Bett lassen, niemals freiwillig in meinen Armen liegen und sich lieben lassen, niemals freiwillig mein Kind austragen.«

In seiner Stimme schwang etwas mit, was ihr tief in ihrem Innern einen scharfen Stich des Unbehagens versetzte. Außerdem machte sie diese Stimme benommen, weil sie Bilder heraufbeschwor, die ihr das Gefühl gaben, nicht mehr sie selbst zu sein. Sie verbannte diese Bilder, als sie glaubte, einen Ausweg gefunden zu haben.

»Dann akzeptieren Sie also, daß es unmöglich zu machen ist?«

Es dauerte einige Zeit, bis er antwortete, und dann war seine Stimme vor Entschiedenheit ruhig. »Nein, Madam

Castlereagh, ich akzeptiere es nicht. Das kann ich nicht. Hier stehen Ihre Gelübde meinen gegenüber, Ihr Wohlergehen meinem Nutzen, Ihre Zweifel und Ängste meinem Wort. Ich habe eine Abmachung mit Ihrem Mann getroffen, und ich werde jedes Mittel einsetzen, das mir zur Verfügung steht, um mich daran zu halten.« Er fügte noch hinzu: »Selbstverständlich außer Gewaltanwendung.«

Bittere Wut kochte in ihr auf, als er die schwache Hoffnung in ihr erstickte. »Sie geben Ihr Wort so unbedacht, und Sie sind so gut darin, mit Gründen der Ehre zu belegen, was Ihren Zwecken dienlich ist. Sie werden mir verzeihen, wenn ich mich frage, was Ihnen ein wenig Gewaltanwendung schon bedeuten könnte. Wie kann man von mir erwarten, Ihnen zu trauen, wenn Ihr Ehrenwort so wankelmütig ist?«

Ein Muskel in seinem Kiefer zuckte, als er sie fest ansah. Seine Brust hob und senkte sich, als er tief Atem holte. Dann antwortete er, und seine Stimme war hart und ohne Ausdruck. »Das werden wir ja sehen, oder etwa nicht? Ihr Mann hat angedeutet, es gäbe keinen Grund, die Dinge hinauszuzögern, und nur zu gute Gründe, augenblicklich anzufangen.«

»Augenblicklich«, wiederholte sie, und ihre Stimme versagte.

»Heute abend, jetzt gleich, wenn ich es beschließe; er hat mir die Entscheidung überlassen.«

»Nein«, flüsterte sie.

»Doch. Er hat mir außerdem gestattet, Ihr Schlafzimmer durch die Verbindungstür von seinem Schlafzimmer aus aufzusuchen. Er hat gesagt, das wäre der diskreteste Weg.«

»Das kann nicht sein.« Sie nahm in seiner Stimme eine heftige unterschwellige Wut wahr, die sich gegen Giles und vielleicht auch gegen ihn selbst richtete. Sie dachte an den Kaninchenbau von Zimmern und Korridoren im

Haus, an die nebeneinanderliegenden Wohnzimmer, die man durch Verbindungstüren zu kleinen Salons machte, an die verschiedenen Aufenthaltsräume, das Kartenzimmer, das Billardzimmer, den Ballsaal und die große geschwungene Haupttreppe, die zu den fünfzehn Schlafzimmern und den angrenzenden Ankleidezimmern führten. Es bestand nur eine geringe Chance, daß jemand beim Kommen oder Gehen beobachtet wurde.

Ein frostiges Lächeln verzog Rowans Mund. »Ich versichere Ihnen, daß alles geregelt ist. Ihre Rolle besteht darin, zuvorkommend zu sein. Ach ja. Und fruchtbar.«

Katrine fühlte sich, als erschlüge er sie mit diesen Worten. Es überstieg ihr Fassungsvermögen, daß Giles solche Dinge zu diesem Mann gesagt hatte, daß sie die Einzelheiten dieser hinterhältigen Verführung so offen besprochen hatten. Ein Gefühl von Übelkeit und Leere kam in ihr auf und verstärkte ihre Wut.

Sie reckte das Kinn in die Luft, und die Kälte des Abscheus stand in ihren Augen. »Nein«, sagte sie. »Niemals!«

»Doch«, gab er leise zurück und ging auf sie zu. »Und zwar jetzt. Bist du soweit?«

6. Kapitel

Katrine wich nicht von der Stelle, bis Rowan ihr so nah gekommen war, daß er die Hände hätte ausstrecken und nach ihr greifen können. Dann verlor sie die Nerven. Sie wich hastig zurück. »Rühren Sie mich nicht an!«

»Was hast du dagegen einzuwenden?« fragte er und kam ihr wieder einen Schritt näher. »Fürchtest du dich vor der Liebe, wie Giles es zu glauben scheint? Oder liegt es an mir?«

»Was ändert das schon? Lassen Sie mich in Ruhe.« Sie stieß gegen Giles Schreibtisch mit der Lederauflage und glitt weiter an der Schreibtischkante entlang.

»Du kannst es als eine Marotte ansehen, mir meinetwegen sogar Eitelkeit unterstellen, aber ich möchte es wissen.«

Er bewegte sich mit gelassener Anmut und geschmeidigen Bewegungen, die sein Muskelspiel zeigten. Plötzlich hatte er sie in die Enge getrieben; sie lehnte mit dem Rükken am Schreibtisch, und ihre Handgelenke waren in einer eisernen Umklammerung gefangen. Er hielt sie weder zu fest, noch tat er ihr weh, doch es gab kein Entrinnen. Im ersten Moment wehrte sie sich, doch das bewirkte nur, daß er sie enger an sich zog. Er bog ihr die Arme ins Kreuz und hielt sie dort fest, und langsam verstärkte sich der Druck seines Griffs, bis schließlich nur noch dünner Satin, Leinen und feiner Wollstoff zwischen ihren Brüsten und seiner muskulösen Brust waren.

»Halten Sie so Ihr Wort?« fragte sie, und die Atemlosigkeit, die sie plötzlich befiel, hatte nicht das geringste mit Wut zu tun.

»Ja«, antwortete er und holte dabei tief Atem, »ich denke schon.«

Er senkte seine Lippen unendlich zart auf ihre herab und beobachtete durch zusammengekniffene Augen, wie sich ihre Züge veränderten. Sie stand wie hypnotisiert da und wollte sich widersetzen, war aber vom Ansturm seiner vitalen Männlichkeit und ihrer eigenen Neugier gelähmt. Dann senkten sich seine Wimpern, und sie spürte die glühende Berührung seines Mundes.

Sein Kuß war süß, so süß und sanft und einschmeichelnd, ein zarter und doch rabiater Überfall. Die Oberfläche seiner Lippen war seidig glatt, doch sie spürte auch, wie die Bartstoppeln sie ein wenig kratzten. Die kaum wahrnehmbaren Bewegungen seiner Lippen auf ihrem Mund stachelten sie zärtlich an, erbaten die Genehmigung, sich weitere Intimitäten herausnehmen zu dürfen.

In dem Maß, in dem ihr Wille ins Wanken geriet, teilten sich ihre Lippen. Das nutzte er augenblicklich aus. Seine Zunge rieb sich an den zarten Mundwinkeln, kostete die honigsüße Feuchtigkeit und glitt über die empfindlichen und pochenden Innenseiten ihrer Lippen, um sie zu eigenen Erkundigungen anzuspornen.

Es war erschreckend und doch unendlich vertraut, als erlebte sie unerwartet im Wachen Liebkosungen, die sie nur aus Träumen kannte. Damit einher ging das langsame Einsetzen eines süßen Verlangens, das zu einem Schmerz auswuchs, der dringender Linderung bedurfte. Katrine wollte es, sie wollte ihn, wollte in dem übermächtigen Ansturm von Gefühlen schwelgen, die sie irgendwo in den geheimsten Winkeln ihrer Seele und ihres Körpers wahrnahm, nur zum Teil erweckt, nur zum Teil eingestanden.

Sie hob die Hände, legte sie auf seine Schultern, ließ sie auf seinen kräftigen Nacken gleiten und zog ihn enger an sich. Seine Haut war warm, als sei in ihr noch die Sonne enthalten, die sie gebräunt hatte.

Plötzlich begriff sie, daß sie frei war. Er hielt sie nicht mehr umklammert und gefangen. Seine Hände lagen jetzt auf ihrer Taille und auf ihrem Rücken.

Verdruß und Ärger durchzuckten sie. Sie umklammerte seine Schultern mit den Händen und stieß ihn mit aller Kraft von sich. Er trat zurück und ließ sie so schnell los, daß sie rückwärts gegen den Schreibtisch wankte.

In seinen Augen stand ein versonnener Blick, als er in ihr gerötetes Gesicht sah und bemerkte, wie schnell sich ihre Brüste hoben und senkten. Mit gedämpfter leicht belegter Stimme sagte er: »Daran, daß du dich fürchtest, liegt es schon mal nicht.«

Was er nicht sagte, wohl aus Höflichkeit, dachte Katrine, war, daß ihre Einwände auch nicht ihm galten. Für die taktvolle Rücksicht, die er ihr erwies, war sie ihm dankbar. Das ersparte ihr nicht nur das Erröten, sondern gab ihr auch Grund zu der winzigen Hoffnung, es könne doch noch einen Ausweg geben.

»Nein«, sagte sie und reckte das Kinn in die Luft. »Es liegt nur daran, daß ich es abscheulich finde, wie eine Zuchtstute behandelt zu werden, die keinen eigenen Willen und keine eigenen Wünsche hat. Ich kann die Ziele meines Mannes verstehen, aber ich kann deshalb noch lange nicht den Mann seiner Wahl widerstandslos hinnehmen.«

Das ließ er einen Moment lang schweigend auf sich wirken. »Was wirst du tun?«

Sie wandte den Blick von ihm ab, sah auf die spiegelnde Fensterscheibe und sagte: »Ich habe mir gedacht… das heißt, ich habe einen Vorschlag zu machen.«

»Ich höre.«

Seine Antwort kam ruhig und ohne jeden Zorn heraus. Das gab ihr den Mut weiterzureden. »Wenn Sie… daß heißt, wenn wir nur so tun…«

Er kam ihr zu Hilfe, als sie sich unterbrach, um nach den rechten Worten zu suchen. »Du möchtest deinen Mann täuschen und Intimität zwischen uns vorspiegeln.«

»Ja, genau«, sagte sie und war erleichtert, daß er sie so schnell begriffen hatte.

Er legte den Kopf zur Seite, als er über ihren Vorschlag nachdachte. »Und wie sollen wir das anstellen?«

»Sie kämen, wie abgemacht, durch Giles' Schlafzimmer zu mir. Nach einer… angemessenen Zeitspanne könnten Sie dann wieder gehen.«

»Dein Mann hat vorgeschlagen«, sagte er in einem trockenen Tonfall, »es sei das beste, wenn ich bis zum Morgen bleibe, denn dann hätte es eher den Anschein, als hätte ich meinem Gastgeber einen frühmorgendlichen Besuch in seinen privaten Gemächern abgestattet.«

Katrine dachte rasch nach. »Nun, dann könnte meine Zofe bei mir schlafen, und Sie könnten ihre Pritsche in meinem Ankleidezimmer benutzen. Vielleicht könnte Ihr Diener dort ein Nachthemd und einen Morgenmantel für Sie hinterlegen.«

»Damit ich es richtig schön bequem habe«, sagte er mit einem Anflug von Ironie.

»Es tut mir leid«, sagte sie mit scharfer Stimme, weil sie in die Defensive getrieben worden war, »aber dann könnten Sie wenigstens länger hierbleiben, und genau das wollten Sie ja.«

»Da ist etwas dran«, stimmte er ihr zu. »Ich muß jedoch fragen, was du dir von dieser List erhoffst. Wenn du nach Ablauf einer gewissen Frist nicht schwanger bist, wird sich dein Mann vielleicht doch an seinen Neffen wenden, um sein Ziel zu erreichen.«

»Vielleicht auch nicht. Wenn Sie Kinder von anderen

Frauen haben, könnte er die Schuld auf mich schieben und glauben, ich sei unfruchtbar.«

»Meines Wissens habe ich nichts dergleichen am Wegesrand zurückgelassen.« Diese abschlägige Antwort kam entschieden und ohne jedes Zögern.

»Oh«, sagte sie und nahm nur am Rande die widerwillige Belustigung in seinen Augen wahr, als er die Enttäuschung aus ihrer Stimme heraushörte. »Dann werde ich mir etwas einfallen lassen müssen, wenn der Zeitpunkt gekommen ist. Derzeit macht mir der jetzige Moment schon genug Sorgen.«

»Da ist noch etwas anderes, was du vielleicht nicht in Betracht gezogen hast. Was passiert, wenn Giles sich entschließt, in dein Schlafzimmer zu kommen?«

»Weshalb sollte er das denn tun?« fragte sie, und Falten zerfurchten ihre Stirn.

»Und sei es nur, um sich zu vergewissern, daß du bei mir gut aufgehoben bist. Ich weiß jedenfalls, daß ich mir Sorgen machen würde, wenn ich in seinen Schuhen steckte.«

»Wirklich?« Versonnen musterte sie ihn genauer, ehe sie fortfuhr. »Ich glaube nicht, daß er sich einmischen wird, uns sei es auch nur aus Furcht, Sie gegen sich aufzubringen.«

Er nickte knapp, schien aber nicht überzeugt zu sein.

»Dann erwartest du mich also heute nacht?«

Sie zögerte kurz. »Wenn Giles es so beabsichtigt hat.«

Ein nachdenklicher Ausdruck stand in seinen Augen, als er sie musterte. Katrine schlug das Herz in der Kehle, während sie seine Antwort erwartete. Es hing soviel davon ab, was für ein Mann er war und was genau er in Arcadia wollte.

Rowan schwirrte der Kopf, denn ein Dutzend Gedanken und Zweifel, die alle um seine Aufmerksamkeit wetteiferten, machte ihn benommen. Was Katrine Castlereagh vorschlug, würde nicht leicht durchzuführen sein. Endlose Nächte in ihrer Nähe zu verbringen – in dem Wissen, daß sie unbewacht schlief und daß ihm die Erlaubnis erteilt worden war, mit ihr zu schlafen –, das hätte einen Heiligen in Versuchung geführt, und er hatte sich nie für einen Heiligen ausgegeben. Es würde die reinste Folter werden, sie in ihren Nachtgewändern zu sehen und in der Intimität ihres Schlafzimmers ungestört Zeit mit ihr zu verbringen, dabei aber niemals die Grenzen zu überschreiten, die sie gesteckt hatte.

Er hätte sie niemals küssen dürfen. Er war nicht sicher, woher dieser Impuls gekommen war. Er mochte sich ja einreden, sie hätte seine Ehre in Zweifel gezogen, etwas, was ihn bei einem Mann bewogen hätte, ihn zum Duell herauszufordern. Nein, es war mehr als nur das, und er wußte es. Er hatte wissen wollen, wie sie für ihn empfand, und es war ihm wichtig gewesen zu erfahren, was sie bewog, ihn abzulehnen. Mehr als alles andere hatte er jedoch das dringende Verlangen verspürt, sie zu berühren, und seit dem Moment, in dem Giles Castlereagh ihm erlaubt hatte, mit seiner Frau zu schlafen, hatte er kaum noch an etwas anderes denken können. Als er gesehen hatte, wie diese verlockende Aussicht ihm entglitt, hatte er zugepackt, um sich wenigstens eine kleine Entschädigung zu sichern. Das mochte zwar noch so verwerflich sein, aber es war die Wahrheit.

Er war nicht nur aus den Gründen, die er ihr genannt hatte, auf den Vorschlag eingegangen, den Katrines Mann ihm unterbreitet hatte, sondern auch, weil er sie begehrte. Das war die tiefe feststehende Wahrheit. Und gerade deshalb war es eine Form von perverser Gerechtigkeit, daß er jetzt gezwungen sein sollte, ständig in ihrer Nähe zu sein und sie nicht anrühren zu dürfen.

Was sie vorschlug, war das beste für sie beide. Wenn es ihm uneingeschränkt freistand, mit ihr ins Bett zu gehen, konnte es gut sein, daß er sein Ziel aus den Augen verlor, seinen Bruder vergaß und auch so schnell gar nicht daran dachte, Arcadia wieder zu verlassen. Er war dem Gedenken an Terence zu mehr verpflichtet.

»Also gut«, sagte er entschlossen. »Dann sehen wir uns in einer Stunde. Genügt dir die Zeit?«

Katrine begriff, daß er ihr die Gelegenheit gab, sich auszuziehen und sich für die Nacht zurechtzumachen. Das war ein Aspekt, über den sie sich bisher noch keine Gedanken gemacht hatte. Sie war ihm dankbar dafür, daß er daran gedacht hatte. Ihre Stimme war belegt, als sie ihm mitteilte, eine Stunde sei mehr als ausreichend. Dann wandte sie sich von ihm ab und ging zur Tür. Sie blieb stehen, als er vor ihr die Tür erreichte und sie ihr aufhielt.

»Dann bis später«, sagte er.

»Ja, bis gleich.« Die Worte kamen nahezu tonlos heraus.

Rowan kam pünktlich zu ihr. Er klopfte an die Tür, und als sie ihn aufforderte einzutreten, kam er herein und schloß die Tür hinter sich.

Katrine war allein, Delphia hatte sie um Erlaubnis gebeten, zu einem Fest in den Unterkünften der Dienstboten gehen zu dürfen. Katrine hatte es ihr nicht verwehrt, sie aber deutlich darauf hingewiesen, sie müsse früh zurückkommen, und ihr auch die Gründe genannt. Sie hatte geglaubt, es könnte ihr leichterfallen, Rowan gegenüberzutreten, wenn Delphia nicht wie ein Wachhund danebenstand. Jetzt wünschte sie, sie hätte sie bei sich behalten; ihr wäre wohler zumute gewesen, wenn jemand über sie gewacht hätte.

Sie trug ein Nachthemd und ein Negligé aus weißem Batist mit einem runden Halsausschnitt, schwerer Spitze und langen Ärmeln mit Spitzenmanschetten, die ihr auf den Handrücken fielen. Beide Teile waren in einem Nonnenkloster fabriziert worden. Das Haar, das Delphia ihr gründlich gebürstet hatte, fiel ihr schimmernd auf den Rücken und machte jede ihrer Bewegungen mit.

Sie war in das hohe Bett gestiegen, nachdem Delphia gegangen war. Sie hatte nur einen Moment still dagelegen, und dann war sie auch schon wieder hinausgeschlüpft; sie wollte nicht den Eindruck machen, als erwartete sie ihn dort. Daraufhin hatte sie sich mit einem Buch auf den Hocker gesetzt, doch das hatte einen einstudierten Eindruck gemacht. Sie hatte mit dem Gedanken gespielt, sich an die Frisierkommode zu setzen und ihre Haarspitzen zu bürsten, aber auch das wirkte unnatürlich. Sie hatte sich auf die Bettkante gehockt, während sie versuchte, sich etwas anderes einfallen zu lassen. Als an die Tür geklopft wurde, war sie sofort aufgesprungen.

Sie feuchtete sich die Lippen an, als Rowan in ihr Zimmer kam, und dann sagte sie das erste, was ihr durch den Kopf ging. »War Giles in seinem Zimmer? Hat er Sie gesehen?«

»Cato hat mich eingelassen. Dein Mann schien zu schlafen; neben dem Bett waren die Reste von irgendeinem Medikament in trübem Wasser aufgelöst.«

»Er nimmt oft solche Schlafmittel.«

Ein verschmitztes Lächeln trat auf seine Lippen. »Hast du gedacht, ich will damit sagen, er könnte es als ein besonderes Zugeständnis an die heutige Nacht eingenommen haben?«

»Das wäre doch möglich gewesen.« Ihre Worte kamen steif heraus.

»Vielleicht stimmt es ja, und wer könnte ihm das vorwerfen? Es kann aber auch sein, daß er sich nur schlafend gestellt hat, damit er mich nicht zu sehen braucht.« Bei diesen Worten fiel sein Blick auf sie und heftete sich auf den Saum des Nachthemdes, der um ihre Füße und die zierlichen Pantoffeln wogte.

Katrine zog mit einer Hand das Negligé über ihren Brüsten enger um sich, und mit der anderen Hand wies sie auf das angrenzende Ankleidezimmer. »Wenn Sie sich zurückziehen möchten, das andere Bett steht dort.«

Er warf einen Blick in die Richtung, in die sie wies, sagte aber: »Es ist besser, wenn wir wenigstens für kurze Zeit zusammenbleiben. Falls er doch wach ist, könnte Giles eine kurze Unterhaltung erwarten, ehe wir die Kerzen ausblasen.«

Katrine konnte spüren, wie ihr die Glut ins Gesicht stieg. Sie wünschte, es stünde nicht ganz so sehr in Rowans Macht, sie aus der Fassung zu bringen. In ihrem Bemühen, einen gelasseneren Eindruck zu erwecken, stieg sie die Stufen zum Bett wieder hoch, setzte sich aufs Bett und griff nach einem Kissen, das sie sich hinter den Rükken steckte.

In einem verdrossenen Tonfall sagte sie: »Sie haben recht. Sie haben mehr Erfahrung als ich.«

»Nicht unbedingt«, antwortete er bedächtig, »in einer solchen Situation.« Er zog sein Jackett aus und warf es über das Fußende des Bettes aus Walnußholz mit den vier geriffelten Pfosten und dem seidenen Betthimmel, und dann begann er, seine Krawatte zu lösen. Sie folgte dem Jackett. Er steckte die Krawattennadel aus Gagat, die er entfernt hatte, in seine Hosentasche und zog dann die Kragenknöpfe aus seinem Hemd.

»Was tun Sie da?« sagte sie und lehnte sich aufrechter an ihre Kissen.

Er hielt inne. Sein Blick war unbeirrt und taxierte sie. »Ich hatte nicht vor, dich zu erschrecken. Ich dachte, es sei besser, wenn ich weniger förmlich gekleidet bin.«

Ihre Augen kniffen sich ein wenig zusammen, als sie an die geschmeidigen Bewegungen dachte, mit denen er sich ihr vorhin genähert und sie überrumpelt hatte, ehe er sie geküßt hatte. Er würde doch nicht etwa ...

Nein. Wenn sie sich jedesmal, wenn er sich auch nur von der Stelle rührte, von solchen Gedanken beirren ließ, würde sie bald völlig verrückt sein und nur noch dummes Zeug reden. Sie schloß einen Moment lang die Augen und wandte den Kopf von ihm ab. »Wie Sie wünschen.«

Rowan beschränkte sich auf die beiden Kragenknöpfe, die er aus seinem Hemd gezogen hatte, ehe er die Manschettenknöpfe aus den Manschetten zog. Auch diese ließ er in seine Tasche gleiten, und dann fing er an, sich die Hemdsärmel hochzukrempeln. Sein Blick ruhte auf der Locke, die auf Katrines Brust lag und jedesmal schimmerte, wenn sie sich bei einem ihrer schnellen Atemzüge hob und senkte.

Sie traute ihm nicht. Aber warum hätte sie ihm auch trauen sollen? Er war nicht sicher, ob er sich selbst traute.

Es bereitete ihm jedoch ein schmerzliches Vergnügen, hier bei ihr zu sein, sich langsam in ihre private Domäne einzuschleichen. Er fragte sich, wie weit sie ihn wohl gehen lassen würde. Es könnte interessant sein, sich das anzusehen. Nicht etwa, daß er die Absicht hatte, zu weit zu gehen. Es war nur so, daß er sich in irgendeiner Form von dem ablenken mußte, was hätte sein können.

Trotz seiner kleinen Entgleisung am früheren Abend konnte sie sich weit mehr in Sicherheit wiegen, als sie wußte. Seine Skrupel waren durch zahllose harte Prüfungen gestählt und hatten ihn nie im Stich gelassen. Er war jedoch darauf angewiesen, daß sie ihm weiterhin Widerstand leistete. Er war nicht sicher, ob seine Skrupel standhalten konnten, wenn sie vor ihm kapitulierte.

Er trat vor die Stufen zum Bett und stieg von der untersten aus auf die Matratze. Dort ließ er sich ein Stück von ihr entfernt nieder und wartete ab, ob sie Einwände erheben würde.

Katrine umklammerte mit der Hand die Spitze an ihrem Hals. Daß dieser Mann, den sie in den letzten drei langen Tagen so sehr gefürchtet hatte, jetzt tatsächlich auf dem Bett saß, in dem sie in all den Jahren ihrer Ehe allein gelegen hatte, verursachte ihr innerlich Erstickungsängste. Sie wollte ihn gern augenblicklich fortschicken, aber gleichzeitig widerstrebte es ihr, ihre Panik zu zeigen.

Um sich abzulenken, griff sie das Stichwort auf, das er ihr gegeben hatte, und sagte: »Worüber reden Männer und Frauen in seiner solchen Situation gewöhnlich?«

Er zog eine Augenbraue hoch. »Redet dein Mann nie mit dir, wenn er hier ist?«

»Er ist nie... ich meine, ich dachte, Giles hätte Ihnen erklärt, daß es an ihm liegt, weshalb wir keine Kinder bekommen.«

»Nie?« sagte Rowan und ignorierte alles übrige.

Sie schüttelte den Kopf und konnte ihn beim besten Willen nicht ansehen. Daher spielte sie mit der Spitze auf ihren Ärmeln. Er schwieg so lange, daß sie ihn schließlich verstohlen ansah. Er starrte sie jetzt mit Augen an, die so unergründlich wirkten wie nebelverhangene Seen. Sie sah ihm lange in die Augen, bis er schließlich die Wimpern senkte.

»Laß mich überlegen«, sagte er, und seine Stimme war gesenkt und versonnen, als er auf ihre ursprüngliche Frage zurückkam. »Wenn wir ein Mann und eine Frau wären, die auf Liebesspiele aus sind, könnte ich dir beispielsweise sagen, daß das, was du anhast, sehr kleidsam ist, aber daß es mit besser gefiele, wenn du nichts anhättest.«

Katrine biß die Zähne zusammen und sagte: »Ach? Und was würde ich darauf sagen? Danke?«

»Das könntest du tun, aber du könntest auch sagen, wenn ich näher zu dir rücken würde, könnte ich mir das Vergnügen herausnehmen, dich selbst auszuziehen.«

Sie sah ihn ernst an, obwohl sie das Blut warm in ihren Adern rauschen fühlte. »Worüber könnten wir sonst noch reden?«

»Ich könnte dir sagen, daß deine Haarfarbe mich begeistert, daß sie mich an Kastanien und Sumach und all die anderen Rostrottöne des Herbstes erinnert. Ich könnte sagen, daß sein Glanz und seine Länge mich erstaunen, daß ich gern meine Hände hineinschlingen und es dazu verwenden würde, dich an mich zu binden, während ich…«

»Bitte«, sagte sie, und es war ein inständiges Flehen, »es muß doch noch andere Dinge geben.«

Sein Blick ruhte auf dem Puls, der in ihrer Kehle pochte, ehe er weitersprach. »Ich könnte dich fragen, ob es dir lieber ist, wenn ich mich rasiere, ehe ich zu dir komme, oder ob du das Kratzen der Bartstoppeln besser erträgst als das Warten auf mich, während ich sie beseitige. Da die Nacht schon kühler wird, könnte ich dich fragen, ob dich fröstelt, und ich könnte dir anbieten, dich zu wärmen. Dann könntest du mich, wenn du wolltest, fragen, ob die Muskeln in meinem Rücken und Hals steif sind, weil ich heute die Lanze gehalten habe. Du könntest vorschlagen, daß ich mein Hemd ausziehe und dir erlaube, die Verkrampfungen aus meinen Muskeln zu massieren.«

Die Worte, die er sagte, schienen in ihrer Vorstellung einen Bann zu weben. Sie konnte sehen, wie er die Dinge tat, von denen er sprach, und sie konnte auch sehen, wie sie ihm all das gestattete und ihm sogar dabei half. Sie konnte fast spüren, wie sie die Muskeln unter der bloßen Haut seines Rückens mit weit gespreizten Fingern knetete.

Gleichzeitig ließen diese Bilder eine Leere in ihrem Innern anklingen. Sie hatte sich nie wirklich eingestanden, wie wenig wärmende liebevolle Berührungen es in ihrem Leben gab, wie wenig ihre Person gewürdigt worden war.

Als seine Stimme verklang, holte sie langsam Atem. Leise und versonnen sagte sie: »Sind das wirklich Dinge, die Männer und Frauen einander sagen?«

»Das und noch mehr«, antwortete er darauf.

Sie öffnete die Lippen, um zu fragen, was noch, doch dann schloß sie sie wieder. Wenn sie den anzüglichen Klang seiner Stimme und ihren Schmerz bedachte, den seine Worte in ihrem Innern auslösten, dann war es wohl besser, wenn sie es nicht erfuhr.

»Erzählen Sie mir von Ihren Reisen«, sagte sie statt dessen. »Haben Sie wirklich bei den Beduinen gelebt, und sind Sie auf einem Kamel durch die arabischen Wüsten geritten?«

Er erzählte ihr eine Geschichte über Hitze und Sand, über Monotonie und Durst und nächtliche Kälte, die bis in die Knochen drang. Es war aber auch eine Geschichte von subtiler Schönheit, vom Triumph der Menschheit über Härten, gegen die sie kaum eine Chance hatte, und von wilden Kämpfen, die um Stolz und Ehre ausgetragen wurden. Sie lauschte fasziniert, bis er unvermittelt ihren nackten Fuß nahm und ihn mit seiner warmen Hand umfaßte.

»Du bist ja eiskalt«, sagte er aufgebracht. »Warum hast du nichts gesagt? Oder dich wenigstens zugedeckt?«

»Dann hättest du nichts gehabt, womit du dich zudekken kannst.« Sie entzog ihren Fuß seiner Hand und zog ihn wieder unter ihr Negligé.

»Was hat das denn mit mir zu tun? Ich friere nicht.«

»Ich habe auch nicht gefroren, bis du...« Sie verstummte, als sie erkannte, wie ihre Worte wohl geklungen hätten. Dann fuhr sie fort: »Jedenfalls konnte ich dir schließlich nicht anbieten, daß du dir die Bettdecke mit mir teilst.«

»Du meinst, eher würdest zu erfrieren?« Seine Miene war finster, als er sich zu ihr vorbeugte.

»Es schien mir einfach unklug zu sein!« fauchte sie.

Er wich zurück. Seine Züge waren ausdruckslos, aber sogleich entspannten sie sich wieder. Er sagte: »Du hast recht gehabt, es wäre wirklich unklug gewesen. Aber freundlich hätte ich es schon gefunden.«

Er glitt mit einer geschmeidigen Bewegung vom Bett, griff nach seinem Jackett und der Krawatte, warf es sich über die Schulter und marschierte ins Ankleidezimmer.

Delphia kehrte erst einige Zeit später zurück. Katrine schlief noch nicht. Sie lag steif und angespannt im Bett und lauschte jedem Knacken des Hauses, jedem Rascheln des Windes um die Dachtraufen. Rowan schlief auch nicht; sie konnte den Kerzenschein sehen, der unter der Verbindungstür in ihr Zimmer fiel. Sie hörte, wie die Tür vom Korridor zum Ankleidezimmer aufging, hörte, wie Rowan eine kurze Bemerkung von sich gab und ihre Zofe lachend antwortete. Dann öffnete sich ihre Schlafzimmertür und schloß sich wieder.

»Also, wenn dieser Mann nicht gut aussieht«, sagte Delphia. »Angezogen sieht er ja schon toll aus, aber erst ausgezogen! Meine Güte!«

Katrine zog sich auf einen Ellbogen. Mit gesenkter Stimme fragte sie: »Er hatte keine Kleider an?«

»Nicht, daß ich welche an ihm hätte sehen können. Aber er war natürlich weitgehend zugedeckt.«

»Oh.« Katrine legte sich zurück.

»Ist alles gutgegangen?« fragte die Zofe, als sie sich bereitmachte, um ins Bett zu gehen.

»Ja«, antwortete Katrine mit einem matten Lächeln, ehe sie sich wieder umdrehte und zu der rotgoldenen Sonnenglut des seidenen Betthimmels über sich aufblickte. Die Matratze sackte herunter, als Delphia sich zu ihr legte.

Katrine und die Zofe redeten noch ein paar Minuten über die Tanzveranstaltung, die Delphia besucht hatte. Während sie noch miteinander sprachen, wurde die Kerze im Nebenzimmer gelöscht. Ein Weilchen später schlief Katrine ein.

Am nächsten Morgen saß sie im Bett und trank ihre

Tasse Café au lait, um wach zu werden, als an die Tür, die zu Giles' Schlafzimmer führte, kurz und laut geklopft wurde. Im nächsten Moment betrat er das Zimmer.

Katrine war so verblüfft, daß sie ihre Tasse fast fallen ließ. Delphia drehte sich mit weit aufgerissenen Augen um. Sie legte gerade ein Morgenkleid aus moosgrünem Samt für Katrine zurecht und warf einen Blick auf die Tür zum Ankleidezimmer, ehe sie Katrine ansah.

»Nun, meine Liebe, und wie geht es dir heute morgen?« fragte Giles.

Diese Sorge, die alle um ihr Wohlergehen zu haben schienen, wurde ihr allmählich lästig. Als könnte Rowans Nähe unliebsame Folgen haben! Sie antwortete dennoch mit einem strahlenden Lächeln.

Ihr Mann nickte und schürzte die Lippen. »Ich habe eigentlich damit gerechnet, Rowan noch bei dir vorzufinden.«

»Hier bin ich«, sagte Rowan, der mit einer Kaffeetasse in der Hand in der Tür zum Ankleidezimmer lehnte. Sein Haar war zerzaust, sein Gesicht von Bartstoppeln überzogen, und der Morgenmantel, den er trug, war nur lose zugeschnürt. Seine Stimme war nicht gerade übermäßig herzlich.

»Ach, ja«, gab Giles verhalten zurück.

»Sie wollten mich sprechen?« fragte Rowan.

Die Frage, fand Katrine, war ein feindseliges Manöver, und das drückte sich in dem angriffslustigen Tonfall überdeutlich aus.

Sie zweifelte nicht im entferntesten daran, daß dieses Vorgehen dazu diente, taktlose Fragen und weitere Überraschungsbesuche abzuwenden. Ob diese Strategie zweckdienlich war, war allerdings eine andere Frage.

Giles antwortete mit finsterer Miene. »Ich dachte mir, ich sehe mal nach, ob Sie noch etwas für das Rennen heute morgen brauchen. Soweit ich gehört habe, ist Ihr

Pferd in guter Form, und Ihr Diener Omar hat die ganze letzte Nacht bei ihm verbracht.«

Rowan bedeutete ihm, daß er nichts brauchte. Während er mit Giles redete, ging er zum Bett, stieg lässig die Stufen hinauf und setzte sich auf die Bettkante. Er lehnte sich mit der geschmeidigen Anmut eines Panthers neben Katrine zurück und machte es sich bequem. Das Lächeln, mit dem er sie bedachte, drückte im selben Maß frechen Charme und Intimität aus.

Sein Morgenmantel aus schwarzem Brokat klaffte auf und zeigte eine breite muskulöse Brust mit dunklem, drahtigem Haar, das bis zu dem flachen festen Bauch reichte. Er streckte eine Hand aus und griff nach ihrem Morgenmantel, der über das Bettende geworfen war. Als er ihn ihr reichte, war sein Blick voll schmerzlicher Glut und richtete sich so unverhohlen auf den tiefen Ausschnitt ihres Nachthemds, daß Katrine spürte, wie eine heftige Röte ihre Wangenknochen überzog.

»Gut, gut«, sagte Giles. »Wir sehen uns dann beim Frühstück.«

»Ich glaube«, sagte Rowan und bedachte Katrine wieder mit einem Lächeln, »ich werde das Frühstück im Bett zu mir nehmen. Omar hat soviel mit den Vorbereitungen für das Rennen zu tun gehabt, daß er jetzt erst mein Bad im Ankleidezimmer richten kann.«

»Ah, ich verstehe«, sagte Giles und warf einen Blick auf das angrenzende Zimmer, aus dem tatsächlich die Geräusche von plätscherndem Wasser zu vernehmen waren. »Also gut. Dann bis später.«

Delphia war zur Tür gegangen und hielt sie Katrines Mann auf. Sie schloß sie mit einem lauten Seufzer hinter ihm. Ihr Gesichtsausdruck war drollig, als sie sich zu Katrine umwandte. »Ich glaube nicht«, sagte sie, »daß aus dieser Abmachung, die Sie getroffen haben, etwas wird.«

»Da könntest du recht haben«, stimmte Katrine ihr mit

hohler Stimme zu. Sie sah Rowan an und wandte den Blick dann wieder ab. »Ich denke, wir könnten die Tür zu Giles' Zimmer abschließen.«

»Hast du das bisher nie getan?« fragte er.

»Es hat nie die Notwendigkeit bestanden«, antwortete sie.

Rowan schüttelte stirnrunzelnd den Kopf. »Dann würde es nur Argwohn bei ihm wachrufen.«

Katrine preßte die Lippen zusammen. Sie entgegnete nichts darauf.

»Und was werden Sie jetzt tun?« Die Zofe stemmte die Arme in die Hüften und wartete auf eine Antwort.

»Ich vermute«, sagte Katrine bedächtig, »daß es nur noch eine Möglichkeit gibt.«

»Der Gentleman und ich tauschen die Plätze miteinander, ja?« Delphia warf einen Blick in Rowans Richtung, aber sie lächelte ihn nicht gerade an.

Katrine bedachte ihre Zofe mit einem kühlen Blick. Sie wußte, daß Delphia schon seit langem fand, daß die Lebensweise ihrer Herrin stark eingeschränkt sei. Sie sagte: »Lege mir keine Worte in den Mund.«

»Weißt du, sie hat recht«, sagte Rowan, und die Worte kamen leise und versonnen heraus.

»Ja«, sagte Katrine und seufzte verärgert. »Ich weiß.«

7. Kapitel

Giles verhielt sich reserviert, als Katrine sich ihm später auf dem Turniergelände anschloß, auf dem das Rennen stattfinden sollte. In der teigigen Blässe seines Gesichts war sein Mund verkniffen, und als er sie zur Tribüne geleitete, hielt er ihren Ellbogen so fest, daß sie fürchtete, blaue Flecken zu bekommen. Wenn es nicht ganz so unlogisch gewesen wäre, hätte sie tatsächlich geglaubt, er sei eifersüchtig.

Die Arena war durch ein simples Behelfsmittel in eine Rennbahn umgewandelt worden. Man hatte die Rennbahn durch breite, dicke Schichten Kalkpulver gekennzeichnet. Der britischen Tradition entsprechend wurden die Rennen auf dem Rasen und nicht auf einer Lehmbahn ausgetragen, und die Rennbahn hatte eine U-Form mit Steigungen und Gefälle. Die Steigung kam erst kurz vor dem Ziel, um den Schwierigkeitsgrad zu erhöhen. Nur die Startlinie und das Ziel waren ebenerdig auf dem Boden der Arena angelegt, und beide befanden sich direkt vor der Tribüne.

Eine Reihe verschiedener Rennen sollte an diesem Tag ausgetragen werden, von der Viertelmeile über die gesamte Rennstrecke von eineinhalb Meilen Länge bis hin zum Dreimeilenrennen, bei dem die Rennstrecke zweimal zu bewältigen war. Die Männer würden Pferde aus benachbarten Ställen, aber auch andere aus ganz Louisiana und Mississippi gegeneinander antreten lassen. Die größte Rivalität herrschte zwischen Giles und den Männern des Barrow-Clans, wenngleich auch einige andere Pflanzer vom Flußufer ihn gern zum Wettkampf herausforderten. In den letzten Tagen war viel über die verschiedenen Pferde geredet worden, die bei den Rennen antreten würden, und es war erschöpfend abgehandelt worden, aus welchen Ställen sie stammten, wer sie dressiert hatte und wer die jeweiligen Jockeys waren, aber auch über die Stammbäume und die letzten Plazierungen der Pferde war gesprochen worden.

Innerhalb des letzten Jahrzehnts hatte Louisiana die Leidenschaft für Pferderennen entdeckt, und Dutzende von Rennstrecken waren über den Staat verteilt. Es gab die Rennbahnen Metairie und Eclipse in New Orleans, die Magnolia-Rennstrecke in Baton Rouge und den Fashion Course in Clinton. St. Francisville besaß auch eine halbwegs renommierte öffentliche Rennbahn, von der es hieß, sie sei für Kurzstreckenrennen mit hoher Geschwindigkeit ebenso geeignet wie der Union Course auf Long Island, New York. Giles, der die typischen Vorurteile der meisten Plantagenbesitzer mit viel Land teilte, zog die Rennbahn von Arcadia vor, die seinen eigenen Vorlieben entsprechend angelegt wurde.

Das Ereignis des Tages, das das größte Interesse auf sich zu ziehen versprach, war das Ritterturnier. Dort sollten die Reitpferde der Männer von dem jeweiligen Besitzer selbst geritten werden und nicht etwa Vollblutpferde mit Jockeys im Sattel antreten. Da es die Hauptattraktion war, sollte dieses Rennen zuletzt stattfinden. Das war das Rennen, in dem Rowan mit Saladin antreten würde.

Katrine konnte dem ersten Rennen kaum etwas abgewinnen. Sie fühlte sich verwirrt und war außerstande, sich zu konzentrieren. Es fiel ihr schwer, in dem Wissen, daß ein Fremder die Nacht in ihren Gemächern verbracht hatte und das Bett diese Nacht wieder mit ihr teilen würde, zu lächeln, zu reden und zwischen ihren Gästen umherzulaufen.

Außerdem kam sie sich ein wenig verrucht vor. Sie war sich allzu deutlich ihres Körpers bewußt, seiner Gestalt, seiner Reaktionen und ihrer Art, sich zu bewegen. Dieses Gefühl hatte sie bislang nicht gekannt. Irgendwo in ihrem Innern brodelte unter der Verwirrung und der Wut eine latente Heiterkeit. Sie mochte dieses Gefühl, obwohl sie wußte, daß es ihr nicht hätte behagen dürfen.

Giles wurde von einem Nachbarn mit Beschlag belegt, der dringend wollte, daß er mitkam und sich einen preisgekrönten Grauen ansah, der angeblich aus dem englischen Rennstall Eclipse stammte.

Er war gerade erst gegangen, als Rowan erschien.

Er schlenderte über das Feld zu den Stufen unter dem Platz, auf dem Katrine saß. Er stieg die Treppe mit lässiger Anmut hinauf, blieb mit einem Fuß auf der obersten Stufe stehen, stemmte eine Hand auf sein Knie und beugte sich zu ihr vor. In seinen Augen lag Wärme, als sein Blick auf ihr ruhte. Sie trug ein Ensemble aus moosgrünem Samt mit einem passenden Hutband auf dem goldenen Strohhut, den sie sich auf ihre Locken gebunden hatte und von dem weitere moosgrüne Bänder flatterten. Er zog seinen flachen Seidenzylinder zu einer Begrüßung, die völlig außer acht ließ, wie wenig Zeit vergangen war, seit sie sich voneinander getrennt hatten.

»Ist alles in Ordnung mit deinem Reitpferd?« fragte sie, nachdem sie seine Begrüßung erwidert hatte.

»Alles bestens«, sagte er und wirkte dabei zerstreut. Mit gesenkter Stimme fuhr er fort: »Da ist noch etwas, was ich dich fragen wollte, weil ich gesehen habe, daß du allein bist. Hast du zufällig heute morgen, nachdem du wach geworden bist, deine Zofe in Giles' Zimmer geschickt?«

»Heute morgen? Weshalb hätte ich das tun sollen?«

»Sie war dort. Omar hat sie gesehen, als sie aus dem Zimmer gekommen ist. Sie hat die Tür zum Korridor benutzt.«

»Davon hat sie mir gar nichts erzählt.«

»Dein Mann läßt sie nicht vielleicht regelmäßig zu sich kommen?« fragte er und sah ihr vielsagend in die Augen.

»Du meinst… nein. Nein, zwischen den beiden ist nichts.« Sie wußte kaum, ob sie verärgert oder amüsiert über diese Vermutung sein sollte. Ihre Zofe hatte einen Liebhaber, soviel wußte Katrine, einen Gentleman von einigem Reichtum und beträchtlicher Überredungskunst. Er war schon unerwartet längere Zeit ausgeblieben, aber es waren auch plötzlich Parfüms, Kleidungsstücke und Schmuckstücke aufgetaucht, deren Herkunft im ungewissen blieb. Katrine hatte nicht von ihrer Zofe verlangt, daß sie den Namen des Mannes preisgab, denn sie hielt es für einfacher für alle Beteiligten, wenn sie nichts Genaueres wußte. Dennoch war dieser Mann nicht Giles.

»Wenn das so ist«, sagte Rowan, »muß dein Mann sie danach gefragt haben, wie weit du dich seinen Anordnungen gebeugt hast.«

Katrines Augen wurden groß, und dann schüttelte sie eilig den Kopf. »Ich glaube nicht, daß er sich so weit erniedrigen würde. Und selbst wenn es so wäre, kann ich kaum glauben, daß Delphia ihm etwas erzählen würde.«

»Er hat dich aufgesucht, nachdem er mit ihr gesprochen hat, oder etwa nicht?« Rowans Tonfall war geduldig und nachsichtig.

»Es kann sein, daß er sich Sorgen gemacht hat. Das hast du doch selbst gesagt.« Sie biß sich auf die Lippen, während sie darüber nachdachte.

»Wir werden uns jedenfalls vorsehen müssen. Omar sollte aus heiterem Himmel seine Leidenschaft für Delphia entdecken. Er kann versuchen, sich ein genaues Bild davon zu machen, was sie ausheckt, und gleichzeitig hätte er einen guten Vorwand dafür, daß er wie ein geölter Blitz in deinem Ankleidezimmer auftaucht und wieder von dort verschwindet.«

Die Vorstellung, ein majestätischer Araber könnte irgendwo wie ein geölter Blitz auftauchen, war so undenkbar, daß sie unwillkürlich lächelte. Doch ihr Lächeln verflog schnell. Sie sagte: »Ich kann nicht zulassen, daß Delphia in ihr Verderben rennt.«

»Du glaubst, Omar wird sie ins Verderben stürzen? Mach dir keine Sorgen; er ist bei den Frauen recht beliebt. Er wird genau wissen, wie er die Sache anzupacken hat.«

Er schaute auf ihren Hut und fuhr dann fast ohne Pause fort: »Weißt du eigentlich, daß eine Biene auf deinem Hut sitzt? Bleib still sitzen, ich mache das schon.«

Katrine hatte keine Biene gesehen, aber sie blieb reglos sitzen, als er sich dicht vor sie stellte. Dieser Mann hatte etwas an sich, was ihren Willen auf seltsame Weise lähmte. Sie hatte das Gefühl, daß er nach Belieben mit ihr umspringen konnte.

Sie wurde von der Aura selbstverständlicher Virilität und magnetischer Anziehungskraft umspült, die er ausströmte. Die Wirkung war so stark, daß eine Art Panik sie befiel. Als sie spürte, wie leicht an ihrem Hut gezogen wurde, floh sie in die ersten Worte, die ihr durch den Kopf gingen.

»Wie kann Omar dir von Delphia erzählt haben? Ich dachte, er könnte nicht sprechen.«

Rowan trat zurück. »Jetzt ist wieder alles in Ordnung«, sagte er. Er steckte die Hände in seine Taschen und kehrte auf die oberste Treppenstufe zurück, ehe er weitersprach. »Was Omar angeht, er war früher einmal ein Bote des Bey von Algier. Man hat ihm die Zunge herausgeschnitten, um sicherzugehen, daß er nie verrät, was ihm anvertraut worden ist. Trotzdem kann er ein paar Laute herausbringen, und er hat von einem Händler die Zeichensprache gelernt.«

Katrine bekundete ihren Dank für seine Dienste und runzelte dann die Stirn. »Bist du auch ganz sicher, daß du ihn richtig verstanden hast?«

»Ja, vollkommen. Es wäre ein Fehler, wenn man ihn für unzuverlässig oder unintelligent hielte, weil er stumm ist. Er ist keines von beiden.«

»Das wollte ich damit nicht andeuten«, fuhr sie auf.

»Nein«, antwortete er mit finsterem Blick, »aber ich wollte, daß du es für den Notfall weißt.«

Sie wußte wahrhaftig nicht, was für ein Notfall hätte eintreten können, aber sie hatte nicht vor, diesen Punkt zu erörtern. Sie sagte: »Über die andere Angelegenheit werde ich mit Delphia reden.«

Er zögerte, ehe er antwortete. »Es ist vielleicht besser, wenn du nichts sagst.«

»Was soll das heißen? Wir können nichts an der Situation ändern, in die wir geraten sind, und du mußt doch selbst wissen, daß es kaum möglich ist, Delphia über die wahre Natur der Lage im unklaren zu lassen.«

»Du könntest ihr damit versehentlich eine Warnung zukommen lassen, die ihr sagt, daß du weißt, daß du beobachtet wirst.«

»Vielleicht hört sie dann auf, mir nachzuspionieren.«

»Vielleicht«, sagte er. Dann zuckte er die Achseln. »Das mußt du entscheiden.«

Wenige Minuten später ging er. Katrine sah ihm nach, als er sich wieder auf den Weg zu den Ställen machte und sich im Gehen den Hut auf den Kopf drückte. Die schwungvollen Schritte seiner langen Beine, die schlanken Umrisse seiner Oberschenkel und die selbstbewußte Haltung seiner breiten Schultern ließen sie ihm noch lange nachschauen, obwohl sie wußte, daß sie den Blick längst hätte von ihm abwenden müssen.

Es war zum Verzweifeln, wie deutlich sie ihn wahrnahm. Es gab Gründe dafur; er war ein Mann mit außergewöhnlicher Anziehungskraft. Zudem wäre es nicht menschlich gewesen, wenn sie sich den Mann, der gegen ihren Willen in ihrem Bett lag, nicht genauer angesehen hätte. Sie mußte sich ein Bild davon machen, was für ein Mensch er war und inwieweit man ihm trauen konnte. Sie mußte sich ein Urteil darüber bilden können, welche Absichten er hatte. Sie war sich in keiner Hinsicht sicher, selbst jetzt nicht.

Es war ganz außerordentlich, wie rücksichtsvoll er war, aber auch, daß er die Grundregeln, die sie aufgestellt hatte, auf ihren Wunsch hin akzeptierte. Natürlich hatte er seine Gründe dafür. Sie hoffte nur, daß sie ihn auch weiterhin davon abhalten würden, die seltsame Lage auszunutzen, die sie aneinanderband. Ihr war durchaus bewußt, daß es keine Garantie dafür gab.

Rowan kam kurz vor Beginn des ersten Rennens wieder zur Tribüne. Er bewegte sich in einem schicklichen Tempo voran, und eine Frau in Blaßblau hatte sich bei ihm eingehängt. Es war Musetta. Giles' jüngere Schwester sah lächelnd in sein Gewicht auf, während sie plauderte und ihre weiten Röcke schwang, damit sie die Füße ihres Begleiters umhüllten. Dicht hinter ihnen folgte Peregrine Blackstone. Die finsteren Blicke, die der junge Mann auf Rowans Rücken warf, waren haßerfüllt.

Musetta winkte Katrine zu, als sie und Rowan zur Tribüne hinaufstiegen. Ihre blauen Augen funkelten vor Heiterkeit, und ihr Lächeln war das einer Frau, die mit der Welt im reinen und zufrieden ist. Als sie sich setzte, sorgte sie dafür, daß sie zwischen Rowan und Perry saß.

Katrine warf einen Blick auf Brantley Hennen, der dicht neben der Rennbahn stand. Musettas Mann unterbrach seine Beschäftigung, mit einem Bleistiftstummel Zahlen in ein kleines Notizbuch zu kritzeln. Hinter seinem Bart trugen seine Züge einen grimmigen Ausdruck, und sein Genick war rot. Er warf einen schnellen Blick auf seine Frau, sah dann wieder fort und beugte den Kopf tiefer über sein Gekritzel.

Brantley war nicht der einzige, der unglücklich über Musettas jüngste Eroberung war. Charlotte, die mit Georgette und Lewis zusammensaß, beobachtete das Bild, das sich ihr bot, mit deutlich hinuntergesunkenen Schultern. Als ihr Blick auf Rowan ruhte, stand eine sehnsüchtige Wehmut darin, die schmerzlich anzusehen war. Charlotte war in einen zarten Lavendelton gekleidet, dessen Helligkeit sie noch ätherischer als sonst wirken ließ. Das dichte dunkle Haar, das sie sich in Locken und winzigen Zöpfchen aufgesteckt hatte, wirkte zu schwer für ihren zarten Hals. Sie hatte dunkle Schatten unter den Augen, als hätte sie Schlafstörungen oder sei krank.

Katrine spürte, wie die Sorge ihr einen Stich versetzte. Sie mußte die Zeit finden, mit dem Mädchen zu reden, überlegte sie sich, ehe die Party vorüber war.

Lewis wirkte gesund und munter und versprühte seine gewohnte Gehässigkeit. Er schien die Wärme des Nachmittags mehr als die anderen zu spüren. Immer wieder setzte er den Hut ab, fächelte sich damit Luft zu und fuhr sich mit den Fingern durchs Haar, das sich schon zu metallisch silbernen Dornen aufstellte.

Er würde beim letzten Rennen des Nachmittags nicht mitreiten. Lewis behauptete, er hätte, seit er nach St. Francisville gekommen war, noch kein Reitpferd gefunden, das er gern gekauft hätte. Die Pferde, die sein Geld wert seien, schienen alle seinem Onkel zu gehören, und es sei sinnlos, etwas zu kaufen, was er ohnehin Tag für Tag kostenlos benutzen könnte. Diese Freimütigkeit war in Katrines Augen Lewis' bewunderungswürdigster Zug. Sie glaubte, sprach es aber nicht laut aus, daß Giles' Neffe froh war, einen Vorwand zu haben, nicht noch einmal gegen Rowan antreten zu müssen.

Im Lauf des Nachmittags erwies sich, wie ausgezeichnet

die Ställe von Arcadia waren. Giles' Pferde gewannen eines der Kurzstreckenrennen und einen Silbercup über eineinhalb Meilen. Er strahlte vor Freude. Stolzer hätte er nicht sein können, dachte Katrine, wenn er die Rennstrecke auf seinen zwei eigenen Beinen zurückgelegt und gewonnen hätte. Während der Pause, die sie für das Mittagessen einlegten, war er blendend gelaunt und trank etliche Gläser Wein zu der üppigen Mahlzeit, bei der die Gäste einander ständig zuprosteten.

Anschließend fühlte Giles sich nicht gut. Er legte sich auf die Liege in seinem Büro, während die Damen sich im oberen Stockwerk ausruhten und die anderen Gentlemen auf der Terrasse hinter dem Haus über Baumwolle und Politik diskutierten. Als er zum letzten Höhepunkt, dem Amateurrennen, wieder auftauchte, wirkte er matt und blaß.

Die Sonne sank tiefer am Himmel und warf lange, schräg einfallende Lichtstrahlen auf den Rasen und die Bäume, die ihn umgaben, als sie sich wieder auf der Tribüne versammelten. Das Hornsignal, das die Männer an die Startlinie rief, hatte einen melancholischen Klang, als es von dem sägeblattförmigen Waldrand zurückhallte. Ein Schwarm Enten umkreiste die Kuppel von Giles' Turm und tauchte zu dem See hinab, der dicht am tiefsten Teil der ansteigenden Rennstrecke lag. Als nach dem letzten Ton des Horns nur noch Gemurmel zu hören war, zerschnitt das Krächzen von Grillen und Zirpfröschen die Stille des späten Nachmittags.

Die Parade zum Start war von einer schlichten Schönheit, die den bisherigen Rennen gefehlt hatte. Die Männer auf ihren Pferden waren Reiter, die in ihrer natürlichen Haltung dasaßen; sie ritten in entspannten und gelassenen Posen. Jeder einzelne hatte seine Anhängerschaft, die ihm bei seinem Erscheinen Applaus spendete. Als sie vorbeiritten, brachen unter den Männern auf der Tribüne lebhafte Diskussionen über Merkmale und Abstammung, über die Gangart und die Handicaps durch Gewicht aus. Noch lebhafter ging es dort zu, wo Wetten abgeschlossen wurden.

Rowan war unter den letzten, die ihre Pferde in die Arena führten. Er hatte einen Sattel wie beim Militär mit etwas längeren Steigbügeln als die anderen. Auch seine Haltung wies militärische Korrektheit auf. Alles war blitzblank, von dem Stahlgebiß am Zaumzeug seines Hengstes bis hin zu den kleinen Messingsporen an seinen auf Hochglanz polierten schwarzen Reiterstiefeln. Er hatte sich umgezogen und trug jetzt Reitkleidung, eine perfekt sitzende Hose aus Wildleder, die von einer schwarzen makellos geschnittenen Jacke und einem moosgrünen Halstuch ergänzt wurde. An seinem Oberarm flatterte ein moosgrünes Band.

Katrine erstickte ein leises Keuchen, als sie das Band sah. Sie streckte die Hand nach ihrem Hut aus und tastete ihn ab. Die Bänder, die an ihm geflattert hatten, waren fort, und nur das Hutband war noch da. Eine Biene, von wegen!

Rowan ritt gerade an ihr vorbei. Er salutierte mit seiner Reitpeitsche und einer Verneigung seines dunklen Schopfs vor ihr. Sie warf ihm einen Blick zu, der glühende Wut ausdrückte, und er besaß die Frechheit, darauf mit einem Lächeln zu reagieren, das die bronzebraune Haut um seine Augen herum fältelte.

Giles, der neben Katrine saß, wandte den Kopf zu ihr um und starrte sie mit Verärgerung in seinen trüben blauen Augen an. »Ich dachte, ich hätte dir gesagt...« setzte er an.

»Das hast du auch getan«, sagte sie, denn sie war nicht bereit, sich einschüchtern zu lassen. »Ich glaube, das ist Rowans Vorstellung von einem Scherz. Er hat mir das Band mit einem Trick abgenommen.«

Ihr Mann musterte lange die glühende Röte in ihrem Gesicht, ehe er mit leiser Stimme sagte: »Dann nennst du ihn also Rowan?«

»Sollte ich ihn nach allem, was du uns angetan hast, etwa Mr. Blanc nennen?«

»Ah, du nennst euch beide also schon in einem Atemzug.«

Verlegenheit, Verdruß und eine seltsame Traurigkeit lösten einander in ihrem Innern ab. Sie wandte den Blick von ihrem Mann ab. Mit müder Stimme sagte sie: »Was hast du denn erwartet?«

»Ich weiß es nicht genau«, antwortete er fast so, als spräche er mit sich selbst. »Ich weiß es wirklich nicht genau.«

Die Reiter reihten sich am Start auf, ein Feld von rund zwanzig Teilnehmern, die sich dort drängten und ihre Plätze einzunehmen suchten. Es waren Pferde aller Art vertreten: Hengste, Wallache, sogar ein oder zwei Stuten, einige davon mit einem beachtlichen Stammbaum, die meisten jedoch ohne nennenswerte Ahnen. Wenn sie eines miteinander gemeinsam hatten, dann daß kein alter Ackergaul darunter war.

Schließlich waren sie angetreten.

Der Startschuß wurde abgegeben. Sie liefen los.

Es war ein wüstes Gewirr aus fliegenden Rockschößen und blitzenden Hufen. Innerhalb von wenigen Momenten lösten sich die führenden Pferde vom übrigen Feld. Grasbrocken flogen hoch, und Reitpeitschen zischten, als sie in die erste scharfe Kurve gingen. Als sie die Gerade erreichten, hatte sich das Feld bereits auf eine Distanz von hundert Metern auseinandergezogen. Ehe man auch nur mit der Wimper zucken konnte, schossen die Pferde, die in Führung lagen, den Hang hinunter und waren hinter dem Hügel schon fast außer Sicht.

Im Handumdrehen kamen sie wieder auf die Tribüne

zugedonnert. Rowan lag klar in Führung, aber Alan, der einen schönen Braunen ritt, holte auf und verringerte die Distanz. Perry steckte inmitten einer dichten Gruppe von etwa acht Pferden fest und brachte es nicht fertig, seinen leuchtend weißen Hengst daraus zu lösen. Satchel bildete auf einem ungepflegten Fuchs, der eher dazu gebaut war, Lasten zu tragen, als eine hohe Geschwindigkeit an den Tag zu legen, den Schluß.

Jubel und Beifall und anspornende Rufe wurden auf der Tribüne laut. Das wacklige Holzgerüst bebte, als Hufe donnernd näher kamen und die Leute aufsprangen, um die Reiter anzufeuern.

Die Teilnehmer des Rennens bogen um die zweite Kurve und rasten unter Geschrei und Anfeuerungsrufen vorbei. Sie beugten sich vor, legten sich flach auf die Hälse der Pferde, hielten die Zügel knapp und stürzten sich in die zweite Etappe des Rennens.

Am Rande der Rennstrecke grölten und brüllten die Plantagenarbeiter ihren Favoriten zu. Kleine Jungen rannten über die Rennbahn, weil sie die Reiter nicht aus den Augen verlieren wollten. Ein oder zwei Hunde sprangen aufgeregt um die Jungen herum, und ein Jagdhund riß sich von der Kette los, mit der er angebunden war, und raste hinter den stampfenden Pferden her.

Als die Reiter wieder aus der Sicht verschwanden, ließ sich Giles auf seinen Platz zurücksinken. Er schüttelte den Kopf. »De Blanc wird seinen Grauen fix und fertig machen, wenn er versucht, in Führung zu bleiben. Ich hätte geglaubt, er wüßte es besser. Sogar Satchel wird ihn noch überholen.«

»Vielleicht«, sagte Katrine. »Vielleicht aber auch nicht.«

»Du willst, daß er gewinnt.«

Sie hörte den Vorwurf aus der Stimme ihres Mannes und verspürte sofort den Drang, es zu leugnen. Ebenso plötzlich kam die Erkenntnis, daß er recht hatte. »Mich interessiert nur«, sagte sie, »daß der Mann gewinnt, der den Sieg verdient hat.«

»Und wenn das de Blanc ist?«

Sie sah ihn fest an. »Dann muß ich froh sein, daß er meine Gunst für sich beansprucht hat.«

Eine purpurne Röte stieg langsam in das Gesicht ihres Mannes auf. Erst in dem Moment begriff Katrine, welches doppeldeutige Wort sie aus Versehen benutzt hatte. Sie hatte jedoch nicht vor, näher darauf einzugehen. Dieses undurchsichtige Verhältnis zu Rowan hatte sie sich schließlich nicht freiwillig ausgesucht.

Irgendwo am Fuß des Hangs kläffte außerhalb der Sichtweite ein Hund. Zweifellos war es der Jagdhund, der frei herumlief und von einem fliegenden Pferdehuf getreten worden war. Als Katrine sich dem Geräusch zuwandte, kamen die Rennpferde wieder in Sicht.

Mit wildem Blick und weißem Schaum auf dem Fell strebten die erschöpften Reittiere dem Ziel zu. Rowan lag immer noch in Führung, doch Alan holte auf und trieb sein Pferd grimmig entschlossen mit der Peitsche an. Der Großteil der anderen kam jetzt näher, wenngleich auch ein paar vereinzelte Reiter erst mit Abstand dahinter folgten.

Es passierte, als sie in die letzte Kurve gingen. Rowan beugte sich über Saladins Kopf, und seine Lippen bewegten sich, als er mit ihm sprach, während er sich in die Kurve legte. Im nächsten Moment stürzte er zu Boden.

Er schlug fest auf, warf sich dann als ein kraftvoller Berg bebender Muskeln herum und zur Seite, um den näher kommenden Pferden auszuweichen. Der Sattel sprang mit einem Satz durch die Luft und schlitterte dann direkt vor die Reiter. Ein Pferd geriet ins Wanken und strauchelte, als es gegen den losen Sattel trat und dann ausglitt. Ein anderes folgte mit wild um sich tretenden

Beinen. Reiter flogen aus den Sätteln und rollten beim Aufschlag über den Boden.

Perry riß sein Pferd herum, konnte es aber nicht anhalten; er sprang vom Sattel, als das Tier sich aufbäumte, wurde aber von einem Huf getroffen, der durch die Luft sauste. Er stürzte, versuchte aufzustehen, brach zusammen und blieb reglos liegen. Alan, der sich in Sicherheit hatte bringen können, schaute sich nach dem Getümmel um. Er zerrte an den Zügeln und brachte sein Reittier abrupt zum Stehen. Dann sprang er aus dem Sattel und rannte los, um die Zügel von Perrys weißem Hengst zu schnappen, der sich immer noch aufbäumte.

Rowan war bereits da. Er zerrte seinen gestürzten Grauen unter den anderen Pferdeleibern hervor und übergab ihn Omar, der schnell herbeigeeilt war, ehe er zu den anderen zurückkehrte.

Inzwischen waren die Männer die Stufen der Tribüne hinuntergestürmt, um zu helfen. Unter dem entsetzten Kreischen der Damen, den Rufen von Stallknechten und Feldarbeitern und dem Geschrei von kleinen Jungen zerrten sie die gestürzten Reiter in Sicherheit und beruhigten die hinkenden und sich wälzenden Pferde. In wenigen Minuten war alles vorbei.

Bis dahin hatte sich Katrine längst ins Getümmel gestürzt. Sie sah sich unter den männlichen Arbeitskräften von Arcadia um, die ihr am nächsten standen, und schickte einen Mann nach St. Francisville, damit er den dortigen Arzt holte, einen anderen zu Cato, der beauftragt wurde, die Läden von zwei Fenstern zu entfernen, um die Verletzten darauf zu transportieren, und wieder einen anderen zur Krankenstation der Plantage, um dort Verbände zu holen, Holz, um gebrochene Gliedmaßen zu schienen, und ihre eigene Medikamententasche, die er ins Haupthaus bringen sollte.

Kurz nach Anbruch der Dunkelheit traf der Arzt ein.

Unter den fünf Reitern, die gestürzt waren, gab es zwei gebrochene Arme zu behandeln, ein gebrochenes Schlüsselbein, eine ausgerenkte Schulter, einen verstauchten Knöchel, eine aufgeplatzte Wange und eine leichte Gehirnerschütterung. Dennoch hatte der Arzt absolut nichts zu tun.

Omar war in das Wohnzimmer im Erdgeschoß gekommen, in das man die Verletzten gebracht hatte, und sachte, aber unnachgiebig hatte er den Arzneikoffer Katrines Griff entrungen und alles in die Hand genommen. Er hätte Rowan zuerst behandelt, aber sein Herr winkte ab und schickte ihn zu den anderen. Erst als für das Wohl aller anderen gesorgt worden war, hatte er ihm erlaubt, seine ausgekugelte Schulter wieder einzurenken.

Dr. Grafton, ein draufgängerischer kleiner Kerl und auch ein Kampfhahn, war verärgert darüber, daß er so weit gefahren war, nur um feststellen zu müssen, daß seine Patienten ein vorzeitiges Abendessen einnahmen. Er untersuchte sie daher trotzdem, hatte aber nichts auszusetzen. Nachdem Giles ihn auf einen Drink entführt hatte, um mit ihm über sein Honorar zu reden, schien er jedoch geneigt zu sein, sich beschwichtigen zu lassen. Als er sich schließlich an den Tisch setzte und Schildkrötensuppe, Spargel in Vinaigrette und gebratenen Kapaun in Weinsauce mitaß, machte er einen nahezu jovialen Eindruck.

Dennoch war es ein schweigsames Mahl. Die Reiter waren derart knapp schwerwiegenden Verletzungen entgangen, daß jetzt alle nachdenklich gestimmt waren. Der Tribut, den die Pferde an den Sturz gezollt hatten, war keineswegs leichtzunehmen; eins war erschossen worden, ein anderes bandagiert und mit Beinpackungen versehen worden, und ein drittes würde nie mehr zu etwas taugen, nur noch als Reitpferd für ein Kind.

Es ging auch ein Gerücht um, das bis jetzt noch nicht bestätigt worden war – Rowans Sattelgurt sei zur Hälfte durchgeschnitten worden. Ab und zu sahen die Männer einander an und fragten sich offensichtlich, wer sich den Sieg so dringend gewünscht hatte, daß er es riskiert hätte, den Mann zu töten, dessen Siegeschancen am größten waren, sie damit aber alle in Gefahr gebracht hatte.

Als der Nachtisch serviert wurde, lehnte sich Alan auf seinem Stuhl zurück, sah sich am Tisch um und schwenkte dabei den letzten Schluck Wein in seinem Glas. Sein Blick glitt von Giles am Kopfende des Tisches zu Katrine, die mit Rowan zu ihrer Rechten am gegenüberliegenden Ende saß. Er schaute Perry an, der einen Verband wie einen schmalen weißen Turban um den Kopf gewickelt hatte, sah die anderen Verletzten an und dann Satchel, der sich zurücklehnte und dem das Wasser im Mund zusammenfloß, als eine Portion Karamelpudding vor ihn hingestellt wurde. Ein schwaches Lächeln spielte um Alans Mund, doch er wartete, bis der Bedienstete, der das Abendessen servierte, sich wieder in die Räume des Butlers zurückgezogen hatte, ehe er etwas sagte.

»Dieser Tisch«, sagte er, »sollte rund sein, wißt ihr.«

Musetta lächelte ihn an, als sei sie jederzeit bereit, sich belustigen zu lassen. »Du meinst wie König Artus' Tafelrunde?«

Der stille, dunkelhaarige junge Mann lächelte sie an. »Arcadia ist natürlich unser Camelot. Giles ist unser Artus, und Katrine ist seine Ginevra.«

»Wie klug!« rief Musetta aus und klatschte in die Hände. »Und wer soll Perry sein?«

»Sir Parzival natürlich«, antwortete Alan.

Perry, der die zärtliche Zuwendung der blonden Frau genossen hatte, die ihm seine Kopfverletzung eingetragen hatte, bedachte Alan mit einem ironischen Blick. »Du bist, vermute ich, Galahad, der immer Jungfrauen in Nöten errettet, von Parzival ganz zu schweigen?«

»Ich bezweifle, daß ich rein genug dafür bin«, sagte

Alan. »Aber es steht ganz außer Frage, daß Rowan unser Lanzelot ist. Er hat nicht nur französisches Blut in den Adern, sondern er hat uns auch alle geschlagen.«

Katrine sah, daß ihr Mann eine ruckhafte Handbewegung machte, als wollte er einschreiten. Mit Furchen zwischen den Augenbrauen schaute er von Alan zu Rowan. Als sie Giles' angespanntem Blick folgte, sah sie, daß Rowan Alan mit einem scharfen, durchdringenden Blick ansah. Er schaute kurz in ihre Richtung, doch nichts in seinem Gesicht wies darauf hin, was er dachte.

Lewis, der ein Stück weit entfernt saß, lachte schroff. »Und wo bleibe ich, wenn ich bitten darf? Ich muß dir sagen, mein guter Alan, daß ich keine Lust habe, den Mordred zu spielen, der Ränke gegen seinen Onkel schmiedet.«

»Natürlich nicht«, sagte Giles in einem Tonfall, der vor Kritik scharf war. »Die Vorstellung ist einfach lachhaft. Ebensogut könnte ich glauben, daß Katrine mich betrügt.«

»Und das«, murmelte Lewis, »ist wahrhaft undenkbar.«

»Allerdings.« Giles nahm eine aufrechtere Haltung auf seinem Stuhl ein. Seine Augen waren hart, als er sich am Tisch umschaute und sein Blick auf Charlotte liegenblieb. »Vielleicht sollten wir statt dessen darüber reden, womit wir uns unterhalten, bis unsere Gäste für den Siegerball erscheinen. Dürfen wir damit rechnen, noch eine Kostprobe deiner lieblichen Stimme zu hören, mein Kind?«

Charlotte, die es zutiefst verwirrte, daß sie persönlich angesprochen wurde, sah aus weit aufgerissenen Augen Rowan an. Sie sprudelte hervor: »O nein, Sir, wenn Sie nichts dagegen haben, möchte ich das lieber nicht tun.«

Ihr Gastgeber neigte den Kopf. »Wie es dir beliebt.« Ein zynisches Lächeln verzog einen seiner Mundwinkel. »Wenn wir schon in die Zeiten der Ritterlichkeit zurückgekehrt sind, könnten die Damen sich mit weiteren Fragen der Ehre und der Liebe amüsieren.«

Er hatte das Thema nachdrücklich beendet. Katrine bedauerte es nicht. Sie hatte nicht den geringsten Wunsch, gezwungen zu sein, dazusitzen und zu lächeln, während die Liebesgeschichte zwischen Ginevra und Lanzelot zur Sprache gebracht wurde.

Gleichzeitig ärgerte sie sich. Der Tonfall ihres Mannes war verächtlich gewesen, als er von den Fragen sprach, die in ihrem Gericht der Liebe gestellt und beantwortet wurden. Sie war nie der Meinung gewesen, daß sie und Musetta Angelegenheiten von umwerfender Bedeutung erörterten. Ihr war es immer nur um Amüsement und das Erforschen von Idealen und der Beziehung zwischen Mann und Frau gegangen. Dennoch bestand kein Anlaß, diese Form der Unterhaltung schlechtzumachen.

Die heftige Frage, die Musetta kurze Zeit später im Salon stellte, wo sich alle versammelt hatten, erschien ihr in Anbetracht ihrer Stimmung außerordentlich befriedigend.

»Was«, fragte ihre Schwägerin mit gekräuselten Lippen, »ist eine Ehefrau ihrem Gemahl schuldig? Die Kirche fordert, daß wir ihn lieben und ehren und ihm gehorchen, und doch werden wir mit Männern verheiratet, die eifersüchtig über uns wachen und das mit Liebe verwechseln, die uns wenig Raum für Ehre geben und die uns eher ersticken, als uns liebevoll zu behandeln. An welchem Punkt also verlieren diese Gelübde ihre Bedeutung?«

Katrine strich die schwarze Spitze glatt, mit der die langen Rüschen ihres Ballkleides aus goldener Seide eingefaßt waren und die sich auf dem schmalen Zweiersofa ausbreiteten, auf dem sie saß. Mit gedämpfter Stimme sagte sie: »Im Gericht der Liebe von Eleanor von Aquitanien war man der Meinung, daß Liebe zwischen Eheleuten unmöglich ist. Die Ehe war ein Vertrag, der alles, was die Frau besaß, ihre eigene Person eingeschlossen, ihrem Mann überschreibt. Eine Frau, so lautete die Theorie, kann nicht den Mann lieben, der sie versklavt, und ebensowenig kann der Ehemann eine Frau lieben, die kaum mehr als eine Leibeigene ist. Seitdem hat sich nicht allzuviel geändert.«

»Manche Ehen gründen sich auf Geld, aber nicht alle.« Der Einwand wurde von Rowan erhoben, der aufgestanden war und sich hinter das kleine Zweiersofa gestellt hatte.

Katrine wandte den Kopf um und sah zu ihm auf, ehe sie darauf antwortete: »Nein, nicht alle, aber immer noch sehr viele.«

»Ja«, sagte Musetta, »und wenn das so ist, welchen Sinn haben die Gelübde dann noch? Ab wann ist es akzeptabel, sich andernorts nach dem menschlichen Trost umzusehen, der das Leben erträglich macht?«

Perry, der sich auf einem Ohrensessel aus blauem Brokat rekelte, räusperte sich. »Mir scheint, es beginnt mit dem Fehlen von Liebe.«

»Warum sagst du das?« fragte Musetta und starrte ihn voller freudiger Überraschung an.

Perry konzentrierte sich so angestrengt, daß er die Stirn in Falten zog. »Wenn keine Liebe da ist, dann ist der ganze Rest – Ehre, Gehorsam und ein aufmerksames Umsorgen – ausgeschlossen. Oder zumindest scheint es mir so.«

»Ja, aber sieh mal«, warf Satchel ein, und seine Stimme war brummig vor Widerstreben. »Wenn man danach ginge, gäbe es in St. Francisville kein Dutzend anständiger Ehen mehr.«

»Traurig, aber wahr«, sagte Musetta.

Lewis schnaubte. »Wenn ihr mich fragt, ist das ein schöner Vorwand dafür, ein amouröses Verlangen zu stillen.«

Musetta wandte sich an ihn. »Lewis, versuch doch bitte, nicht gröber zu werden, als es unbedingt sein muß.«

»Manche Menschen«, fuhr Lewis fort, »brauchen natürlich keinen Vorwand. Und anderen werden Ausreden gegen ihren Willen aufgedrängt.«

Die Worte galten Musetta, doch Katrine sah, daß sein scharfer Blick auf sie gerichtet war. Ihr Argument zugunsten der Ehe löste sich in Luft auf. Sie konnte sich nicht davon abhalten, zu Rowan aufzublicken.

»Zynismus beiseite«, sagte Rowan mit versonnener Stimme und undurchdringlichen Augen, »eine anständige Ehe kann man auf gegenseitiger Anteilnahme, Vertrauen und Respekt gründen. In Gemeinschaften, die sich auf Liebe begründen, ist das die Schuldigkeit des Mannes ebenso wie die der Frau.«

»Man kann klar erkennen«, sagte Katrines Schwägerin in einem trockenen Tonfall, »daß Sie einen außerordentlichen Ehemann abgeben werden. Falls Sie sich je zu einer Heirat entscheiden sollten.«

Rowan sah der Frau geradewegs ins Gesicht. »Ich werde dann heiraten, wenn ich eine Frau mit einem Herzen finde, das stark genug ist, die Liebe entgegenzunehmen, die ich ihr entgegenbringen werde.«

»Meine Güte.« Musettas Augen weiteten sich vor lakonischer Verwunderung. Sie wandte den Kopf zu Katrine um und forderte sie auf, ihr Erstaunen zu teilen.

Katrine sah Musetta in die Augen, doch ihr Gesicht war ausdruckslos. Mehr konnte sie nicht tun, um zu verbergen, daß sich ihr plötzlich das Herz in der Kehle zusammenschnürte.

Der Ball nach dem Rennen fand ohne den üblichen Prunk statt. Vielleicht lag es an dem Unfall, daß die Kerzen nicht so hell zu brennen schienen, daß der Schimmer der gewachsten Fußböden schnell matt wurde, daß die Musiker mit weniger Schwung spielten und daß die Blumen früher am Abend verwelkten. Dennoch drängten sich ebenso viele Menschen wie sonst im Ballsaal, und alle lachten und redeten, und daher dröhnte das Stimmengewirr wie das Tosen einer Brandung von der Holztäfelung der hohen Decke.

Katrine tanzte, bis ihre Füße schmerzten, und sie lächelte, bis sie das Gefühl hatte, ihr Gesicht bekäme Sprünge. Hinter den Augen spürte sie eine Spannung, die zu starken Kopfschmerzen anzuwachsen drohte. Sie konnte es kaum erwarten, daß der Abend sein Ende fand, und gleichzeitig graute ihr davor.

Während sie mit Alan auf der Tanzfläche kreiste, sah sie Rowan einen Walzer mit Charlotte tanzen. Das Mädchen wirkte in Gedanken versunken und ein wenig benommen und war anscheinend unfähig, höher aufzuschauen als bis zu Rowans Halstuch. Das Lächeln, das seine Mundwinkel verzog, als er versuchte, ihr ins Gesicht zu sehen, löste eine merkwürdige Spannung in Katrines Brust aus.

Als sie schließlich mit Rowan tanzte, war es ein Reel. Die schnellen Bewegungen und der Überschwang machten den Tanz nur dann einfach, wenn man die Schritte und die Abfolge ganz genau kannte. Diesmal machte Satchel mit Georgette als Partnerin eine Schmuseorgie daraus. Rowan schien gewillt zu sein, sich auf die herrschende Stimmung einzulassen, und er wirbelte Katrine herum, bis sie sich verzweifelt an ihn klammerte und er mit ihr unter den Bögen, die die ausgestreckten Arme und Hände miteinander bildeten, durchtauchte, und dann kamen sie eng aneinandergedrückt wieder darunter hervor.

Sie stand allein da und versuchte, wieder zu Atem zu kommen, als Rowan sich auf die Suche nach einem Glas Champagner-Punsch für sie machte, und in dem Moment begann der nächste Walzer. Auf ihrer Tanzkarte hatte sich Perry dafür vorgemerkt, aber er war nirgends zu sehen. Als sie sich gerade nach ihrem Partner im Saal umschaute, bemerkte sie Giles.

Er führte eine Frau auf die Tanzfläche, die einzige Dame, mit der er an diesem Abend einen Tanz beschlossen hatte. Es war Musetta.

Giles' Gicht hatte sich gebessert, denn er bewegte sich geschmeidig und gekonnt zu der Musik des Walzers. Er lächelte mit einem versonnenen Gesichtsausdruck auf seine Schwester herab, während sein Blick würdigend über sie glitt. Als Musetta seinen Blick mit ihren Katzenaugen erwiderte, in denen eine eigentümliche Verletzbarkeit stand, schlich sich Traurigkeit auf sein Gesicht und verweilte dort. In dem Moment konnte man ihm den sorglosen Charme ansehen, den er einst besessen haben mußte, die geschliffenen Umgangsformen eines Gentleman, der sich in der Gesellschaft von London zu Hause gefühlt hatte.

Es war aber auch möglich, ihn zu bemitleiden, und sei es auch nur ein wenig. Es war jedenfalls kein angenehmes Gefühl.

Der Abend ging schließlich doch noch seinem Ende zu. Die Musiker spielten ihren letzten Tanz, packten dann ihre Instrumente ein und gingen. Den Gästen, die nicht im Haus untergebracht waren, wurden ihre Umhänge und Hüte und Stöcke gereicht, als sie sich verabschiedeten und in Grüppchen zur Tür hinausgingen. Ihre Kutschen fuhren vor, eine nach der anderen, und die Räder knirschten in der dicken Schicht von Austernschalen, die die Auffahrt und den Platz vor dem Haus bedeckte. Nachdem der letzte Besucher gegangen war, schloß Cato endlich die Haustür.

Der Ball war vorübergegangen. Das Turnier war vorbei.

Rowan verließ den Ballsaal durch die Flügeltüren, die in die Loggia mit dem gefliesten Steinboden und den gotischen Bögen auf der Rückseite des Hauses führten. Die Loggia ihrerseits führte auf die Terrasse, die sich über die gesamte Rückfront des Hauses zog, und von dort aus gelangte man auf die Rasenfläche, die zum See hin sachte abfiel.

Er wünschte, er hätte eine Zigarre gehabt. Seit er nach Louisiana gekommen war, hatte er sich das Rauchen abgewöhnt. Seine Mutter hielt es für ungesund, ganz zu schweigen davon, daß sie es abstoßend fand. Zweifellos hatte sie recht, aber das Rauchen diente als guter Vorwand dafür, beengenden Räumlichkeiten und unsympathischer Gesellschaft zu entkommen.

Seine Gedanken kehrten zum Gericht der Liebe zurück. Er war aus dem Alter heraus, in dem man Salonspiele betrieb, und er hatte keinen Sinn für derart müßige Erkundungen von Einstellungen und Meinungen; und doch hatte es einen gewissen prekären Reiz auf ihn ausgeübt, seine Auffassungen mit Katrine auszutauschen, prekär wegen des Mitgefühls, das sie in ihm wachgerufen hatte. Er glaubte jedoch nicht, daß sie seine Einmischung zu schätzen gewußt hatte.

Er hatte festgestellt, daß seine Ansichten den meisten Menschen zu aufgeschlossen waren; es fiel ihm leicht, eine Frage unter jedem denkbaren Gesichtspunkt zu erörtern, und das wußten die wenigsten Menschen zu würdigen. Er hatte seine Überzeugungen, aber sie wiesen kaum Ähnlichkeit mit den starren Haltungen auf, die die Norm waren. Es war immer einfacher, den Rückzug anzutreten, als die Bandbreite der Erfahrungen zu erklären, die ihm diese absoluten Gewißheiten eingebleut hatten.

Es war eine schöne Nacht; die Luft hatte sich um einige Grade abgekühlt, seit der Ball begonnen hatte. Der Himmel war bedeckt, doch die runde Silberscheibe des Mondes schimmerte hinter einem Wolkenfetzen. Zarter Dunst wogte vom See auf. Die Feuchtigkeit des Nebels und der herabfallende Tau überzogen die Spinnennetze, die über dem Gras hingen, mit einem silbernen Glanz.

Rowan lehnte sich an eine verschnörkelte Steinsäule, atmete tief die Kühle der feuchten Nachtluft ein und spielte mit dem Gedanken, ins Bett zu gehen. Es war unvermeidlich, daß seine Lenden sich augenblicklich regten. Er hatte sich seit seiner Ankunft in Arcadia so sehr daran gewöhnt, ständig in einem Zustand ärgerlicher Erregung zu sein, daß er es kaum noch wahrnahm. Damit konnte er umgehen; das hatte er schon immer gekonnt.

Natürlich hatte er selten mit einer Frau geschlafen, ohne sie zu berühren. Was das anging – mit einer Frau wie Katrine Castlereagh hatte er überhaupt noch nie geschlafen.

Laszive junge Mädchen, Londoner Mätressen, Araberinnen, Opernsängerinnen aus New Orleans – sie alle zogen in der Erinnerung vor seinen Augen vorbei. Es war keine gewaltige Parade, aber es waren doch mehrere Frauen gewesen. Jede von ihnen hatte ihm etwas über Frauen und deren Bedürfnisse beigebracht, und jede hatte ihn etwas über sich selbst und seine eigenen Grenzen gelehrt. Er war ihnen allen dankbar dafür. Aber seine Verbindung mit diesen Frauen hatte ihm kaum Hinweise darauf gegeben, wie er mit Katrine umgehen sollte. Sie war etwas ganz anderes.

Er wußte nicht, warum ihm das Sorgen machte; er stand vor keinen großen Problemen. Sie wollte nichts weiter von ihm als eine Vorspiegelung von Liebe. Das sollte doch wohl nicht schwer sein.

Aber genau das war das Ärgerliche. Es würde zu leicht gehen, viel zu leicht.

Das Schloß der Tür hinter ihm klickte, und er hörte das Rascheln eines Rocks. Der Duft von Maiglöckchen trieb zu ihm herüber und hüllte ihn ein. Schon ehe er den Kopf umdrehte, wußte er, daß die Frau nicht Katrine war.

»Es tut mir leid, wenn ich Sie störe«, sagte Charlotte, und ihre Stimme war so leise und so unbestimmt wie ein schwacher Lufthauch. »Ich dachte, vielleicht... das heißt, ich wollte einen kleinen Spaziergang machen. Das tue ich oft; ich mag den späten Abend, die Nacht, die Dunkelheit.«

»Von Ihnen gestört zu werden muß immer das reinste Vergnügen sein«, erwiderte Rowan mit der mechanischen Höflichkeit, die man als Ersatz für Offenheit verwendet.

Das Mädchen hatte Angst, er könnte glauben, sie sei ihm bewußt gefolgt, dachte er, oder vielleicht fürchtete sie auch, er könnte es vorziehen, allein zu sein. Was den ersten Punkt betraf – so eingebildet war er nicht. Was den zweiten anging, hatte sie recht, doch er konnte sich nicht dazu durchringen, ihr deshalb eine Abfuhr zu erteilen.

Sie kam näher und blieb neben ihm stehen. Sie blickte zu ihm auf und sah dann wieder weg. »Ich hoffe, Ihre Schulter tut nicht weh vom Tanzen. Ich meine...«

Er kam ihr zu Hilfe, als sie verstummte. »Es ist nett, daß Sie fragen, aber es geht schon. Zumindest habe ich nicht mehr Schmerzen, als ich verdient habe, weil ich meinen eigenen Sattelgurt nicht überprüft habe, ehe ich aufgestiegen bin.«

»Es ist so beunruhigend – ich habe den ganzen Abend darüber nachgedacht, wie das passiert sein kann. Vielleicht war das Leder brüchig, oder es ist versehentlich beschädigt worden.«

»Omar hätte keines von beiden zugelassen.«

Sie runzelte die Stirn. »Aber die Vorstellung, daß jemand so böse Absichten haben könnte – es fällt schwer, das zu glauben, hier, wo jeder jeden kennt.«

»Vielleicht hat es jemandem nicht gepaßt, daß ein Fremder den Turniersieg davonträgt.« Er stellte diese Möglichkeit nicht nur beiläufig in den Raum; er wollte wirklich wissen, wie sie darüber dachte.

»Natürlich ist das auf eine gewisse Ablehnung gestoßen, aber niemand, der bei gesundem Verstand ist, würde deshalb einen Mordversuch unternehmen, oder?«

Die Tür hinter ihnen öffnete sich wieder. Charlotte wirbelte herum, und ihre Röcke schlangen sich um ihre Füße; sie schlug sich eine Hand vor den Mund. Schuldbewußter hätte sie nicht wirken können, wenn sie dabei ertappt worden wäre, auf dem Steinboden mit einem Mann zu schlafen.

»Meine Güte«, sagte Musetta. »Was um alles auf der Welt ist hier draußen so faszinierend, daß man es sich gleich zu zweit ansehen muß?«

»Nichts!« keuchte Charlotte. »Ich wollte nur... wir wollten nur...«

»Ungestört miteinander sein«, sagte Rowan. »Und unsere Ruhe haben.«

Musetta lachte trällernd, als sie zu ihm aufsah. »Immer ganz der Gentleman, stimmt's? Ich fühle mich reichlich zurechtgewiesen.« Sie wandte sich an das Mädchen. »Meine liebe Charlotte, ich hatte nicht vor, dich in Verlegenheit zu bringen, wirklich nicht. Ich bin nur gekommen, um dir zu sagen, daß Georgette findet, du solltest wieder ins Haus kommen.«

»Ja, gleich. Aber vorher möchte ich noch einen kleinen Spaziergang machen. Könntest du ihr das bitte sagen?« Aus der Stimme des blassen Mädchens waren erstickte Tränen herauszuhören, ein Beweis für ihren Unwillen, an die Seite ihrer Freundin zurückzukehren, fand Rowan. Er beobachtete, wie sie sich tränenblind von ihnen abwandte und über die Terrasse in Richtung See lief.

»Ein kleiner Spaziergang könnte mir auch nicht schaden«, sagte er und folgte Charlotte. Sie schien keines von den Mädchen zu sein, die alberne Dummheiten anstellten, aber sie war fassungsloser, als es den Umständen angemessen war.

»Lassen Sie sie gehen«, sagte Musetta und legte ihm

eine Hand auf den Arm. »Sie brächten sie nur noch mehr aus der Fassung, wenn Sie ihr nachlaufen. Wissen Sie, Sie sind ihr Problem.«

Er blieb stehen und zog die Stirn in Falten. »Wovon sprechen Sie?«

Musetta legte den Kopf zur Seite und sah im zarten Mondschein zu ihm auf. »Ist Ihnen nicht aufgefallen, wie Sie schmachtet? Charlotte hat ein Herz, das leicht zu beeindrucken ist; jedes Jahr erkürt sie einen Gentleman zum Zielobjekt ihrer zarten Empfindungen. Letztes Jahr war es Perry. Dieses Jahr sind Sie es.«

Er sagte nichts, sondern beobachtete, wie das helle Kleid des Mädchens in der Dunkelheit verschwand. Dann sagte er mit barscher Stimme: »Ich habe sie nicht dazu ermutigt.«

Musetta zuckte die Achseln. »Ich bin sicher, daß Sie nicht schuld daran sind; Sie brauchten gar nichts dazu beizutragen. Sie wird darüber hinwegkommen, das versichere ich Ihnen, machen Sie sich also keine Sorgen. Bleiben Sie hier. Ich gehe zu ihr.«

Rowan nickte. Die Schwester seines Gastgebers eilte zum See und zu dem Turm, der dahinter zwischen den Bäumen stand. Die Dunkelheit schloß sich um sie, genauso, wie sie vorher schon Charlotte verschlungen hatte.

Er rechnete damit, die beiden Frauen nach kurzer Zeit wieder auftauchen zu sehen, aber nirgends fand er ein Zeichen für Ihren Verbleib. Er spielte schon mit dem Gedanken, ihnen trotz Musettas Äußerungen zu folgen, als Katrine auf die Terrasse trat.

Er wartete, bis sie ihm nahe genug gekommen war, um seine leise Aufforderung hören zu können. »Lauf ein paar Meter mit mir, ja?«

Katrine sah ihn fragend an. »Stimmt etwas nicht?«

»Es ist nichts Ernstes. Ich will mir nur ein Bild von etwas machen.« Rowan erkannte, daß er nicht ganz aufrichtig war. Trotzdem brachte er es einfach nicht über sich, Katrine zu erklären, daß Charlotte angeblich zarte Gefühle für ihn hegte.

Sie musterte ihn lange, ehe sie den Arm nahm, den er ihr hinhielt, und dann lief sie neben ihm her. Diese Geste, mit der sie seine Wünsche akzeptierte, ohne sie zu hinterfragen, kam so unerwartet, daß sich seine Brust zusammenschnürte. Sie hatten die Terrasse verlassen und waren schon ein ganzes Stück weit über Gras gelaufen, auf das der Schein der Lampen aus dem Haus schon nicht mehr fiel, als er stehenblieb.

Er sagte: »Es tut mir leid, ich habe nicht bedacht, daß der Tau sich auf deine Schuhe und dein Kleid legt.«

»Das macht mir nichts aus«, erwiderte sie mit leiser Stimme.

Im gedämpften Schein des Mondes waren ihre Züge bleich und gefaßt und strahlten eine unirdische Schönheit aus. Die blaßgoldene Seide ihres Ballkleids ließ sie wie eine Statue wirken, die aus blinkendem Metall modelliert war. Ihr weiblicher Duft, der sich aus Lavendel, Rosenwasser und Reispuder zusammensetzte, verband sich mit ihrer eigenen Frische und Süße und stieg ihm zu Kopf. In seiner Vorstellung verband er sich mit dem Wissen, daß sie jederzeit für ihn zu haben war, wenn er sich entschloß, ein Schuft zu sein.

Langsam ballte er eine Hand so fest zur Faust, daß es schon schmerzhaft war. Diese Entscheidung war, wie er klar erkennen konnte, weitaus leichter, als er es sich erträumt hätte.

»Mir macht es aber etwas aus«, sagte er, und seine Stimme klang schroff. »Ich bringe dich zurück.«

»Das wäre vielleicht gar nicht so schlecht«, sagte sie in einem Tonfall, der so leise war, daß er den Kopf zu ihr herunterbeugen mußte, um sie hören zu können. »Die anderen gehen gerade … ins Bett.«

Irgendwo in der Dunkelheit vor ihnen ertönte ein sprödes Lachen. Katrine wandte sich dem Geräusch zu. Rowan lauschte auf das Echo, ehe er sagte: »Es ist vom Turm gekommen, glaube ich. Das war wohl deine Schwägerin. Wenn du einen Moment hier warten willst – ich möchte sie gern noch etwas fragen.«

»Ich komme mit.«

Ihre Stimme klang so entschieden, daß jede Diskussion Zeitvergeudung gewesen wäre. Er nahm daher ihren Arm und führte sie zu dem dunklen Umriß, der vor ihnen aufragte.

Die Tür zum Turm war massiv und mit üppigen Schnitzereien alter Zeichen und Symbole versehen. Sie stand einen Spalt weit offen, und durch die Türöffnung fiel der schwache Schimmer der Beleuchtung im Innern. Rowan stieß die Tür weit auf, und sie traten ein.

Feuchte, warme Luft, in der der Geruch von Erde und wachsenden Grünpflanzen hing, umfing sie. Rowan blieb still stehen und starrte riesige Baumfarne und Zimmerpalmen an, deren Wedel drei Meter hoch wuchsen, ehe sie sich anmutig nach unten wölbten, marmorne Bodenfliesen in Rosé und Grün und einen gewaltigen Steinbrunnen mit lebensgroßen Satyrn, Nymphen und Cherubim, die bei ihrem schelmischen Spiel eingefangen worden waren.

Das große Marmorbecken des Brunnens war muschelförmig und tief genug, um vier oder fünf rotgoldene Karpfen unterzubringen, die träge umherschwammen. Flackernde Lampen in Kupferhaltern waren an den geschnitzten Säulen der Innenwände angebracht, die hoch ins Dunkel aufragten. Eine Treppe aus Zypressenholz, das mit Leinöl gegen die Feuchtigkeit imprägniert worden war, führte an der Wand, die der Eingangstür gegenüberlag, in kühnem Schwung nach oben zu einer Galerie mit Geländer, von der aus Türen in dunkle Zimmer abgingen.

Ein Mann und eine Frau standen halb verborgen unter

einer Palme und hielten einander eng umschlungen. Es waren Musetta und Perry.

Giles' Schwester drehte sich mit weit aufgerissenen Augen um. Als sie sah, wer eingetreten war, lächelte sie die beiden an. »Was für eine Überraschung, euch beide hier zu sehen. Oder vielleicht auch nicht, wenn ich es mir genauer überlege.«

»Wo ist Charlotte?« fragte Rowan und schnitt der Frau, deren Stimme durchtrieben klang, das Wort ab.

Musetta schmollte ein wenig und sah durch gesenkte Wimpern ihren Begleiter an, der voller Verzückung auf sie heruntersah. Während Rowan noch dastand und wartete, sah sie ihn wieder an. »Oh, Charlotte hat sich entschlossen, durch die Hintertür wieder ins Haus zu gehen, ehe sie auch nur drei Schritte gemacht hatte. Sie ist ein seltsames kleines Dingelchen, voller romantischer Schrullen. So oder so konnte sie ja doch nicht erkennen, wie reizvoll diese Nacht ist, um – wie soll ich sagen? Für ein Stelldichein zweier Liebender?«

8. Kapitel

»Ich kann nicht in einem Nachthemd schlafen.«

Das waren schlichte Worte. Sie wurden zwar mit leiser Stimme ausgesprochen, waren aber deutlich zu verstehen. Das Problem, glaubte Katrine, lag darin, daß ihr Verstand sich weigerte, ihren Sinn im Zusammenhang mit dem Mann zu erfassen, der am Fußende ihres Bette stand.

»Was«, fragte sie behutsam, »trägst du denn nachts?«

»Meine Haut. Das ist eine Gewohnheit, die ich in Äquatorialafrika angenommen habe. Wenn du darauf bestehst, könnte ich probieren, in einem Nachthemd zu schlafen, aber ich kann dir versichern, daß keiner von uns allzu gut schlafen würde, weil ich mich die ganze Nacht herumwälzen und von einer Seite auf die andere werfen würde.«

Katrine war nicht sicher, wie gut sie mit einem nackten Mann im Bett schlafen würde, aber das schien eine rein hypothetische Frage zu sein. Sie rechnete nicht damit, überhaupt nur ein Auge zuzumachen, wenn Rowan neben ihr lag.

Sie wählte ihre Worte sorgsam und sagte: »Gibt es nicht vielleicht einen Kompromiß, den wir schließen könnten?«

Er lächelte sie verschmitzt an. »O ja. Ich kann die Lichter löschen, ehe ich mich ausziehe, und du kannst die Augen zumachen.«

»Das habe ich ohnehin vorausgesetzt«, sagte sie schroff.

»Ach wirklich? Und was hast du sonst noch vorausgesetzt?«

In seiner Stimme schwang eine Liebkosung mit, die sie in Panik versetzte. »Gar nichts! Nicht das geringste. Aber... wenn du nicht in einem Nachthemd schlafen kannst, könntest du doch vielleicht in deinen Kleidern schlafen.«

»Mir geht es hier doch nur darum«, hob er geduldig hervor, »deinen Argwohn einzulullen, nicht, ihn wachzurufen. Ich könnte alles bis auf die Unterwäsche ausziehen, aber das ist noch schlimmer als ein Nachthemd.«

»Es gibt doch bestimmt etwas, was nicht ganz so schlimm ist, ich meine, etwas, was dich trotzdem bedeckt?« Die Glut in ihrem Gesicht entsprang weniger der Prüderie, sondern eher den Bildern, die ihr durch den Kopf gingen, und der Schwierigkeit, damenhafte Formulierungen dafür zu finden.

Er legte den Kopf zur Seite. »Omar trägt ab und zu einen Lendenschurz, ein Stück Stoff, das er sich um den Unterkörper wickelt. Ist es das, was du meinst?«

War es das? Sie wußte es nicht. Zweifelnd sagte sie: »Ich nehme an, das wäre besser als nichts.«

»Der Auffassung«, sagte er lakonisch, »bin ich keineswegs. Wenn du es genau wissen willst, er sieht darin aus, wie ein zu groß geratenes Baby.«

Sie saß da und biß sich besorgt auf die Unterlippe. Dann schaute sie auf ihre Hände hinunter, die sie auf ihrem Schoß gefaltet hatte. Schließlich erkundigte sie sich: »Du willst dich also wirklich vollständig ausgekleidet in mein Bett legen?«

Ein seltsamer Ausdruck zog über sein Gesicht und verharrte einen Moment in ihren Augen, bis er sie mit seinen dichten Wimpern verschleierte. Mit barscher Stimme sagte er: »Es ändert nichts an unseren Abmachungen oder an deiner Sicherheit vor mir.«

»Das hätte ich auch nicht gedacht.« Sie zögerte wieder und sprudelte dann überstürzt heraus: »Eigentlich könnte es sogar wirklich das beste sein, wenn du ... vollständig entkleidet bist ... falls Giles sich entschließen sollte, uns doch einmal überraschend zu besuchen.«

Er schaute zu ihr auf und musterte das züchtige Weiß ihres Nachthemds, ihr Haar, das ihr in schimmernden Wellen über die Schultern fiel, ihre klare und durchscheinende Haut und die feste Entschlossenheit in ihrem Gesicht. In einem wachsamen Tonfall fragte er: »Warum?«

Sie sah zu ihm auf und schlug die Augen dann wieder nieder. »Giles weiß zu gut, wie ich dazu stehe, und deshalb wittert er auch einen Trick. Es gibt etwas, was ihm die absolute Gewißheit verschaffen kann, daß ich ... mich seinen Wünschen gebeugt habe. Ich habe schon einmal versucht, es dir zu sagen, aber ich bin nicht sicher, ob du mich verstanden hast.«

Er kam näher und legte die Hände auf das Fußende des Mahagonibettes. In seinem Gesicht standen Sorge und Wachsamkeit, als er sprach, aber kein Tadel. »Worum geht es?«

Sie holte tief Atem und stieß ihn mit einem Seufzer wieder aus. »Ich bin noch ...« Sie unterbrach sich und versuchte es dann noch einmal. »Vielleicht fällt es dir schwer, das nach fünf Jahren Ehe zu verstehen ... aber meine Verbindung mit Giles ist nie ...«

»Das habe ich nur zu gut verstanden. Du bist noch Jungfrau. Dein Mann war ... ist impotent.« Eine Empfindung, die er rigoros unterdrückte, ließ seine Stimme flach klingen.

Katrine konnte die Intensität seiner klaren grünen Augen nicht länger als ein paar Sekunden ertragen. Sie schaute wieder auf ihre Hände hinunter, ehe sie zustimmend nickte.

Plötzlich stieß er sich vom Bett ab. »Was glaubst du, was er tun wird? Jeden Morgen das Bettlaken überprüfen wie eine schnüffelnde Hebamme oder die Hofärzte eines jungen Königs?«

»Das ist durchaus möglich«, sagte sie ausdruckslos.

»Das ist ja abscheulich. Wie kann ein Mann seine eigene Frau derart…« Er machte ein paar hastige Schritte und blieb mit dem Rücken zu ihr stehen; die Geräusche seines Atems waren durch das Zimmer zu hören.

»Es tut mir leid«, sagte sie und strich das Laken mit den Händen glatt. »Ich weiß, daß es einfach ekelhaft für dich sein muß.«

Er drehte sich langsam zu ihr um. »Nichts, was mit dir zu tun hat, könnte mich je ekeln; das darfst du nicht glauben. Ich finde das, was dein Mann hier arrangiert hat, monströs, ein Verrat an allem, was in der Ehe schön und wahrhaftig ist, aber das hat doch nichts mit dir zu tun.«

Erleichterung wallte in ihr auf. Seine Einsicht, daß sie seinen Hohn gefürchtet hatte, obwohl ihr diese Furcht selbst nicht klar gewesen war, löste ein seltsames Gefühl in ihrer Brust aus. Zum Teil war es Dankbarkeit, aber es spielte auch Furcht davor mit, er könnte sie besser durchschauen und verstehen, als ihr lieb war.

Katrine lächelte ihn mit zitternden Lippen an. »Wie wir dieses Problem lösen sollen, weiß ich immer noch nicht.«

»Es gibt keine Probleme«, sagte er. »Komm, steh aus dem Bett auf.«

Er reichte ihr die Hand, um ihr aus dem Bett zu helfen, und senkte vorsichtshalber den Blick, als ihr das Nachthemd über die Knie rutschte. Dann ging er ins Ankleidezimmer und kam mit seinem Duellschwert zurück, das in der Scheide steckte. Er testete die Klinge, bis er die schärfste Stelle gefunden hatte, und als sie gerade erst zu ahnen begann, was er vorhatte, fuhr er damit über seine Finger. Blut quoll heraus, und er schlug die Bettdecke zurück und rieb es in die glatte Leinenoberfläche des Lakens.

Dann warf er das Schwert auf das Bett und trat an den Waschtisch. Er goß etwas Wasser aus dem Krug, der in der Waschschüssel stand, und tauchte einen Lappen hinein. Dann schlang er sich den nassen Lappen um die Finger und trat wieder an das Bett, um mit dem Tuch über den bereits vorhandenen Fleck zu reiben, damit er größer wurde und sich heller färbte.

Er sah sie an, und sie stand da und starrte auf das, was er tat. Sein Gesicht verzog sich zu einem grimmigen Lächeln. »Wenn Castlereagh gefühllos genug ist, Beweise für deine Entjungferung zu suchen, dann hat er es verdient, fürchten zu müssen, du hättest deinen Spaß dabei gehabt.«

Katrine nickte zögernd, obgleich sie keineswegs sicher war, daß sie die genaue Reihenfolge der Ereignisse verstand, die zu einem Flecken wie dem führen könnten, den er hervorgebracht hatte. Sie hatte jedoch nicht die Absicht, ihm das zu sagen; für einen einzigen Abend hatte sie bereits genug Unwissenheit bewiesen.

Er brachte den Lappen fort, kam wieder zum Bett, hob das Schwert auf und steckte es in die Scheide. Er stand noch eine Weile da und hielt es in den Händen, während sich nachdenkliche Falten zwischen seinen Augen bildeten. »In früheren Zeiten«, sagte er schließlich, »hat ein Ritter manchmal seine Fähigkeit auf die Probe gestellt, Versuchungen zu widerstehen, indem er zwischen sich und seine Liebste ein Schwert ins Bett gelegt hat. Es sollte zur Erinnerung dienen, da das Kreuz, das der Knauf und die Klinge bilden, die Rittergelübde symbolisiert. Es war aber auch eine Markierungslinie, um sicherzugehen, daß er auf seiner Seite der Matratze bleibt.«

Katrine sah ihm in die Augen und bemerkte den Ernst, der sich in den schattigen grünen Tiefen widerspiegelte.

Sie feuchtete sich die Lippen an. »Ich bezweifle, daß das notwendig ist, aber wenn du glaubst, daß es hilft, bin ich bereit, es zu probieren.«

Belustigung zog einen seiner Mundwinkel nach oben. »Ich werde kein Hilfsmittel ablehnen, das sich anbietet.«

Trotz seiner Worte war Katrine ziemlich sicher, daß er das Schwert um ihretwillen ins Bett legen wollte. Er glaubte offensichtlich, sie fürchtete sich davor, ihn in ihrem Bett zu haben. Vielleicht stimmte das auch; sie spürte einen festen Knoten unter ihrem Brustbein, der auf einsetzende Angst hinwies. Dennoch war sie schon zu weit gegangen, um jetzt noch einen Rückzieher zu machen.

»Blutet deine Hand noch?« fragte sie.

»Nein, es ist alles in Ordnung.« Er warf einen flüchtigen Blick auf seine Hand, ehe er sich von ihr abwandte und sich vorbeugte, um das Schwert in die Mitte des Bettes zu legen.

»Also dann.«

Sie hatte die Worte ruhig und zurückhaltend vorbringen wollen. Statt dessen kamen sie im heiseren Tonfall einer Aufforderung heraus. Sie biß die Zähne zusammen, damit sie nicht klapperten, dann wandte sie sich ab und ging zu der Lampe auf ihrem Nachttisch. Sie umfaßte den gläsernen Zylinder mit beiden Händen und blies die Flamme aus.

Die einzige Beleuchtung war jetzt der matte Schein des Mondes, der durch die Fenster fiel. Rowan war nicht mehr als ein beweglicher Schatten, als er tiefer in die Dunkelheit wich. Katrine drehte ihm den Rücken zu und stieg wieder ins Bett. Sie zog sich die Decke bis ans Kinn und schloß die Augen.

Als sie gebannt lauschte, konnte sie die leisen Geräusche raschelnder Kleidungsstücke hören und wie Kragenknöpfe und Hosenknöpfe aus ihren Knopflöchern sprangen und Lederstiefel langsam heruntergezogen wurden. Sie bemühte sich, nicht hinzuhören und sich statt dessen auf die Pulsschläge zu konzentrieren, die in ihren Ohren rauschten.

Sie löste die Wimpern so weit voneinander, daß ein schmaler Schlitz entstand, und jetzt konnte sie verschwommene Bewegungen sehen. Er zog sich so aus, wie er alles andere auch tat, mit sicheren Bewegungen und geschmeidiger Anmut. Als sie verschwommen ein Stück Haut sah, das farblich heller als sein Oberkörper zu sein schien, kniff sie die Augen sofort wieder zu.

Er bewegte sich so lautlos, daß sie erst dann, als er das Bett berührte, wußte, daß er da war. Ein Reflex ließ sie von Kopf bis Fuß zusammenzucken. In dem Moment hob er die Decken hoch und glitt darunter.

Die Bettseile sackten hinunter, und die weiche Matratze, die mit langfaseriger Baumwolle gefüllt war, senkte sich ebenfalls. Katrine konnte spüren, wie sie zur Bettmitte rutschte, dem Schwert und Rowan entgegen. Sie streckte sofort die Hand aus, um die andere Seite der Matratze zu umklammern. Als sie nicht weiter zur Mitte rutschte, ging ihr Atem wieder leichter.

Als sie den Kopf auch nur um ein paar Grad umwandte, konnte sie ihn in der Dunkelheit sehen. Er lag mit einem Arm hinter dem Kopf da. Die Bettdecke reichte nur bis an seine Taille. Das Weiß der Decke bildete einen scharfen Kontrast zu seiner dunklen Hautfarbe.

Nur Sklaven, Tagelöhner und Seeleute entblößten ihren Oberkörper ohne den Schutz eines Hemdes der Sonne, und auch das nur, wenn sie weit entfernt von den Blicken der Öffentlichkeit arbeiteten. Sie konnte sich nicht vorstellen, was er getan haben mochte, wenn die Sonne ihn so braun gebrannt hatte.

Diese Überlegung diente ihr dazu, sich abzulenken, das wußte sie selbst. Solange es klappte, war es ihr gleich, woran sie dachte.

Er drehte den Kopf zu ihr um. Seine Stimme war tief und ruhig, als er sprach. »Ich wollte dich noch fragen, wo Delphia heute abend ist?«

»Ich habe sie fortgeschickt, damit sie mein Ballkleid für morgen bügelt, eins mit Dutzenden von Volantschichten. Da wir so viele Gäste im Haus haben, deren Kleider gereinigt werden müssen, ist die Wäscherei bis jetzt überlastet gewesen. Außerdem schien es mir das beste, sie zu beschäftigen, bis... nun ja, bis wir uns hier eingerichtet haben.«

»Sie weiß doch«, fragte er mit einem Anflug von unterdrücktem Humor in der Stimme, »daß ich ihren Platz eingenommen habe?«

»Ja. Nur nicht ganz in der... Form.«

»Solange sie nicht versucht, sich nachher zu uns zu legen, soll es mir recht sein.« Er zögerte einen Moment, ehe er weiterredete. »Ich habe gewartet, bis ich gesehen habe, daß sie fortgegangen ist, und bin dann erst gekommen. Ich habe ihr Omar nachgeschickt.«

Katrine sah ihn lange an, antwortete aber nichts darauf.

Es bedrückte sie, ihre Zofe verdächtigen zu müssen. Sie waren schon so lange zusammen, und sie hatten schon soviel gemeinsam durchgemacht. Sie hatte geglaubt, sie seien befreundet, jedenfalls in dem Maß, in dem ihre Positionen als Zofe und Herrin eine Freundschaft zuließen. Katrine hatte immer gewußt, daß es in Delphias Leben einen Bereich gab, in den sie niemals vordringen konnte, den sie nie wirklich würde verstehen können. Es gab Geheimnisse, die ihre Zofe ihr vorenthielt, Einzelheiten über ihre Freizeit, die zwischen den beiden nie angesprochen wurden. Bis jetzt hatte das anscheinend keine Rolle gespielt.

Es war durchaus möglich, dachte Katrine, daß Delphia den Abend mit dem Mann verbrachte, der ihr Geliebter war. Omar hin, Omar her. Katrine hatte ihr ja geradezu stillschweigend die Genehmigung erteilt, indem sie sie nach Anbruch der Dunkelheit fortgeschickt hatte.

Katrine war besorgt, hatte aber keine wirklichen Einwände zu erheben. Es sah Delphia gar nicht ähnlich, sich den Kopf verdrehen zu lassen; es mußte ihr schon wichtig sein. Katrine hoffte nur, daß niemand ihr weh tat. Wenn Omar das verhindern konnte, indem er sie ablenkte, dann war allein das schon Grund genug, zu erlauben, daß er ihr nachlief.

Katrine bemerkte plötzlich, daß ihr gegenüber auf Rowans Seite etwas weiß schimmerte. Er hielt den Arm ziemlich steif über seinem Unterleib. Es schien, als sei die ausgerenkte Schulter von seinem Sturz auf die Rennbahn nicht so harmlos, wie er gemeint hatte.

Sie sagte: »Auf dem Waschtisch ist Laudanum, falls deine Schulter dir Schmerzen bereitet.«

»Das habe ich schon gesehen«, antwortete er. »Ich glaube nicht, daß ich es brauchen werde, aber es ist rücksichtsvoll von dir, daß du daran gedacht hast, es bereitzuhalten.«

»Delphia hat es mir nach dem Unfall mit der Kutsche gegen die Kopfschmerzen gebracht.« Sie zögerte einen Moment, ehe sie fortfuhr. »Ich wollte mit dir darüber reden, aber bisher hatte ich keine Gelegenheit dazu. Findest du nicht, daß mein Unfall und deiner sich auffällig ähneln?«

»Auf den Gedanken bin ich auch schon gekommen«, sagte er trocken.

»Was kann das bedeuten?«

»Dein Mann scheint fest entschlossen zu sein, seine Vorkehrungen, an einen Erben zu kommen, geheimzuhalten. Dennoch scheint mir der naheliegendste Grund dafür, einem von uns beiden etwas anzutun, der zu sein, das Zustandekommen eines Erben für Arcadia zu verhindern. Man kann von dem Verantwortlichen nicht erwarten, daß er weiß, wie schlecht die Chancen stehen, daß es zu diesem freudigen Ereignis kommt.«

»Wir hätten dabei ums Leben kommen können, alle beide.«

»Das hätte unsere Liaison allerdings reichlich erschwert«, sagte er mit grimmiger Belustigung in der Stimme.

»Wie sollte jemand etwas davon wissen?« fragte sie.

»Ich glaube, Delphia hat es von Anfang an gewußt.«

»O ja, aber ...« Sie unterbrach sich, »wenn wir es schon genau nehmen müssen, glaube ich, daß Omar es auch weiß.«

»Er weiß es. Also, wer noch? Gibt es jemanden, der etwas mit angehört, zwei und zwei zusammengezählt und dann gesehen hat, wie das Turnier auszugehen scheint?«

»Ich vermute es«, sagte sie widerstrebend. »Mir scheint, daß Lewis einen Verdacht hat. Aber wenn wir uns fragen, wer sich etwas zusammengereimt haben könnte, dann kommt jeder in Frage.«

»Genau. Und das bringt uns nicht weiter.«

Sie hörte, daß er tief Atem holte und ihn frustriert mit einem Seufzer wieder ausstieß. Sie fragte sich, ob daran auch die Belastung schuld war, die es für ihn darstellte, das Bett mit ihr teilen zu müssen. Männer, das hatte man ihr immer wieder gesagt, hatten stärkere und unbändigere Triebe als Frauen; es war unfair, sie zu necken, unklug, sie in Versuchung zu führen.

Mit steifen Lippen sagte sie: »Es tut mir leid, wenn es schwierig für dich ist. Oder gefährlich.«

Er nahm eine andere Haltung ein und zog sich auf einen Ellbogen. »Machst du dir Sorgen um mich? Tu es nicht. Oder erzähl mir lieber, falls es dein Gewissen belastet, was du über meinen Bruder weißt. Das ist schließlich mit der Grund, warum ich in dieser Lage bin.«

Er wartete. Als sie nichts darauf erwiderte, streckte er

eine Hand nach ihr aus. Erst nach einem Moment merkte sie, daß er eine ihrer Haarlocken genommen hatte, die sich zu ihm hinübergestohlen und sich am Knauf des Schwerts zwischen ihnen verfangen hatte. Er rieb sie zwischen den Fingern und schlang sie sich dann behutsam um die Handfläche, während er ihre stumme Gestalt im Dunkeln anstarrte.

»Warum willst du es mir nicht erzählen?« sagte er, und sein Tonfall war von Verwunderung und Zweifeln gefärbt. »Was läßt dich beharrlich schweigen?«

Ihre Kehle war so fest zugeschnürt, daß sie selbst dann keinen Laut herausgebracht hätte, wenn sie etwas hätte sagen wollen. Aber sie wollte nicht reden. Sie wandte den Kopf auf dem Kissen von ihm ab.

Er ließ sich wieder auf die Matratze sinken. Seine Worte waren grimmig, als er wieder sprach. »Du bist ohnehin nicht dafür verantwortlich. Ich bin wegen meines Bruders hier. Alles, was hier geschieht, habe ich mir selbst zuzuschreiben.«

Sein Bruder. Sie konnte ihn deutlich vor sich sehen, einen gutaussehenden, lachenden jungen Mann; sanft und doch stark, stark im besten Sinne. Er war so verletzbar gewesen, so offen in seiner Glut; es war, als hätte er nie zuvor geliebt, als hätte er keine Abwehrkräfte gegen die Leiden der Liebe besessen.

Der Tod. Warum holte er sich immer nur die Besten? Mit einer Schöpfung, die die Guten und die Unschuldigen entfernt und die Schuldigen und die Schlechten überleben ließ, konnte doch etwas nicht stimmen. Es sollte in irgendeiner Form Abhilfe geben, Wiedergutmachung, ein gewisses Gleichgewicht, und wenn der Mensch selbst dafür sorgte, und sei es auch nur ein einziger Mensch.

Sie sprach in die Dunkelheit hinein. »Giles hat in England bei einem Duell wegen einer Frau einen Mann getötet. Das war vor gut fünfzehn Jahren. Seine Familie hat es vertuscht und ihn schnellstens an die Küste gebracht und ihn in ein Schiff nach Louisiana gesetzt. Er hatte hier einen Freund aus seinen Zeiten in Oxford, meinen Vater. Er ist hergekommen, hat in Land und Baumwolle investiert und damit ein Vermögen verdient.«

»Hat das etwas mit Terence zu tun?« fragte Rowan zögernd.

»Ich fand nur, du solltest es wissen«, antwortete sie. Sie legte eine Pause ein und fuhr dann fort, als fühlte sie sich dazu genötigt. »Hast du je in einem Duell um Tod und Leben gekämpft?«

»Nur, bis das erste Blut fließt. Meine Ehre hat nie von mir gefordert, daß ein Mann sterben muß.«

»Und das war eine bewußte Entscheidung?« Ihre Stimme war belegt, als sie diese Frage stellte. Der bewußte Vorsatz, einen Gegner zu verwunden und ihn nicht zu töten, erforderte viel Geschicklichkeit und Genauigkeit. Er erforderte außerdem den Mut zu riskieren, daß der andere einen tötete, und die Nachsicht, sich damit zu begnügen, daß der Ehre Genüge getan wurde, statt Rache zu üben.

»Für mich ja.«

Sie dachte an Terence, wie er mit dem Loch einer Pistolenkugel in der Stirn im taunassen Gras gelegen hatte. Ein anderer hatte eine andere Entscheidung getroffen.

Nein. Sie wollte nicht daran denken. Dadurch änderte sich nichts.

Sie hatte die Wahrheit gesagt, als sie Rowan erzählt hatte, daß sie die Schuldige war. Wenn sie nicht gewesen wäre, wäre Terence niemals nach Arcadia gekommen und niemals gestorben. Sie hatte vor mehr als einem Jahr die Schuld an seinem Tod auf sich genommen und konnte sie jetzt nicht von sich weisen.

Es war keine kalte Nacht, und doch fröstelte sie. Sie wußte, daß es von innen kam. Sie legte sich anders im Bett hin und zog sich die Decke höher bis zum Hals.

Sie spürte einen Ruck an ihrem Haar. Rowan hatte anscheinend vergessen, daß er noch eine Strähne um seine Hand gewickelt hatte. Sie hätte ihn daran erinnern können, aber dann hätte er gewußt, daß sie schon vorhin bemerkt hatte, was er tat, und daß sie es zugelassen hatte. Sie nahm ihre ursprüngliche Lage wieder ein.

Die Minuten vergingen. Draußen schrie irgendwo dicht am Waldrand eine Eule, ein klagender Laut. Eine Bodendiele knirschte in einem anderen Teil des Hauses. Ein leises Rascheln war aus Giles' Zimmer zu hören, und darauf folgte ein leises geöltes Klicken.

Rowan bewegte sich auf dem Bett wie ein Wirbelwind. Im einen Moment lag er noch still da, und im nächsten war sein langer, fester Körper von der Schulter bis zum Knie an sie gepreßt.

»Bleib einfach still liegen, und überlaß alles andere mir«, flüsterte er in ihr Haar. »Oder wenn du mithelfen willst, dann versuch gekünsteltes Stöhnen.«

Ihr Verstand machte sich in dem Moment einen Reim auf die Worte und deren Notwendigkeit, in dem er die nächste Bewegung machte. Seine Hand, die sich gegen das Weiß ihres Nachthemds selbst im matten Mondschein dunkel absetzte, packte ihre Brust mit sanfter Gewalt. Sein warmer Mund fing ihr leises Keuchen auf und erstickte den Laut.

Giles. Er öffnete zentimeterweise die Verbindungstür und spionierte ihnen aus seinem dunklen Zimmer nach.

Wut überschlug sich wie eine Flutwelle in Katrines Adern. Sie wölbte sich Rowan entgegen, hob die Hand auf seine Schulter und ließ ihre Hände über den Verband gleiten, um die Finger in den dichten Locken auf seinem Nacken zu verschränken. Sie spürte, wie er überrascht zusammenzuckte. Es gefiel ihr irgendwie, daß sie seine Selbstbeherrschung erschüttern konnte, und sei es auch nur für einen kurzen Augenblick.

Im nächsten Moment spürte sie seinen Kuß und begriff, daß sie bis zu diesem Augenblick nur die zuvorkommendsten Liebkosungen von ihm erfahren hatte.

Seine Lippen bewegten sich fest, fordernd und lockend auf ihren. Er strich kühn mit seiner Zunge über die zarten Oberflächen, kostete, führte in Versuchung. Er erkundete die feuchten, zarten Winkel und tauchte in die honigsüßen Tiefen ihres Mundes ein, um sie zu delikaten Spielen zu drängen. Er kostete die Ränder ihrer zögernden, flatternden Zunge, rieb sich sachte daran und zog sie in ein verschlungenes Duell, dessen Sieger niemals in Frage stand. Er fuhr über die glatten perlartigen Kanten ihrer Zähne und trank den Nektar ihres süßen und unbewußten Gebens.

Seine Hand umfaßte ihre Hand kaum merklich fester, während sein Daumen die zarte Knospe ihrer Brustwarze reizte, bis sie unter dem weichen Batist fest und steif dastand. Er zog ein Bein nach oben und grub es zwischen ihre Knie.

Eine betörende Ahnung wuchs langsam in Katrines Innerem. Sie wurde mächtiger, als ihre Glieder schwer wurden und sie die brodelnde Heftigkeit des Verlangens spürte, das durch ihre Adern wogte und sich wie die Hitze des Sommers in ihrem ganzen Körper ausbreitete. Ein Ansatz von Begeisterung zuckte bebend und lauernd in ihrem Hinterkopf. Sie schmiegte sich enger an den Mann, der sie festhielt, und ein leises Stöhnen entrang sich ihrer Kehle.

Dann war das leise Klicken eines Türschlosses zu hören. Rowan blieb steif liegen. Er hob den Kopf. Er holte tief Atem und hielt ihn sekundenlang an, bis Katrine glaubte, er hätte vergessen, wie man wieder ausatmete. Als er ausatmete, tat er es lautlos, doch sie spürte, wie die Spannung aus ihrem Körper wich, spürte, wie er sich von ihr entfernte.

Sie ließ die Hand über seinen Arm gleiten und dann sinken. Einen Moment lang nahm sie deutlich wahr, wie das Schwert, das zwischen ihnen lag, sich stahlhart an ihren Schenkel preßte. Dann war es weg.

Nicht das Schwert. Die Härte war warm und nachgiebiger gewesen.

Sie wich vor ihm zurück und rückte auf die äußerste Bettkante. »Raus«, rief sie in einem heiseren Flüstern aus. »Raus aus meinem Bett.«

Sein Schweigen drückte kein Erstaunen aus, nur schnelle Überlegungen. Er sagte leise: »Was ist, wenn er wiederkommt?«

»Soll er ruhig. Ich will, daß du von hier verschwindest.«

»Wie du willst.«

Seine Stimme war angespannt, und doch drückte sie, als er jetzt sprach, keine Entschuldigung aus, bat um nichts, erhob keine Vorwände. Katrine erkannte, wenn sie auch noch so sehr erschüttert über das sein mochte, was er getan hatte, nicht ohne eine gewisse Bestürzung, daß in ihm Leidenschaften waren, die er unerbittlich in Schach hielt und an die sie nie würde rühren können, ein Teil seiner selbst, der unnahbar war und den sie niemals kennenlernen konnte.

Er erhob sich mit einer einzigen flinken Bewegung, die die Matratze kaum auf den Bettseilen schwanken ließ. Sein Körper mit den breiten Schultern, der schmal zulaufenden Taille und den strammen Oberschenkeln zeichnete sich in dem schwachen Lichtschein, der durch die Fenster drang, als Silhouette ab. Er wandte sich der Tür zu, die zum Ankleidezimmer führte.

Er ging. Eigentlich wollte sie das gar nicht, konnte die würdige Ruhe seines Rückzugs nicht ertragen, die ihr lauter als Worte sagte, daß er nicht zurückkommen würde.

Sie waren schon so weit gegangen. Es wäre dumm gewesen, jetzt einen Rückzieher wegen einer Kleinigkeit zu machen, die schließlich kaum eine Rolle spielte.

»Warte«, sagte sie leise, ein nahezu tonloses Flehen. Sein Gehör war sehr scharf. Er blieb stehen, drehte sich um.

»Komm zurück.« Diese Worte waren vielleicht die schwierigsten, die sie je von sich gegeben hatte.

»Bist du ganz sicher?« Seine Stimme drückte Entschiedenheit aus.

»Nein«, sagte sie, obwohl ihr die Aufrichtigkeit schwerfiel.

»Gut«, antwortete er mit einem Anflug von Humor. »Ich auch nicht.«

Er kam zurück, schlüpfte unter die Decke, blieb aber auf seiner Bettseite. Katrine ließ sich wieder auf ihre Seite sinken. Sie lag lange da, starrte ins Dunkel und bemühte sich, an nichts zu denken.

Ein Schauer überlief sie. Erst jetzt merkte sie, wie kühl ihr war. Sie drehte sich auf den Rücken, zog sich die Decke bis ans Kinn und stopfte sie sich unter die Schultern.

Ihre Hand berührte die kühle Metallscheide des Schwerts. Sie erschauerte wieder und spannte die Muskeln an, um möglichst weit davon abzurücken. Das war der Moment, in dem sie die Wärme spürte.

Rowan de Blanc strahlte sie ab wie die Sonne, eine mächtige Hitze, die sich ausbreitete, um sie in ihren stetigen Schimmer zu hüllen. Sie bekam Gänsehaut, die prikkelte und wieder verging, als ein lautloser Seufzer über ihre Lippen kam. Sie wandte sich dem Mann zu, der neben ihr lag. Langsam, Zentimeter für Zentimeter, streckte sie die Finger über die Metallscheide und suchte den Ursprung dieser Wärme. Gleichzeitig fürchtete sie sich davor, dieser Wärme zu nah zu kommen, ihn tatsächlich zu berühren, erst recht, als das Bett in seine Richtung sackte. Es war ein heikler Balanceakt.

Während sie noch bemüht war, dieses Gleichgewicht auszupendeln, schlief sie ein.

Rowan erwachte mit der gewohnten Klarheit der Gedanken. Er rührte keinen Muskel und blieb stocksteif liegen. Katrine lag neben ihm und hatte den Rücken an seine Brust gepreßt, die Hüften an seinen Bauch geschmiegt und die Beine der entspannten Lage seiner Beine angepaßt.

Sie atmete unbeschwert, und ihre Brust hob und senkte sich sachte in einem natürlichen Rhythmus. Ihr süßer Duft stieg ihm zu Kopf und löste eine Woge zügellosen schmerzlichen Verlangens aus. Sie ließ sich wunderbar im Arm halten, paßte sich seinem Körper glänzend an. Der Drang zu spüren, wie sich ihre zarte, enge Jungfräulichkeit um ihn spannte, war so stark, daß es ihm den Verstand benebelte.

Nein. Solche Gedankengänge waren verboten.

Er konnte auch das Schwert spüren, das unter ihnen lag. Das Heft bohrte sich in seine Achsel, und die Spitze der Scheide stach ihn in die Kniekehle. Das hatte sich ja als ein schönes Abschreckungsmittel erwiesen!

War er in der Nacht zu ihr gerückt oder sie zu ihm? Er schien sich so vage wie an einen Traum an den Moment zu erinnern, in dem sie sich dort hingelegt hatte. Er mußte davon erwacht sein. Zumindest hatte er die Geistesgegenwart besessen, nicht einen Arm um ihre schmale Taille zu legen, um sie enger an sich zu ziehen.

Oder hatte er es doch getan? Er schien sich an feste, sanfte Rundungen unter feinem Batist zu erinnern. Gott sei Dank, daß sie davon nicht erwacht war.

Hinterher konnte er sich kaum noch an etwas erinnern. Sie hatten beide tief geschlafen. Katrine war vorher so unruhig gewesen, hatte sich immer wieder anders hingelegt und tiefe Seufzer ausgestoßen. Er hatte jedes Rascheln des Bettzeugs gehört, jeden leisen Atemzug. Ihm war der Gedanke verhaßt gewesen, er könnte der Grund ihrer Unruhe sein. Vielleicht war er es doch nicht, wenn sie in seinen Armen Frieden finden konnte.

Aber was sagte andererseits diese Unruhe über das Leben aus, das sie führte? Hatte sie etwas mit Terences Tod zu tun? Darüber mußte er später nachdenken, wenn er bei klarem Verstand war.

Wenn es ihm auch noch so sehr verhaßt war, mußte er doch einen Zwischenraum zwischen sich und sie legen, bevor er sie beide in Verlegenheit brachte. Seine körperlichen Reaktionen auf die Lage, in der sie sich befanden, wurden etwas zu deutlich, und dabei war ihm nicht behaglich zumute. Keiner von beiden hätte etwas davon gehabt, wenn sie schreiend aufwachte oder in ihrem Nachthemd in den Korridor stürzte.

Es würde schwierig, wenn nicht gar unmöglich werden, auf seine Seite des Betts zu rutschen, ohne sie zu wecken. Dennoch mußte er es versuchen. Es war ihm wichtig, das zarte Vertrauen, das sie ihm jetzt entgegenbrachte, nicht zu enttäuschen.

Ehe er sich von der Stelle rühren konnte, spürte er, daß sie sich bewegte, und er hörte den Hauch ihres schnellen Atems. Zu spät. Er blieb regungslos liegen und wartete darauf, daß sie sich schleunigst aus seiner Reichweite entfernen und böse auf ihn werden würde.

Er spürte, wie ihre Muskeln sich anspannten, aber als sie sich rührte, rückte sie nur gemächlich von ihm ab. Mit unendlicher Behutsamkeit und den geschmeidigen Bewegungen von trainierten Gliedmaßen rückte sie langsam auf ihre eigene Seite der Matratze. Im nächsten Moment spürte er ein sachtes Ziehen und ihr seidiges Haar auf seiner Haut, als sie es aus der Armbeuge des Armes zog, den er unter dem Kopf angewinkelt hatte.

Dann hatte er den Eindruck, daß sie dalag und ihn beobachtete. Der Drang, die Augen aufzuschlagen, ihr in die Augen zu sehen und zu ergründen, was sie wohl denken und fühlen mochte, war so heftig, daß es ihn verblüffte. Das war ein Luxus, den er sich nicht leisten durfte.

Ganz gleich, wie begehrenswert und wie faszinierend sie auch sein mochte – sie war nach wie vor seine einzige Verbindung zum Mörder seines Bruders.

Aber es gab doch einen kleinen Genuß, den er sich gönnen durfte.

Er seufzte leise und drehte sich auf den Rücken, wandte sich von dem Schwert und von Katrine ab. Dann schlug er die Augen auf und blickte ein paar Sekunden lang zur Decke auf. Er streckte sich und erstickte mit einem Handrücken ein Gähnen, ehe er den Kopf auf seinem Kissen umdrehte, um seine Bettgenossin anzusehen.

Ein Lächeln verzog langsam seinen Mund. »Guten Morgen«, sagte er in einem Tonfall, der gleichzeitig heiser und wohlklingend war. »Hast du gut geschlafen?«

9. Kapitel

Es war Sonntag. Den Gästen, die im Haus übernachteten, sollte vorwiegend in ihren Zimmern ein gemütliches Frühstück serviert werden. Hinterher sollten die Kutschen vorgefahren werden, damit diejenigen, die es wollten, die Gottesdienste ihrer Wahl besuchen konnten. Nach ihrer Rückkehr sollte auf der Terrasse ein kalter Mittagsimbiß serviert werden – Schinken in einer Zuckerkruste, Brathuhn, lockere Teigstückchen von der Größe eines Vierteldollars, Hefebrötchen, Kartoffelsalat, gebratene Jamswurzeln, sauer eingelegtes Gemüse mit Brot und Butter, eine würzige Tunke aus grünen Tomaten, Kokosnußkuchen und gebackene Apfeltörtchen. Für alle, die das Bedürfnis verspürten, einen Mittagsschlaf zu halten, war anschließend eine kurze Ruhepause angesetzt. Am frühen Nachmittag würde dann die ganze Gesellschaft samt Gepäck und Dienstboten zum Anlegesteg in der Stadt transportiert werden und dort an Bord von Giles' privatem Dampfschiff gehen, der *Cotton Blossom.*

Der Rest des Tages war dann für eine langsame Fahrt flußaufwärts reserviert. Über Nacht würde das Schiff anlegen, und im Lauf des folgenden Tages würde man dann auf eine Insel stoßen, auf der man Wildschweinen erlaubt hatte, sich auszubreiten. Die Männer würden ein oder zwei Tage damit zubringen, dort Keiler zu jagen, ehe sie ans Ufer von Louisiana und in ein sumpfiges Delta weiterzogen, in dem es haufenweise Rotwild, schwarze

Bären, Eichhörnchen und Waschbären gab. Die Damen sollten sich so lange damit unterhalten, an Bord zu lesen und Handarbeiten zu verrichten, aber sie konnten auch am Ufer spazierengehen oder Picknicks veranstalten. Abends sollte an Bord ihres schwimmenden Heims Musik, Gesang und Tanz angeboten werden.

Diesen Teil seines alljährlichen Festes hatte Giles bereits Monate im voraus geplant. Alles war zeitlich so haargenau festgelegt worden, daß ein reibungsloser Ablauf gewährleistet war, Berge von Vorräten waren bereits auf den Dampfer geladen worden, und die Kombüse war bestens dafür ausgerüstet, das erlegte Wild zuzubereiten. Der Salon des Dampfschiffs war mit Büchern und Spielkarten bestückt worden, und ein beeindruckendes Aufgebot an Musikern, Sängern und Schauspielern war aus New Orleans geholt und an Bord untergebracht worden, um dort ihr Können zu zeigen. Giles war wild entschlossen, es an nichts fehlen zu lassen, was seinen Gästen Freude bereiten könnte.

Im Lauf des Morgens sah es kurzfristig so aus, als müßte das ganze Vorhaben aufgegeben werden. Dazu kam es nach der Rückkehr der Wagen, die eine letzte Ladung Kochtöpfe und die Köchin an Bord gebracht hatten. Einer der Kutscher behauptete, er hätte vom Kapitän eines anderen Dampfschiffs gehört, es sei besser, über Nacht nicht an einem abgelegenen Ort vor Anker zu gehen.

Das Problem waren die Flußpiraten. Diese Grobiane, Diebe und Halsabschneider hatten einen neuen Anführer gewählt, einen gemeinen Schurken, der sich Rooster Isom nannte. Da er darauf versessen war, sich einen großen Namen zu machen, wütete der Anführer der Piraten jetzt schon seit Tagen unberechenbar herum. Er und seine Bande hatten Flachboote überfallen und Holzplätze an sich gebracht und verlangten Phantasiepreise von Dampfschiffen, die gezwungen waren, dort anzuhalten; sie hatten Fremde in der Nähe der Anlegeplätze erstochen und sogar das Haus eines Plantagenbesitzers umzingelt, den Besitzer ausgeraubt und seine Frau und seine Tochter verschleppt. Die beiden Frauen waren am nächsten Morgen mehr tot als lebendig aufgefunden worden.

Nach längeren Diskussionen wurde beschlossen, für ein Schiff von der Größe der *Cotton Blossom* bestünde keine Gefahr. Die Männer würden abwechselnd auf die Jagd gehen und ständig Wachposten bei den Damen zurücklassen. Angesichts der guten Schützen und Kämpfer, die unter ihnen waren, waren sie stark genug, selbst einem Angriff von Flußpiraten zu widerstehen.

Katrine freute sich nicht auf den Ausflug. Im Vergleich zu der Geräumigkeit des Hauses würde das Schiff die Gäste zusammenpferchen. Die Hauptbeschäftigung der Frauen an den langen Tagen, die sie allein an Bord verbrachten, würde darin bestehen, Klatsch auszutauschen oder über Babys und Geburten zu reden, und keines dieser Themen erschien ihr im Moment allzu verlockend.

Eine ihrer Hauptsorgen war Rowan. Sie war nicht sicher, ob Giles die angebliche Intimität zwischen ihr und ihm aufrechterhalten wollte. Es erschien regelrecht unmöglich, so weiterzumachen wie bisher, wenn ihre Unterkünfte derart beengt waren und Rowans Kommen und Gehen von so vielen Menschen beobachtet werden konnte. Und doch konnten die beiden gemeinsamen Nächte wohl kaum als ausreichend für den Zweck erachtet werden, zu dem ihr Mann sie mit Rowan zusammengebracht hatte.

Sie spürte, wie glühende Röte in ihr Gesicht aufstieg, als sie daran dachte, wie sie am heutigen Morgen aufgewacht war. Das Bett und die ausgeleierten Bettseile waren schuld; es mußte einfach so sein. Es gab keinerlei andere Gründe dafür, daß sie sich so an Rowan de Blanc geschmiegt hatte. Es war ein seltsames Gefühl gewesen, wach zu werden und so dicht neben ihm zu liegen. Sie konnte sich noch vage daran erinnern, daß sie sich von seiner Wärme angezogen gefühlt hatte und das tiefe und anhaltende Behagen in seinen Armen verspürt hatte. Sie konnte sich dagegen nicht erinnern, wann sie sich das letzte Mal so sicher und geborgen gefühlt oder so tief geschlafen hatte.

Wenigstens war es ihr gelungen, von ihm abzurücken, ehe er etwas davon gemerkt hatte. Sie wollte sich gar nicht erst ausmalen, wie heimtückisch er sich auf ihre Kosten amüsiert hätte, wenn er sie an ihn gedrückt vorgefunden hätte.

Sie sah stirnrunzelnd ihr Spiegelbild an, während Delphia ihr das Haar richtete. Vielleicht tat sie ihm damit unrecht. Er hatte sich letzte Nacht an die Anstandsformen gehalten, abgesehen davon, daß er sich geweigert hatte, ein Nachthemd zu tragen. Es war nicht seine Schuld, daß sein Gewicht ihres überschritt oder daß sie unruhig schlief.

»Stimmt was nicht?« fragte Delphia um einen Mund voll Haarnadeln herum, als sie geschickt einen langen Zopf flocht und ihn aufsteckte. »Hätten Sie lieber eine raffiniertere Frisur?«

»Nein, nein, heute brauche ich etwas Schlichtes. Ich habe nur nachgedacht.«

»Über die vergangene Nacht?« vermutete das Mädchen.

»Eher über heute morgen. Weißt du«, fuhr Katrine fort und verzog lakonisch die Lippen, »Männerkörper sind eben ganz anders.«

Delphia verdrehte die Augen. »So anders nun auch wieder nicht.«

Katrine lächelte gehemmt. »Doch, ziemlich anders. Ich habe mir nur überlegt, wie steif sie sind – hör auf zu kichern! Ich habe von den Muskeln gesprochen.«

»Ja, Ma'am. Selbstverständlich.«

»Ich vermute, nicht alle haben eine so kräftige Brust und so stramme Arme und Beine wie Rowan. Es ist kein Wunder, daß er nie befürchtet hat, er könnte das Turnier nicht gewinnen.« Es war merkwürdig, welches Vergnügen es ihr bereitete, über ihn zu reden. Damit hatte sie nicht gerechnet.

Delphia unterbrach ihre Beschäftigung und sah Katrine im Spiegel in die Augen. »Hat er Ihnen weh getan?«

»Überhaupt nicht.«

»Sie sind nicht zu wund. Wenn doch, dann habe ich eine spezielle Salbe, die Sie wieder in Ordnung bringt, ehe es Nacht wird.«

Katrine schüttelte den Kopf. »Ich brauche nichts. Wirklich nicht.«

»Sie brauchen nicht die Tapfere zu spielen, nicht bei mir. Männer merken nicht immer, was sie tun; sie haben es zu eilig und fangen damit an, ehe man soweit ist. Die Salbe macht es leichter.«

»Das ist absolut nicht nötig, ich versichere es dir.« Katrines Worte waren entschieden, doch sie wandte die Augen vom Spiegel und dem forschenden Blick ihrer Zofe ab.

Schließlich sagte Delphia: »Sie haben es gar nicht getan, stimmt's?«

»Wie meinst du das?« Noch während sie die Worte sagte, fiel Katrine wieder Rowans Warnung ein.

»Mich können Sie nicht zum Narren halten, Madam Katrine, dafür kenne ich Sie zu gut. Ich fand gleich, daß Sie nicht so wirken, weil Sie nicht diesen selbstzufriedenen Stolz ausdrücken. Was haben Sie getan? Wessen Blut ist das auf den Laken, Ihres oder das des Mannes?«

»Ich weiß nicht, wovon du redest.«

»Das beweist es; Sie müßten es wissen. Sie hauen Mr. Giles nur übers Ohr.«

Schmerz und Sorge machten sich in Katrines Brust breit. Beides steigerte sich, als sie daran dachte, daß das Mädchen Giles Bericht erstattete. Mit ruhiger Stimme sagte sie: »Vielleicht kennst du mich doch nicht so gut, wie du glaubst.«

Delphia stemmte sich einen Arm in die Hüften und zog eine Augenbraue hoch. »Dann erzählen Sie mir ganz genau, was Mr. Rowan getan hat.«

»Manche Dinge sind sehr persönlich.« Es war nicht etwa so, als sei ihr der Vorgang des Geschlechtsverkehrs unbekannt; sie hatte zuviel Zeit damit zugebracht, Frauen in den Unterkünften der Dienstboten zu pflegen, und natürlich hatte sie sich auch ihrer Frauenleiden und Schwangerschaften angenommen. Aber selbst wenn die vergangene Nacht anders verlaufen wäre, glaubte sie nicht, daß sie sich dazu hätte durchringen können, ihrer Zofe davon zu erzählen – und im übrigen auch niemand anderem.

»Ich kann es einfach nicht glauben«, sagte Delphia kopfschüttelnd. »Sie sollten sich schämen – überlegen Sie sich nur, was Sie sich entgehen lassen.«

Katrine fiel auf, daß die Zofe auf das Nachthemd schaute, das sie in der vergangenen Nacht getragen hatte und das jetzt gemeinsam mit den Handtüchern, die sie nach dem Bad benutzt hatte, und dem Bettzeug, das abgezogen worden war, dalag. Katrine wollte sich gar nicht erst vorstellen, welche weiteren Beweise, die ihre Worte widerlegten, dort zu finden sein könnten. Es erschien ihr am vernünftigsten, nicht an den Dingen zu rühren und auf das Beste zu hoffen. Sie begann, Anweisungen zu erteilen, welche Kleider und Nadelarbeiten sie unbedingt auf das Dampfschiff mitnehmen wollte.

Der Tag verlief mehr oder weniger wie geplant. Der Mittagsimbiß wurde serviert und eingenommen. Das Wetter war unbeständig; die Sonne verschwand immer wieder hinter grauen Wolkenbänken und tauchte dann erneut auf, und die Luft wurde unnatürlich heiß und schwül. Man hatte das Gefühl, es läge ein Gewitter in der Luft, eins von der Sorte, auf die eine Kälteperiode folgte. Die Aussicht, der Altweibersommer könnte sich zwischendurch abkühlen, beglückte Giles' männliche Gäste, denn für die Jagd war das nur gut.

Diejenigen, die das Bedürfnis hatten, einen wohltuenden Mittagsschlaf zu halten, zogen sich nach oben zurück. Diese Übergangszeit nutzte Giles, um den Gentlemen, die nicht schläfrig waren, stolz seine Waffensammlung zu zeigen, darunter auch den Doppelrevolver von Adams, der erst vor kurzem aus England eingetroffen war. Es war ein ganz besonderes Stück mit einem Lauf aus getriebenem Silber. Er löste eine hitzige Debatte über seine Vorzüge im Vergleich zum normalen Revolver von Colt aus. Ein Wettschießen war erforderlich, um die Frage der Schnelligkeit und der Treffsicherheit zu entscheiden, und das setzte der Mittagsruhe nachhaltig ein Ende.

Als der Zeitpunkt des Transports zu dem Dampfschiff näher rückte, hallten eilige Schritte und die Geräusche, mit denen Koffer und Truhen zugeschlagen wurden, durch die oberen Stockwerke des Hauses. Das Chaos in der Waschküche steigerte sich, als Zofen und Diener einander anfauchten und darum stritten, wer in allerletzter Minute die Bügel- und Plissiereisen benutzen durfte. Wagen, die das Gepäck befördern sollten, waren auf der Zufahrt aufgereiht. Allmählich wurden die ersten Kutschen vorgefahren, aber auch gesattelte Pferde für diejenigen bereitgestellt, die es vorzogen zu reiten.

Katrine war im Küchentrakt außerhalb des Hauses gewesen, um das Verpacken der Hörnchen, der Plätzchen, der Apfeltorten und der Obstkuchen zu überwachen, die zum Tee gereicht werden sollten, sowie alle an Bord gegangen waren. Nachdem sie dafür gesorgt hatte, daß die

Eßwaren abtransportiert wurden, machte sie sich auf den Weg zu ihrem Schlafzimmer, wo sie ihr Reisekostüm anziehen wollte.

Als sie die letzten Stufen zum Haus hinaufstieg, trat Giles auf die Terrasse. »Da bist du ja, meine Liebe. Könnte ich wohl kurz mit dir reden, ehe du in der Hektik des Aufbruchs zuviel zu tun hast?«

»Ich muß mich noch umziehen«, sagte sie zweifelnd.

»Ich werde dich nicht lange aufhalten.« Er lächelte und reichte ihr den Arm. Die Entschiedenheit seines Tonfalls machte deutlich, daß er eine Ablehnung nicht gelten lassen würde.

Er schlug mit ihr den Weg zum Turm ein. Als sie kurz fragend zu ihm aufblickte, sagte er: »Dort ist es stiller, und es ist unwahrscheinlicher, daß wir gestört werden.«

»Ist bei den Vorbereitungen etwas schiefgegangen?«

»Nichts Nennenswertes. De Blancs Diener wird vermißt, aber das ist auch schon alles.«

»Omar? Wo kann er bloß stecken?« Der große, stumme, dunkelhäutige Mann schien kein Mensch zu sein, der einfach fortlief oder allein loszog, um zu trinken und sich zu amüsieren.

»Ich bin sicher, daß hier nur ein Mißverständnis vorliegt. De Blanc ist auf der Suche nach ihm.« Die Stimme ihres Mannes drückte sorglose Zuversicht aus.

»Und was passiert, wenn er ihn nicht findet?«

»Dann brechen wir natürlich ohne ihn auf. Er kann sich uns immer noch später anschließen.«

Das war einleuchtend, und doch war Katrine beunruhigt. Seit dem frühen Morgen hatte sie weder Rowan noch Omar gesehen. Der kräftig gebaute Diener war noch dagewesen, als Rowan im Ankleidezimmer gebadet und sich angezogen hatte. Dann war Rowan durch Giles' Schlafzimmer verschwunden, und Omar war eine Weile später aus dem Ankleidezimmer geschlüpft.

Die breite Tür zum Turm war abgeschlossen. Katrine wunderte sich ein wenig darüber; gewöhnlich stand sie offen, solange Gäste im Haus waren, die Lust haben könnten, sich dort umzusehen. Cato hatte die Schlüsselgewalt, denn er war derjenige, der die Gärtner einließ, die sich um die Pflanzen kümmerten.

Sie wollte kehrtmachen. Giles ließ ihren Arm los, blieb aber stehen, wo er stand. Er griff in seine Jackentasche und zog den großen eisernen Türschlüssel heraus. Er schloß die Tür auf und hielt sie ihr auf, damit sie vor ihm eintreten konnte.

Ein leises Unbehagen durchzuckte Katrine. Es schien keinen offenkundigen Grund dafür zu geben. Sie trat vor ihrem Mann ein und ging ein paar Schritte auf den plätschernden, sprudelnden Brunnen zu, ehe sie sich zu ihm umdrehte.

»Nach oben, bitte, wenn es dir recht ist.« Giles wartete gar nicht erst, ob sie seinen Wünschen Folge leisten wollte, sondern lief auf die Treppe zu und stieg zur Galerie hinauf.

Katrine lüpfte ihre Röcke und folgte ihm zögernd. Nur widerstrebend legte sie einen Schritt nach dem anderen zurück. Sie konnte spüren, wie ihr Herz begann, in ihrer Brust zu hämmern. Von dem Auftreten ihres Mannes ging etwas aus, was ihr nicht behagte.

Giles erreichte die Galerie und lief bis zu der Tür eines Raumes, den er als Arbeitszimmer benutzte. Er warf einen Blick hinein und zog die Tür dann wieder zu. Danach begab er sich zum nächsten Zimmer und schaute ebenfalls hinein.

»Gut«, sagte er über die Schulter zu Katrine. »Hier sind wir ungestört.«

Sie folgte ihm in das Zimmer, das er in den Wintermonaten häufig als Schlafzimmer benutzte. Bei kalter Witterung plagte ihn der Rheumatismus, und im Turm hatte er weniger Schmerzen. Der Wind konnte die Steinmauern nicht durchdringen, und die Fenster waren hier kaum mehr als Schießscharten mit winzigen Glasscheiben, die so fest eingemauert waren, daß die Kaltluft nicht durch die Ritzen kommen konnte. Dazu kam noch, daß er mit einem enormen Kostenaufwand ein einzigartiges Heizungssystem eingebaut hatte, das große Ähnlichkeit mit dem der alten Römer hatte. In dem erhöht liegenden Keller gab es einen Kesselraum, in dem in den Wintermonaten unter einem riesigen Dampfkessel ständig ein Feuer brannte. Der aufsteigende Dampf wurde durch ein System von Steinrohren und Entlüftungsschlitzen in den dicken Wänden geführt. Manchmal wurde es so feuchtwarm, daß das Wasser in Strömen an dem Stein und der Holzverkleidung im Inneren herunterrann.

Das Schlafzimmer war mit einer gewissen männlichen Pracht eingerichtet. Es gab ein breites Bett aus Walnußholz mit einem gegiebelten Betthimmel aus königsblauem Kammgarn und einen wuchtigen Schrank aus Walnußholz, der so aussah, als eignete er sich viel eher für seinen ursprünglichen Zweck, nämlich als Waffenschrank, und weniger für Kleidung. Zwei bequeme Lehnstühle mit abgewetzten stahlblauen Samtbezügen standen vor einem rußgeschwärzten steinernen Kamin. Die derb gearbeiteten Kaminböcke aus Schmiedeeisen und der wuchtige Schürhaken paßten zu dem eisernen Bodenleuchter mit den verzweigten Kerzenhaltern, der in der Nähe stand. Türkische Teppiche in ausgeblichenen Blau- und Rottönen lockerten den polierten Holzboden auf.

»Ah«, sagte Giles und ging auf ein Tablett zu, das auf einem Beistelltisch stand, »da haben wir ja Wein. Ich war nicht sicher, ob Cato heute morgen die Zeit gefunden hat, ihn herzubringen.«

Katrine beobachtete, wie ihr Mann ein Glas mit der dunklen rubinroten Flüssigkeit vollschenkte und dann ein zweites Glas. Sie sagte eilig: »Danke, für mich bitte nicht.«

»Unsinn«, sagte er und füllte das zweite Glas bis an den Rand. »Ich habe doch gesehen, wie du heute herumgerannt bist und dich um alles mögliche gekümmert und für meine Freunde gesorgt hast. Du kannst gewiß etwas gebrauchen, was dich bis zum Abend auf den Beinen hält.«

Er nahm das Glas und hielt es ihr hin. Sie nahm es entgegen, um nicht unhöflich zu sein, ehe sie sagte: »Wir sollten uns wirklich für den Aufbruch bereitmachen. Wir wollen doch nicht, daß alle anderen auf uns warten müssen.«

»Ja, gleich. Es gibt da etwas, was mich bedrückt.«

Das erste, was ihr durch den Kopf ging, war ihre Gewißheit, daß er ihren Betrug durchschaut hatte. Sie nippte von dem Wein, den sie in der Hand hielt, während sie darauf wartete, daß er weiterredete. Der Wein kam ihr sauer und auch ein wenig bitter vor. Vielleicht hatte Cato die Liste von Weinen, die am Morgen auf den Dampfer geschickt worden waren, so ernst genommen, daß er nicht sonderlich darauf geachtet hatte, was er auf dem Tablett servierte.

Ihr Mann wandte sich mit finsterem Blick an sie. »Ich wollte dich fragen«, sagte er, »ob du mit de Blanc zufrieden bist.«

Sie erstickte fast an dem Wein und schluckte ihn hastig hinunter. Als er sie weiterhin anstarrte und darauf wartete, daß sie sich dazu äußerte, sagte sie: »Ich... habe nichts daran auszusetzen, wie er mich behandelt.«

»Weder er selbst noch sein Verhalten geben einer feinfühligen Frau Grund, Anstoß daran zu nehmen?«

»Nein, keineswegs.« Sie schaute auf ihr Weinglas, denn sie war nicht bereit, ihrem Mann in die zusammengekniffenen Augen zu sehen.

»Warum hast du dann meine Wünsche mißachtet? Nein, meine ausdrücklichen Befehle?«

»Ich habe doch gar nichts...« setzte sie an, und Wut stieg in ihr auf.

»Ich weiß, daß du ›nichts hast‹«, entgegnete er, und seine Lippen zuckten, als er den Worten Nachdruck verlieh. »Genau darüber beklage ich mich ja.«

Entrüstung entströmte ihrem tiefsten Innern, benebelte ihren Verstand und ließ ihren ganzen Körper taub werden. »Das ist ja einfach abscheulich!« rief sie aus. »Was du von mir verlangst, ist Wahnsinn. Nichts in den Gelübden, die wir miteinander ausgetauscht haben, erlaubt dir, mich derart zu mißbrauchen; man kann nicht von mir verlangen, daß ich mich um deinetwillen derart erniedrige.«

»Du hast eingewilligt.«

»Niemals in Worten. Du hast meine Einwilligung als selbstverständlich vorausgesetzt. Ich habe diese Idee für eine blödsinnige Laune gehalten, etwas, was du mit der Zeit von selbst vergißt. Ich dachte, ich bräuchte nicht weiter zu tun, als mich immer wieder zu weigern.«

Schmerz und Traurigkeit machten sich auf seinen faltigen Zügen breit. Er schüttelte bedächtig den Kopf. »Wärst du doch bloß nicht so halsstarrig gewesen. Hättest du doch bloß einer diskreten Liaison zugestimmt.«

Einen flüchtigen Moment lang fragte sich Katrine, ob Giles recht hatte, ob es wirklich unvernünftig und rücksichtslos war, ihm diesen einen Wunsch zu verweigern. Das änderte sich jedoch in dem Moment, in dem ihr klar wurde, daß er genau diese Empfindungen in ihr wachrufen wollte. Dann reckte sie das Kinn in die Luft. »Du glaubst, ich könnte ein unschuldiges Kind in deinem Haus aufziehen, ein Kind, von dem du eines Tages vielleicht beschließt, es sei deines Namens nicht würdig? Das könnte ich nie. Und ebensowenig könnte ich kaltblütig einen Mann zu diesem Zweck auswählen.«

»Darin liegt dein Problem; du hast kein Feuer im Blut. Wenn du glutvoller wärst, bräuchte ich vielleicht keinen Erben, der den Lenden eines anderen Mannes entspringt.«

Blut rauschte in ihrem Kopf, als sie diese Beleidigung hörte, die erste Andeutung, die ihr Mann je gemacht hatte, sie könnte schuld sein. »Du wagst es, mir die Schuld zu geben? Mir fehlt nicht das geringste, weder an meinen Gebärorganen noch am Blut.«

»Beweise mir, daß ich mich irre«, sagte er, und in seinen Augen funkelte Gerissenheit. »Beweise mir, daß du weißt, was Leidenschaft ist und welche Genüsse sie verschaffen kann.«

»Ich werde dir überhaupt nichts beweisen, und ich werde auch keinen Schritt weitergehen und bei diesem wahnsinnigen Plan, den du geschmiedet hast, nicht mehr mitspielen. Ich habe nur aus Sorge, meine Weigerung könnte deine Gesundheit gefährden, bis jetzt mitgespielt.«

Sie gestikulierte beim Reden heftig. Der Wein schwappte über den Rand ihres Glases. Sie hätte es abgestellt, wenn Giles nicht zwischen ihr und dem Tisch gestanden hätte. Um den Flüssigkeitspegel im Glas zu senken, trank sie daher einen großen Schluck.

»Ich brauche dein Mitleid nicht, Katrine. Ich brauche einen Erben. Ich habe dich schon einmal gewarnt.«

»Das ist mir klar. Und ich weiß auch, was du zu Rowan gesagt hast, und davon wird mir übel. Wie konntest du bloß so niederträchtig sein? Wie konntest du mir nachspionieren? Wie konntest du bloß auf den Gedanken kommen, mir zu drohen, und wie konntest du in Betracht ziehen, jemandem zu gestatten, Gewalt anzuwenden? Wie konntest du nur?«

Er schwieg lange. »Wenn de Blanc dir erzählt hat, was ich gesagt habe, ist er nicht so uneigennützig, wie er sich gibt. Und er ist auch nicht vertrauenswürdig genug für meine Zwecke. Ich dulde nicht, daß er diese Geschichte an andere ausplaudert.«

Ihre Lippen verzogen sich hämisch. »Er hat nur mit mir darüber gesprochen. Du mußt zugeben, daß ich ein gewisses Interesse daran hatte.«

»Dennoch muß etwas unternommen werden.«

Katrine starrte ihn an, und in ihrer Brust regte sich Furcht. Mit leiser Stimme fragte sie: »Was soll das heißen?«

»Nichts weiter«, antwortete er, und seine grauen Züge erstarrten zu einer erbarmungslosen Maske. »Ich werde bekommen, was ich will, ganz gleich, was es kostet.«

»Giles...« setzte sie an. Sie verstummte, als die Wut und der Ekel aus ihr entwichen und sie seltsam konfus zurückblieb. Sie wankte ein wenig, ehe sie fortfuhr und aus einer Entschlossenheit heraus weitersprach, die sie in langen spätnächtlichen Stunden voller Sorge und Furcht gewonnen hatte. »Wenn du zu weit gehst, Giles, könntest du mich zwingen, dich zu verlassen.«

Er blieb lange stumm. »Das wirst du nicht tun«, sagte er schließlich, »nicht, wenn es keinen anderen Ort gibt, an den du gehen könntest, und schon gar nicht, nachdem du weißt, daß du das Kind in dir trägst, das all das erben wird.« Er machte eine allumfassende Handbewegung. »Bedenke eins: Wenn ich nicht mehr länger als ein oder zwei Jahre zu leben habe, dann wirst du während der meisten Zeit deines Erwachsenenlebens über dieses Anwesen hier herrschen.«

Diese Form von Rhetorik war ihr vertraut. Sie hatte sich umsonst um ihn gesorgt. Matt schüttelte sie den Kopf. »Du wirst nicht sterben.«

»O doch, ich fühle es.«

»Die Ärzte haben keine Krankheit festgestellt; das haben sie mir letzten Winter in New Orleans selbst gesagt.«

»Sie irren sich.«

Es ist zwecklos, ihm zu widersprechen. Er hörte nie zu. Sie sagte: »Und überhaupt habe ich dich nie um deines Geldes willen geheiratet.«

»Nein, aber um deines Vaters und meines Traumes willen. Der Traum ist noch am Leben. Denk daran, Katrine. Zwei Plantagen, die sich zu einem der größten Anwesen von Louisiana zusammenschließen. Wozu war dein Opfer gut, wenn nie ein Kind die Güter vereinen wird?«

»Was ist mit meinen Träumen?« fragte sie und fühlte sich plötzlich matt. Sie war wirklich sehr müde. Sie war des Streitens müde. Sie war es müde, gegen das anzukämpfen, was das Unvermeidliche zu sein schien, und immer nur zu träumen.

»Ein Kind wird dir Trost geben«, sagte ihr Mann.

Sie hätte ihm gern gesagt, daß das, was sie brauchte, nicht Trost war. Die Worte kamen einfach nicht heraus. Ihr Kopf schwirrte seltsam, und sie hatte das Gefühl zu schweben. Ihre Hände waren taub.

Als sie das schrille Splittern von Glas hörte, schaute sie auf den Fußboden. Der Kelch aus Kristallglas, den sie in den Händen gehalten hatte, lag jetzt in tausend Stücke zersprungen zu ihren Füßen, und jede kleinste Scherbe überzog Wein, der die Farbe von Blut hatte.

Sie blickte zu ihrem Mann auf. Er kam lautlos auf sie zu, ragte über ihr auf, wurde immer größer, und in seinen riesengroßen Augen schien eine finstere Freude zu funkeln, die mit Lust versetzt war. Er hüllte sie ein wie eiskalter Nebel, und dann fing er an, mit den Händen an ihren Kleidern zu reißen.

Sie erwachte von dem gnadenlosen Pochen ihres Schädels. Sie stöhnte und drehte den Kopf um. Das Kissen unter ihrem Kopf war hart. Es war nicht ihr gewohntes Kissen. Um sie herum war endlos viel Platz, und alles war weich und fühlte sich kalt und feucht an. Es war ein Bett, aber nicht ihr Bett. Sie konnte hören, daß es irgendwo regnete, daß ein stetiger Regenguß trommelnd herunterging.

Millimeterweise öffnete sie die Augen. Sie war blind. Vollkommen blind. Dunkelheit drückte auf ihre Augäpfel, als bildete sie eine dichte, undurchdringliche Schicht darüber. Sie gab einen kleinen unwilligen Laut von sich, der scharfe Stiche durch sie zucken ließ und ihr Gehirn zu sprengen drohte.

Sie hob die Hand, die sie erst unter Decken herausziehen mußte, die so schwer waren, daß sie unter dem Gewicht kaum atmen konnte. Es war tröstlich, ihren Kopf zu berühren und festzustellen, daß er noch da war und noch seine normale Größe hatte, aber die Berührung löste neuerlich starke Schmerzen aus.

Kühle Luft wehte über ihren Arm und ihre Schulter und unter die Decken bis auf ihre Brüste. Daran war irgendwas seltsam, wenn sie auch nicht so recht wußte, was.

Dann kam sie darauf. Keine Kleidung, die sie gegen den Luftzug geschützt hätte, bedeckte ihren Körper. Sie lag nackt im Bett.

Die Erinnerungen kamen zurückgeströmt. Der Turm. Giles. Der verschüttete Wein.

Er hatte ihr etwas in den Wein geschüttet. Eine andere Erklärung gab es nicht.

Sie hatte von solchen Dingen in den Zeitungen gelesen, von jungen Männern gelesen, die den falschen Bezirk in New Orleans aufsuchten und denen man dort ein scheußliches Gebräu vorsetzte, das sie bewußtlos werden ließ. Manchmal kamen sie ohne Geld aus einer dunklen Gasse gewankt. Manchmal endeten sie auch auf dem Vorderdeck irgendeines Schiffes, das ans andere Ende der Welt fuhr. Und manchmal fand man sie im Fluß.

Giles. Warum hatte er das bloß getan? Was hatte er sich davon erhofft?

In ihrer Benommenheit war sie hilflos gewesen. Er hatte ihr die Kleider ausgezogen. Was hatte er ihr sonst noch angetan? Was hatte er ihr sonst noch antun lassen?

Sie warf die schweren Decken zurück und wollte sich mühsam aufrichten. Sie gab es sofort auf, als sei sie gegen eine Steinmauer gestoßen. Übelkeit überkam sie mit solcher Heftigkeit, daß sie sich eine Hand auf den Mund pressen mußte. Behutsam erhob sie sich vom Bett, kniete sich auf den kühlen Holzboden und tastete unter dem Bett nach dem Nachttopf. Sie fand ihn gerade noch rechtzeitig.

Als die Woge von Übelkeit sich gelegt hatte, blieb sie neben dem Bett sitzen, preßte den Kopf auf die Matratze, schnappte keuchend nach Luft und zitterte.

Nur die Kälte des harten polierten Holzbodens brachte sie dazu aufzustehen. Der Turm. Sie war noch im Turm. Sie war nicht blind, sondern es war nur kein Licht an. Schon bei Tag drang kaum Licht in die Zimmer; an einem regnerischen Abend mußte es hier stockfinster sein.

Wie lange war sie schon hier? Wo waren die anderen? Waren sie ohne sie aufgebrochen?

Sie zog sich langsam auf die Füße. Ihr Zopf war aufgeflochten, und das Haar fiel ihr lose über den Rücken. Es wehte um sie herum und kitzelte ihre nackte Haut, als sie sich langsam aufrichtete.

Innerlich schien ihr nichts zu fehlen. Ja, ihr war übel, aber sie hatte keine starken inneren Schmerzen, fühlte sich zwischen den Schenkeln nicht wund. Giles hatte sie lediglich ausgezogen, das war alles.

Aber warum? Warum hatte er das für nötig befunden? Sie kam nur darauf, daß er es getan hatte, um ihr Angst einzujagen und sie zu demütigen oder um sie leichter gefangenzuhalten.

Wo steckte er? Wo waren die anderen? Waren alle fortgegangen und hatten sie allein zurückgelassen?

Vielleicht bekam sie ein paar Antworten, wenn sie

genau wußte, wo im Turm sie sich aufhielt und warum sie immer noch dort war.

Sie glaubte sich zu erinnern, auf dem Beistelltisch neben einem der Sessel vor dem Kamin eine Kerze und eine Zunderbüchse gesehen zu haben. Wenn sie es schaffte, dorthin zu gelangen, konnte sie Licht machen.

Langsam tastete sie sich Schritt für Schritt an dem Bett entlang und ließ die Finger über die Kanten gleiten. Es kostete sie einige Nerven, das Bett schließlich loszulassen und sich in das Dunkel zu wagen. Sie schlurfte über den Parkettboden und zitterte vor Kälte, zuckte aber auch zusammen, weil sie wieder an die Glassplitter dachte. Eigentlich mußte sie weit genug rechts von der Stelle sein, an der sie gestanden hatte, um vor den Scherben sicher zu sein; sie spürte sie nicht unter den Füßen.

Sie stolperte unvermutet über etwas, was dick und lang und rauh war. Ein leiser Schreckenslaut entrang sich ihr. Ihr schien es, als hörte sie ein leises Echo ihres Ausrufs, fast wie ein Stöhnen. Sie machte einen Satz nach vorn und streckte die Arme aus, um ihren Sturz abzufangen. Eine Hand traf auf eine Stuhllehne. Ihre Finger glitten erst ab und umklammerten sie dann. Ihr Kopf schlug auf die Stuhllehne, und ein Knie krachte auf den Boden.

Sie kauerte sich an den Stuhl und kämpfte gegen die Tränen, die Übelkeit und das schmerzhafte Pochen in ihrem Kopf an. Sie lauschte angestrengt, doch der einzige Laut, der im Raum zu vernehmen war, war ihr eigener abgehackter Atem.

Eine Weile später biß sie die Zähne zusammen und zerrte sich wieder auf die Füße. Mit einer Hand hielt sie sich an dem Lehnstuhl fest, mit der anderen tastete sie nach der Kerze.

Danach war alles sehr einfach. Die Funken, die sie fliegen ließ, zeigten ihr, wohin sie sie richten mußte. Die Feuerpünktchen trafen schon beim dritten Versuch die lokkere Baumwolle. Sie blies schnell in den Funken, um die Flamme zu entzünden, und gleichzeitig griff sie nach der Kerze. Als der Docht Feuer fing und gelbes Licht auf dem Kerzenkegel aufleuchtete, fühlte sie sich, als hätte sie eine gewaltige Schlacht gewonnen. Sie hob das Licht vor ihr Gesicht, und ein bebendes Lächeln verzog ihre Lippen.

Nicht weit von ihren Füßen war ein leises Geräusch zu vernehmen. Sie trat hinter dem Stuhl hervor und suchte mit weit aufgerissenen Augen den Ursprung dieses Lauts.

Vor ihren Füßen lag der Gegenstand, über den sie gestolpert war, ein zusammengerollter türkischer Teppich, den sie zuletzt in Giles' Arbeitszimmer gesehen hatte. Der Kopf und die Schultern eines Mannes schauten aus der Teppichrolle heraus, als sei er darin eingewickelt worden und kämpfte darum, sich daraus zu befreien. Die Hände waren vor ihm gefesselt, und in seinem Mund steckte ein Knebel. Sein Haar war blutverklebt. Ein Auge war schwarzviolett verfärbt und zugeschwollen.

Das andere Auge war offen. Er schaute zu ihr auf, als hätte er noch nie eine Frau gesehen und längst die Hoffnung aufgegeben, je eine zu sehen.

Er war nackt, so nackt wie sie selbst.

Es war Rowan.

10. Kapitel

Sie blies die Kerze aus.

Sie machte sich keine Gedanken darüber. Es war eher eine instinktive Reaktion darauf, daß sie entblößt und angreifbar vor einem Mann stand, der trotz allem noch ein Fremder war.

Sie bereute es augenblicklich. Es konnte gut sein, daß irgendwo in diesem Zimmer ihre Kleider lagen, auf dem Bett oder über einem Stuhl. Ohne Licht konnte sie sie nicht sehen, und es wäre zu zeitraubend gewesen, sie durch blindes Tasten aufzuspüren zu wollen. Sie mußte sich beeilen. Sie wußte nicht, wie lange Rowan schon nackt und gefesselt auf dem kalten Boden lag.

»Tut mir leid«, sagte sie in das Dunkel hinein. »Ich bin gleich wieder da.«

Sie bekam keine Antwort. Sie wankte zum Bett zurück und zog die Wolldecke und das Federbett vom Laken. Nachdem sie das Laken vom Bett gerissen hatte, schlang sie es um sich wie eine Toga, zog heftig an einem Zipfel und steckte ihn sich zwischen die Brüste, und den Rest warf sie sich über die Schulter.

Dann kehrte sie zu der Zunderbüchse zurück, entflammte noch einmal die Baumwolle und zündete dann damit die Kerzen in dem Bodenhalter an. Als das erledigt war, kniete sie sich neben Rowan.

Als erstes entfernte sie den Knebel aus seinem Mund. Während sie sich mit dem Knoten der Schnüre befaßte, mit denen seine Hände gebunden waren, lag er da und beobachtete sie wortlos. Sein nachdenklicher und finster taxierender Blick glitt über ihr gelöstes Haar, den Kerzenschimmer auf ihrer entblößten Schulter, den konzentrierten Gesichtsausdruck.

Rowan hatte bis vor einem Moment noch tonlos und erbittert das Schicksal, den Turm, seinen pochenden Schädel und seine eigene Dummheit verflucht. Jetzt fühlte er sich ein wenig besser. Möglicherweise würde er für diese Situation doch noch entschädigt werden. Die Art dieser Entschädigung reichte aus, um ihm den Atem zu verschlagen und ihn in seiner Passivität erstarren zu lassen. Als er sprach, war seine Stimme heiser, weil der Knebel ihm den Mund ausgetrocknet hatte. »Dein Mann«, sagte er, »hat einen merkwürdigen Sinn für Humor.«

»Ich glaube nicht, daß er komisch sein wollte.« Katrine war bemüht, ihn nicht anzusehen. Ihr war aufgegangen, daß es unmöglich war, ihn zu befreien, ohne ihn zu berühren. Ihre Finger streiften ständig seine harte, flache Brust und seinen strammen, flachen Bauch. Die Oberfläche seiner Haut fühlte sich kalt an, aber darunter schwelte seine innere Glut, die sie in der Nacht zuvor schon bemerkt hatte.

Am meisten ärgerte sie, daß sie nicht gegen die schuldbewußte Neugier ankam, die sie mindestens zweimal auf seinen flachen Bauch blicken ließ. Zwischen seinem dunkelbraunen Oberkörper und der Blässe unterhalb der Taille gab es eine scharfe Grenzlinie, die sie faszinierte. Am Nabel wurde sie von einem schmalen Haarstreifen durchschnitten, der von der dreieckigen feinen Haarmatte auf seiner Brust ausging und unter dem Rand des zusammengerollten Teppichs verschwand. Der Impuls, diese Linie mit den Fingerspitzen nachzuzeichnen und ihre Handfläche von der braunen Haut auf die weiße und unter den Teppich gleiten zu lassen, war so ausgeprägt, daß sie sich auf die Unterlippe biß, um ihn zu unterdrükken.

»Was hat er damit beabsichtigt? War er so rücksichtsvoll, dich darüber zu informieren?« Rowans Frage klang freundlich, fast so, als erkundigte er sich aus reiner Höflichkeit.

»Er ist ein Besessener«, sagte sie kurz.

Rowan musterte ihr Gesicht. »Ah«, sagte er, »sind wir wieder zu der Idee von Hengst und Stute zurückgekehrt, und das hier ist unsere private Koppel, die hinter uns abgesperrt worden ist?«

Glut rötete ihr Gesicht, breitete sich in ihr aus und setzte sich in ihrem Unterkörper fest. »Ich weiß nicht, ob wir eingeschlossen sind oder nicht.«

»Wir sind es. Ich habe gehört, wie der Schlüssel in der Tür umgedreht worden ist, als sie gegangen sind, nachdem sie mich in dieses Zimmer geschleppt haben.«

Sie sah ihm ins Gesicht. »Sie?«

»Ich vermute, daß es Feldarbeiter waren. Ich konnte sie zu dem Zeitpunkt nicht sehen.«

Sie löste den letzten Knoten, entfernte das Seil und setzte sich auf die Fersen. »Wie lange liegst du schon so hier?«

»Seit Giles mich gegen Mittag in sein Arbeitszimmer gebeten hat. Wir haben dagesessen und etwas getrunken und über seine mangelnde Kooperationsbereitschaft gesprochen. Währenddessen habe ich das Bewußtsein verloren. Irgendwann im Lauf des Nachmittags wurde ich hierhergetragen, glaube ich. Als ich das erste Mal zu mir gekommen bin, habe ich noch in einem anderen Zimmer gelegen.«

Sie erinnerte sich daran, wie Giles die Tür zu dem Zimmer geschlossen hatte, das er als Arbeitszimmer benutzte. Rowan mußte schon dort gelegen haben, als Giles sie in den Turm gebracht hatte. »Wie hast du es fertiggebracht, zu stürzen und dir den Kopf anzuschlagen, wenn du gesessen hast?«

»So war es nicht. Das heißt…« Er brach ab und senkte die Wimpern, um seine Augen zu verbergen.

»Was ist denn dann passiert?«

»Ich war selbst schuld. Meine eigene Unachtsamkeit.«

»Während du gefesselt und geknebelt warst?« Seine ausweichende Antwort ließ Argwohn in ihr aufkeimen.

»Zu dem Zeitpunkt war ich noch nicht geknebelt.«

»Wenn du bei Bewußtsein warst, muß es hier im Turm geschehen sein. Giles. Es war Giles, stimmt's?«

Sein zerschundenes Gesicht drückte nur mäßige Zufriedenheit aus. »Ich glaube nicht, daß ihm meine Bemerkungen zu seiner Moral und seinen Vorfahren gefallen haben und schon gar nicht die, mit denen ich mich zu seinem Benehmen seiner Frau gegenüber geäußert habe. Verstehst du, er ist aus diesem Zimmer hier gekommen und hatte die Kleider unter dem Arm, die ich zuletzt an dir gesehen hatte, und in der Faust hatte er eine Menge Haarnadeln.«

Daß Giles einen gefesselten Mann geschlagen hatte – das war einfach unglaublich, ganz gleich, wie sehr er provoziert worden war. Sie drehte das Seil in den Händen, als sie sagte: »Er muß wohl auf dem besten Wege sein, verrückt zu werden. Möglicherweise kommt das von seiner Krankheit oder … oder vom Alter.«

Rowan, der sich die Handgelenke rieb, damit sie wieder durchblutet wurden, hob eine Hand und tastete sein Auge ab. »Kraft hat er jedenfalls immer noch.«

»Du kannst nicht behaupten, daß das, was er von uns verlangt hat und was er uns angetan hat, normal ist.« Sie verstummte, erhob sich und ging zum Bett. Sie packte die Wolldecke, zerrte sie vom Bett und klemmte sie sich unter den Arm. Über die Schulter sagte sie: »Ich habe Angst davor, was er als nächstes tun wird.«

Rowan lag regungslos da und starrte fieberhaft ihren geschmeidigen Rücken an, den Schwung ihrer schmalen Taille und die Wölbung ihrer Hüften. Durch das Laken, in das sie sich gehüllt hatte, zeigte sich ihre reizvolle Gestalt um vieles deutlicher als unter den unförmigen Kleidern, die sie gewöhnlich trug, so daß er den Blick einfach nicht abwenden konnte. Der überschüssige Stoff, der hinter ihrer Schulter über den Boden schleifte, hätte albern aussehen müssen, tat es aber nicht. Sie besaß die majestätische Anmut einer Königin aus vergangenen Zeiten, einer Frau, die sich nicht davor fürchtet, weiblich zu wirken.

Niemals, nicht einmal dann, wenn er von seinen Enkeln umgeben seinen letzten Atem aushauchte, würde er den Augenblick vergessen, in dem Katrine Castlereagh mit der Kerze in der Hand hinter dem Stuhl hervorgetreten war. Brigaden von himmlischen Engeln, schlicht und ohne Scham, würden ihn niemals dafür entschädigen können, daß er eine Welt verlassen mußte, in der es solche Pracht gab. Sie hatte ihm den Atem geraubt, und dieser Verlust konnte durchaus bleibend sein.

Ein Vorschlag ging ihm durch den Kopf, ein Gedanke, von dem er in seiner momentanen Verfassung nicht sicher war, ob er nicht von reinem, ungehemmtem Verlangen bestimmt wurde. Er erwog ihn, verwarf ihn und griff ihn dann wieder auf.

»Es gibt eine einfache Möglichkeit, uns abzusichern, daß dein Mann wieder Vernunft annimmt.«

Sie drehte den Kopf langsam zu ihm um. Ihr entgeisterter Gesichtsausdruck war voller Wut, als sie sagte: »Du meinst… wir sollten uns doch seinen Wünschen fügen?«

»Wäre das denn so furchtbar?« Mit angehaltenem Atem und zugeschnürter Brust wartete er ihre Antwort ab.

Ihre Augen waren vorwurfsvoll aufgerissen und dunkel in ihrem bleichen Gesicht. Sie breitete die Arme aus und ließ die Decke fallen, ehe sie sich abrupt abwandte und wegging. Die schwere Decke fiel auf den Boden, fast zwei Meter von dort entfernt, wo er lag.

Rowans Blick wanderte von der Decke zu ihrem steifen Rücken. Ein Lächeln reinster Bewunderung zog über sein Gesicht. Er sagte: »Ich habe den Eindruck, diese Idee sagt dir nicht zu.«

Sie fuhr ihn scharf an: »Soll ich mich aus Angst einschüchtern lassen? Soll ich, um mir Unannehmlichkeiten zu ersparen, gegen alles verstoßen, woran ich glaube?«

»Dieser Turm eignet sich gut als Gefängnis; seine Möglichkeiten sind mir schon klargeworden, als ich ihn das erste Mal gesehen habe. Es könnte sein, daß wir lange hierbleiben müssen.«

Rowan zog sich in eine sitzende Haltung hoch. Jedes Gelenk und jeder Muskel taten ihm weh, als sei er getreten worden. Zweifellos war das der Fall, und der harte Boden hatte ihm auch nicht gerade gutgetan. Er biß die Zähne zusammen und begann, ungeachtet seiner Nacktheit, seine Beine aus dem zusammengerollten Teppich zu befreien.

»Du kannst dich bedecken«, sagte Katrine hastig und wies mit einer Hand auf den blauen Wollhaufen.

Rowan zog seine Augenbraue hoch und sah in die Richtung, in die sie deutete. Die Decke war wirklich so nah, daß er sie zu sich hätte ziehen können, wenn er sich gestreckt hätte. »Ich bin sicher, daß ich das könnte«, sagte er mit einer drolligen Hilflosigkeit, »wenn ich an die Decke herankäme.«

Er zog sich zentimeterweise weiter aus dem Teppich heraus, und Katrine drehte ihm sofort wieder den Rücken zu.

»Meine Füße sind noch gefesselt«, sagte er in einem Tonfall, der verletzte Würde ausdrückte, und griff nach der Decke. »Und meine ausgerenkte Schulter macht mir auch zu schaffen. Es wäre wirklich nett, wenn mir jemand helfen würde.«

Sie hatte die Arme verschränkt und die Schultern hochgezogen. Ein plötzlicher Entschluß veranlaßte sie, sich umzudrehen und auf ihn zuzugehen. Sie blieb jedoch sofort stehen, als ihr Blick auf seinen nackten Körper fiel, der ausgestreckt zu ihren Füßen lag.

Rowan grinste sie breit an, während er die Decke heranzog und über seinen Körper breitete.

Ihr Laken hatte sich bei ihren unbedachten Bewegungen gelockert. Sie rückte es zurecht, hielt es mit einem Arm fest und sah ihn finster an.

»Jetzt findest du das alles vielleicht komisch«, sagte sie, »aber das wird sich schon noch ändern, wenn Giles erst versucht, dich umzubringen.«

»Rechnest du damit?« Unter dem Schutz der Decke befreite er sich ganz aus dem steifen Teppich und zog die Füße an, um die Fesseln zu lösen.

»Er hat es regelrecht gelobt, weil er glaubt, du könntest über … diese Geschichte … reden.«

»Er hat tatsächlich geglaubt, ich würde meine Rechte an seiner Frau dazu nutzen, mir demnächst viele Einladungen zu sichern? Es ist geradezu umwerfend, was für eine hohe Meinung er von meinen Manieren hat. Ganz zu schweigen von seinen Vorstellungen darüber, was ich für ein geschmackvolles Gesprächsthema halte.«

»Er glaubt, du könntest ihn damit, daß wir ihn an der Nase herumgeführt haben, als Idioten hinstellen.«

»Läge es nicht näher, ihn als einen Mann hinzustellen, der sich willentlich zum Hahnrei machen läßt? Du mußt mir verzeihen, wenn ich nicht einsehe, wieso das eine schlimmer als das andere sein soll.« Er hörte selbst, wie bissig sein Tonfall war, war aber nicht bereit, ihn abzumildern.

Sie schlang die Arme um sich, als friere sie in dem kühlen Zimmer. »Es braucht keinen einleuchtenden Grund zu geben, so scheint es mir zumindest. Wenn etwas rechtfertigt, Giles' Forderung nachzukommen, dann ist es, dir das Leben zu retten. Falls ... falls das ein Kind zur Folge haben sollte, wird er sich in der Sicherheit wiegen, daß du um des Kindes willen schweigen wirst.«

Er warf die Fessel weg, die er gelöst hatte. Langsam erhob er sich und zog dabei die Decke mit sich. Mit allem Stolz, den er in dieser Lage aufbieten konnte, wandte er sich zu ihr um. »Du bist bereit, deine Ehre gegen mein Leben einzutauschen?«

»Ist das so verwunderlich? Du hast deins soeben dafür angeboten, mir Unannehmlichkeiten zu ersparen.«

»Das«, sagte er entschieden, »ist nicht dasselbe.«

Sie sah ihm nicht in die Augen, als sie fragte: »Und warum nicht? Es ist ja schließlich nicht so, als hättest du dir gewünscht, mit mir schlafen zu müssen.«

Das Bild, das sie heraufbeschwor, half nicht gegen den Schmerz in seinen Lenden, ganz zu schweigen von dem Schlag, den es seiner Selbstachtung versetzte. »Nicht so, wie du es meinst«, sagte er sachte, »aber ich hätte einer Verlockung nicht widerstanden. Ich habe nur auf deine Bitte hin eingewilligt, mich dem zu verweigern, was von uns erwartet wird. Für mich ist es nicht entehrend, mich den Wünschen einer Dame zu beugen.«

Er beobachtete ihre Verwirrung mit schmerzlichem Vergnügen. Ihr Verstand arbeitete jedoch schnell, wie er zugeben mußte.

»Wenn es für dich nicht entehrend ist und wenn du nicht ... nicht unwillig bist, dann halten dich nur meine Skrupel davon ab ...«

»Jetzt auf der Stelle mit dir zu schlafen? Ja, und mein Stolz.«

»Dein Stolz?«

»Weißt du«, sagte er leise, »mir paßt es nicht, für ein solches Opfer verantwortlich zu sein.«

Sie reckte das Kinn in die Luft. »Giles ist derjenige, der dafür verantwortlich zu machen wäre; du wärst nichts weiter als eine seiner Schachfiguren.«

Seine Stimme war trocken, als er antwortete: »Das paßt mir am allerwenigsten an der ganzen Geschichte.«

»Als du ursprünglich eingewilligt hast, schien dich das nicht zu stören«, sagte sie stirnrunzelnd.

»In dem Moment habe ich aus freiem Willen und aus Gründen meiner Wahl gehandelt. Ich weigere mich, mich von Drohungen überzeugen zu lassen.«

Sie preßte die Lippen zusammen. Mit rasiermesserscharfem Interesse verfolgte er diese kleine Bewegung. Es schien ihm, als könnte er ihre Süße noch schmecken, ihren Mund fühlen, der so zart wie Blütenblätter war, noch einmal die sachte nachgiebige Glut spüren, mit der sie in der vergangenen Nacht seinen Kuß hingenommen hatte. Die zarte Rundung ihrer Brust, die so perfekt in seine Hand gepaßt hatte, und die steife Knospe ihrer Brustwarze, die sich an seine empfindliche Handfläche gepreßt hatte, waren in seine Erinnerung eingemeißelt. Sie hatte ihm erlaubt, sich größere Freiheiten herauszunehmen, als er sich zu erträumen gewagt hatte. Ihre Gründe waren offenkundig gewesen, aber deshalb hätte sie noch lange nicht so gefügig sein müssen.

Gründe. Bei Gott, er begann allmählich, dieses Wort zu hassen.

Was hätte er nicht alles dafür gegeben, sie schlichtweg zu packen und mit ihr fortzugehen. Den Tod seines Bruders zu vergessen. Zu vergessen, daß sie mit einem anderen Mann verheiratet war. Diese seltsame Aufforderung zu vergessen, die ihn mit ihr zusammengebracht hatte, und den Pakt, der ihn von ihr fernhielt.

Er konnte sie zu seiner Mutter auf die Plantage bei New Orleans bringen oder vielleicht sogar nach England. Würde sie mitkommen? Wenn er sie darum bat, würde sie dann alles hinter sich zurücklassen, um mit ihm fortzugehen?

Er war hier derjenige, der verrückt geworden war.

La belle dame sans merci. Er lief Gefahr, das zu vergessen.

»Also«, sagte Katrine brüsk, »dann sind wir uns also einig, Giles weiterhin zu trotzen. Und was jetzt?«

Er musterte sie einen Moment lang nüchtern, und dann verzog ein Lächeln seine Lippen. »Ich bin dafür, daß wir uns etwas anderes zum Anziehen suchen. Dein Kostüm besitzt eine gewisse altertümliche Eleganz, aber meins ist etwas zugig.«

Der Kleiderschrank war leer, ebenso die verschiedenen Schubladen und Kisten in dem angrenzenden Arbeitszimmer und dem Ankleidezimmer. Außer ein paar Handtüchern gab es nichts im Turm, womit man sich hätte bedekken können. Sie gaben die Suche auf und konzentrierten sich auf wesentlichere Dinge.

In einer Truhe neben dem Kamin war reichlich Feuerholz, das benutzt wurde, um die Dampfheizung im Keller zu unterstützen. Die Wasserkrüge im Schlafzimmer und im Ankleidezimmer waren gefüllt, und man konnte sie bei Bedarf im Brunnen nachfüllen. Eine Schale mit Obst und Nüssen stand auf einem Beistelltisch im Arbeitszimmer, und daneben stand ein Holztablett mit Brot und Käse und Apfelkuchen, alles mit einem Tuch abgedeckt, das angefeuchtet worden war, damit die Lebensmittel frisch blieben. Sie würden weder erfrieren noch verdursten oder verhungern.

Sie waren jedoch wirklich und wahrhaftig eingesperrt. Die Eingangstür war nicht nur abgeschlossen, sondern auch verriegelt worden. Die einzigen Fenster, die es gab, waren die Schießscharten, die so schmal waren, daß selbst ein Kind nicht hätte durchschlüpfen können.

Im Gewächshaus hielt Rowan die Kerze hoch und sah

zu der massiven Kuppel auf. Das Glas war in kleinen Scheiben in größeren Räumen eingesetzt, die sich nicht öffnen ließen. Selbst wenn sie sich hätten öffnen lassen, befand sich die Kuppel doch mindestens zwölf Meter über dem Boden und etwa acht Meter über der Galerie, und sie wurde von glatten Steinwänden getragen, die hoch aufragten.

Das Schrillen einer Klingel unterbrach ihre Nachforschungen. In dem Moment, in dem sie den ersten Ton hörte, wußte Katrin, was es zu bedeuten hatte.

Im Zimmer des Butlers neben dem Arbeitszimmer war ein Speisenaufzug eingebaut. Von einem Schacht im Keller aus wurde er mit einem System von Seilen und Rollen bedient, und er war bisher dafür benutzt worden, Giles Essen und Getränke zukommen zu lassen, ohne ihn mehr als nötig zu stören. Er war hinter der Wandtäfelung versteckt, und die Öffnung war so klein, daß nicht viel mehr als ein beladenes Tablett hineinpaßte.

Das Läuten der Klingel, die an dem Seil befestigt war, war das Signal dafür, daß etwas nach oben geschickt wurde. Diesmal kündigte es das Eintreffen des Abendessens für die beiden an.

Katrine zog das Tablett mit der silbernen Glocke heraus. Sie schaute in den Schacht und rief hinein. Daraufhin erfolgte dumpfes Schweigen. Dann antwortete eine Frauenstimme, die in dem schmalen Schacht seltsam hallte. Es war Delphia.

»Dem Himmel sei Dank«, sagte Katrine. »Was geschieht hier? Wo sind die anderen?«

»Sie sind alle fort, Madam Katrine.«

»Dann kannst du uns ja rauslassen. Hol ein paar Arbeiter, und laß sie die Tür aufbrechen.« Katrine lauschte auf die Antwort.

»Das darf ich nicht, Master Giles hat befohlen, daß Sie oben bleiben müssen, bis er zurückkommt. Ich soll Ihnen alles bringen, was Sie gern zu essen haben möchten oder was Sie gebrauchen können, um sich die Zeit zu vertreiben, aber das ist auch schon alles.«

»Ich bestehe darauf, Delphia! Du mußt uns helfen.«

»Ich kann nicht, Madam Katrine, wirklich nicht, Master Giles hat mir sogar verboten, auch nur mit Ihnen zu reden.«

Giles war gerissen, dachte Katrine. Er wußte, daß sie versuchen würde, ihre Zofe zu überreden, ihr zu helfen. Sie spürte eine Hand auf ihrer Schulter, drehte den Kopf um und sah Rowan fragend an.

Er hielt die Kerze zur Seite und beugte den Kopf in die Öffnung des Schachts. »Omar, Delphia, was ist mit Omar?«

»Er ist im Gefängnis der Plantage, Mr. Rowan, aber es waren sechs Männer nötig, um ihn dort reinzukriegen.«

»Ist er verletzt?«

»Nichts weiter, bis auf ein paar blaue Flecken. Um seinen Appetit steht es bestens; er hat heute sechs Mahlzeiten und zehn Liter Kaffee zu sich genommen. Er soll bis auf weiteres bleiben, wo er ist, damit er Ihnen nicht zu Hilfe kommt.«

Rowan zog den Kopf zurück und wandte sich so abrupt ab, daß durch die Bewegung die Kerze fast erlosch und seine Decke wie ein königlicher Umhang um ihn wogte. Katrine sah ihn lange an, ehe sie sich dem Schacht des Speisenaufzugs wieder zuwandte.

»Warum, Delphia? Warum befolgst du die Befehle meines Mannes, statt zu tun, was ich von dir verlange?«

Die Stimme der Frau wurde vor Protest fast schrill. »Wenn ich mich gegen ihn stelle, kostet mich das Kopf und Kragen, das wissen Sie doch selbst.«

»Ganz bestimmt nicht.« Die Sklaven auf Arcadia, die im Haus beschäftigt waren, wurden niemals ausgepeitscht; allein schon die Drohung, sie auf die Felder zu schicken, reichte aus, um sie in Schach zu halten. Dennoch war es in den letzten Jahren gelegentlich dazu gekommen, daß Giles Strafen für Feldarbeiter verhängt und deren Durchführung mit angesehen hatte. Sie konnte Delphia nicht vorwerfen, daß sie sich fürchtete.

Die Zofe sagte: »Master Giles hat mir geschworen, daß Ihnen nichts Böses geschieht. Und er hat meine Freilassung erwähnt, wenn ich dafür sorge, daß Sie bei seiner Rückkehr noch da sind, wo er Sie zurückgelassen hat.« Ihre Stimme wurde etwas höher, als sie hinzufügte: »Es tut mir leid, Madam Katrine.«

Das war Verrat, aber wie hätte sie ihr das vorwerfen können? Ihr kam ein Gedanke, und sie wandte sich noch einmal an Delphia. »Kleider, Delphia. Wir brauchen etwas zum Anziehen.«

»In dem Punkt hat Master Giles strikte Anweisungen hinterlassen. Das wage ich nicht.«

Delphias Stimme klang, als verließe sie den Keller. Katrine erhob die Stimme. »Irgend etwas, Delphia, ganz gleich, was. Ein Nachthemd, eine Hose.«

»Eine Gitarre«, sagte Rowan, der wieder hinter ihr stand. »Deine Nadelarbeiten? Bücher? Stifte und Papier?«

»Hast du gehört?« rief Katrine in den Schacht.

»Ich werde sehen, was ich tun kann«, antwortete die Zofe. »Ich gehe jetzt, und ich mache die Klappe vor dem Schacht zu.«

Sie hörten das leise Klicken der Klappe, die heruntergelassen wurde, und darauf folgte das Zuschlagen der äußeren Kellertür. Das Geräusch, mit dem der schwere Verschlußmechanismus bedient wurde, hallte zu ihnen herauf. Delphias Schritte entfernten sich knirschend. Sie war fort.

Katrine stand mit tiefen Falten zwischen den Augenbrauen da. Delphia. Sie hatte geglaubt, sie stünden einander so nah wie Schwestern. Es hatte so viele Momente geteilten Gelächters und geteilten Schmerzes gegeben, und sie hatten so viele gemeinsame Erinnerungen. Wann hatte sich all das geändert? Wie hatte es ohne ihr Wissen geschehen können? Wenn etwas, was so dauerhaft zu sein schien, sich über Nacht ändern konnte, was konnte sich dann noch alles verändert haben?

»Vielleicht sollten wir essen«, sagte Rowan. »Es entbehrt nicht eines gewissen Reizes, aus Trotz zu verhungern, aber es könnte sich als ungünstig erweisen.«

In ihren dunkelbraunen Augen zeigte sich, wie verletzt und wie unglücklich sie war. »Ich habe keinen Hunger.«

»Ich auch nicht. Aber wenn wir etwas essen, vergeht die Zeit schneller.«

Katrine reagierte auf seine Äußerung damit, daß sie das beladene Tablett nahm und ihm mit einer Kopfbewegung bedeutete, er solle ihr den Weg durch die Tür leuchten, die das Arbeitszimmer mit dem Schlafzimmer verband. Er zögerte und richtete den Blick auf das schwere Tablett, als wollte er darauf beharren, es ihr abzunehmen. Da er in einer Hand die Kerze hatte und mit der anderen Hand seine Decke festhielt, war es schwer vorstellbar, wie er das zu bewerkstelligen gedachte. Als er ihren forschenden Blick bemerkte, lächelte er grimmig und tat, worum sie ihn gebeten hatte.

Im Kamin war Feuerholz aufgeschichtet. Rowan hielt die Kerze an die Baumwolle, die zum Anzünden bereitlag. Während sie Feuer fing, deckten sie den kleinen Tisch zwischen den beiden hochlehnigen Stühlen.

Katrine setzte sich vor die heiße Kartoffelsuppe, die mit Pfeffer besprenkelt war und auf der ein Stück Butter schwamm, das Brathähnchen und das warme Brot mit Butter, das Obst und den Wein. Sie nahm ihren Suppenlöffel und drehte ihn in den Händen.

Ihre Stimme war gepreßt, als sie sprach. »Ich denke, ich sollte mich bei dir dafür entschuldigen, daß ich bezweifelt habe, was du über Delphia gesagt hast.«

»Das ist nicht nötig.« Seine Worte kamen ruhig heraus.

»Wenn ich auf dich gehört hätte, wären wir jetzt vielleicht nicht hier.«

Er sah sie nachdenklich an. »Ich glaube, entrüstet und erbost bist du mir lieber als zerknirscht.«

»Ich versuche doch nur«, sagte sie mit aufkommender Gereiztheit in ihrem Blick, »dir zu sagen, daß du recht hattest.«

»Das weiß ich selbst, und daher brauchst du es mir nicht auch noch zu sagen, und schon gar nicht, wenn dich das zu einer trübsinnigen Frau macht, die mit ihrer Suppe spielt.«

Sie fand sein Verhalten großmütig. Oder war es nur herablassend? Sie konnte sich nicht entscheiden. Während sie noch darum bemüht war, sprach er weiter.

»Wie lange wird diese Jagdgesellschaft eigentlich dauern?«

»Das kommt darauf an, wie sich die Dinge entwickeln. Ein paar Tage, drei oder vier, wenn sie schlecht stehen, wenn sie gut stehen bis zu einer Woche.«

»Eine Woche«, wiederholte er, und sein Blick heftete sich auf das verschnörkelte Messinggitter vor einem Lüftungsabzug der Dampfheizung. »Ist es nicht ein Glück, daß wir ohnehin keine Lust auf den Ausflug hatten?«

»Du hast dich nicht darauf gefreut?« Sie tauchte den Löffel in die Suppe und begann zu essen.

»Mit Dutzenden von Menschen, die ich kaum kenne, auf einem Dampfschiff eingepfercht zu sein, während gleichzeitig von mir erwartet wird, daß ich um die Mitternachtszeit durch Korridore husche, um mich der Frau meines Gastgebers galant zuzuwenden? Zwei Tage lang habe ich nach Ausreden gesucht.«

»Ach wirklich? Ich dachte, solche Aktivitäten seien bei Festen der besten englischen Familien durchaus üblich.«

»Das ist etwas anderes. Dort kennt man einander außerordentlich gut.« Seine grünen Augen ruhten mit einer Spur von geringschätzigem Humor auf ihrem Gesicht.

Während er mit dem Essen befaßt war, nach seinem Weinglas griff und ihr den Brotteller reichte, war ihm die Decke stückweise von der Schulter bis auf seine Taille gerutscht.

Der Schein des Feuers strahlte auf sein scharfgeschnittenes Gesicht, doch die verquollene Seite lag im Schatten. Das Licht modellierte seine kräftigen Schultern, fiel auf den Verband, der immer noch die eine Schulter einhüllte, und ließ das krausgelockte Haar über seinem Brustbein seidig schimmern. Sein flacher Bauch und die kräftigen Muskeln seiner Arme traten bei jeder seiner Bewegungen hervor. Seine Hände berührten alles mit der Schnelligkeit und Präzision eines Künstlers, der Marmor oder Stein meißelt.

Sie aß mit einem halbnackten Mann zu Abend. Wenn sie auch nur einen Funken von Anstandsgefühl besessen hätte, wäre sie vor einer solchen Unsäglichkeit zurückgeschreckt. Sie tat es nicht. Es war bestürzend zu sehen, wie schnell sie sich an den Gedanken gewöhnt hatte.

Eine andere Sache war seine Gegenwart, seine kühne und sorglose Art. Es fiel ihr schwer, ihn nicht ständig anzusehen. Hinzu kam, daß sie einen nahezu unwiderstehlichen Drang verspürte, die Hand auszustrecken und seine feste Brust und seine Arme zu berühren, um zu sehen, ob ihm so warm war, wie es den Anschein hatte, als er, in Feuerschein gebadet, dasaß. Oder so warm, wie sie ihn in Erinnerung hatte.

Schweigend aßen sie das Brathuhn auf und stellten ihre Teller zur Seite. Rowan bot erst ihr das Obst an und nahm sich dann eine große Birne. Sie griffen beide gleichzeitig nach dem Obstmesser.

Katrine spürte, wie ihre Fingerspitzen seine Hand streiften, und sie zog sie zurück, als sei sie gestochen worden. Er erstarrte, und sein Blick war forschend und gebannt, als er ihr fest in die weit aufgerissenen Augen sah. Neben ihnen knisterte das Feuer. Die Kerze auf dem kleinen Tisch zischte um den Docht herum.

Rowan lehnte sich langsam auf seinem Stuhl zurück und stemmte die Hände auf die Tischkante. »Wenn diese Zeitspanne auch nur einigermaßen erträglich werden soll«, sagte er, und seine Stimme war vor Anspannung tief, »dann werden wir einander akzeptieren und uns aneinander gewöhnen müssen. Wir werden diejenigen sein, die hier verrückt werden, wenn wir ständig bemüht sind, jede kleinste Berührung zu vermeiden, jeden Blick, jedes unbedachte Wort und jede unüberlegte Geste.«

»Mag sein«, sagte sie, »aber was ist, wenn wir nicht anders können?«

»Wir können anders. Dazu ist lediglich erforderlich, daß wir uns natürlich benehmen.«

»Natürlich«, wiederholte sie in einem hohlen Tonfall.

»Als seien wir Freunde oder, wenn es dir lieber ist, Bruder und Schwester. Für ein Gefängnis ist das hier noch nicht einmal schlecht. Wir haben zu essen, zu trinken, einen gewissen Komfort. Die Zeit, die wir hier verbringen werden, ist begrenzt. Es ist niemand da, der unsere Handlungen überwacht oder uns zum Handeln zwingt.«

»Genau darauf setzt Giles, daß wir uns, wenn man uns Nähe und eine Illusion von Freiheit aufzwingt, ... natürlich benehmen werden.«

»Dann liegt es ganz bei uns, ihn zu enttäuschen.«

Er sagte die Worte ganz schlicht. Und doch saßen sie halbnackt und allein in dem dunklen Turm, während der Regen auf die Glaskuppel trommelte und das riesige Bett hinter ihnen aufragte.

Als sie steif und aufrecht auf ihrem Stuhl sitzen blieb, legte er den Kopf zur Seite. »Aber Voraussetzung dafür ist natürlich, daß du mir traust.«

»Ich mißtraue dir nicht«, sagte sie.

»Das ist zwar nicht ganz dasselbe, aber es wird fürs erste genügen. Was ist es denn, wenn es kein Mißtrauen ist?«

Sie war nicht sicher. Sie wußte nur, daß das, was er gerade umriß, nicht einfach werden würde. Sie mußte jedoch etwas sagen. Sie machte den Mund auf und sagte: »Wir haben kein Schwert, das wir zwischen uns legen könnten.«

»Nein«, erwiderte er versonnen, »aber ich glaube ohnehin nicht, daß das besonders hilfreich war.«

Sie starrte ihn an. War er an jenem Morgen wach gewesen? Wußte er, daß sie einen Großteil der vergangenen Nacht an ihn geschmiegt verbracht hatte? Wie konnte er das wissen und ihr trotzdem so freundlich und gelassen in die Augen sehen?

Rowan saß ganz still da, und seine Fingerspitzen preßten sich auf das Walnußholz der Tischplatte, als wollte er dort Abdrücke hinterlassen. Sie hatte keine Ahnung, was ihrem Gesicht anzusehen war. Die Erinnerung an den Morgen. Die Angst, in der Nacht die Kontrolle über sich selbst zu verlieren. Das unbändige Verlangen, abzuschütteln, was eine Last geworden war. Das schmerzliche Wissen, daß sie von ihm keinen Schutz zu erwarten hatte und auch nicht sicher war, ob sie überhaupt Schutz von ihm wollte.

Sie konnte es nicht wissen. Wenn sie auch nur die leiseste Ahnung gehabt hätte, wäre er verloren gewesen.

Und sie ebenfalls.

11. Kapitel

Als sie die Mahlzeit beendet hatten und Katrine ihr Geschirr wieder auf das Tablett gestapelt hatte, brachte Rowan es zurück und stellte es in den Speisenaufzug. Er wollte alles wieder nach unten in den Keller schicken und nachsehen, ob Delphia etwas von den Dingen hochgeschickt hatte, um die sie sie gebeten hatten. Katrine wusch sich, während seiner Abwesenheit Gesicht und Hände mit Wasser aus dem Krug. Das überschüssige Wasser aus der Schüssel schüttete sie in den Nachttopf und ging damit in das dunkle Gewächshaus hinunter, um ihn in den Abfluß zu leeren, der benutzt wurde, um den Marmorboden zu putzen, und der in den See führte.

Sie blieb einen Moment stehen und blickte zu der Kuppel auf, durch die ab und zu das gedämpfte Licht von Blitzstrahlen zuckte, als sei das Gewitter noch weit entfernt. Der Regen hatte nachgelassen; man konnte ihn über das Plätschern des Brunnens kaum noch hören. Die Luft wurde kühler, denn von dem warmen Wasser im Brunnenbecken stiegen kleine Dampfwölkchen auf.

Wer schürte das Feuer unter dem Heizkessel im Keller? fragte sie sich. War es Delphia, oder gab es noch andere, denen Zutritt in den unteren Raum gewährt war? In normalen Zeiten kümmerte sich der erste Gärtner um die Pflanzen, zündete bei Anbruch der Nacht die Lampen an, wachte über das Wasser, das von einer unterirdischen Quelle in den Heizkessel floß, und sorgte bei kühler Witterung dafür, daß das Feuer ständig brannte. In normalen Zeiten.

Es war angenehm, sich in dem warmen, feuchten Raum aufzuhalten, der nach Erde und Grünpflanzen roch. Die Dunkelheit umfing sie weich und beschwichtigte die Unruhe und die Beklommenheit in ihrem Herzen. Der Impuls, hierzubleiben und sich wie in einem Heiligtum zu verstecken, war stark. Das wäre jedoch feige gewesen. Außerdem war diese Sicherheit nur eine Illusion; die Person, vor der sie sich mehr als vor jeder anderen hätte verstecken müssen, war hier mit ihr eingeschlossen.

Sie kehrte nach oben zurück und stellte den Nachttopf in das Ankleidezimmer. Sie stand mit dem Rücken zum Feuer und wärmte sich die nach unten gestreckten Hände, als Rowan sich wieder zu ihr gesellte.

»Kleider«, rief sie aus, als sie sah, was er in den Händen hielt.

Er lächelte sie verschmitzt an. »Gewissermaßen«, sagte er, als er ihr ein weiches weißes Stoffbündel zuwarf.

Sie sah sofort, was er meinte. Delphia hatte ihr das Nachthemd geschickt, von dem sie gesprochen hatte, doch es war das älteste, das Katrine besaß, und sie war sicher, daß sie Delphia schon vor langer Zeit gesagt hatte, sie solle es wegwerfen. Das Band, mit dem es am Hals zugeschnürt wurde, war verlorengegangen, der Saum franste aus, und der dünne Musselinstoff war vom häufigen Waschen verschlissen. Es war nicht wirklich undurchsichtig, außer bei schlechtem Licht. Zum Glück war es selten hell im Turm.

Ihre Aufmerksamkeit wurde auf ein Musikinstrument gelenkt, das Rowan auf die Sitzfläche eines der hochlehnigen Stühle legte. Es war keine Gitarre, sondern eine Mandoline. Daneben legte er das Bündel, in dem sie die Nadelarbeit erkannte, die sie auf das Dampfschiff hatte mitnehmen wollen. Dann schüttelte er die Kleidungsstücke auseinander, die sie ihm zugedacht hatte, und hielt sie mit einer Hand hoch.

Es handelte sich dabei um ein altmodisches Rüschenhemd mit vollen Ärmeln und ausgefransten Knopflöchern, die sich nicht mehr schließen ließen, und eine uralte Kniehose, die aussah, als würde sie ihm nicht einmal bis über die Knie reichen.

Katrine streckte die Hand nach dem Hemd aus. »Ich glaube, das kommt alles aus der Lumpensammlung. Ich erkenne das Hemd wieder. Es hat Giles gehört, und Cato hat es letztes Jahr aus seinem Kleiderschrank ausrangiert.«

»Wenigstens etwas«, sagte er. »Mein Gepäck muß mit den übrigen Gepäckstücken auf den Dampfer geladen worden sein.«

»Meins auch, aber doch nicht meine gesamte Garderobe.« Katrines Stimme war so scharf wie der Ausdruck ihrer Augen.

Rowan sah sich das Nachthemd genauer an. Ein Schimmer der Bewunderung zeigte sich auf seinem Gesicht. »Ich nehme an, deine Delphia meint es gut mit uns.«

»Ich wünschte, ich könnte sicher sein«, entgegnete Katrine. »Es könnte ebensogut auch umgekehrt gemeint sein. Für uns beide.«

»Dann wird sie sich wundern, wenn nichts dabei herauskommt.« Er griff in eine Hosentasche und holte einige Dinge heraus, die er der Reihe nach hochhielt. »Zwei Kämme, einer aus Schildpatt, einer aus Elfenbein. Zwei Stücke Seife mit Lavendelduft, ein Päckchen Haarnadeln, eine Ersatzsaite für die Mandoline. Diese Frau ist unbezahlbar.«

»Wenn sie das wäre, würde sie die Tür aufschließen.«

»Das ist anscheinend zuviel verlangt.« Er sah die Kleidungsstücke, die er in der Hand hielt, finster an. »Ich weiß nicht, wie es dir geht, aber ich habe das Gefühl, nach diesem harten Tag ein Bad zu brauchen. Ich habe im Ankleidezimmer eine Wanne gesehen und in der Kammer des Butlers einen Eimer. Ich könnte warmes Wasser vom Brunnen raufbringen, wenn du soweit bist und baden magst.«

»Das ist nicht nötig. Ich kann für mich selbst sorgen.« Die Worte entbehrten nicht einer gewissen Schärfe.

Sein Blick war nachdenklich. »Wie immer zöge es keine Verpflichtung nach sich.«

»Bist du sicher?« fragte sie.

Er ging zur Tür hinaus, begab sich in das Arbeitszimmer und ging von da aus ins Ankleidezimmer. Sie hörte seine Schritte, von denen jeder einzelne Ärger ausdrückte, und sie wußte, daß sie es endlich geschafft hatte, ihn in Wut zu versetzen. Kurz darauf kam er wieder. Er trug die Kniebundhose und das Hemd, das bis zur Taille offenstand, und in einer Hand hatte er einen Eimer Wasser, aus dem Dampf aufstieg. Er kippte das Wasser in den Zinnzuber und ging wieder. Noch fünfmal stieg er mit vollen Wassereimern die Treppe hinauf, schleppte sie mit grimmigem Schweigen und ignorierte alle Einwände. Als das Wasser schließlich fast bis an den Rand des Badezubers reichte, stellte er den Eimer in das Ankleidezimmer und ging wieder die Treppe hinunter zum Gewächshaus.

Katrine wartete, um sicherzugehen, daß er nicht vorhatte zurückzukommen. Dann begab sie sich in das Ankleidezimmer, schloß die Tür und wickelte sich aus dem Laken. Es war sinnlos, sich aus Gekränktheit um die Früchte seiner Arbeit zu bringen.

Sie hörte den Donner, als sie im Badewasser lag. Es schien, als ballte das Unwetter sich wieder zusammen. Ab und zu waren durch die Schießscharten Blitze zu sehen, ein kurzes, zackiges Aufleuchten. Sie seifte sich mit der Duftseife ein, die er zu dem Eimer neben der Wanne gelegt hatte, und spülte sich dann den Seifenschaum ab.

Schließlich stand sie auf und griff nach dem Handtuch, das sie bereitgelegt hatte.

Wenig später kam sie aus dem Ankleidezimmer. Das Nachthemd klebte stellenweise an ihrem noch feuchten Körper, aber sie fühlte sich frischer und nicht mehr ganz so unruhig. Sie hatte sich eine lange Haarsträhne über die Schulter gezogen und kämmte sie durch. Sie blinzelte, als ein heller Blitz aufflackerte und das Licht durch die Kuppel hinter der offenen Tür drang. Sofort danach grollte der Donner. Da die Heftigkeit des Unwetters sie anlockte, lief sie durch das Zimmer zur Galerie.

Ein Regenguß ging herunter, und ungeheure Wassermengen, die im Licht der Blitze blaugrau schimmerten, strömten über das Glas. Sie zuckte ein wenig zusammen, als der Donner direkt über ihrem Kopf polterte und das Glas scheppern ließ. Es klang, als würde die ganze Kuppel herunterkommen und in das Gewächshaus krachen. Sie schaute auf die Palmen und Farne hinunter, die ruhig und wie Geistererscheinungen unten im Dunkeln standen und ihre Wedel dem Regen entgegenhoben, der außer ihrer Reichweite war. Sie sollten jetzt in der Nässe der Nacht gepeitscht werden, fand sie, statt in diesem schützenden Gefängnis eingesperrt zu sein.

Wieder leuchtete ein Blitz auf. Eine große Gestalt zwischen den Grünpflanzen lenkte ihren Blick auf sich. Ihre Augen weiteten sich, und sie blieb gebannt stehen.

Rowan stand in dem Brunnenbecken, das mit Wasser gefüllt war, und hatte das Gesicht dem warmen Wasserfall entgegengereckt, der aus dem Weinkrug mit den zwei Henkeln strömte, den eine Nymphe in Händen hielt, aus den Flöten, die ein satyrhafter sitzender Pan spielte, aus den Schnäbeln von Schwänen und aus den Mäulern von Lämmern. Er hatte die Augen geschlossen, und die Hände hingen entspannt und locker an seinen Seiten herunter. Das Wasser, das über seinen Körper rann, glitzerte im

Schein der Blitze. Es versilberte die Umrisse seiner Muskeln und Knochen, die geraden Stellen seines Körpers, die gewölbten, die gemeißelten. In seiner reinen männlichen Schönheit war er vollkommen und nahm sich zwischen den Nymphen wie einer der alten Götter aus, vielleicht Merkur, der aus kostbarem Edelmetall geformt war und dessen Füße mit den Schwingen in plätscherndem Quecksilber festgehalten wurden. Dampf stieg wie das sachte Wogen der Wolken des Olymp um ihn auf, hüllte ihn ein und enthüllte ihn gleichermaßen.

In Katrines Innerem verlagerte sich etwas, veränderte sich etwas – ein grundlegendes Bild ihrer selbst, ein Wissen darüber, was sie empfinden und wie sie sich wandeln konnte. Nie zuvor hatte sie den männlichen Körper bewundert, nie Grund gehabt, sich einzugestehen, daß er bewunderungswürdig war. Sie hatte Stiche in Büchern alter griechischer und römischer Statuen nur flüchtig angeschaut, denn sie anzustarren oder sie gar unter ästhetischen Gesichtspunkten zu betrachten war nicht damenhaft und ziemte sich nicht. Musettas großes Interesse an männlichen Körpern, das sie auch beim Fechtturnier bekundet hatte, hatte ihr immer Unbehagen eingeflößt. Sie hatte diese Äußerlichkeiten an Männern nicht wahrnehmen wollen.

Das hier war etwas ganz anderes. Schon seit Tagen, erkannte sie jetzt, wenn sie ehrlich zu sich war, hatte sie Rowans Muskelkraft und die Geschicklichkeit seiner Bewegungen bewußt wahrgenommen. Sie fand, daß er ein gutaussehender Mann war, attraktiver als die meisten anderen, sowohl von seinen Gesichtszügen her als auch von der Figur. Sie hatte gelernt, den Verstand zu würdigen, der diesen Körper befehligte, seine Genauigkeit, seine Vielschichtigkeit, seine Klarheit und seine Schnelligkeit.

Sie hatte lediglich nie all seine Attribute in ihrer Vorstellung zusammengefügt. Sie hatte dieser Verschmelzung widerstanden, und zwar aus gutem Grund. Sie anzuerkennen war gefährlich, nicht nur eine Bedrohung für ihren Seelenfrieden, sondern auch für ihr tiefstes Inneres. Er war prachtvoll und in Wahrheit noch viel beeindruckender, als sie vor all diesen Tagen gewußt hatte, als sie ihn als schlichtweg vollkommen bezeichnet hatte.

Sie selbst war nicht vollkommen, weit gefehlt. Wenn sie es gewesen wäre, hätte sie jetzt nicht dagestanden und einen nackten Mann angestarrt.

Katrine wich einen Schritt vom Geländer der Galerie zurück und wollte wieder im Schlafzimmer verschwinden. Ihre leisen Schritte, die trotz des prasselnden Regens zu vernehmen waren, oder vielleicht auch eine Veränderung der Schatten, die der Kerzenschein hinter ihr bewirkte, lenkten Rowans Aufmerksamkeit auf sie. Er schlug die Augen auf, und sein Blick fiel genau dorthin, wo sie stand.

Er stand still da, völlig reglos, und doch steigerte sich etwas zu einer Glut, die hinter seinen Augen lodernd brannte. Blitze zeichneten sein Gesicht in Blau und Gold über dem Silber und knisterten wie Spiegelbilder der Höllenpfeile über seine breiten Schultern. Donner erschütterte den Turm und kräuselte das Wasser, das um seine Waden stand. Aber er unternahm nichts, um sich zu bedecken oder sich von ihr abzuwenden. Sein Blick, der die dampfende, dämmrige Distanz zwischen ihnen durchdrang, versengte die Luft.

Katrine spürte, wie ihr Gesicht sich dunkelrot verfärbte. Glut durchzuckte sie und raste mit schmerzhafter Intensität durch ihre Adern. Sie ballte sich in ihrem Unterkörper und pochte dort so heftig, daß sie sich schwer und träge fühlte. Der Drang, die Treppe hinunterzusteigen, auf ihn zuzugehen und auf dem Weg zu ihm ihr Nachthemd abzustreifen, war so stark, daß die Anstrengung, ihm zu widerstehen, Schweißperlen auf ihrer Haut ausbrechen ließ. Scharf und vernehmlich sog sie die Luft ein. Als hätte dieses Geräusch sie aus ihrem Bann befreit, wandte sie sich ab und floh.

Als sie im Zimmer angelangt war, blieb sie stehen und lauschte dem panischen Pochen ihres Herzens, und sie fragte sich, was um Himmels willen sie zu ihm sagen sollte, wenn er wieder nach oben kam. Die Antwort, die ihr im ersten Moment einfiel, war simpel. Sie würde nichts sagen, kein Wort, wenn es sich vermeiden ließ. Das mochte zwar rückgratlos sein, aber es war ihr unerträglich, mit einem Mann, der sie so aus der Fassung gebracht hatte, dazusitzen und belanglos und höflich zu reden. Und falls er eine taktlose Bemerkung zu dem Vorfall machen sollte, dann würde ihr das nur noch unerträglicher sein.

Sie stieg ins Bett und drückte sich an der anderen Seite an die Wand. Nachdem sie dem Zimmer und dem Kerzenlicht den Rücken zugekehrt hatte, zog sie die Decke hoch und schloß die Augen.

Sie hörte ihn nicht ins Bett kommen. Der lange Tag und die Nachwirkungen des Betäubungsmittels, das noch in ihren Adern floß, zudem ihre aufgewühlten Gefühle – all das traf sie wie ein Schlag. Als sie das nächste Mal die Augen aufschlug, sah sie Sonne in das Zimmer strömen und lange gelbe Streifen auf den Boden werfen. Rowan lag neben ihr, hatte den Kopf auf eine Hand gestützt und beobachtete sie beim Schlafen.

Sie spürte die Wirkung seines klaren, fragenden Blicks im tiefsten Kern ihres Inneren. Rasch entfernte sie sich von ihm und rutschte wieder auf die Bettseite zurück, auf der sie die Nacht begonnen hatte.

Er streckte lässig die Hand aus und schloß die Finger um ihren Arm. Mit dieser Bewegung hielt er sie so abrupt zurück, daß ihr das Haar ins Gewicht flog. Das Blut wich aus ihren bebenden Lippen.

Er öffnete die Finger so plötzlich, wie er sie geschlossen hatte, und ließ sie los. Einen Moment lang starrte er verwundert seine Hand an, und dann steckte er sie unter die Decke. Kleine Falten zogen sich durch seine Stirn, als er sagte: »Meine unterwürfigsten Entschuldigungen. Ich wollte dir nicht weh tun.«

Katrine glaubte ihm. Dieser Glaube ließ die Furcht in ihr schmelzen. Außerdem gestattete dieser Glaube ihrem Verstand, wieder zu arbeiten. »Du wolltest mich zurückhalten, und das ist dir auch gelungen«, sagte sie. »Warum?«

»Soweit ich das selbst verstehen kann«, sagte er und sah versonnen ihre wilde Mähne an, als er ihr das Haar aus dem Gesicht strich und es über ihre Schultern warf, »hatte ich etwas dagegen, daß du dich abwandtest, als hättest du ein Ungeheuer in deinem Bett vorgefunden.«

Sie war ebensowenig darauf versessen, ihm in die Augen zu sehen, wie er es war, ihr dieses Privileg zu gestatten. »Ich war ... verblüfft. Da niemand hier ist, der uns nachspioniert, war ich nicht sicher, ob wir beide im selben Bett schlafen werden.«

»Es ist das einzige Bett, das uns zur Verfügung steht, und ich hatte die Nase voll davon, auf dem Boden zu liegen. Außerdem kannst du schlecht behaupten, es sei befremdlich, mich in deiner Nähe zu haben. Laß dir etwas Besseres einfallen.«

»Es dauert länger als ein oder zwei Nächte, sich daran zu gewöhnen, neben einem Mann aufzuwachen, wenn es zudem noch ein fremder ist.«

»Gestern morgen hast du nicht versucht, vor mir wegzulaufen.«

»Das war etwas ganz anderes«, sagte sie und schluckte schwer.

»Inwiefern? Weil du vor mir wach geworden bist? Oder liegt es vielleicht daran, daß ich dich noch nicht vor Angst um den Verstand gebracht hatte, indem ich achtlos genug war, meine Nacktheit zur Schau zu stellen, statt sie zu verbergen?«

In seinem festen Blick lag etwas, was darauf hinwies, daß er wußte, daß sie den größten Teil der Nacht in seinen Armen verbracht hatte. Diesen Argwohn versuchte sie noch zu verarbeiten, als ihr der Sinn seiner letzten Worte aufging. Augenblicklich verspürte sie den Impuls zu leugnen. Sie sagte: »Ich habe mich nicht gefürchtet.«

»Nein? Warum bist du dann nicht zu mir in den Brunnen gekommen?«

»Ich hatte schon gebadet.« Das war keine Antwort, und das wußte sie selbst. Es wunderte sie nicht, daß er darauf mit gereizter Stimme antwortete.

»Es wäre wohl auch nicht fein noch weise gewesen?«

»Du hast das Verlangen außer acht gelassen«, sagte sie und schloß dann verzweifelt die Augen, als ihr klar wurde, welche Falle sie sich selbst gestellt hatte.

»Ich bin froh, daß du darauf zu sprechen kommst«, sagte er. »Wenn du nicht das Verlangen hattest, zu mir zu kommen, wenn keine derartige Regung sich in dir rührte, warum springst du dann jetzt wie eine verängstigte Jungfrau aus dem Bett?«

Ein angespanntes Schweigen entstand. Schließlich sagte sie: »Also gut. Ich fürchte mich vor dir. Allerdings fürchte ich mich nicht davor, was du tun könntest, sondern davor, wozu mich meine eigenen unberechenbaren Impulse bringen könnten, solange wir so eng zusammenhängen. Ist es das, was du hören wolltest?«

»Nein«, sagte er. Seine Augen brannten sich mit smaragdener Klarheit in ihre, und seine Stimme war so aufgerieben wie die abgenutzte Saite einer Geige.

Seine Antwort ließ Gereiztheit in ihr auflodern. »Dann hättest du nicht fragen sollen.«

Eine kleine Andeutung von einem Lächeln zog an seinen Mundwinkeln. »Die Antwort hätte ich mir für alles Gold in Königin Victorias Schatztruhen nicht entgehen lassen wollen, aber sie macht es nur noch schwerer.«

»Was?« Sie konnte es ebensowenig lassen, diese Frage zu stellen, wie sie das Atmen hätte einstellen können.

»Distanz zu halten.«

Daraufhin verließ er das Bett, warf die Decken zurück und schwang seine langen Beine auf den Fußboden. Als er aufstand, unternahm er keinen Versuch, seine Nacktheit zu verbergen. Er trat gemächlich zu dem Stuhl, über dem seine Hose und sein Hemd hingen. Erst, als er beides angezogen hatte und anfing, die Hemdschöße in die hautenge Seidenhose zu stopfen, sah er wieder zum Bett.

Katrine betrachtete ihre Fingernägel und fuhr über eine aufgerauhte Nagelhaut. Sie wünschte, sie hätte es gewagt, ihm in die Augen zu sehen. Aber sie wagte es nicht. Dafür nahm sie am Rand ihres Gesichtsfelds um so mehr wahr. Nicht etwa, daß das nötig gewesen wäre. Ihre Erinnerung daran, wie er im lodernden Schein der Blitze ausgesehen hatte, ließ nichts zu wünschen übrig.

Die Verletzungen in seinem Gesicht schienen besser geworden zu sein. Das Violett verblaßte, und die Schwellung war zurückgegangen. Außerdem hatte er den Verband von seiner Schulter entfernt, vielleicht, weil er letzte Nacht beim Baden ohnehin von Wasser durchweicht worden wäre. Da er sich angezogen hatte, ohne ihn wieder anzubringen, mußte sie davon ausgehen, daß dazu keine Notwendigkeit mehr bestand. Auf dem Bein hatte er eine lange, klaffende Wunde, doch die Ränder hatten sich geschlossen und fingen schon an, wie eine feste Naht auszusehen. Anscheinend waren die Heilkräfte seines Körpers außergewöhnlich.

Er war rundum bemerkenswert. Welcher andere Mann hätte sie nach dem katastrophalen Geständnis, das sie ihm gerade abgelegt hatte, allein im Bett gelassen, und das auch noch, nachdem er ohnehin schon einen Freibrief bekommen hatte, nach Belieben mit ihr zu verfahren? Welcher andere Mann hätte akzeptiert, daß man ihn in diesem Turm eingesperrt hatte, ohne sie zu beschimpfen, weil sie die Ursache dafür war? Welcher andere Mann hätte erdulden wollen oder können, daß er ihretwegen Schnittwunden davongetragen hatte, vom Pferd gestürzt war, betäubt und geschlagen worden war, ohne ein Wort zu sagen, das sie zur Wiedergutmachung zwang?

Er hatte seine Gründe, die wenig mit ihr zu tun hatten, das wußte sie, und doch fand sie, daß er dafür einen hohen Preis bezahlte. Sie verspürte Schuldbewußtsein, obwohl er es nicht in Worte faßte.

Das Läuten der Glocke des Speisenaufzugs riß sie aus ihren Gedanken. Rowan, der vor dem Kamin kniete und begonnen hatte, sich um das Feuer zu kümmern, stand auf.

»Endlich«, sagte er, als er zur Tür ging. »Ich hoffe, der Kaffee ist noch heiß.«

Der Tag verging. Sie saßen vor dem Feuer, denn es war ungewöhnlich kalt für die Jahreszeit. Sie konnten hören, wie der Wind um die Dachtraufen des Turms zischte, und gelegentlich spürten sie auch einen Luftzug, aber es war doch recht gemütlich. Das Mittagessen kam, und sie nahmen es zu sich. Hinterher stickte Katrine ein wenig, Rowan las eine Weile und nahm dann die Mandoline zur Hand und stimmte sie. Er spielte eine Reihe von Balladen und lebhaften Stücken, ehe er das Instrument zur Seite legte. Dann faltete er die Hände hinter dem Kopf, streckte die langen Beine von sich, saß da und starrte in die Flammen, die in den Schornstein züngelten.

Als er schließlich etwas sagte, klang seine Stimme rauh, weil er so lange nicht gesprochen hatte. »Erzähl mir«, sagte er, »wie du dazu gekommen bist, Giles Castlereagh zu heiraten.«

»Das kannst du dir doch sicher denken?« Sie sagte es, ohne von ihrer Handarbeit aufzublicken.

Er wandte den Kopf zu ihr um. »Das hast du vor ein

paar Tagen schon einmal gesagt; jetzt bin ich mir nicht mehr so sicher. Erzähl es mir.«

»Es ist keine allzu interessante Geschichte, wirklich nicht«, sagte sie und ließ die Stickerei auf ihren Schoß sinken. »Meine Mutter hat ihre Jugendliebe geheiratet. Er war ein leichtsinniger Junge und ein wenig wild. Sechs Wochen nach der Hochzeit ist er bei strömendem Regen betrunken nach Hause geritten. Vier Tage später ist er an Lungenentzündung gestorben. Noch im selben Jahr hat sie meinen Vater geheiratet, vielleicht um zu vergessen. Sie ist gleich nach meiner Geburt an einem Fieber gestorben, zumindest hat man das allen erzählt. Mein altes Kindermädchen hat immer gesagt, sie sei an einem gebrochenen Herzen gestorben, das mein Vater nicht heilen konnte.«

Sie wartete auf eine Äußerung, doch er gab nichts von sich, sondern beobachtete sie nur aus dunklen Augen, die gebannt blickten. Sie schluckte kurz, ehe sie fortfuhr. »Ich hatte immer das Gefühl, mein Vater glaubte, daß meine Mutter ihn enttäuscht und uns beide im Stich gelassen hätte. Es schien, als hätte ich das an ihm wiedergutmachen müssen. Ich war eine gehorsame und pflichtbewußte Tochter und so liebevoll, wie es mir möglich war. Aber ihm hat es nie genügt. Ich war nicht meine Mutter, und ich war auch kein Sohn, der seinen Namen weitergeben konnte. Mein Vater war nach England geschickt worden, um dort eine Ausbildung zu bekommen. In Oxford lernte er Giles kennen, und sie freundeten sich eng miteinander an. Über Jahre hinweg haben sie miteinander korrespondiert; mein Vater hat England vermißt, und Giles war fasziniert von allem, was er über Feliciana gehört hat. Als Giles gezwungen war, England zu verlassen, hat er dieses Land hier gekauft, Arcadia, das an das Land meines Vaters angrenzte. Die beiden Männer haben oft darüber gesprochen, die beiden Anwesen miteinander zu vereinen. Giles galt als eine gute Partie; er hatte ein Vermögen geerbt, besaß Verbindungen zu einer alten englischen Familie und dieses schöne Stück Land. Als ich ins heiratsfähige Alter kam, wurde die Eheschließung arrangiert.«

»Du hättest dich weigern können«, bemerkte Rowan.

»Ja, das stimmt vermutlich. Aber ich hatte kaum je mit einem anderen Mann geredet, und mir war kein Umgang mit einem anderen Kavalier als Giles erlaubt worden. Über die Heirat wurde geredet wie über eine vollendete Tatsache; eine meiner lebhaftesten Erinnerungen an meinen dreizehnten Geburtstag ist die, daß mein Kindermädchen mir von dem Mann erzählte, den ich heiraten sollte, und von dem prächtigen Haus, das Giles mir auf Arcadia baute. Zudem war mein Vater kein Mann, der Widerspruch hingenommen hätte. Ich hätte sein Haus verlassen müssen, und wohin hätte ich dann gehen sollen?«

»Dann hat Giles also Jahre auf dich gewartet und seine eigenen Hoffnungen auf einen Sohn ganz allein an dich geknüpft, und dann ist nichts dabei herausgekommen.«

»Es war eine bittere Enttäuschung. Er hat darauf bestanden, daß wir Ärzte in New Orleans, in New York, sogar in Wien aufsuchen. Nichts hat geholfen. Das Problem, hat man ihm in Europa gesagt, läge bei ihm, aber es hätte etwas mit seiner Seele und nicht mit seinem Körper zu tun. Man hat dort geglaubt, es könnte damit zu tun haben, daß er in England mit einem Mädchen ausgerissen ist, das er heiraten wollte, aber es hat nicht geklappt.«

»Inwiefern?« fragte Rowan und zog eine Augenbraue hoch.

»Ich weiß es nicht, Giles wollte nie darüber reden. Er schien sich eine Zeitlang damit abzufinden, und dann ist er auf das Mittel gekommen, um Abhilfe zu schaffen, das dir bekannt ist.«

Rowan schwieg und starrte in das Feuer. Schließlich sagte er: »Ich habe mir Gedanken über Terence gemacht. Sollte er zufällig im letzten Jahr König des Turniers gewesen sein?«

»Er und Alan haben sich die Ehre miteinander geteilt.« Sie erkannte, welche Richtung seine Gedanken eingeschlagen hatten, aber sie konnte nichts dagegen tun.

»Ist es möglich, daß Giles mit seinem Allheilmittel an meinen Bruder herangetreten ist? Könnte es sein, daß Terence sich geweigert hat und als der idealistische Idiot, der er war, etwas gesagt hat, was Giles als Drohung aufgefaßt hat?«

»Woraufhin Giles ihn getötet hätte, damit er schweigt?«

Seine Stimme ließ ihre Erwiderung außer acht. »Oder ihn zu diesem Zweck zu einem Treffen auf dem Feld der Ehre gezwungen hat.«

Sie wandte den Blick von ihm ab. »Ich weiß es nicht.«

»Du weißt es nicht«, wiederholte er in einem ungläubigen Tonfall.

Sie bedachte ihn mit einem schneidenden Blick. »Männer kündigen solche Treffen Frauen grundsätzlich nicht an; ich weiß nicht, wie du auf den Gedanken kommst, es könnte sich in dem Fall anders verhalten haben. Alles, was ich dir sagen kann, ist, daß dein Bruder mit einer Schußwunde in der Stirn tot am See aufgefunden wurde. Wie er dort hingekommen ist, wer ihn erschossen hat, und wann, das sind Fragen, auf die ich keine Antwort habe. Niemand kann dir das sagen.«

»Wenn es ein Duell war, muß es eine reine Privatangelegenheit gewesen sein, ohne die Anwesenheit von Sekundanten oder einem Arzt. Wenn es sich anders verhalten hätte, wäre jemand dagewesen, der ihn ins Haus getragen und sich um seine Wunde gekümmert hätte. Daraus folgt, daß derjenige, der schuld daran hat, ein hinterhältiger Feigling und schon fast ein Mörder ist, denn er ist fortgelaufen und hat ihn dort liegenlassen.«

»Falls es überhaupt ein Duell war«, sagte sie und wiederholte seine Worte, wie er ihre Worte wiederholt hatte.

»Ja«, stimmte er ihr in einem brüsken Tonfall zu.

Dann stand er auf und ließ sie allein. In diesem Verhalten drückte sich beherrschte Ungeduld aus, die darauf hinwies, daß er die Einschränkung seiner Bewegungsfreiheit deutlich wahrnahm und daß er das Bedürfnis verspürte, etwas zu tun, irgend etwas. Katrine wunderte sich nur, daß es erst jetzt dazu kam.

Er kam eine ganze Weile nicht wieder. Sie glaubte, daß er durch den Turm lief und nach einem Fluchtweg suchte. Sie konnte hören, wie er durch die Zimmer spazierte, Türen öffnete und wieder schloß, die Treppe hinauf- und wieder hinunterlief. Dumpfe Schläge und ein seltsames Pochen waren zu vernehmen. Als sie einmal zwischendurch auf die Galerie hinaustrat, von der aus man auf das Gewächshaus hinunterschauen konnte, sah sie ihn auf halber Höhe der Mauer unter der Kuppel, wie er sich nur mit den Fingern und den bloßen Zehen an winzigen Vorsprüngen im Stein festhielt.

Sie dachte gar nicht nach, sondern erhob die Stimme, so daß ihre Bestürzung und ihr Unwille von den Wänden widerhallten, als sie rief: »Was tust du da? Komm sofort runter, ehe du dir das Genick brichst.«

Er drehte den Kopf zu ihr um, ließ dann los, sprang und landete in der kauernden Haltung einer Katze. Nachdem er sich aufgerichtet hatte, kam er mit der Anmut eines Raubtiers auf sie zu.

Von seinen Bewegungen ging etwas aus, was sie auf der Hut sein ließ. Sie wich zurück und ging ihm aus dem Weg, als er näher kam; sie konnte gar nicht anders. Sein Mund und die Haut um seine Augen herum spannten sich, als er es sah. Seine Lippen öffneten sich, als hätte er vor, etwas zu erklären, ihr etwas mitzuteilen, irgend etwas zu ihr zu sagen. Aber dann schloß er sie wieder und ging wortlos an ihr vorüber.

Als am dritten Tag die Nacht hereinbrach, war Rowan müde. Seine Verfassung kam nicht von ungefähr.

Er hatte jede einzelne Glasscheibe in der ganzen Kuppel näher untersucht und festgestellt, daß sie in Holz und Stein eingelassen waren. Er hatte jedes einzelne Fenster daraufhin untersucht, ob es nicht doch größer als eine Schießscharte war und er sich hindurchzwängen konnte, und die Verriegelung der großen Tür hatte er Dutzende Male überprüft. Er hatte Delphia über Omar ausgefragt und ihm Nachrichten zukommen lassen, die seinen Diener beruhigen und dafür sorgen sollten, daß er nicht ungeduldig wurde, und er hatte einen gewissen Seelenfrieden aus der Tatsache geschöpft, daß viele der Annehmlichkeiten und Speisen, die Katrines Zofe brachte, den Vorschlägen des kräftig gebauten Arabers zu verdanken waren.

Er hatte mit Katrine Karten gespielt und Wortspiele erfunden, um sie zu unterhalten. Er hatte so getan, als lese er Bücher, die er im Arbeitszimmer gefunden hatte, während er in Wirklichkeit beobachtete, wie sie vor Konzentration die Stirn runzelte, während sie las oder ihre Nadel führte. Bis die reinste Begierde ihn von ihr forttrieb und er sich noch einmal an der Tür versucht hatte und die Wände wieder hochgeklettert war.

Nichts konnte seine Gedankengänge oder seine Erinnerungen aufhalten.

Er wollte nicht daran denken, daß Terence das gleiche angeboten worden war wie ihm, was er aber nicht nutzen durfte. Brüderliche Achtung erstreckte sich nicht so weit, daß sie ihm diese Vorstellung erträglich gemacht hätte.

Er wollte sich nicht daran erinnern, wie er, als er im

Brunnen gestanden hatte, Katrine, von hinten von Kerzen angestrahlt, in ihrem Nachthemd oben auf der Galerie hatte stehen sehen. Er wollte es nicht, aber er tat es.

Die vollkommene Ausgewogenheit ihrer Gestalt von Kopf bis Fuß, jede köstliche Rundung und geheimnisvolle Einkerbung war durch den Kerzenschein hinter ihr von einer Aureole rotgoldener Flammen wie eine Silhouette umrahmt worden. Das Haar, das wie ein lebender Umhang um sie floß, fing den Feuerschein ein. Die heimtückische Verführung ihrer Gegenwart war so stark gewesen, daß er sich nicht von der Stelle hatte rühren können und unfähig zu jedem Gedanken und nicht gewillt gewesen war, den verlockenden Bann zu brechen.

In dem Moment hatte er sie so sehr begehrt, wie er nur wenige Dinge in seinem bisherigen Leben begehrt hatte. Die grenzenlose Heftigkeit dieses Verlangens hatte seinen Atem stocken lassen, ihm das Herz zerrissen und den grundlegenden Rhythmus seines Wesens verändert. Gezwungen zu sein, die Treppen hochzuklettern und in ihr Bett zu steigen und dann regungslos dazuliegen, hatte seinen Willen verschlissen und seine Eingeweide zerfetzt.

Deshalb war er außer sich geraten, als sie am nächsten Morgen aufgesprungen war und versucht hatte, das Bett zu verlassen. Deshalb hatte seine Stimme wie das Knallen einer Peitsche geklungen.

Später hatte er dann dagesessen und versucht, sich abzulenken und sich vernünftig mit Katrine zu unterhalten, während sie auf Armeslänge von ihm entfernt dasaß und die korallroten Höfe ihrer Brüste unter dem verdammenswerten dünnen Nachthemd zarte Schatten bildeten. Das Kleidungsstück war eher ein Ansporn als ein Hindernis. Zweifellos war es auch so gedacht.

Es ging ein gewisser Reiz davon aus, wie wenig sie sich über den Reiz ihrer Kleidung, die so gut wie nichts verbarg, im klaren war. Sie hatte natürlich auch keinen anderen Spiegel zur Verfügung, als das kleine Rechteck, das an der Wand des Ankleidezimmers hing, und sie konnte sich nicht so sehen, wie er sie sah. Es gab ohnehin so gut wie nichts, was sie dagegen hätte tun können.

Er hatte getan, was er konnte, und sich gezwungen, Distanz zu wahren, damit er die Finger von ihr ließ. Er hatte sich so oft wie möglich von ihr ferngehalten und sich so gründlich ermüdet, wie es bei der eingeschränkten Bewegungsfreiheit nur möglich war.

Es ärgerte ihn, daß Katrine immer so nervös wurde, wenn er in ihre Nähe kam. Gleichzeitig konnte er es ihr nicht vorwerfen; sie hatte ihre Gründe.

Das konnte nicht gutgehen, ihre gemeinsame Gefangenschaft und diese aufgezwungene Nähe. Giles Castlereagh war ein kluger Mann.

Eine Lösung gab es jedoch. Das Problem bestand nur darin, Katrine davon zu überzeugen, wie sinnvoll sie war, falls er sie überhaupt dazu bringen konnte, ihm zuzuhören. Selbstverständlich war es verzeihlich, wenn sie glaubte, es brächte nur für ihn Vorteile mit sich. Er bezweifelte allerdings, daß sie damit recht hatte.

Es wäre nicht das erste Mal, daß Klugheit und die eigenen Interessen Hand in Hand gingen. Es wäre auch nicht das erste Mal, daß ein Mann versuchte, aus Gründen, die nichts mit dem Wohlergehen von einem von beiden zu tun hatten, eine Frau zu überreden, das zu tun, was er wollte.

12. Kapitel

An jenem Abend ging von seinem Verhalten etwas aus, wovor sich Katrine fürchtete. Es war, als sei er zu einem Entschluß gelangt, der, sowie er ihn gefaßt hatte, seinem Gesicht, seinem Herzen und vielleicht sogar seiner Seele die Härte der Zielstrebigkeit verlieh. Sie saß ihm an dem Tisch gegenüber, auf dem das Abendessen stand, und beobachtete ihn durch gesenkte Wimpern, während sie sich Essen in den Mund schob, kaute, schluckte und ihre Gabel wieder belud. Sie wollte ihn fragen, was los war, sah davon jedoch wieder ab. Nicht etwa Furcht lähmte ihre Zunge, sondern der unangenehme Verdacht, daß sie wußte, was ihn bedrückte.

Sie selbst war es. Sie war schuld daran, daß er in dieser Falle festsaß. Sie hatte ihn seine Freiheit gekostet und ihn in eine seltsame Geschichte hineingezogen, die ihn verletzt und sein Leben gefährdet hatte. Außerdem ärgerte ihn ihre ständige Anwesenheit, die seine Privatsphäre einschränkte und es an Komfort fehlen ließ. Er wollte sie loswerden, ihre Gesellschaft nicht länger ertragen müssen und von Arcadia verschwinden. Wie eine langsam schwärende Entzündung in seinem Innern zehrte an ihm, daß er nichts von alledem tun konnte. Sie konnte es ihm nicht vorwerfen, aber sie wollte nicht nachfragen. Sie wollte sich weder seine Erklärungen anhören noch beobachten, wie er darum rang, Antworten zu finden, die nicht der Wahrheit entsprachen.

Er hatte seine Mahlzeit beendet, lehnte sich auf seinem Stuhl zurück, knackte mit seinen kräftigen Händen Pekannüsse und spülte die Kerne mit großzügigen Mengen Burgunder hinunter. Die Flammen im Kamin neben ihnen züngelten verkleinert in seinem Weinglas und verliehen der gehaltvollen roten Flüssigkeit einen glühenden Feuerkern.

Von Zeit zu Zeit sah er sie an, und sein Blick heftete sich auf ihr Gesicht und ihre Schultern über dem Ausschnitt ihres Nachthemds. Einmal glitt er auch auf ihr schimmerndes Haar, das seitlich an ihren Armen herunterfiel und sich über die weiche Wolle ihres Schultertuchs legte. Seine Augen waren dunkel und unergründlich, als sei er in Gedankengänge vertieft, die seine gesamte innere Aufmerksamkeit beanspruchten.

Katrine wünschte, er würde etwas sagen, irgendwas, wünschte, ihr fiele eine belanglose Bemerkung ein, die die Spannung abschwächen konnte, die in der Luft hing. Keiner dieser beiden Wünsche ging in Erfüllung.

Das laute Knacken der Pekanschalen, die er eine nach der anderen aufbrach, ließ sie zusammenzucken, und dann starrte sie gebannt auf den immer größer werdenden Haufen von Nußschalen vor ihm. Die Stille, die nur von seinem nahezu brutalen Knacken der Pekannüsse und dem Knistern und Zischen des Feuers durchbrochen wurde, bewirkte, daß sie am liebsten aufgesprungen wäre und das Zimmer verlassen hätte. Sie schaute zu ihm auf und sah ihm lange und versonnen mit einem fast flehenden Blick in die Augen.

Rowan leerte sein Glas und stellte es ab. Er reichte die Pekanhülsen vom Tisch in seine Hand und warf sie ins Feuer. Er säuberte mit übermäßiger Gründlichkeit seine Fingerspitzen und sagte mit gepreßter Stimme: »Wenn das so weitergeht, werden wir zu dem Zeitpunkt, zu dem die anderen zurückkommen und die Tür aufschließen, entweder beide völlig verblödet sein und selbst nicht mehr wissen, was wir reden, oder einer von uns hat bis dahin den anderen umgebracht.«

Sie konnte ihm nur zu gut folgen. »Es scheint, daß wir einander ermüden.«

»Ermüden?« sagte er versonnen. »Du faszinierst mich, und du beeindruckst mich grenzenlos mit deiner Selbstbeherrschung. Dein ausweichendes Verhalten und deine Unbestimmbarkeit bringen mich um den Verstand, vom Perlenschimmer deiner Haut ganz zu schweigen. Aber daß du mich ermüdest, kann ich nicht behaupten.«

Dann war das, was ihn aufbrachte, also die Gefangenschaft. Sie sagte: »Mehr als ein paar Tage kann es nicht mehr dauern.«

»Das ist zu lange. Wenn man einen Mann und eine Frau nahezu unbekleidet, wie wir es sind, zusammen einsperrt, dann stellt das die Nerven und die Willenskraft auf eine teuflische Probe.«

»Genauso war es gedacht.«

Ein grimmiges Lächeln spielte um seinen Mund. »Eine exakte Wiederherstellung paradiesischer Zustände samt Schlange, und all das soll mit einer Schwangerschaft als der vorausgeplanten Strafe enden. Ja. Sag mir noch mal, warum wir all das gesittet hinnehmen sollen.«

Als sie die Bitterkeit in seiner Stimme hörte, zögerte sie mit einer Antwort. »Was bleibt uns anderes übrig?«

»Eine eigene Verschwörung, eine Rache, die in zarten Umarmungen ausgeteilt wird.«

Vielleicht hatte er mehr von dem Wein getrunken, als ihr aufgefallen war. Sie legte ihre Gabel hin, wischte sich mit der Serviette den Mund ab, legte sie wieder hin und faltete dann die Hände auf der Tischkante.

»Was willst du damit sagen?« fragte sie mit steifen Lippen.

Er musterte sie lange, ehe er antwortete. »Der Zweck

dieser ganzen Scharade ist vom Standpunkt deines Mannes ein Erbe. Um dieses Zieles willen ist er bereit, dir eine von ihm genau festgelegte Episode der Untreue mit einem Mann seiner Wahl zu gestatten. Nein, nicht zu gestatten; er besteht darauf. Würdest du nicht auch sagen daß er es verdient hat, enttäuscht zu werden?«

»Ich habe voll und ganz die Absicht, ihn zu enttäuschen.« Katrine umklammerte ihre Finger fester.

»Ich auch«, stimmte Rowan ihr zu. »Trotzdem wurmt mich, daß uns keine gewaltsamere Methode zur Verfügung steht, um ihm zu trotzen. Es ist eine bittere Pille, daß wir – oder zumindest ich –, um uns den Plänen deines Mannes zu widersetzen, auch dem Drang eines Verlangens widerstehen müssen, das stärker ist als jedes andere, das ich je gekannt habe.«

Katrine, die ihm in das offene Gesicht schaute, sah, daß seine Augen die Klarheit von Smaragden besaßen. Er hatte sich entspannt auf seinem Stuhl zurückgelehnt und die langen Beine von sich gestreckt. Sein Hemd stand offen und zeigte einen großen Teil seiner muskulösen Brust und einen kleinen Teil seines bretharten Bauches. Sein Kopf ruhte an der Stuhllehne, das dichte dunkle Haar war zerzaust, und seine Hände hingen locker über den Armlehnen. Dieses Bild ermatteter Trägheit wurde jedoch von seinem angespannten Mund und der Ausstrahlung kaum verhaltener Kraft, die von ihm ausging, überzogen.

»Verlangen«, flüsterte sie.

»Das hast du doch bestimmt gewußt.«

Natürlich hatte sie es gewußt, aber sie hatte geglaubt, es nicht auf sich persönlich beziehen zu müssen. Nach Angaben von Delphia und Musetta war es keineswegs unüblich, daß ein Mann auf jede halbwegs attraktive Frau reagierte. Es gab jedoch noch mehr zu bedenken.

Sie feuchtete sich die Lippen an. »Ich hoffe, das sagst du

jetzt nicht nur wegen meiner undurchdachten Worte zu diesem Thema.«

Er wandte den Kopf ein wenig um, damit er ihr voll ins Gesicht sehen konnte. »Nur insofern, als deine Worte mir den Mut gegeben haben, so mit dir zu reden.«

»Ich hätte felsenfest behauptet, wenn du etwas nicht brauchst, dann, daß man dir Mut macht«, sagte sie und drückte damit offen ihre Meinung aus.

»Das glaubst du? Dann laß mich den wenigen Mut zusammenraffen, den ich noch habe, und dich eins fragen: Hast du irgendwas dagegen, das, was uns angetan worden ist, zu vergelten, wenn dir ein Weg gewiesen würde, der deinen Mann um das bringt, worauf er es abgesehen hat?«

»Du meinst...« setzte sie an, doch dann unterbrach sie sich, da sie nicht in der Lage war, ihren Verdacht in Worte zu fassen.

»Ich meine«, sagte er leise, »daß ich eine Möglichkeit weiß, wie wir das Blatt wenden und uns die Freuden der Liebe gönnen und deinen Mann zum Hahnrei machen könnten, während wir es gleichzeitig ablehnen, ein kleines Unterpfand zu erschaffen, das der liebevollen Sorge deines Mannes ausgesetzt wäre.«

»Weshalb sollte ich das wollen?« fragte sie.

»Castlereagh war nicht gerade versessen darauf, dich mir anzuvertrauen; es verletzt sein Gefühl, den alleinigen Anspruch auf dich zu haben, glaube ich. Kannst du wahrheitsgemäß behaupten, es würde dir keine Befriedigung verschaffen, das zu tun, wovor ihm graut, und ihm dabei den Lohn zu verweigern, den er sich erhofft hat und um dessentwillen er dich mir überlassen hat?«

»Ich habe gelobt...«

»Du hast gelobt, dich nicht als bequeme Zuchtstute mißbrauchen zu lassen. Ich glaube nicht, daß du das nur deshalb gelobt hast, weil dein Mann nicht in der Lage ist, etwas daran zu ändern, dein Leben lang Jungfrau zu bleiben. Wozu du dich aus deinen eigenen Bedürfnissen heraus entschließt, ist eine ganz andere Angelegenheit.«

»Ein Argument, das dir sehr gelegen kommt, meinst du nicht auch?« sagte sie und richtete den Blick auf das Feuer.

»Und du glaubst, ich nutze es für meine eigenen Zwecke? Da könntest du recht haben. Ich würde jedoch gern glauben, daß ich es auch aus Betroffenheit darüber einsetze, daß dir die Freuden des Ehelebens vorenthalten worden sind, und aus dem Verlangen heraus, das Unrecht wiedergutzumachen, das dein Mann an dir begangen hat. Aber mir ist gleichgültig, welche dieser Gründe zutreffen. Die Wahrheit ist die, daß mein eigenes Verlangen, dich zu berühren, mich allmählich um den Verstand bringt, und es könnte sein, daß das mein Denken verfälscht und beeinträchtigt. Aber könnte es eine süßere Rache geben?«

In der Stille, die auf seine Worte folgte, konnte Katrine ihren eigenen Herzschlag wie gedämpften Donner in ihren Ohren hören. Innerlich hatte sie längst eingewilligt, und sie verzehrte sich plötzlich übermäßig danach, von ihrem Zölibat befreit zu werden und gleichzeitig Giles die Demütigungen der letzten Tage in barer Münze heimzuzahlen. Aber wie konnte sie das tun und dennoch eine Dame bleiben?

Er erwartete ihre Antwort. Sie wählte ihre Worte sorgsam und sagte: »Es ändert so oder so nichts. Es ist ausgeschlossen, willentlich zu bestimmen, daß es nicht zu einem Kind führt.«

Er legte den Kopf zur Seite. »Wenn ich dir sage, wie sich das erreichen läßt, würdest du dann eine Änderung unserer Abmachungen in Betracht ziehen?«

»Ich... das wäre möglich«, sagte sie so leise, daß ihre Worte kaum die Luft bewegten.

Rowan betrachtete sie sekundenlang, ehe er nickte. »In den arabischen Ländern und weiter im Osten, in Persien und Indien, gibt es Männer, die ein Liebesleben führen, das sich Tantra oder manchmal auch Ismak nennt. Manche sehen das als eine Religion an, die Verehrung des männlichen und des weiblichen Prinzips, in den alten Tempeln und Gräbern findet man Zeichnungen von Männern und Frauen bei einem Liebesspiel, das sich über lange Stunden hinzieht. Andere bezeichnen es nur als eine Methode, die Freuden der Liebe in die Länge zu ziehen. Der entscheidendste Aspekt daran ist die Selbstbeherrschung, die der männliche Partner erlernt und ausübt. Er hält die Samenflüssigkeit zurück, die zur Empfängnis führt. Verstehst du, was ich sage?«

Sie konnte ihm nicht in die Augen sehen, und sie war auch machtlos gegen die Röte, die ihre Wangen erglühen ließ. Dennoch war sie mit den Vorgängen bei der Pferdezucht soweit vertraut und hatte auch schon genug über die nächtlichen Unternehmungen in den Unterkünften der Sklaven gehört, um zu erfassen, wovon er sprach. Sie sagte: »Ja. Ja ... ich glaube schon.«

»Bei den Araberinnen ist der Mann verpönt, der diese Fähigkeit nicht beherrscht, zumindest haben mir das die Beduinen erzählt, als ich in der arabischen Wüste war. Der Mann, dem dieses Können fehlt, bringt die Frau nicht nur um ihre Lust, sondern er gefährdet zudem ihr Leben, indem er ihr eine Schwangerschaft und eine Geburt aufzwingt, während der Stamm durch die Wüste zieht. Wenn er sich Respekt erringen will, muß er dem eigenen Genuß entsagen, um die Frau zu schützen und für beide die Ekstase auszudehnen. Außerdem darf im Islam ein Mann vier Ehefrauen und mehrere Konkubinen haben. Es wird daher für notwendig erachtet, daß ein Mann die lebenspendenden Säfte, die stellvertretend für seine Stärke stehen, zurückhält – sonst könnte er seine vielen Frauen nicht befriedigen. Die Vorstellung hat mich fasziniert; es ließ sich einrichten, daß man mir diese Fähigkeit beibrachte.«

Heiße Glut stieg in Katrines Gehirn und kroch wie eine heimtückische, schleichende Vergiftung in ihre Adern. Sie bemühte sich, dagegen anzukämpfen; dennoch drang sie in jeden Muskel und Knochen vor, in jede Pore und Haarsträhne. Ihre Haut fühlte sich feucht an und prickelte, als lade sie geradezu zur Berührung ein. Diese Glut füllte sie aus, als sei sie ein Gefäß, und sie floß in ihren Unterkörper über. Katrine löste die Hände voneinander, strich damit über ihre Unterarme und umfaßte schließlich ihre Oberarme, als sie sich auf ihrem Stuhl zurücklehnte.

Sie starrte den Mann an, der ihr gegenübersaß. Er sah noch genauso aus wie vorher, doch von der Form seiner Nase und seines Mundes, von den langen Fingern und dem schlanken Körper, von seiner lockeren und unbefangenen Art ging eine faszinierende Anziehungskraft aus. Die Veränderung hatte sich in ihrer Vorstellung vollzogen. Das wußte sie, konnte jedoch nichts dagegen tun; sie wollte es auch nicht versuchen.

Schließlich sagte sie: »Wenn du deine Lust opferst, was hast du dann noch davon?«

»Die Form der Lust verändert sich – sie geht nicht ganz verloren. Es ist eine andere Form von Paradies. Was ich davon habe? Ich bekomme dich und gelange zu einer inneren Ruhe und soviel Zufriedenheit, wie es in unserem vergoldeten Gefängnis nur möglich ist.«

»Ein schnell vergängliches Paradies«, sagte sie in einem versonnenen Tonfall.

Sein Blick war finster, als er antwortete: »Was gibt es anderes?«

Ein erwartungsvolles Schweigen senkte sich herab. Rowan de Blanc, dachte Katrine, hatte seinen Appell an ihre Vernunft und ihr Gefühl gerichtet, aber er dachte gar nicht daran, sie anzuflehen. Den nächsten Schritt mußte sie machen. Sie mußte entscheiden, was sie wollte, entscheiden, welche Richtung ihre Gefangenschaft von diesem Augenblick an einschlagen würde.

Konnte sie sich auf das verlassen, was er gesagt hatte? Über die grundlegenden Dinge hinausgehend, wußte sie nur wenig über das Wunder der Empfängnis; von den Frauen aus der Umgebung hatte sie jedoch Gemunkel über ein paar derbe Kniffe gehört, mit denen man sie verhindern konnte. Sie hatte keinen Grund, an seinen Worten zu zweifeln.

Außerdem hatte sie tief in ihrem Innern das Gefühl, sich die Zeit und die Gelegenheit entgehen zu lassen. Dieser Moment, dieser Zustand der Isolation und der Ungestörtheit mit einem Mann, den sie respektieren konnte, einem Mann, der ihre Gefühle zu wecken vermochte, würde vielleicht nie wiederkommen. Sie wollte nicht verblühen und altern, ohne je die Liebe eines Mannes zu einer Frau gekannt zu haben. Ihr war der Gedanke unerträglich, diesen Aufruhr aus Verlangen und Furcht in ihrem Innern unerkundet zu lassen.

Giles hatte ihre Vereinigung mit diesem Mann sanktioniert, oder etwa nicht? Wie konnte es dann etwas Böses sein?

Sie wußte durchaus, wie das sein konnte. Aber was war dieses Wissen, und was war ihre ach so gerühmte Ehre im Vergleich zu den langen und leeren Jahren ihres Lebens, die noch vor ihr lagen?

Worte. Wie konnte sie die Worte finden, die ihre Zustimmung bekundeten? Es erschien ihr so unwürdig, ein solcher Verrat an sich selbst und an allem, wofür sie stand. Sie war so lange eine gute und gewissenhafte Ehefrau gewesen, eine nahezu vollkommene Dame, und jetzt war sie in dieser Rolle gefangen und konnte sich nicht daraus befreien. In ihrer Not öffnete sie die Lippen, doch kein Laut kam zwischen ihnen heraus. Verzweiflung stieg in ihr auf und strömte in ihre Augen.

Rowan sah sie einen langen, atemberaubenden Moment fest an. Seine Gesichtsmuskeln bewegten sich kaum merklich. Dann faßte er sich unter enormer Aufbietung von Konzentration, stand auf und rückte den Tisch zur Seite. Er kniete sich vor sie hin, nahm ihre kühlen Hände in seine warmen und preßte sie an seine Brust.

»Quäle dich nicht, meine süße Katrine; dazu besteht kein Anlaß«, sagte er mit bebender Stimme und tiefem Verständnis. »Ich hatte vor, uns das Leben leichter zu machen, nicht schwerer. Wenn es dein Wunsch ist, werden wir so weitermachen wie bisher.«

Es war ihr nahezu unmöglich, sich auch nur zu rühren. Unauffällig schüttelte sie den Kopf, und Tränen zogen feuchte Spuren über ihre Wangen, wo sie liegenblieben und den Schein des Feuers in den Farben eines gebrochenen Prismas brachen.

»Nein? Dann laß dir von mir die ersten Schritte im Spiel der Liebe zeigen. Falls du dich an irgendeinem Punkt entschließen solltest, doch damit aufzuhören, dann brauchst du es mir nur zu sagen, und schon ist Schluß damit. Keine Fragen, kein Grund, sich zu entschuldigen, keine Vorwürfe und keine Vorhaltungen.«

»Und ohne Schmerzen?« Sie meinte damit seelische, nicht etwa körperliche Qualen, aber sie war sicher, daß er das wußte. Es war entscheidend, daß sie das Ausmaß des Risikos, das sie einging, vorher kannte; das war der einzige Grund, aus dem sie die Kraft fand, ihn zu fragen.

»Ah, nun«, sagte er leise. »Schmerz ist der Preis, den wir manchmal für unsere Lust bezahlen müssen.«

Er drehte ihre Hände mit den Handflächen nach oben und senkte den Kopf, um seine Lippen auf die empfindsamen, geschützten Innenseiten zu pressen. Sie nahm seine Zunge und deren schnelle Bewegungen wie den Schock einer Invasion wahr und hätte fast die Hände zu Fäusten geballt. Aber er hielt sie davon ab und bedeckte sie mit einer Spur von warmen, feuchten Küssen bis hin zu dem Puls, der in ihrem Handgelenk pochte, den blauen Adern ihres Unterarms, der zarten Biegung ihres Ellbogens. Dann drehte er ihre Hände um, preßte sie beide flach auf seine Brust und hielt sie einen Augenblick dort fest, ehe er mit seinen Händen über ihre Oberarme strich, die Finger darum schloß und Katrine enger an sich zog.

Die Glut seines Mundes auf ihrem Schlüsselbein und ihrer Kehle war sengend. Katrines Lider schlossen sich, als sie spürte, wie diese Glut in ihren Blutkreislauf vordrang und sich mit jedem ihrer Herzschläge weiter ausbreitete. Sie spreizte die Finger auf seiner Brust, und ihre Handflächen preßten sich flach auf die Muskeln, die ständig in Bewegung waren. Diese Berührung befriedigte ein tiefes Verlangen in ihrem Innern, als könnte sie dadurch den Kern seines Wesens erfassen.

Sie wollte ihn kennenlernen, wollte die Gedanken und Gefühle erkunden, die in den hintersten Winkeln seines Wesens verborgen waren. Sie mußte wissen, ob die Gunst, die er ihr erwiesen hatte, indem er ihr die wörtliche Zustimmung dazu erspart hatte, sich von ihm lieben zu lassen, seinem oder ihrem Besten diente. Sie verzehrte sich danach, einen Beweis dafür zu finden, daß die Worte, die gesagt worden waren, der Wahrheit entsprachen, einen Beweis, der das vage Grauen davor zerstreute, daß seine Worte und Handlungen nur geschickt eingesetzt wurden, um seinen eigenen Zwecken zu dienen. Dann streiften seine Lippen, die über den sanften Schwung ihres Halses glitten, ihr Kinn und legten sich gewandt und mit zärtlicher Könnerschaft auf ihren Mund. Vernünftige Gründe interessierten sie nicht länger.

Sein Mund war fest und schmeckte nach Burgunder und der Süße des Verlangens. Er fuhr die Konturen ihrer Lippen nach und strich mit zarten Bewegungen über ihre glatte Oberfläche, bis sie prickelten und sich auf seinen

Mund hefteten. Er erforschte sie erbarmungslos, entfachte sie hartnäckig, erkundete ihre feuchten Mundwinkel und tauchte dort ein, wo ihre Lippen aufeinandertrafen, um tiefer in sie vorzudringen. Die rauhe Oberfläche seiner Zunge rieb sich an ihrer, suchte die zarte Unterseite und die empfindsamen Ränder und lockte sie zu einer Reaktion. Er sog behutsam an ihr und kostete den honigsüßen Nektar. Seine Zunge glitt über die glatten Kanten ihrer porzellanenen Zähne, und er nahm ihr Gesicht in beide Hände, als er tiefer in sie eindrang.

Ein leiser Laut entrang sich ihrer Kehle, als Katrine die Hände höher auf seine Schultern gleiten ließ und mit den Fingern über seinen festen Nacken strich, um sie in die dichten Locken auf seinem Hinterkopf zu schlingen. Er zog sie enger an sich, bis ihre zarten Brustwarzen unter dem dünnen Musselinstoff seine Brustbehaarung streiften. Das war immer noch nicht nah genug. Sie schmiegte sich enger an ihn, bis ihre festen Formen sich seinen Muskeln und Knochen anpaßten und sie spüren konnte, wie sich seine Muskeln beim Atmen hoben und senkten und sein Herz pochte.

Seine Hände glitten über ihren Rücken, ihre schmale Taille und den sachten Schwung ihrer Hüften, auf dem sie liegenblieben. Einen Moment lang hielt er sie fester, ehe er seine beschwichtigenden Liebkosungen fortsetzte. Er spreizte eine Hand zwischen ihren Schulterblättern und fuhr mit der anderen über ihren Brustkorb und ihre Rippen, dann höher, bis er sie zwischen ihre beiden Körper gezwängt hatte. Mit sicherem und doch lockerem Griff umfaßte er eine ihrer Brüste. Er ließ den Daumen über ihre Brustwarze gleiten.

Die Verzückung, die durch ihre Adern sprühte, war in ihrer Intensität schockierend. Ein Schauer durchzuckte sie, und sie atmete tiefer. Sie konnte ihr Herz in der Brust spüren und erstarrte.

Rowan nahm die Veränderung an ihr wahr und löste seine Lippen von ihrem Mund. Er hob den Kopf und nahm seine Hände von ihr. Seine Stimme war rauh, als er sagte: »Soll ich jetzt aufhören?«

Ihr Kopfschütteln war unendlich langsam, aber entschieden. Er stieß hörbar den Atem aus und packte sie dann, um sie enger an sich zu ziehen. Er preßte sie mit einem Arm auf ihrem Rücken an sich, stieß dann den anderen unter ihre Knie und stand auf. Nur ein paar Schritte, und der Betthimmel mit den wollenen Bettvorhängen ragte über ihnen auf. Katrine spürte, wie sie auf die weiche Matratze gelegt wurde, die die Wucht abfing, mit der er sich neben sie warf.

Und dann wäre sie plötzlich gern aus dem Bett gesprungen und davongelaufen, irgendwohin, ganz gleich, wohin, ehe es zu spät war. Sie machte den Mund auf, um das Wort auszusprechen, das ihr die Freiheit wiedergab.

Ihr Blick wurde von dem leuchtenden Grün seiner Augen eingefangen, von der Sorge, der Zuvorkommenheit und der glühenden Zielstrebigkeit, die in den Tiefen sprudelte. Ihre Panik schwächte sich ab und erstarb. Als er die Hand auf ihren Bauch legte und das Grauen, das sich dort festgesetzt hatte, mit zarten Bewegungen vertrieb, lächelte sie mit bebenden Lippen. Sie hob die Hand und legte sie auf seine Schulter, um ihm ungehinderten Zugang zu gewähren, als sie sich zu ihm umdrehte.

Erbarmungslos in seiner Zärtlichkeit suchte er die Quellen, denen ihre Lust entsprang, und fand sie eine nach der anderen. Er preßte sein Gesicht auf ihren Bauch und hauchte seinen warmen Atem durch den dünnen Musselinstoff ihres Nachthemds und atmete ihren weiblichen Duft ein. Von dort aus bedeckte er den Stoff mit einer feuchten Spur, die nach oben führte. Er tauchte in die winzige Kuhle ihres Nabels ein, erkundete das Tal zwischen ihren Brüsten und bestieg dann die abgerundeten, pulsierenden Hügel, ehe er jede der Spitzen neckte, bis sie die pralle Süße von Himbeeren im Sommer aufwiesen.

Er legte seine Hand auf ihren Oberschenkel und plünderte sie sachte, während er andernorts beschäftigt war. Das nächste, was sie bemerkte, war, daß er ihr das Nachthemd nach oben zog und ihren Körper entblößte. Er zog es ihr über den Kopf und achtete sorgsam darauf, daß er dabei nicht die lange Haarsträhne erwischte, die sich in den Falten des Stoffs verfangen hatte. Als er sie davon befreit hatte, warf er es zur Seite und nahm dann eine Handvoll von ihrem langen, seidigen Haar. Er breitete es über ihren Schultern und Brüsten aus und hüllte die Blässe ihrer Haut, die in den Feuerschein getaucht war, in die rostrote Pracht. Dann holte er tief Atem und suchte zwischen den schimmernden Fasern die süße Reife von Himbeeren.

Heiße Glut pulsierte in ihren Adern und ballte sich schwer und zitternd vor Vorfreude direkt über der Stelle, an der ihre Schenkel zusammenliefen. Ihre Haut war mit einer dünnen Tauschicht benetzt und glühte vor Wärme. Jeder Nerv hallte ihre freudige Erwartung wider.

Ihr Atem ging ruhig und flach. Unausgegorene Impulse schossen ihr durch den Kopf. Einen davon bekam sie zu fassen, und sie handelte danach und ließ ihre Fingerspitzen zögernd über seinen Körper gleiten, um ihn zu erkunden.

Im nächsten Moment hatte er sich das Hemd ausgezogen und die Hose abgelegt. Er nahm ihre Hand, führte sie über seine Brust zu seinen flachen Brustwarzen, küßte dann ihre feuchten Handflächen und legte sie direkt auf die glühendheiße seidenweiche Länge seiner Männlichkeit. Dort ließ er sie los und überließ es ihr, zu tun, was sie wollte.

Hart und doch so weich wie Samt, federnd und doch stramm, lebhaft und doch ruhig, wüst und doch seinem

Willen untertan – die Widersprüche seines Körpers faszinierten sie. Es verwunderte sie, derartig zu entdecken, wie er beschaffen war, daß es einen Moment dauerte, bis sie bemerkte, daß seine Hand auf der Innenseite ihres Oberschenkels lag und sie aufforderte, ihre Beine weiter zu spreizen, und dann legte sich seine Hand auf die feuchten, zarten Falten ihres Wesenskerns.

Sie verbarg ihr Gesicht an seinem Hals und holte so tief Atem, daß ihre Brust schmerzte. Aber sie rührte sich nicht von der Stelle und ließ ihn nicht los, als er die Falten wie Blütenblätter öffnete und sachte, aber unbeirrt hineindrang.

Das Gefühl, das diese Berührung auslöste, vertrieb jeden Anstand, verbannte jede Angst und gefährdete ihre geistige Gesundheit. Sie stand in Flammen. Der unglaubliche Reiz drohte, sie explodierten zu lassen. Nichts, noch nicht einmal das leichte Stechen, als er ihre Jungfräulichkeit fand, konnte die sengende Lust des Augenblicks übersteigen. Oder zumindest glaubte sie das. Bis sie dort, wo seine Hand gelegen hatte, die nasse Glut seines Mundes spürte.

Das Bewußtsein zog sich in den Feuerschein der Ekstase zurück. Sie erschauerte und explodierte lautlos unter seinen Händen. Ihr Körper, ihr ganzes Wesen und ihre Seele waren verformbar. Sie gab sich ihm hin, ohne den Preis zu bedenken.

Ewigkeiten später zog er sie unter sich und erhob sich wie ein strenger Gott der Nacht über ihr. Seine Männlichkeit pochte an den empfindlichen Eingang ihres Körpers, als er innehielt und keuchend sagte: »Soll ich aufhören?«

Etwas Heftiges und Stolzes und sorglos Siegreiches regte sich in Katrine. Sie legte die Hände auf seine schmalen Hüften und packte fest zu. »Nein, um Gottes willen«, flüsterte sie und stieß ihn mit zielsicherer Kraft mitten in sich hinein.

Sie spürte Spannung und Widerstand, aber kaum Schmerz; er hatte sich den Weg zu gut vorbereitet. Lange Zeit hielt er still, dann setzte er zu einem langsamen und stetigen Rhythmus an. Seine ruhigen und sicheren Gleitbewegungen öffneten tiefe innere Tore der Lust. Sie rotteten die letzten Reste von Zurückhaltung aus und verschmolzen Herz und Seele zu einer Einheit des Verlangens. Sie begehrte ihn mit jedem Tropfen Glut, der in ihren Adern kochte, mit jedem keuchenden Atemzug und jeder erschauernden Muskelzuckung. Sie kam jedem seiner Stöße entgegen und wölbte sich ihm entgegen, schaukelte sachte auf und ab, wieder und immer wieder. Die Seligkeit, die ihr das bereitete, vertiefte sich und breitete sich immer weiter aus.

Sie keuchte, als ihr ganzes Wesen sich samtweich zusammenzog, um ihn herum verschmolz und ihn festhielt. In den tiefsten Winkeln ihres Geistes hatte sie das Gefühl, etwas drehte sich, als sei sie ein lebendes Schloß und er der Schlüssel. Seine Bewegungen wurden ruhiger, und er ließ einen Teil seines Körpergewichts auf sie sinken und preßte sie herunter, hinab in die Glut.

Es war das reinste Erblühen. Jede starre Zurückhaltung, jede Furcht und Verlegenheit, jeder Traum und jede Hoffnung, die sie je gehegt hatte, entfaltete sich in leuchtenden Farben und voller Sorglosigkeit. Die Verzückung nahm zu, zeigte sich in ihrer unverhüllten Pracht und strebte strahlender Schönheit entgegen. Dieses Gefühl ließ Katrine aufblühen, und sie klammerte sich an die bebenden Arme des Mannes, der sie hielt.

Sie lagen eng umschlungen da, bis Rowans Herzschlag sich verlangsamte und sein Atem wieder ruhiger geworden war, dann löste er sich behutsam von ihr. Mit anbetender und unermüdlicher Zärtlichkeit begann er von Neuem.

Sie war verloren, auf Gipfeln des reinsten Zaubers verloren. Begeisterung und gefahrvolle Dankbarkeit strömten durch ihre Adern. Schnell und langsam, sachte und mit verblüffender Kraft wälzten sie sich auf dem Bett. Er war erbarmungslos und unendlich phantasievoll und ließ nicht einen Zentimeter ihres Körpers und ihrer Seele unerforscht. Die Wonnen endeten nicht, und es gab kein Entkommen vor ihnen, nur das einzige Mittel, sich gegen sie zu verteidigen, indem sie Liebkosung mit Liebkosung beantwortete, Stoß mit Stoß, Genuß mit Genuß. Es war ein aufblühender Blumenstrauß, ein ganzer Garten voller knospender Blumen, von denen jede einzelne behutsam gepflegt wurde und vielleicht dazu gedacht war, wie vollkommene Blumen, die man preßt und in ein Album klebt, bewahrt zu werden.

Doch nie teilten sie dieses Knospen wirklich miteinander, wenigstens nicht ganz.

Schließlich lagen sie verausgabt da, ihre Herzen pochten aneinander, und ihre Körper verschmolzen durch die Feuchtigkeit, die sie bedeckte, miteinander. Sie umschlang seinen Kopf, preßte sein Gesicht in ihr Haar, ließ eine gespreizte Hand über seinen Rücken gleiten und entrang ihrer Kehle ein Flüstern, in dem Erschöpfung und eine seltsame Verzweiflung mitschwangen.

»Es reicht«, sagte sie. »Hör bitte auf.«

13. Kapitel

Rowan stand mit dem Unterarm auf dem Kaminsims da und starrte in das Feuer. Er war nicht zufrieden mit sich. Er hatte einen Fehler gemacht, einen gewaltigen Fehler.

Er hatte geglaubt, eine Veränderung im Verhältnis zwischen Katrine und ihm würde es ihnen erleichtern, ihre Gefangenschaft zu überstehen. Jetzt wußte er, daß sie es sich damit nur erschwert hatten.

Vorher hatte er nicht genau gewußt, was er aufgab, wenn diese harte Prüfung überstanden war. Natürlich war ihm klargewesen, daß der Verzicht schwierig werden würde, aber nicht, daß er nahezu unmöglich werden würde. Dieses neuentdeckte Wissen verlieh jedem Moment der Zeit, die ihnen noch blieb, eine Art Verzweiflung. Diese hatte ihn aus einem totenähnlichen Schlaf geweckt und ihn dazu gebracht, in der Hoffnung, sie würde wach werden und sich ihm anschließen, ein Feuer anzuzünden.

Fast hätte er sie wachgeküßt. Dieses Verlangen war ein hohler Schmerz in seinem Innern. Er war nicht sicher, ob sie das zu schätzen gewußt hätte, und ebensowenig war er sicher, ob es klug gewesen wäre.

Es gab ausgesprochen viele Punkte, in denen er unsicher war.

Es war gut möglich, daß er sie in der vergangenen Nacht zu lange geliebt hatte, daß er sie zu hart auf die Probe gestellt hatte. Sie war so erstaunlich gewesen, so entzückend und so aufnahmefähig, daß er alles andere vergessen hatte. Es war nicht seine Absicht gewesen, sie zu zwingen, daß sie ihn bitten mußte, aufzuhören.

Er warf einen Blick auf Katrine, die auf der Seite lag und einen Arm über den Kopf gestreckt hatte; ihr Haar strömte über den Rand der Matratze. Sie war bis zum Hals zugedeckt; so sollte es auch sein, denn er hatte ihr die Decke erst vor einem Moment so weit hochgezogen. Er erinnerte sich jedoch nur zu gut an die sanften Rundungen, die bedeckt waren, und an die vollkommenen Formen mit den korallenroten Spitzen.

Sie war wach und beobachtete ihn mit ernsten Blicken. Er zwang sich zu einem Lächeln, als er sagte: »Geht es dir heute morgen gut?«

»Ja«, murmelte sie zur Antwort.

Das, dachte er, hätte sie ohnehin gesagt. Er stieß sich von dem Kaminsims ab und setzte sich auf die Bettkante. Eine Haarsträhne fiel ihr auf die Wange. Er streckte eine Hand aus, die nicht ruhig genug war, um sie ihr aus dem Gesicht zu streichen. »Dir tut nirgends etwas weh?«

Sie schüttelte den Kopf, blickte zu ihm auf und sah dann wieder weg.

»Ich wollte dir nicht weh tun«, sagte er.

Sie drehte sich wieder zu ihm um, weil sie ihm gerade ins Gesicht sehen wollte. »Du hast mir nicht weh getan.«

»Aber du hast doch gesagt... du hast mich gebeten, nicht weiterzumachen.«

»Oh.« Sie schlug die Wimpern nieder. »Es schien mir dafür, daß du keinen Spaß daran gehabt hast, eine zu große Anstrengung zu sein.«

Ein Stirnrunzeln ließ seine Augenbrauen dicht zusammenrücken. »Natürlich hatte ich Spaß daran. Was soll das heißen?«

»Hattest du nicht«, antwortete sie unbestimmt, »jedenfalls nicht soviel wie ich.«

Der Charme dieser Beschwerde verschlug ihm den Atem. Er legte einen Zeigefinger unter ihr Kinn und zwang sie, ihn anzusehen. »Mein Vergnügen war von einer anderen Art, das ist alles. Gelitten habe ich bestimmt nicht darunter.«

»Es schien aber so.«

»Nur, weil meine Selbstbeherrschung nicht so unerschütterlich ist, wie ich geglaubt habe«, sagte er und würdigte sich damit zynisch herab. Als er ihrem Gesicht ansah, daß sie ihm keinen Glauben schenkte, fuhr er fort: »Was ich empfunden habe, war eine Serie von dem, was die Franzosen den ›kleinen Tod‹ nennen, nicht diesen einen großen Moment der Erlösung. Im Grunde genommen ist das dem, was du empfunden hast, viel nähergekommen, als es andernfalls hätte sein können.«

»Du hattest nicht das Gefühl, daß ... daß etwas fehlt?« fragte sie mit besorgter Stimme. »Du hättest es nicht ... anders gewollt?«

Mit einem Lächeln schüttelte er verneinend den Kopf. »Nicht, wenn man den Preis bedenkt.«

»Also, dann«, sagte sie zögernd, »ist es wohl in Ordnung.«

Sie war nicht überzeugt, daß er mit Worten etwas dagegen ausrichten konnte. Aber es gab etwas anderes, was wirken würde.

Er streckte die Hand aus, um die Decke von ihr zu ziehen und ihr rosiges Fleisch der kühlen Morgenluft auszusetzen, und gleichzeitig zog er sich mit der freien Hand das Hemd vom Leib. Er sagte versonnen: »Das ist nicht die Formulierung, die ich dafür gewählt hätte – die letzte Nacht war weit mehr als nur in Ordnung. Es könnte sein, daß du eine Erinnerung daran nötig hast, wie diese Nacht war.«

Gegen seine Selbstbeherrschung, dachte Katrine, war wahrhaftig nichts einzuwenden. Soweit sie das beurteilen konnte, hätte sie sie als perfekt bezeichnet. Er wußte ganz genau, wie er die Unterwerfung erreichen konnte, die er anstrebte, und er hörte nicht auf, solange er das nicht erreicht hatte. Sie konnte ihn in Versuchung führen; das ging ganz einfach. Aber sie konnte nicht bewirken, daß er den Kopf verlor. Das wußte sie; sie hatte es ausprobiert. Natürlich mit Anstand, aber es war dennoch eine echte Anstrengung gewesen.

Sie hatte es sich anders vorgestellt, nach allem, was zwischen ihnen vorgefallen war, Rowan ins Gesicht zu sehen. Mit seiner Natürlichkeit, seinem stillen Humor und seiner Unbefangenheit im Umgang mit seinem eigenen Körper hatte er es ihr leichtgemacht. Hätte er doch bloß alles andere auch derart einfach geregelt!

Die schräg einfallende Sonne des späten Nachmittags warf messerscharfe Strahlen durch die Fensterschlitze. Im Lauf des Tages war es wärmer geworden, und daher hatten sie das Feuer ausgehen lassen. Rowan saß zu ihren Füßen und hatte den Rücken an ihren Stuhl gelehnt, als er auf der Mandoline eine lebhafte und betörend schöne Weise spielte. Sie hatte die Handarbeit auf ihrem Schoß, doch in der letzten Stunde hatte sie nicht einen einzigen Stich gestickt. Ihre eigenen Gedanken und das Beobachten seiner Finger, die sich so kräftig und geschickt über die Saiten der Mandoline bewegten, reichten ihr als Beschäftigung vollauf.

Er spielte die Melodie zu Ende. Der letzte klare Ton hing in der Luft und hallte von den Steinmauern wider, als er den Kopf zurücklehnte und ihn auf Katrines Knie legte.

Sie streckte die Hand aus und berührte sacht sein welliges Haar. Mit stiller Sorge fragte sie: »Was sollen wir tun?«

»Das, was notwendig ist«, antwortete er seufzend.

»Was ist, wenn ...« setzte sie an. Dann zögerte sie und biß sich auf die Lippen.

»Ja?« Er legte den Kopf zur Seite, drehte sich aber nicht zu ihr um.

Sie zwang sich, die Worte durch ihre zugeschnürte Kehle zu pressen. »Was ist, wenn Giles sich entschließt, dich trotz allem zu töten? Was ist, wenn er beschließt, daß du eine Bedrohung darstellst, die ihm zu riskant ist?«

»Was ist, wenn es ihm lieber ist, daß der Mann, der ihn zum Hahnrei gemacht hat, nicht am Leben bleibt?« sagte Rowan bekräftigend. »Ich habe nicht die Absicht, stumm zu meiner Hinrichtung zu erscheinen.«

»Aber du bist jetzt unbewaffnet.«

»Du glaubst, er könnte den Befehl erteilen, mich zu erschlagen, sowie die *Cotton Blossom* anlegt? Da könntest du recht haben, obwohl ich die Vermutung hege, daß er, nachdem er sich solche Mühe gemacht hat, zumindest neugierig darauf ist, ob sein Manöver, uns zusammenzubringen, erfolgreich war.«

»Ich kann mir nicht vorstellen, was er sagen könnte, um dahinterzukommen«, sagte sie nicht ohne eine gewisse Schärfe.

»Ich denke, das ist einfach genug, solange du nicht dabei bist.«

»Ach, ich verstehe, eine unverblümte Frage, von Mann zu Mann.«

Rowan setzte sich aufrechter hin, drehte sich zu ihr um und stützte einen Arm auf ihre Knie. Sein Blick war klar, als er auf ihrem Gesicht ruhte. »Macht dir das etwas aus? Ich gebe dir mein Wort darauf, daß es nicht zu Männergesprächen kommen wird, bei denen sie einander auf den Rücken schlagen, und ich werde ihm auch keine Einzelheiten berichten.«

»Nein, ich bin sicher, daß es dazu nicht kommen wird.«

Das war nicht Rowans Art, glaubte Katrine, ebenso, wie es nicht seine Art war, auf Geheiß eines Ehemannes mit dessen Frau zu schlafen. Und doch war es dazu gekommen.

Rowan nahm ihre Hand und preßte sie an seine, Handfläche an Handfläche. Er preßte sie dagegen, bis alle Knöchel sich berührten und alle Finger und die Daumen sich aneinanderschmiegten. »Mach dir keine Sorgen«, sagte er. »Ich werde ihm nichts tun, wenn es nicht sein muß.«

»Es ging mir nicht um Giles ...« setzte sie an und unterbrach sich dann, als Rowan interessiert zu ihr aufblickte. Sie entriß ihm ihre Hand. »Du kannst es ruhig komisch finden, daß ich mir Sorgen um dich mache, aber die Verantwortung für deine Gesundheit liegt bei mir. Es wäre mir lieber, wenn ich sie nicht tragen müßte.«

Der Glanz auf seinem Gesicht erlosch. Er veränderte seine Haltung und starrte wieder in das Feuer. »Ich werde mein Bestes tun«, sagte er trocken, »damit du sie nicht zu tragen brauchst.«

Katrine war nicht direkt beschwichtigt. Dieses Gefühl war ihr nicht neu. Seit der vergangenen Nacht verspürte sie eine innere Unruhe. Trotz Rowans Erklärung beunruhigte seine unglaubliche Beherrschung seiner Gefühle sie dennoch. Es paßte ihr nicht, daß er ihre Reaktionen so mühelos steuer konnte, ohne sich dabei zu vergessen. Das gab ihr das Gefühl, manipuliert zu werden, und sie fragte sich, ob hinter seinem Vorschlag, die Situation zu ändern, mehr als nur Verlangen oder Sorge um sie steckte. Sie glaubte, er würde vielleicht versuchen, ihre Gefühle zu beeinflussen, doch er könnte auch andere Gefühle dafür haben, sie dazu zu bringen, daß sie auf seine gekonnten Liebkosungen reagierte.

Vor gar nicht allzu langer Zeit wäre sie nie auf so einen Gedanken gekommen. Das hatte sich durch die Ereignisse der vergangenen Nacht geändert. Sie hatte nicht nur eine Menge über die Kunst des Liebens gelernt, sondern sie hatte auch viel über sich selbst erfahren. Es konnte gut sein, dachte sie, daß sie von dieser Nähe, die sie bei ihm kennengelernt hatte, abhängig wurde. Sie tat jedoch ihr Bestes, um diese Sorge für sich zu behalten.

Es war ihr verhaßt, argwöhnisch zu sein, und sie haßte die Zweifel und die Verwirrung, die sie befallen hatte. Plötzlich wünschte sie sich inbrünstig, sie hätte Rowan kennengelernt, ehe ihr Vater gestorben war, und sie hätten sich auf normalerem Wege einander annähern können. Sie wünschte, sie hätten umeinander werben können, wie junge Liebende es taten, mit Walzern und Liebesgrüßen und Bekundungen ihrer Zuneigung, mit stillen Spaziergängen und Diskussionen über Naheliegendes und Fernliegendes, über ihre Wünsche und ihre Träume. Wie reizvoll es gewesen wäre, lange Monate Zeit zu haben, um einander kennenzulernen, einander zu berühren und zu küssen und langsam das Erwachen der Liebe zu spüren.

Und doch war da die Frage, ob sie einander überhaupt geliebt hätten. Hätte er auch nur das Geringste für sie empfunden? Fühlte er jetzt etwas für sie, was über Mitgefühl und den Reiz des Moments hinausging?

Sie mußte es wissen. Ihr schien, es gäbe ihr einen Hinweis, wenn es ihr gelang, seine Selbstbeherrschung zu durchbrechen, ihn alles außer ihr vergessen zu lassen. Sie mußte es noch einmal probieren, und diesmal weniger schicklich.

Sie sah eine Zeitlang ins Feuer, und dann zog ein bedächtiges Lächeln an ihren Mundwinkeln. Sie drückte ein Knie durch, hob den Fuß und beugte sich vor, um sich den Knöchel zu kratzen. Als sie sich vorbeugte, streifte ihre volle Brust Rowans Wange.

Er veränderte seine Haltung und rückte zur Seite, um ihr Platz zu machen. Vielleicht war das für einen Mann, der gute Manieren hatte, eine selbstverständliche Reaktion; dennoch ärgerte sie sich darüber. Sie berührte seine

Schulter, als sie sich wieder aufrichtete, und er nahm seine vorherige Haltung wieder ein.

Nach einer Weile legte Katrine eine Fingerspitze auf den äußeren Rand seines Ohrs und tat so, als erkundete sie müßig die Umrisse. Es war jedoch keinesfalls eine müßige Geste, denn sie hatte festgestellt, daß es ihn erregte, dort berührt zu werden. Sie fuhr behutsam die Formen nach, die dicht an seinem Kopf anlagen, ehe sie den Finger in die kleine Öffnung in der Mitte eintauchen ließ.

Ein schwaches Lächeln umspielte seinen Mund, als er dasaß und ins Feuer starrte. Er hob die Hand, nahm ihre und führte sie an seine Lippen, um die Knöchel zu küssen. Dann saß er da und hielt ihre Hand fest, wobei er sachte und regelmäßig mit dem Daumen über ihre Handfläche strich.

Enttäuschung stieg in Katrine auf. Sie überlegte, ob er überhaupt bemerkt hatte, was sie tat. Es war durchaus möglich, daß er es wußte und versuchte, ihr zu bedeuten, daß ihre schüchternen Annäherungsversuche nicht erwünscht waren. Bei diesem Gedanken spürte sie, wie sie sich innerlich hohl fühlte. Es gab nur eine Möglichkeit, es klar herauszufinden, und die bestand darin, daß sie weitermachte.

Sie legte ihre Nadelarbeit auf den Beistelltisch. Dann stützte sie ihr Gewicht auf einen Ellbogen, den sie auf die Armlehne stemmte, ehe sie die Hand ausstreckte, um ihre Finger in sein welliges pechschwarzes Haar zu schlingen.

»Sieh dich vor«, sagte er in einem trägen Tonfall, »oder du könntest dich in Schwierigkeiten bringen.«

»Ist das eine Drohung?« sagte sie und strich ihm sorgsam eine lose Strähne hinter das Ohr.

»Nein, ein Versprechen«, gab er zurück.

»Irgendwie«, sagte sie leise, »fürchte ich mich gar nicht so sehr.«

Plötzlich spürte sie einen Ruck an ihrer Hand, die er umfaßt hielt, und sie flog kopfüber von dem Stuhl. Seine Arme fingen sie auf und zogen sie an seinen festen muskulösen Körper. Dann lag sie mit dem Rücken an seiner Brust und den Armen vor ihrem Körper verschränkt auf seinem Schoß. Starke Arme und die Finger eines Schwertkämpfers hielten sie wie in einem Schraubstock fest.

»Gut so«, sagte er mit den Lippen an ihrem Ohr. »Ich mag es, wenn Frauen Mut haben. Nur dann sind sie in der Liebe experimentierfreudig.«

Es dauerte einen Moment, bis Katrine wieder Luft bekam. Um festzustellen, wie fest er sie hielt, bog sie die Handgelenke vor und zurück. Ihre Hände hatten nicht den geringsten Bewegungsspielraum. Mit gepreßter Stimme sagte sie: »Nach all diesen fremdländischen Frauen mußt du das ja wissen.«

»Nach allen? Du schätzt mich so hoch ein. Mehr als ein oder zwei waren es nicht.«

»Ich vermute, diese ein oder zwei Frauen haben dir beigebracht, wie man sich... sich aufspart.« Ihr Gesicht glühte, weil sie die Verwegenheit besessen hatte, dieses Thema anzusprechen.

Lachend antwortete er: »Nein, das stimmt nicht. Das Wissen ist mir von einem älteren Jünger dieser Kunst überliefert worden, von einem arabischen Gentleman.«

»Du mußt es mit einer Frau geübt haben... mit Frauen«, beharrte sie und versuchte ihre Hände aus der Umklammerung zu befreien.

»Wie unfein deine Überlegungen doch sind, meine Liebe, und wie sehr dein Verstand gearbeitet hat! Stört es dich, daß ich, wie du es nennst, geübt habe?«

Empörung und eine Art Panik packten sie. »Weshalb sollte mich das stören? Das hat doch nichts mit mir zu tun.«

Sie konnte sein Herz an ihren Schulterblättern pochen

spüren. Das löste tief in ihrem Innern ein Gefühl von Entspannung aus, das sie allmählich wiedererkannte. Sie atmete schnell ein und versteifte sich. Die Bewegung bewirkte, daß ihre Brüste sich an seinen Unterarm preßten.

»Welch scharfsinniger Schluß«, sagte er beifällig und nahm ihre beiden Handgelenke in eine Hand. Die freie Hand legte er auf eine ihrer zarten Brüste, wog sie, umschloß sie mit seinen Fingern und liebkoste die Brustwarzen mit langsam kreisenden Bewegungen seiner harten Handfläche. Dann fuhr er fort: »Keine Frau, die ich vor dir gekannt habe, bedeutet mir noch etwas; sie sind alle vergessen.«

Warum hatte er das gesagt? Es mußte einen Grund dafür geben. Sie versuchte das Gefühl zu ignorieren, das im Takt seiner Bewegungen durch ihren Körper zuckte, und sagte: »Die armen Dinger, die sich einem so unbeständigen Mann anvertraut haben.«

»Bei der richtigen Frau werde ich die personifizierte Beständigkeit sein.«

Sie konnte seinen warmen Atem seitlich an ihrem Hals spüren, seine Stimme in seiner Brust widerhallen fühlen. Nicht nur das ging ihr unter die Haut, sondern auch das Versprechen, das sie gegen ihren Willen in seinem tiefen Timbre gehört hatte. Es schien ihr ratsam, ihn abzulenken, ehe er ihre Gefühle zu sehr aufwühlte. Der Anblick seiner braungebrannten Hände auf ihrem weißen Nachthemd inspirierte sie.

»Hat die arabische Sonne deine Haut so dunkel werden lassen?«

»Gefällt es dir nicht?« fragte er.

Sie verrenkte sich den Hals, weil sie ihm ins Gesicht sehen wollte, aber sein Blick galt ganz seinen Bemühungen, ihrer beerenhaften Brustwarze noch größere Festigkeit zu verleihen. Ihre Stimme stockte ein wenig, als sie wahrheitsgemäß antwortete: »Doch, es gefällt mir, aber es kommt mir doch etwas seltsam vor.«

»Ich weiß, daß von einem Gentleman die Blässe einer weißen Lilie erwartet wird, die beweist, daß er körperlich nie arbeiten muß, aber ich mag die Sonne. Ich nehme an, das kommt daher, weil ich unter dem grauen Himmel Englands und mit englischen Sturmwinden aufgewachsen bin. Aber um auf deine Frage zurückzukommen, nein, ich habe mich nicht der Wüstenhitze ausgesetzt; das wäre blödsinnig. Ich bin einmal von Berberpiraten gefangengenommen worden und mußte für sie als Matrose arbeiten. Ich habe festgestellt, daß es bis zu einem gewissen Punkt Vorteile mit sich bringt.«

»Ach ja, ich erinnere mich«, sagte sie und wurde still. »Terence hat gesagt, sie hätten Lösegeld für dich verlangen wollen, aber du hättest einen so guten Piraten abgegeben, daß sie dir dein Schwert zurückgegeben haben, woraufhin du dir den Weg in die Freiheit erkämpft hast.«

»So ähnlich, wenn es auch nicht ganz so einfach war. Was hat dir Terence sonst noch erzählt?«

»Er hat gesagt, du hättest bei der Expedition unter der Führung irgendeines Entdeckers mitgemacht, der die Quelle des Nils finden wollte, aber ihr wärt nicht ganz erfolgreich gewesen. Er hat gesagt, daß du den Mann – ich glaube, er hieß Burton – kennengelernt hast, als ihr beide bei den Arabern gelebt habt, und daß du ihm einige der gewagteren Passagen aus *Tausendundeine Nacht* übersetzt hast.«

»Mein Bruder scheint wirklich nicht besonders diskret gewesen zu sein.«

»Er war unterhaltsam, vielleicht gerade deshalb. Er hat gesagt, du hättest einmal mit einem Löwen gekämpft und ihn mit bloßen Händen getötet.«

»Falsch. Ich habe ihm lediglich einen Schrecken eingejagt und ihn vertrieben, als er auf der Suche nach einem Mitternachtshappen in mein Zelt eingedrungen ist.«

Er sagte es mit solcher Bescheidenheit und mit solch einem Selbstvertrauen, daß sie unwillkürlich lächeln mußte. »Wie bist du auf Omar gestoßen – in deinen Zeiten als Pirat oder damals, als du in Afrika warst?«

»Das war an der Berberküste. Wir haben auf einer Pirategaleere dasselbe Ruder bedient; Omar war nach dem Verlust seiner Zunge den Piraten übergeben worden. Es war eine ausgezeichnete Art, sich miteinander anzufreunden, wenn der bereitwillige Partner weiterruderte, während der andere sich einen kostbaren Moment Ruhe erhaschte, ohne Gefahr zu laufen, die Peitsche auf den Schultern zu spüren. Später, als wir frei waren, bin ich mit ihm in seinen Geburtsort gegangen, denn dort hatte er eine Frau zurückgelassen, die er liebte, die aber während seiner Abwesenheit geheiratet hatte. Sie sind miteinander ertappt worden. Die Frau wurde in einen Sack gebunden und in einem Brunnen ertränkt, und Omar wurde zusammengeschlagen und in einen Straßengraben geworfen, damit er dort verrecken sollte, und so wäre es auch geschehen, wenn ich ihn nicht gefunden hätte.«

Ein kleiner Laut des Unwillens drang aus ihrer Kehle. Sie erschauerte vor Entsetzen über das Bild, das er heraufbeschworen hatte. »Wie barbarisch.«

»Es ist nicht ganz so zivilisiert wie die Lösung, einen Rivalen in einem Duell in Stücke zu schneiden, aber das Ergebnis ist so ziemlich dasselbe. Jedenfalls habe ich Omar, als er nur noch sterben wollte, gezwungen weiterzuleben. Es hat lange gedauert, bis er mir dafür dankbar war, aber seitdem ist er bei mir.«

Ein nachdenkliches Schweigen trat ein. Schließlich sagte sie: »Terence hat erzählt, wie du ihm das Leben gerettet hast.«

»Dieser Fratz ist aus einem Ruderboot gesprungen, weil er versuchen wollte, seinen großen Bruder nachzuahmen. Damals war er sieben und noch nie in seinem Leben geschwommen. Zufällig war ich ihm am nächsten, aber es waren noch zwei andere Männer da, die ihm auch hätten nachspringen können.«

Er schien nicht heldenhaft dastehen zu wollen. »Er hat gesagt, du hättest für ihn gegen einen Strudel angekämpft. Er hat es dir nie vergessen.«

»Ich habe es mir auch nie vergessen. Er wäre nie in Gefahr geraten, wenn ich ihn gar nicht erst im Ruderboot mitgenommen hätte.« Er strich mit weit ausholenden Bewegungen über ihren Körper, um das dünne Gewand ihren Rundungen anzupassen.

»Er wollte in deine Fußstapfen treten, aber seine Mutter hat es verboten«, sagte sie mit ruhiger Stimme. »Er hat dich angebetet.«

»Hat er dir erzählt, was er für mich empfunden hat?« Rowans Stimme klang vor Schmerz rauh. Seine Hand glitt über den kleinen Hügel, der ihr Schambein und den Eingang in ihr Innerstes schützte. Er ließ die Hand dort liegen. »Hat er über nichts anderes geredet, wenn ihr beide miteinander im Bett gelegen habt?«

Sie blieb äußerlich zwar vollkommen ruhig, doch Wut brauste in ihr auf. Sie hatte schon fast geglaubt, daß er nicht versuchte, ihre körperlichen Reaktionen gegen sie zu verwenden. Sie hätte es besser wissen müssen.

»Und wenn es so gewesen wäre?« sagte sie, und der Schmerz der Enttäuschung ließ sie diese leichtfertigen Worte vorbringen. »Was ändert das jetzt noch?«

Seine Arme spannten sich so fest um sie, daß sie kaum noch Luft bekam. Seine harten Finger sanken in ihr schutzloses Fleisch. »Da du noch Jungfrau warst, muß ich annehmen, daß mein Bruder den Gentleman besser als ich spielte.«

»Er brauchte ihn nicht zu spielen«, sagte sie.

Sie spürte, wie ihn die grausamen Worte, die ihn gegenüber seinem Bruder schlechter hinstellten, zusammenzucken ließen. Sie rechnete damit, daß er sie von sich stoßen würde. Doch dazu kam es nicht. Statt dessen lockerte sich sein fester Griff, und dann begann er, sie langsam und eindringlich zu streicheln. Furcht befiel sie, aber nicht vor Schmerzen, sondern vor einer besonderen Demütigung. Er gedachte, sie für diese Beleidigung mit Lust zu strafen.

Sie konnte entweder zurücknehmen, was sie gesagt hatte, oder seine Liebkosungen über sich ergeben lassen und darum ringen, unempfänglich dafür zu bleiben. Aber konnte sie seinen Berührungen widerstehen, wenn diese von Erfahrung, scharfer Intelligenz und stummem Zorn geleitet wurden? All das war für sie so neu, so mächtig; mit Varianten, von deren Existenz sie nichts wußte, konnte er sie leicht überrumpeln.

Ihre Abwehr ihm gegenüber war ohnehin schon geschwächt. Was hätte sie nicht alles gesagt und getan, wenn ihre letzten Barrikaden eingerissen wurden? Und wie sollte sie hinterher weiterleben?

»Tu das nicht«, sagte sie mit erstickter Stimme.

Seine Bewegungen ließen an Intensität nach, aber nur, damit er eine Handvoll Stoff von ihrem Nachthemd packen, es hochziehen und seine Hand daruntergleiten lassen konnte. Mit einer nachdenklichen und versonnenen Stimme sagte er: »Warum? Du erzählst mir über Terence immer nur das, wovon du willst, daß ich es erfahre. Was verbirgst du vor mir? Warum behältst du für dich, was du weißt, wenn es gegen dich spricht? Und wenn es so wäre, warum sollte es dann keine Vergeltung geben?«

»Sprichst du von Vergeltung oder von Folter? So oder so gibt es nichts dazu zu sagen.«

»Ich glaube dir nicht. Ich will wissen, wer meinen Bruder hierhergebeten hat und ob er aus demselben Grund ausgewählt worden ist, der mich hierhergeführt hat. Ich will wissen, wie er ohne einen klaren Sieg im Turnier die Ehre deiner Gesellschaft erringen konnte. Ich will wissen, was hinterher passiert ist, so daß er Arcadia nie mehr verlassen hat. Ich bin geduldig gewesen, weil ich dachte, du würdest mir alles erzählen, wenn ich dir Zeit lasse. Aber unsere gemeinsamen Tage nähern sich ihrem Ende zu, und jetzt mußt du es mir dann erzählen, wenn ich den Zeitpunkt für gekommen halte.«

»Bist du sicher«, sagte sie, und ihre Stimme war brüchig, »daß du nicht bis jetzt gewartet hast, weil du glaubst, ich könnte dir nicht widerstehen?«

Er unterbrach seine Bewegungen, nahm sie aber sogleich wieder auf. »Dieser Gedanke ist äußerst genüßlich, aber wenn ich mich dieser Vorstellung auch nur einen Moment lang hingäbe, könnte ich nicht weitermachen. Aus offenkundigen Gründen.«

Diese Aufrichtigkeit und die Rücksichtnahme auf ihre geheimen Ängste verdienten eine kleine Belohnung. »Wenn ich dir sagen würde, daß dein Bruder aus eigenem Antrieb hergekommen ist, weil er von Alan von dem Turnier erfahren hatte, und wenn ich dir noch einmal schwöre, daß er nie das Bett mit mir geteilt hat, mich nie berührt hat, wenn wir nicht gerade einen Walzer miteinander getanzt haben, würde dich das zufriedenstellen?«

»Vielleicht«, antwortete er mit gedankenverlorener Stimme, »wenn ich nicht wüßte, daß noch mehr dahinterstecken muß, was du mir vorenthältst.«

»Angenommen ...« setzte sie an, und dann verschlug es ihr die Sprache, als er sich tief in sie hineinpreßte und sie in jedem kleinsten Körperteil die heiße Glut des Verlangens spürte.

»Ja?« sagte er.

Es wäre einfacher gewesen, sich gegen ihn zu wehren, wenn er einen beherrschenderen und brutaleren Ansatz gewählt hätte. Schmerzen hätte sie mit zusammengebissenen Zähnen ertragen können. Seine teuflische Selbstbeherrschung und sein erbarmungsloses Reizen jedoch waren seelisch zermürbend. Tränen stiegen in ihr auf. Sie schluckte sie mühsam hinunter.

»Du wolltest gerade etwas sagen«, stachelte er sie mit Worten wie mit seinen Händen an.

»Angenommen ... angenommen, ich erzähle dir etwas über deinen Bruder, was du nicht gern hörst?«

»Ich bezweifle, daß du das kannst«, antwortete er schlicht. »Terence war jung und hatte einen Hang zu großen Gesten und schwärmerischen Impulsen, aber er hatte keinen Funken Schlechtigkeit im Leib, im Gegensatz zu seinem Bruder.«

Sie stand in Flammen, und er wußte es. Es gab nichts, was sie gegen das Rauchen des Bluts in ihren Adern tun konnte, gegen die angeschwollene Feuchtigkeit ihres Fleisches, gegen die festen Knospen ihrer Brustwarzen. Sie wäre gern überheblich gewesen und hätte überlegen die Gefühle abgeschaltet, die sie durchfluteten, doch sie konnte es nicht. Während etwas in ihrem Innern vor ihm zurückschreckte und vor Zorn und verletzter *amour propre* siedete, zog sich ihr Körper um ihn herum zusammen und drängte ihn, sich größere Freiheiten herauszunehmen.

Sie konnte sich gegen ihn wehren. Sie konnte treten und schreien und ihn zwingen, ihr weh zu tun, um sie zu unterwerfen. Aber wozu sollte das gut sein, wenn doch alles genauso ausgegangen wäre? Der stählerne Griff seiner Hände reichte fast bis an die Schmerzgrenze, und die ständigen Reflexe, die jedem ihrer Versuche, sich loszureißen, entgegenarbeiteten, sagten ihr, daß es sinnlos war. Nein, es war würdiger, stillzuhalten und ihm zu gestatten, sich von seiner schlechtesten Seite zu zeigen. Die beste Abwehr konnte durchaus darin bestehen, daß sie es fertigbrachte, seine Zuwendungen auszukosten und dabei doch ihre Geheimnisse für sich zu behalten.

Der wahre Triumph hätte darin bestanden, daß es ihr gelang, ihn zu überreden, diese Genüsse mit ihr zu teilen.

»Dein Bruder«, sagte sie leise und lehnte den Kopf auf seine Schulter, um zu seinem Profil aufzuschauen, »war ein reizender junger Mann, gutaussehend, amüsant und ein bißchen verrückt. Er war sehr beliebt; alle Damen waren begeistert von ihm... Aber er war seinem älteren Bruder nicht ebenbürtig.«

Rowans Bewegungen hielten inne. Er wandte den Kopf zu ihr und starrte sie an. Sie sah ihm fest in die Augen, und ihre eigenen Augen waren in diesem Moment groß und verletzbar. Er war ihr so nah, daß sie die Haare seiner Augenbrauen und den schwachen Schimmer der Bartstoppeln unter der Haut deutlich sehen konnte. Sie bemerkte, in welchem Augenblick seine Pupillen sich zu weiten begannen, und sie sah, wie sein Blick auf ihren Mund glitt und er seinen Kopf zögernd auf ihren herabsenkte.

Sein Mund legte sich auf ihren, und sie jubelte innerlich. Er war doch nicht gegen Verführungen gefeit. Sie konnte ihn in Versuchung führen, konnte es wirklich.

Seine Lippen waren fest und besitzergreifend. Er ließ ihre Hände nicht los. Katrine, die seine Bemühungen wahrnahm, sie zu beherrschen, ließ ihren Kuß zarter werden und wurde unendlich empfänglich. Sie erprobte die Härte seines Mundes mit winzigen Bewegungen ihrer Zunge und bahnte sich spielerisch einen Weg zwischen seine Lippen. Sie näherte sich ihm, zog sich dann wieder zurück und spornte ihn dazu an, ihr zu folgen. Er plünderte ihre Süße und nahm ihr die Führung aus der Hand, als er ihre Zunge mit seiner aufrauhte und sie tiefer in seinem Mund sog, während er die glatte Unterseite erkundete.

Ihr Erfolg baute sie auf, und sie gestattete ihrem Körper, sich fest an seinen zu schmiegen. Sie konnte spüren, wie der Atem in seiner Brust anschwoll, und sie nahm wahr, daß die Muskeln in seinem Unterleib sich anspannten. Er begehrte sie; die Versteifung seines Körpers, die sie unter ihren Hüften spürte, war eindeutig. Ihre Brüste hoben und senkten sich, als sie seufzte und sich noch enger an ihn preßte.

Seine Hände spannten sich mit brutaler Gewalt fest um ihre Handgelenke, und dann ließ er sie abrupt los. Er riß den Mund von ihr und wälzte sich auf Katrine, die beinahe von seinem Schoß geworfen und gestürzt wäre, wenn er sie nicht aufgefangen hätte. Mit finster zusammengezogenen Augenbrauen ragte er über ihr auf. Sein Blick glitt über sie, blieb einen Moment lang auf ihren Brüsten haften, die sich schnell hoben und senkten, und kehrte dann zu der feuchten und zarten Rose ihres Mundes zurück.

Ein leiser Fluch entrang sich ihm. Er zog sich hoch und ging zur Tür. Sie schlug mit einem lauten Krachen hinter ihm zu, als er das Zimmer verließ.

Sie hatte gewonnen. Sie hatte irgendwie seine starre Selbstbeherrschung bezwungen, und sei es auch nur in geringem Maß. Sie konnte es kaum glauben. Aber irgendwie fühlte sie sich nicht siegesbewußt.

Sie hatte ihn dazu gebracht, seinen Plan aufzugeben, ihr gewaltsam Antworten zu entlocken. Sie hatte sein Verlangen bis zu einem Punkt gesteigert, an dem er abbrechen mußte, was er gerade getan hatte, um sie entweder zu nehmen oder sich vor ihr zurückzuziehen. Er hatte sich entschlossen fortzugehen. Was hatte das zu bedeuten? Konnte es sein, daß er sich selbst nicht traute und nicht daran glaubte, daß er mit derselben inneren Distanz wie bisher mit ihr schlafen konnte? Oder war er gegangen, um zu verhindern, daß er die Antworten, die er haben wollte, aus ihr herausprügelte?

Ein Schauer überlief sie. Sie schlang die Arme um sich und rückte näher zum Feuer. Ihr wurde klar, daß ein Teil des Fröstelns daher rührte, daß Rowans Körperwärme ihr entzogen worden war, aber zum Teil entsprang es auch der trostlosen Verzweiflung in ihrem Innern.

Lust. Das war alles, was sie in ihm geweckt hatte. Das war alles, was er ihr entgegenbrachte.

Natürlich konnte man ihm das nicht vorwerfen; hatte er ihr nicht selbst gesagt, das sei einer der Gründe dafür, daß er sich mit dieser Scharade einverstanden erklärt hatte? Wenigstens war er aufrichtig gewesen.

Und es war auch nicht ihr Recht, mehr von ihm zu erwarten. Sie war wirklich und wahrhaftig verheiratet, durch die Tradition und ihre eigenen Prinzipien, an denen sie festhielt, an einen anderen Mann gebunden. Sie hätte unmöglich auf mehr eingehen können, ohne ihre Ehre zu verlieren, wenn er ihr mehr angeboten hätte.

Wollte sie, daß er ihr mehr anbot? Alles, was er sie empfinden ließ, verwirrte und überwältigte sie. Der Sturm, den er mit seinen Berührungen in ihrem Blut aufkommen ließ, war keine Liebe. Oder doch? Die Sehnsucht, die er in den geheimsten Winkeln ihrer Seele weckte, war keine Liebe. Oder doch? Die Begeisterung, die es in ihr auslöste, ihn zu betrachten und zu berühren, war keine Liebe. Oder doch?

Wenn man all diese Dinge zusammenzählte, kam dann mehr als nur reines Verlangen dabei heraus? War das übermächtige Verlangen nach einem ganz bestimmten Mann, nach einem ganz bestimmten Männerkörper eine Form von Liebe?

Sie wünschte, sie hätte es gewußt. Sie wünschte wirklich, sie hätte es gewußt.

14. Kapitel

Er war ein hoffnungsloser Narr, und der Teufel hätte ihn holen sollen.

Rowan stand in dem Arbeitszimmer, hatte das Handgelenk an die Wand neben einer Schießscharte gepreßt und schaute in das graue Nachmittagslicht und auf die wenigen Bäume hinaus, auf die man durch den schmalen Schlitz blicken konnte. Er war niedergeschmettert und so nervös wie ein Huhn, das eine Schlange in seinem Brutkasten sitzen hat. Das schlimmste war, daß er niemand anderem als sich selbst die Schuld daran geben konnte.

Er hätte niemals versuchen dürfen, Antworten von Katrine zu erzwingen. Er hatte sich verrechnet; das war ein Fehler, der ihm selten unterlief. Der Grund dafür war seine Eifersucht. Er hatte sich, wenigstens zum Teil, von der Eifersucht auf seinen toten Bruder antreiben lassen. Dümmer hatte er sich ja wohl kaum verhalten können. Aber wer hätte schon ahnen können, daß sie derart hartherzig war?

Er hatte flehentliche Bitten erwartet, Tränen und Gegenbeschuldigungen und dann die unvermeidliche Unterwerfung. Statt dessen hatte sie ihren Verstand eingesetzt und einen bewußten Anschlag auf den Schutzwall seiner Gefühlswelt verübt.

Darauf war er nicht vorbereitet gewesen. Seit Jahren hatte ihn nichts mehr so aus der Bahn geworfen wie die Seelenstärke, der Vorwurf und der hartnäckige Widerstand, den er in ihren Augen gesehen hatte. Er war sich wie der mieseste aller Schurken vorgekommen. Er hätte ihr am liebsten sein Herz, das blutete und kaum noch schlug, als Entschädigung für den Schaden, den er angerichtet hatte, zu Füßen gelegt.

Am schlimmsten belastete ihn sein Wissen, daß er die zarten Bande zwischen ihnen durchschnitten hatte. Er hatte sich aus freiem Willen und eigenem Antrieb aus ihrem Bett verbannt. Jetzt war es völlig ausgeschlossen, wieder dahin zu gelangen, wo sie vorher gewesen waren.

Der Turm war ihm bis heute nicht wirklich wie ein Gefängnis erschienen. Jetzt kam es ihm vor, als könnte er das Gewicht der Steine auf seiner Haut spüren und sehen, wie die Wände um ihn herum näher rückten. Er glaubte, in die Luft gehen zu können wie ein zu volles Pulverfaß, wenn er nicht aus diesem Gemäuer herauskam. Gleichzeitig widerstrebte es ihm, der Zeit, die er eingesperrt mit Katrine verbringen mußte, ein Ende zu bereiten.

Er hatte bis zu jenem Morgen sein Bestes getan, um ihr aus dem Weg zu gehen. Seine Neigungen waren zu ausgeprägt, um sich in ein und demselben Raum mit ihr aufzuhalten, selbst dann, wenn er einen Vorwand dafür gefunden hätte. Er hatte Stunden mit dem Versuch verbracht, sich zu entscheiden, was er lieber wollte – sie für den Rest ihrer gemeinsamen Zeit nackt und bereitwillig in seinem Bett zu haben oder sie schlichtweg bei der nächsten sich bietenden Gelegenheit schnell und ganz nehmen: vor dem Kamin, auf dem Marmorboden unter den Palmen, auf dem breiten Treppenabsatz.

Allmählich begann er, Terences Besessenheit zu verstehen. Möglicherweise erging es ihm sogar genauso. Er war nie so glühend für eine Frau entbrannt wie für diese, und nie zuvor hatte eine Frau seine Gedanken und Träume beherrscht, seine Pläne und Absichten vereitelt. Ihr süßer, einzigartiger Duft schien sich seinen Poren unauslöschlich eingeprägt zu haben, sich in seiner Lunge und seinem Verstand eingenistet zu haben. Ihr Geschmack verfolgte ihn wie ein köstlicher Zaubertrank, der bereits nach dem ersten Genuß zur Sucht wird.

Ihr qualvoller Zustand und die Tapferkeit, mit der sie dagegen ankämpfte, mußte unwiderstehlich für Terence gewesen sein. Eine junge Frau in Nöten zu erretten, mußte ihm als ein hehrer Beweggrund erschienen sein. Noch edelmütiger wäre es gewesen, das ohne Hoffnung auf Entlohnung zu tun.

Rowan gestand sich den glühenden Wunsch ein, Giles möge versuchen, ihn aus der Welt zu schaffen, wie er seinen Bruder aus der Welt geschafft hatte. Katrines Mann hätte dabei auf mehr Schwierigkeiten stoßen können, zumindest hoffte er das. Falls sich die Möglichkeit zu einer sofortigen und brutalen Rache bot, dann wäre das erfreulich gewesen. Entscheidender war jedoch, daß der Versuch einen Vorwand dafür lieferte, Katrine von hier fortzubringen.

Dieser Drang, der von erstaunlicher Heftigkeit war, hatte ihn in den letzten Tagen häufig überkommen. Es schien, als hätte er schon immer mehr oder weniger verborgen in einem fernen Winkel seines Innern gekeimt.

Er hatte keine Ahnung, daß sie auf seinen Wunsch hin mit ihm gekommen wäre. Seine einzige Chance, so schien es, bestand darin, daß er den Anschein erweckte, ihretwegen in Gefahr zu sein. Nur in einer so verzweifelten Lage wäre es wahrscheinlich gewesen, daß sie ihre Prinzipien vergaß, die von ihr verlangten, bei dem Mann zu bleiben, den sie geheiratet hatte.

Was hinterher geschehen würde, war schwer einzuschätzen. Es hing sowohl davon ab, wie und warum er sie von hier fortbrachte und was sie sich dabei dachte. Es stand zu bezweifeln, daß sie je etwas für ihn empfinden könnte, und nach diesem Vormittag erst recht nicht. Aber das spielte keine Rolle. Er konnte zumindest dafür sorgen, daß sie den Mann, den sie verabscheute, nie mehr in ihr Bett zu lassen brauchte.

Dieses Gefühl erschien ihm überheblich für einen Mann, der selbst, sowie sich die erste Gelegenheit dafür bot, bedenkenlos in ihr Bett gestiegen wäre. Er hatte ihr gesagt, daß er kein Gentleman war, als sich das Geheimnis nicht länger vor ihr verbergen ließ. Es hatte sich erwiesen, daß sie das nur zu gut gewußt hatte.

Er fragte sich, wie lange es wohl dauern würde, bis sie erkannte, daß sie in erster Linie eine Frau und in zweiter Linie eine Dame war. Er hätte viel dafür gegeben, in der Nähe zu sein, wenn sie dahinterkam.

Das Abendessen brachte den Vorteil mit sich, daß es einen unanfechtbaren Vorwand bot, sich Katrine wieder anzuschließen. Er schwieg angespannt, als er das schwere Tablett zuvorkommend aus dem Speisenaufzug holte und es in das Schlafzimmer trug. Er hätte ihr dabei geholfen, alles auf dem kleinen Tisch abzustellen, doch sie winkte ab und kümmerte sich allein darum. Er nahm seinen Platz ihr gegenüber ein und hoffte währenddessen unablässig, er würde in der Lage sein, beim Schlucken nicht die Geräusche eines wilden Keilers von sich zu geben, der zwischen den Kartoffelschalen ein Schweinekotelett findet.

Es gab Wein zum Essen und Cognac nach der Mahlzeit. Er erbot sich überdeutlich, beides mit ihr zu teilen, war aber doch froh, als sie nicht mehr als ein einziges Glas trank. Er brauchte den Alkohol – oder, besser gesagt, er brauchte die leichtfertige Beschwingtheit, die er ihm geben konnte.

Er beobachtete sie, während er versuchte, etwas zu essen. Sie war bleich und hatte die Augen niedergeschlagen. Sie stieß das Essen auf ihrem Teller von einer Seite auf die andere und stocherte darin herum, ohne viel davon zu sich zu nehmen. Ihr Haar schimmerte im Feuerschein und lag wie vereinzelte Fäden rostroter Stickseide auf ihrem dünnen Nachthemd. Das schien sie zu stören, denn ab und zu packte sie eine Strähne, die nach vorn gefallen war, und warf sie sich über die Schulter, damit sie ihr nicht im Weg war. Es machte ihm Spaß, das mit anzusehen: die schnellen, anmutigen Bewegungen, die bewirkten, daß die Strähne sich dem Rest ihrer üppigen Mähne auf ihrem Rücken anschloß. Er wollte seine Hände hineinschlingen und...

Er wollte zuviel. Er hatte schon immer zuviel gewollt. Das war der Grund, aus dem er seine Heimat verlassen hatte und in fremde Länder gezogen war und aus dem er jetzt hier war.

In seinem Bemühen, die Spannung abzuschwächen, sagte er: »Ich habe am frühen Abend einen Reiter gehört. Kurz darauf war aus dem Schuppen, in dem die Kutschen stehen, einiger Lärm zu vernehmen, als würden sie zum Aufbruch morgen früh bereitgemacht. Es könnte gut sein, daß unsere Idylle ein vorzeitiges Ende findet.«

»Du glaubst, die *Cotton Blossom* hat angelegt?« Ihre Augen waren groß und dunkel, als sie diese Frage stellte.

Rowan warf das Hefebrötchen hin, das er zerbröselt hatte, und griff wieder nach seinem Weinglas. »Ich vermute es.«

»So bald schon«, sagte sie fast unhörbar. Dennoch machte sein Herz vor banger Freude einen Satz.

Sie legte ihre Gabel hin und stieß den Teller von sich. Dann faltete sie die Hände auf dem Schoß, blickte auf und sah ihm in die Augen. Ihre Augen waren klar und ein wenig fiebrig, als sie sagte: »Ich möchte gern ein Kind von dir.«

Die Worte trafen ihn wie eine Peitsche, eine neunschwänzige Katze, und jedes Wort hatte seinen eigenen Stachel, der ihm jegliche Kraft nahm und ihm die Sprache verschlug. Er starrte sie aus zusammengekniffenen Augen an, um seine grenzenlose Freude nicht zu zeigen.

»Ich weiß«, sagte sie mit stockendem Atem, »daß wir etwas anderes abgemacht haben, aber was ändert das letztlich schon?«

»Ja, allerdings.« Seine Freude löste sich in nichts auf, und zurück blieb Verzweiflung. Seine Stimme war wie ein Peitschenknall. »Hast du beschlossen, deinem Giles lieber doch eine Freude zu bereiten?«

»Ich habe beschlossen«, sagte sie schneidend, »daß ich es vorziehe, mir selbst eine Freude zu bereiten.«

»Indem du ein Kind bekommst, das du verhätscheln und großziehen kannst, damit es dann an deiner Stelle Arcadia erbt?«

»Ein Kind, das ich lieben kann.«

Die Kritik, die in ihrem Blick lag, berührte ihn; er wußte, daß er sie verdient hatte. Doch konnte ihm dieses Wissen nicht das Gefühl nehmen, verraten worden zu sein. Der gemeinsame Widerstand hatte ihm mehr bedeutet, als ihm klar gewesen war. Aber vielleicht war er auch eifersüchtig, nicht nur auf ihren Mann und seinen Bruder, sondern auch auf sein noch ungezeugtes Kind.

»Überleg dir nur«, sagte er und verzog die Lippen, »welche Wonnen wir hätten teilen können, wenn du so entgegenkommend gewesen wärst, als das Thema zwischen uns zum ersten Mal angeschnitten worden ist.«

»Wir haben immer noch Zeit. Wenn auch nur wenig.«

Er hatte einen dunkelroten Schleier vor den Augen, und die Spitzen seiner Ohren glühten. Seine selbstzerstörerischen Impulse waren immer noch heftig. »Nein, ganz bestimmt nicht«, sagte er mit leiser Bestimmtheit. »Ich lasse nicht zu, daß ein Kind von mir im Schatten eines Mörders aufgezogen wird und unter der Abwesenheit seines Vaters leiden muß. Ich werde nicht von hier fortgehen und mein Kind allein dort zurücklassen, wo es leicht sterben könnte.«

Sie hielt ihm eine Hand hin. »Ich täte alles für es.«

»Tätest du das? Für alle Zeiten? Obwohl du seinen Vater verabscheust?« Sein Blick riß sich von ihrem Gesicht los und fiel auf ihren ausgestreckten Arm. Dort hatte sie blaue Flecken, die so rund wie dunkle Trauben waren und die Farbe und die Größe seiner Fingerspitzen hatten. Er zuckte innerlich zusammen, streckte aber die Hand aus, um sie auf einen der dunklen Flecken zu legen. »Meine Verweigerung tut mir nicht leid, aber das hier tut mir wirklich leid.«

Sie zog den Arm zurück und verbarg ihn unter der Tischplatte. Sie musterte ihn, als suchte sie nach einer schwachen Stelle, und dann sagte sie: »Ursprünglich warst du bereit dazu.«

»Ursprünglich habe ich nur daran gedacht, mit dir ins Bett zu gehen, nicht an Babys. Ich habe es mir anders überlegt.« Er hatte festgestellt, daß gezielt eingesetzte Grausamkeit oft wirksam war.

»Du versagst es mir nur, weil ich mich geweigert habe, dir mehr über Terence zu erzählen. Ist es das?« Sie lehnte sich auf ihren Stuhl zurück und sah ihn unbeirrt an, ohne ihn auch nur einen Moment lang aus den Augen zu lassen.

Er sah ihr lange in die Augen, ehe er lakonisch und ungläubig sagte: »Schlägst du etwa vor, daß wir einander jeder einen Gefallen tun?«

Daraufhin wandte sie den Blick ab. »Nein. Nein, das kann ich nicht tun.«

Er hatte im Lauf des Tages unendlich viel Zeit gehabt, um sich Gedanken zu machen. Jetzt half er ihr weiter. »Ich würde dich fragen, warum, aber ich bezweifle, daß es nötig ist. Du schützt jemanden. Giles ist es nicht, wenn Terence nie mit dir im Bett war, aber ein anderer, dem deine Zuneigung gehört. Nur scheint es sich so zu verhalten wie mit der Frau des Kesselflickers, die Kessel liebte –

es scheint keinen einzigen Menschen zu geben, dem du eine so hohe Wertschätzung entgegenbringst.«

»Du weißt nichts über meine Liebesfähigkeit.«

»Da«, sagte er mit stiller Bitterkeit, »irrst du dich gewaltig.«

Ihre liebevollen Reaktionen auf ihn in der vergangenen Nacht hatten ihm alles gesagt, was er wissen mußte. Es war nicht dasselbe, mit jemandem zu schlafen und jemanden zu lieben, doch die beiden Bereiche grenzten nah genug aneinander, um Vergleiche zu ziehen. Einen der beiden Bereiche hatte er kennengelernt, aber es war unwahrscheinlich, daß er je etwas über den anderen erfahren würde. Wenn das hier vorbei war, würde es für ihn keinen Platz mehr in ihrem Leben geben. Dann hatte er seinem Zweck gedient, und man konnte ihn fortschikken.

Das Feuer, das neben ihnen brannte, knisterte in der Stille. Ein roter Funkenregen stiebte unter dem Kaminsims auf und schwebte erlöschend auf den Stein herab. Katrine würdigte dieses Feuerwerk keines Blickes. »Wenn du mir diesen Wunsch abschlägst«, sagte sie, »kann es gut sein, daß ich nie mehr die Gelegenheit habe, meine Erfüllung als Frau zu finden.«

»Beklag dich bei Giles. Vielleicht veranstaltet er aus Mitgefühl noch einmal ein Turnier.«

»Wenn er das tut, verlasse ich ihn.«

Die Schlichtheit dieser Worte nahm ihnen jede prahlerische Drohung. Dennoch konnte Rowan sie um seines eigenen Seelenfriedens willen nicht einfach so stehenlassen. Er sagte: »Falls du den Mut findest und das Geld dafür auftreibst. Und falls du einen Ort findest, an den du gehen könntest. Und wenn es ein Mittwoch im August ist, an dem es in Strömen regnet.« Er unterbrach sich, und die Worte entrangen sich ihm gegen seinen bewußten Vorsatz, als er sagte: »Geh jetzt gleich mit mir fort.«

»Ich wußte nicht«, antwortete sie, und Groll vertrieb die bleiche Entschlossenheit aus ihrem Gesicht, »daß du fortgehen willst.«

Er bedachte sie mit einem Blick, der die gesamte Kraft seines aufgestauten Verlangens enthielt, und er kam in den Genuß zu sehen, daß sie hörbar Atem holte. Mit eindringlicher Stimme sagte er: »Und was wäre, wenn ich fortginge?«

Sie antwortete ihm nicht und hielt auch seinem Blick nicht länger stand. Er wartete, und währenddessen flakkerte das Feuer, und draußen seufzte der Wind. Nach einem langen Moment nickte er. Er stand auf und nahm die Cognacflasche und sein Glas. »Ich verstehe. Die Ehe ist natürlich eine geweihte Institution. Wie ein Friedhof.«

Rowan wankte ein wenig, was auf das Wortgefecht und die gewaltsam unterdrückten Impulse zurückzuführen war, verbunden mit vier Gläsern Wein und einem großen Cognac auf einen nahezu leeren Magen, denn er hatte nicht zu Mittag gegessen und in seinem Abendessen auch nur herumgestochert. Er hatte die Absicht, noch soviel Cognac zu trinken, wie er hinunterbekam, ehe ihn die Bewußtlosigkeit ereilte. Er gab sich diesem Laster nicht oft hin, und er war ein disziplinierter Trinker; man merkte ihm die Ausschweifungen selten an. Seine Schritte wurden sicher, und er lief auf geradem Weg zur Tür.

»Wohin gehst du?« Sie stand von ihrem Stuhl auf und lief einen Schritt hinter ihm her.

»Nach Eden, in mein eigenes feuchtes und warmes Paradies. Fort. Nach unten.« Er drehte sich um und lehnte sich mit dem breiten Rücken an den Türrahmen. »Wirst du mich vermissen?«

»Bleib hier«, sagte sie und kam mit Anmut, aber auch herausfordernd, auf ihn zu. »Ich möchte nicht allein sein.«

Sie ging auf ihn zu, bis sie wenige Zentimeter vor ihm stand, und legte die Hand dort, wo sein Hemd aufklaffte, auf seine Brust. Er konnte spüren, wie jede Fingerspitze einzeln seine Haut versengte und ein Brandmal hinterließ, das sich vielleicht nie mehr auslöschen ließ. Ein Gewitter brach in seinem Kopf aus, und das Blitzen und Donnern ließ sein Gehirn rasseln. Es pochte in jeder Faser, in jedem Körperteil.

Die Verwirrung war groß. Um ihr etwas entgegenzusetzen, erkundigte Rowan sich: »Du willst wohl zur Verführerin werden?«

»Hast du etwas dagegen einzuwenden?« fragte sie und trat noch näher.

Er erkannte innerlich an, welche Überwindung es sie gekostet haben mußte, auf ihn zuzugehen. Er beging jedoch nicht den Fehler, diesen Schritt auf sich persönlich zu beziehen. »Nein, bei Gott nicht«, antwortete er, »solange die Konsequenzen nicht von meinem Blut sind.«

»Ich dachte, diese Entscheidung läge bei dir, oder wenigstens hast du mir das erklärt.« Sie hob sich auf die Zehenspitzen und preßte ihre zarten Lippen auf seinen Mund.

Er schlang die Arme um sie, und die Cognacflasche ruhte auf ihrer Hüfte; etwas anderes blieb ihm nicht übrig. Ihr Mund war so süß wie Nektar und übermittelte ihm Verheißungen und Andeutungen von Hingabe. Ihre Arme waren kühl und weich und umfingen ihn. Er konnte spüren, wie die Spitzen ihrer Brüste sich in seine Brust preßten und ihn in den Wahnsinn trieben. Der Drang, aufzugeben und ihr nachzugeben, war so stark, daß er ihn wie ein Stück Treibgut mitzureißen schien. Bis ihm wieder einfiel, daß es nicht er war, was sie wollte, sondern die geringe Chance, ein Kind von ihm zu bekommen.

Er ließ die Arme an seine Seiten sinken. Seine Lippen wurden bewußt träge. Als sie langsam, ungläubig und widerstrebend die Arme von seinem Nacken löste, sagte er: »Schließlich ist es mir nicht gleichgültig.«

Sie erforschte seine Augen, während in ihren unvergossene Tränen schimmerten. Ihr Atem streifte sachte und süß sein Gesicht, als sie fragte: »Warum?«

»Familienstolz, Ego, Sturheit. Du kannst es gern noch einmal probieren, wenn du nur mich willst. Keine Absolution, keine Flucht vor der Einsamkeit, keine vagen Träume von Mutterschaft, sondern mich. Dann gebe ich dir alles, was du willst. Und das einzige, womit du mich davon abhalten kannst, sind zu viele Tränen.«

Ihre Hände krallten sich einen Moment lang in sein Hemd, ehe sie ihn losließ. Trotzdem gab sie keinen Laut von sich, als sie sah, wie er sich verbeugte und sich von ihr abwandte. Sie blieb dort stehen, wo er sie stehen gelassen hatte, hatte die Arme um sich geschlungen und starrte ins Nichts, als er sich umsah.

Er hatte das Richtige getan, das einzig Mögliche. Warum also kam er sich dennoch wie ein Idiot vor?

Noch nie, dachte Rowan ein paar Stunden später, hatte es einen solchen Mond gegeben. Er war so rund wie eine schwangere Königin und so hell wie ein aufgehender Morgenhimmel. Er vergoldete die Bäume, glitzerte auf dem Gras und fiel wie Sarazenerklingen aus getriebenem Silber durch die Schießscharten im Turm. Das Licht strömte durch die Glaskuppel, ließ Schatten pechschwarz werden und umgab die Formen von Palm- und Farnwedeln auf dem Marmorboden mit schwarzen Drachenzähnen.

Rowan war betrunken und froh darüber. Er schlenderte von einem Fensterschlitz im Arbeitszimmer zu einem anderen und lief die Treppe rauf und runter. Er umsegelte das Gewächshaus, tauchte unter Palmen hindurch und berührte die warmen, nassen Brüste der Brunnennymphen mit zarten, erkundenden Fingerspitzen.

Sie konnten sich nicht an Katrine messen. Seufzend wandte er sich ab und fand im gezackten Schatten der größten Palme einen Platz, auf dem er sich mit dem Rükken an den gigantischen Keramiktopf lehnen konnte. Ein kühler Streifen Mondschein fiel ihm in die Augen, als er den letzten Schluck Cognac trank.

Er saß noch da und hielt das leere Glas in der Hand, als Katrine die Treppe herunterkam. Er stellte das Kristallglas behutsam und lautlos ab, damit es nicht herunterfiel. Dann blieb er vollkommen still in seinem dunklen Hinterhalt sitzen.

Das helle Licht von oben machte ihr Haar zu gesponnenem Rotgold und ihr dünnes Nachthemd zu silberner Gaze. Wie eine Göttin, die vom Olymp herabsteigt, glitt sie mit unendlicher Anmut und ohne jeden Laut die geschwungene Treppe hinunter. Ihre Wangenknochen, die stolzen Rundungen ihrer Brüste, ihre zart geschwungenen Arme und ihre langgliederigen ausschreitenden Beine fingen das Spiel der Mondstrahlen auf und spiegelten sie so glänzend wider, daß seine Augen schmerzten. Sie hatte ein Handtuch über einem Arm hängen.

Er hätte aufstehen und seine Anwesenheit kundtun müssen, damit sie sich ungestört waschen konnte, falls das ihre Absicht war, aber er verspürte nicht den leisesten Hang dazu, und die Anstrengung wäre ihm ohnehin zu groß gewesen. Sämtliche Reiter der Hölle hätten ihn nicht von dem Platz fortzerren können, auf dem er saß.

Sie glitt die letzte Stufe hinunter und über den Marmorboden und ging an ihm vorüber, ohne auch nur einen Blick in seine Richtung zu werfen. Als sie den Brunnen erreicht hatte, hielt sie eine Hand in die silbernen Wasserströme, die sich aus den Gefäßen ergossen, die die Nymphen in den Händen hielten, aber auch aus den Schnäbeln von zwei Schwänen. Die helle Begeisterung, die sich in ihrem Gesicht breitmachte, als die Tropfen über ihre Finger plätscherten und ihr Gesicht und ihre Schultern wie mit warmen Diamanten überzogen, bewirkte, daß Rowan der Atem in der Kehle stockte.

Sie massierte sich die Tropfen in die Haut, strich sich mit den Händen über das Gesicht und warf ihr Haar zurück, das wie eine echte Flamme schimmerte. Sie hob die Hände und begann, die Knöpfe ihres Nachthemds zu öffnen.

Erst entblößte sie die eine Schulter, dann die andere, ehe sie den Ärmel an ihrem Arm herunterzog. Langsam und mit großer Sorgfalt, weil der Stoff so dünn geworden war, zog sie den Batist von ihren Brüsten auf ihre schmale Taille und ließ ihn über die sanfte Wölbung ihrer Hüften gleiten. Einen qualvollen Augenblick lang spannte es dort und verbarg ihren Unterkörper wie die Tücher mancher klassischer Statuen. Dann glitt es auf den Boden und fiel in zarten Falten um ihre Füße.

Rowan hielt den Atem an. Er hatte gewußt, wie hübsch sie anzusehen war; seine Hände, sein Mund und jeder Zentimeter seines eigenen Körpers hatten ihm das gesagt. Dennoch waren diese Mittel zur Beurteilung ein kläglicher Ersatz für den Genuß, sie nackt im hellen Mondschein zu sehen.

Dieses Bild, glaubte er, war in seine Pupillen eingeritzt, mit der Säure seiner eigenen fiebrigen Verzückung in sie eingebrannt. Wenn er alt war und die Zeit nahte, die Augen ein letztes Mal zu schließen, würde derjenige, der mit der Aufgabe betraut war, sie für immer zu schließen, dort noch ihr Ebenbild sehen. Und dann würde man sich wundern.

Jetzt trat Katrine aus dem Nachthemd heraus, das zu ihren Füßen lag. Mit geschmeidigen Bewegungen stieg sie über den breiten Brunnenrand. Sie richtete sich auf, eine lebendige Nymphe aus Fleisch und Blut. Sie schritt durch das kniehohe Wasser an die Stelle, an der die Ströme sich trafen und ineinanderflossen.

Das Wasser traf auf sie und zerteilte sich zu einem blendenden Sprühregen. Als sie inmitten der Ströme angelangt war, überzog das Wasser die Rundungen ihres Körpers mit glitzernden Kaskaden, die gluckerten und gurgelten, als sie hinunterströmten und um ihre Füße plätscherten. Sie schloß die Augen, holte tief Luft und hielt lange den Atem an, während sie sich mit ausgebreiteten Armen und erhobenen Handflächen langsam im Sprühregen drehte, um sich nichts von dem warmen Wasser entgehen zu lassen.

Schließlich drehte sie sich zu ihm um. Sie ging zu dem breiten Brunnenrand zurück, auf den sie ihr Handtuch gelegt hatte, und nahm das Stück Seife, das Rowan dort liegengelassen hatte. Mit versonnenem Gesichtsausdruck fuhr sie damit langsam über ihren Körper, ließ die Seife über ihre Arme und über ihre Seiten gleiten, über ihre Brüste und ihren Bauch, über die Innenseiten ihrer Beine von einem Knie zum anderen. Der Seifenschaum, der zurückblieb, zierte sie wie schmückende silberne Spitze. Er breitete sich aus, glitt an ihr hinunter und überzog sie mit der Intimität einer Umarmung, bildete Erhebungen, die auf ihrer stillen, heimlichen Wanderung nach unten in Klüften verschwanden.

Sie warf einen Blick hinter sich und lehnte sich dann zurück, um sich auf das Knie des Satyrs zu setzen, während sie die Füße einen nach dem anderen hob, um sie einzuseifen. Dann hob sie die Arme und massierte sich Seifenschaum ins Haar, bis es glatt herunterhing und weiß überzogen war, bis das Brunnenwasser von Seifenschaum überdeckt war und die Statuen, die ihr Publikum bildeten, damit gesprenkelt waren. Als sie fertig war damit, stellte sie sich wieder unter das strömende Wasser und ließ es den Schaum verjagen, während sie sich langsam in den zusammenfließenden Strömen drehte.

Kurz darauf fiel ihr der grinsende Satyr auf, der voller

Seifenschaum war. Sie beugte sich zu ihm vor, spritzte ihm mit Wasser die Schaumblasen von der Brust, vertrieb sie mit gespreizten Fingern von der gemeißelten muskulösen Gestalt, strich über den allzu harten Bauch und blieb einen flüchtigen Moment lang mit der Hand auf dem nassen, schaumbedeckten männlichen Glied stehen.

Rowan schluckte und atmete heiser und pfeifend ein. Gleichzeitig stiegen Erinnerungen von dem dumpfen, vom Alkohol benebelten Boden seines Gehirns auf. Katrine hatte einmal dagestanden und ihn in diesem Brunnen beobachtet. Und er hatte ihr gesagt, daß er nach unten gehen würde, ins Gewächshaus.

Sie wußte, daß er sie beobachtete. Sie wußte es und wollte von ihm gesehen werden.

Er sah sie sehr gut, zu gut, aber das änderte nichts. Sie hatte dieses Scharmützel gewonnen.

Die größere Schlacht stand jedoch noch bevor.

Er stand mit langsamer Behutsamkeit auf und trat aus dem Schatten ins Licht. Sie drehte sich ruckartig um, und ihr gesamter Körper erschauerte. Sie war eine unerfahrene Verführerin, wenn er sich recht erinnerte. Vielleicht war das nur gut so.

Sie unternahm keine Anstrengung, sich zu bedecken, sondern richtete sich auf und blieb aufrecht stehen. Dem spendete er Beifall, nicht nur als einem Zeichen von Mut, sondern auch, weil es ihm gestattete, sie ungehindert zu betrachten. Das nutzte er aus, als seine Hände nach seinem Hemd griffen und es aus der Hose zerrten.

»Was tust du da?« fragte sie, und ihre Stimme schwankte.

Sein Lächeln war bewußt durchtrieben. »Ich tausche eine unhaltbare Position gegen eine bessere ein. Es mag vielleicht etwas feucht werden, aber ich rechne damit, dafür entschädigt zu werden.«

»Wenn das heißen soll…«

»Ja, das soll es heißen«, fiel er ihr ins Wort. »Willst du mir etwa sagen, ich sei dir nicht willkommen?«

Es dauerte lange, bis sie antwortete. Ihr Blick, den Gefühle, die er nicht ergründen konnte, verdunkelten, folgte seinen Bewegungen, als er sich die Hose über die strammen Muskeln seiner Oberschenkel und über die Füße zog und sie dann von sich trat. Er ließ sein Hemd hinter sich fallen und ging in zügelloser Sprungbereitschaft auf sie zu.

Sie riß die Augen weit auf und wich einen Schritt zurück. Die Wasserströme trafen plätschernd auf sie.

»Bleib, wo du bist«, sagte er und sprang über den Brunnenrand. Er erreichte sie mit einem einzigen weit ausholenden Schritt.

Er fühlte sich lebendig, sehr lebendig. Die Benebelung durch den Alkohol war von ihm abgefallen und von der Lust und der Faszination aus seinem Blutkreislauf verbannt. Jeder einzelne seiner Sinne prickelte vor Wachheit, die an Schmerz grenzte. Der würzige Duft der Farne, der üppige Moschusgeruch der Erde und der Lavendelduft des Seifenschaums brodelten gleichzeitig um ihn herum und stiegen ihm mit übermächtiger Intensität zu Kopf.

Er konnte den Ruf eines Nachtvogels und das Rauschen des Windes um die Turmmauern hören. Es war einfach, das Pochen des Pulses in Katrines Kehle zu sehen, die beschleunigten Hebungen und Senkungen ihrer Brust beim Atmen, das Funkeln einsetzender Panik in ihren Augen.

In seinen Sehnen steckte Kraft, und sein Blut pochte vor Glut. Er begehrte diese Frau, begehrte sie mit einem tiefen inneren Schmerz, den er nie zuvor gefühlt hatte, und nichts, aber auch gar nichts würde ihn davon abhalten, sie zu nehmen.

Sie streckte die Hand aus, als wollte sie ihn abwehren. Er blieb stocksteif stehen. Einen langen Moment stand er mit den Händen auf den Hüften da, und Wasser spritzte von ihrem Körper in sein Gesicht. Dann streckte er den Arm aus und griff nach ihrer Hand, um sie zu streicheln und an seine Lippen zu führen, ehe er sie auf seine Schulter legte. Er schlang einen Arm um ihre Taille und beugte sich vor, um einen Arm unter ihre Knie zu legen. Mit einem einzigen behutsamen Schwung beförderte er sie wieder dahin, wo sie noch vor kurzem gewesen war, auf den Schoß des Satyrs.

Ehe sie sich von der Stelle rühren und aufbegehren konnte, stieg er zwischen ihre Beine und kniete sich hin. Er hielt ihre Hüften fest, damit sie ihm nicht entkommen konnte, und dann senkte er den Kopf zu der behutsam zusammengefalteten, nach Lavendel duftenden Stelle am Ansatz ihrer Oberschenkel.

Dort war das Blut so dicht unter der Oberfläche und floß so schnell. Er glaubte, es durch die zarte Haut schmecken zu können, aber auch die unglaubliche Süße ihres eigentlichen Wesenskerns schmecken zu können. Das Herz schwoll ihm in der Brust und schmerzte. Die Kunstfertigkeit fiel ihm daraufhin von allein zu, gepaart mit der gnadenlosen Absicht, Lust zu bereiten.

Er fand die kleinen Laute göttlich, die zu ersticken sie sich so sehr bemühte, die kurzen Krämpfe der Verzükkung, die unter seinen Händen bebend durch sie zuckten, aber auch, wie sie die flachen Handflächen an ihn preßte und die Finger spreizte, als hieße sie all diese Wonnen willkommen. Er betete ihre vollkommene Gestalt an, die sich seinen Händen anpaßte, als sei sie für ihn allein geschaffen, ihr dichtes, nasses Haar, den kecken Schwung ihrer Brüste und die Art, auf die ihre Brustwarzen in seinem Mund wie süße Beeren reiften. Er liebte die Zartheit ihrer Bewegungen, mit denen sie auf ihn reagierte, den hingerissenen Ausdruck auf ihrem Gesicht.

Er liebte sie. Das war der Grund, aus dem er hier war.

Im Turm, im Brunnen, in ihren Armen.

Und als er sie nahm und seinen Körper wieder und immer wieder in ihr zartes Innerstes preßte und das warme, samtgefütterte Eisenband fühlte, das sich um ihn schloß, hallten diese Worte in einem kraftvollen, nicht enden wollenden Rhythmus durch seinen Kopf. Er schrie sie in die angespannte Stille seiner Seele und fühlte, wie sie ihm in unvergossenen Tränen durch die Kehle rannen.

Aber er gab nicht einen einzigen Laut von sich.

Seine Selbstbeherrschung war groß und nahezu unangreifbar.

15. Kapitel

Katrine klammerte sich an Rowan, als er sie aus dem Brunnen hob, nasse Fußspuren hinter sich zurückließ und sie die Treppe hinauftrug. Seine Kraft war ihr eine geheime Lust, und die Art, wie er sie in den Armen hielt, ließ ihr schmerzhaft warm ums Herz werden.

Niemals würde sie vergessen, wie er zu ihr in das warme, plätschernde Wasser gekommen war, nackt und ohne Scham. Und sie würde auch nicht vergessen, was hinterher passiert war. Nie wieder würde sie dieselbe sein wie vorher, und sie wollte auch nicht mehr dieselbe sein.

Ihr Sinneswandel, was ein Kind betraf, war bei Rowan nicht auf Zustimmung gestoßen. Er verstand das nicht. Sie konnte es ihm schlecht vorwerfen, wenn sie bedachte, wie sehr sie sich anfänglich jeder Vertraulichkeit zwischen ihnen entgegengestellt hatte.

Es war kein irrationaler Entschluß, nicht wirklich. Rowans zärtliche Einführung in die Liebe hatte diese Kehrtwendung bei ihr ausgelöst. In den letzten Stunden war ihr deutlich klargeworden, wie allein sie dastehen würde, wenn er fort war, und wie sehr sie sich dann nach etwas sehnen würde, was sie an ihn und an die Liebe zu ihm erinnerte.

Sie war nie abgeneigt gewesen, ein Baby zu bekommen, sondern hatte sich nur daran gestört, daß dessen Vater und der Zeitpunkt der Geburt von Giles bestimmt und ihr aufgezwungen wurden. Sie konnte sich nichts Schöneres vorstellen, als ein kleines Lebewesen an sich schmiegen zu können und damit die Leere in ihrem Herzen auszufüllen.

Daran, daß sie auch Giles eine Freude machte, wenn sie schwanger wurde, ließ sich nichts ändern: Fest stand jedenfalls, daß dies ihre Entscheidung nicht beeinflußt hatte. Giles würde sich zweifellos als großzügiger Sieger und hinterher als liebevoller Vater erweisen; in dem Punkt hatte sie keinerlei Befürchtungen. Dennoch war für sie das Kind entscheidend und nicht die Wünsche ihres Mannes.

Ihr schwante nichts Gutes, als sie daran dachte, was aus Rowan werden könnte und was möglicherweise noch gegen ihn unternommen werden würde. Die Angst verstärkte ihr Verlangen nur noch mehr, denn die Gefahr schien dieselbe zu sein, ob er ihr nun ein Kind schenkte oder nicht.

Wenn er getötet werden sollte – nein, daran wollte sie nicht denken.

Die Zeit wurde knapp. Wenn Rowan recht hatte, war von der Anlegestelle der Dampfschiffe eine Aufforderung eingetroffen, die Kutschen loszuschicken, um Giles und die anderen abzuholen. Wenn man den üblichen Ablauf einhielt, würde er bis zum Morgen warten und dann an Land gehen und die Heimfahrt nach Arcadia antreten. Im Lauf des Nachmittags würde die ganze Gesellschaft dann wieder im Haus eintreffen.

Man würde nach ihr fragen und wissen wollen, wann sie von ihrer angeblichen Reise zurückkehrte. Giles würde sie kurz darauf seinen Gästen vorführen müssen. Gewiß würde bald jemand kommen und Rowan und sie freilassen.

Das konnte heißen, daß sie nur noch diese eine Nacht miteinander hatten.

Sie besaß keine große Erfahrung in diesen Dingen, doch sie war fast sicher, daß Rowan seinen Samen wieder zurückgehalten hatte. Es mußte eine Möglichkeit geben, in der kurzen Zeit, die ihr noch blieb, eine Bresche in seine Abwehr zu schlagen.

Rowan ging ins Schlafzimmer und setzte sie auf den hochlehnigen Stuhl vor dem Kamin. Er schlang das Handtuch, das er sich gemeinsam mit seiner Hose über die Schulter geworfen hatte, um sie und kniete sich dann hin, um Feuer zu machen. Sie blieb sitzen, wo er sie hingesetzt hatte, denn ein träges Wohlbefinden hatte sich in ihr breitgemacht, und sie war zu sehr in ihre eigenen Gedanken verloren, um sich von der Stelle zu rühren. Ihre Blicke folgten ihm jedoch, als er in seine Hose stieg und sie mit flinken Bewegungen schloß und dann ihren Kamm und ihre Bürste von der Frisierkommode holte und mit großen Schritten auf sie zukam.

Er war wirklich eine prachtvolle Erscheinung. Giles hatte auf seine merkwürdige Art eine gute Wahl getroffen.

Rowan blieb stehen und richtete den Blick auf das ungewollte Lächeln, das ihre Lippen verzog. Sein Gesichtsausdruck war unergründlich, wies aber alles andere als Vertrauen auf. Sie wünschte, sie hätte gewußt, woran er dachte. Da sie es nicht ahnen konnte, mußte sie ohne dieses Wissen auskommen.

Er griff nach ihrer Hand, und sie gab sie ihm bereitwillig und ließ sich von ihm vom Stuhl ziehen. Er setzte sich und zog sie dann zwischen seine gespreizten Beine. Sie schmiegte sich dankbar an seinen warmen Körper, und erst als sie seine Nähe spürte, merkte sie, daß ihr kühl gewesen war. Sie griff nach dem Handtuch und begann, sich die Arme abzutrocknen, auf denen noch Wassertröpfchen lagen.

Er legte den Kamm und die Bürste hin, nahm ihr das Handtuch aus der Hand und benutzte es, um ihr die Arme und Schultern abzutrocknen, ehe er sich ihren Brüsten zuwandte. Seine Berührungen waren sanft und doch leicht scheuernd, als er über die zarten Rundungen fuhr. Ihre Brustwarzen spannten sich und stellten sich auf.

Katrine spürte die Bewegungen seiner Gesichtsmuskeln seiner Wange, die an ihrer Schläfe lehnte, als er lächelte. Dieses Anzeichen seiner Freude bewirkte, daß sich langsam Wärme in ihrem Körper ausbreitete und immer weiter nach unten zog. Sie bog den Rücken etwas weiter zurück, um ihm freieren Zugang zu gewähren.

Seine Berührungen hörten abrupt auf. Sein Zwerchfell dehnte sich aus, als er tief Atem holte. Mit einer flinken Bewegung seiner Schulter brachte er Katrine in eine aufrechte Haltung und begann, ihr das Haar zu trocknen. Dann ließ er das Handtuch auf ihren Schoß fallen, nahm die Bürste in die Hand und zog sie durch ihr nasses Haar.

Was er mit ihrem Haar tat, wirkte beruhigend auf sie. Sie blieb eine Zeitlang still sitzen, starrte ins Feuer und kostete seine zunehmende Wärme und Rowans liebevolle Gesten aus. Sie drehte den Kopf um, weil sie zusehen wollte, wie er die Enden einer langen Strähne um seine Hand schlang, um sie auszubürsten, und sie dann wieder in die üppige Mähne fallen ließ, die sie umhüllte. Sein Gesicht drückte angestrengte Konzentration aus. Sie verzehrte sich danach zu wissen, was er dachte und was er fühlte, aber sie wagte nicht zu fragen.

Sie konnte nicht ewig so dasitzen, wenn es auch noch so angenehm sein mochte. Sie mußte etwas unternehmen. Im Brunnen war sie nicht gescheitert. Das mußte sie sich immer wieder sagen, um sich Mut zu machen.

Es war ein gutes Gefühl gewesen, die wenigen Schritte zu unternehmen, die nötig waren, um zu erreichen, was sie wollte. Es wunderte sie, daß sie so lange gebraucht hatte, um sich dazu durchzuringen. Natürlich war sie nicht zu selbständigem Denken erzogen worden, von selbständigem Handeln ganz zu schweigen. Bisher war jede

Facette ihres Lebens von anderen für sie vorausgeplant und in die Tat umgesetzt worden. Als sie sich Giles' Wünschen widersetzt hatte, wenn ihr Widerstand auch noch so passiv gewesen sein mochte, war das der Beginn der Veränderung in ihrem Innern gewesen. Aber das Ende war noch lange nicht in Sicht.

Jetzt. Es mußte jetzt gleich sein.

Katrines Fuß ruhte auf Rowans Fußsohle. Sie bog das Knie ein wenig, preßte ihren Fuß auf seinen und streichelte seine Fußsohle mit ihrer. Mit einer zarten, fast verträumten Stimme sagte sie: »Ganz gleich, wer es war – ich bin froh, daß mir jemand die Liebe gezeigt hat.«

»Wirklich?« Seine Stimme streifte warm und federleicht ihre Schulter. »Und warum das?«

»Weil ich in den Genuß dieser Freuden gekommen bin, die nichts mir je wieder nehmen kann. Weil wir keine Zeit hatten, so wie die meisten Paare durch endloses Ausprobieren über Jahre hinweg zu lernen, wie man miteinander umgehen kann.«

»Mehr Zeit wäre schon von Vorteil gewesen.«

»Ja«, stimmte sie ihm still zu und dachte daran, wie es hätte sein können, wenn sie als frisch Vermählte zusammengekommen wären. Gleichzeitig freute es sie zu wissen, daß auch er sich gewünscht hätte, sie hätten mehr Zeit gemeinsam verbracht. »Ja«, sagte sie noch einmal, ehe sie hinzufügte: »Ich stehe in deiner Schuld, weil du mir die … die Wonnen des Körpers gezeigt hast. Mir graut bei der Vorstellung, sie niemals kennengelernt zu haben.«

Er hielt mit seinen Bewegungen inne. Seine Stimme war gepreßt, als er sagte: »Wenn ich es nicht gewesen wäre, dann wäre es ein anderer gewesen, zu einem anderen Zeitpunkt.«

»Du meinst in späteren Jahren, wenn ich verwitwet bin? Vielleicht wäre ich dann zu alt und zu eingefahren in meinem keuschen Lebenswandel gewesen, um das noch zuzulassen.«

»Ich bezweifle«, sagte er trocken und schneidend, »daß es so lange gedauert hätte.«

»Du meinst, ich hätte mich irgendwann doch noch Giles' Willen gebeugt, wenn schon nicht meinem eigenen, und mich einem anderen Mann hingegeben? Nein. Dazu wäre es nie gekommen. Nur jemand... jemand wie du konnte sich durchsetzen.«

Er hob die Hand zu ihrem Gesicht und zwang sie, sich zu ihm umzudrehen und ihn anzusehen. »Was soll das heißen?«

Sie konnte seinem dunklen forschenden Blick nur einen Moment lang standhalten. Dann verbarg sie die Augen schützend hinter den Wimpern und sagte: »Du bist der Sieger auf der ganzen Linie. Die Eigenschaften, die dich zu einem ausgezeichneten Sportler machen, machen dich gleichzeitig auch zu einem guten Anwärter für einen Vater und zu einem überlegenen Liebhaber.«

»Wie kannst du wissen, was für ein Liebhaber ich bin«, sagte er, »wenn du nie einen anderen gehabt hast?«

Ihr Gesicht glühte, doch sie dachte nur einen Augenblick nach, ehe sie antwortete. »Ich vermute, ich weiß es instinktiv. Irre ich mich? Ist es möglich, daß ein anderer Mann dieselben Gefühle bei mir auslösen oder mich dazu bringen könnte, noch rückhaltloser auf ihn zu reagieren?«

Ein zynisches Lächeln umspielte seine Mundwinkel. »Ich hoffe nicht.«

»Nun denn.«

»Die Bescheidenheit verbietet mir, dir zuzustimmen, und ebenso verbietet mir die Weisheit, den Grund dieser Schmeicheleien zu übersehen.«

»Soll das heißen, du unterstellst mir, daß ich das nur sage, um dich in Versuchung zu führen, daß du dich um eines Kindes willen vergißt?« fragte sie und riß die Wimpern hoch. »Und ich dachte, du seist unbesiegbar und nichts könnte dazu führen, daß du die Kontrolle über dein Verlangen verlierst.«

»Das habe ich nie behauptet.«

»Dann könnte deine Standhaftigkeit auf die Probe gestellt werden, wenn ich das tue?« fragte sie und preßte die Lippen auf einen seiner festen Mundwinkel. »Oder das?« fügte sie zärtlicher hinzu, als sie die Hand ausstreckte, sie auf seine bloße Brust legte und in seiner noch feuchten krausen Brustbehaarung eine steife Brustwarze suchte.

Er packte ihre Hand und hielt sie so fest, daß seine Fingernägel weiß wurden. Seine Stimme war rauh, als er fragte: »Was für einen Grund gibt es sonst noch?«

»Vielleicht«, sagte sie und atmete behutsam ein, »würde ich dir gern Lust mit Lust vergelten. Da es nie einen Mann deinesgleichen geben wird, der mein Bett mit mir teilt, möchte ich vielleicht alle Formen der Liebe kennenlernen, die du so gut beherrschst. Wirst du sie mich lehren?«

»Mein Gott, Katrine...« hauchte er.

Jubel strömte voller Verwegenheit in ihrem Blut, als sie seine Bestürzung wahrnahm. Sie sagte leise: »Gibt es etwas, was ich tun kann, eine Art, dich zu berühren, die du mir beibringen kannst, eine Technik, mit der ich dir dieselbe Lust verschaffen kann, die du mir bereitet hast?«

»Du... du darfst nicht solche Dinge sagen«, brachte er mit heiserer Stimme hervor.

»Nein? Aber wie sonst soll ich wissen, was du gern hättest?«

Sein Gesicht war grimmig, als er sagte: »Du brauchst keine Technik. Du brauchst mich nur so anzusehen, wie du es im Moment tust.«

»Es muß doch mehr geben«, sagte sie und legte den Kopf ein wenig zur Seite. »Frauen sind so abhängig von

Männern, daß es ihnen gelingen muß, ihnen Genuß zu verschaffen, damit sie die Männer halten können.«

Er kniff die Augen zusammen. »Das könnte es geben, falls du dabei an die Notwendigkeit denkst, eine erloschene Glut wieder zu entfachen. Die deines Mannes beispielsweise?«

Sie blinzelte und wich ein Stück zurück. »Daran habe ich nicht gedacht.«

»Dann mußt du mir wirklich dieses plötzliche Verlangen erklären – es sei denn, du sagst mir nicht die Wahrheit?«

Es entstand eine Pause, und Katrines Augen, die der Strudel plötzlich aufkommender Gefühle verfinsterte, waren starr auf seinen eindringlichen Blick geheftet. Er lag richtiger, als er wußte, dachte sie. Sie wollte vieles, angefangen mit der vollständigen Kenntnis seiner Liebesmethoden bis hin zu einem Kind. Am meisten wollte sie jedoch jeden Gedanken an Selbstbeherrschung und jede Notwendigkeit dafür tilgen. Sie wollte, daß er sie so sehr begehrte, daß nichts anderes mehr zählte. Sie wollte, daß er sie genügend liebte, um sich ihr ohne Vorbehalt hinzugeben.

Ihre Hand krallte sich langsam in sein Fleisch, als sie erkannte, was sie schon vor Tagen hätte wissen müssen. Sie mußte wissen, daß er sie nur aus einem einzigen Grund liebte. Das mußte sie wissen, weil sie ihn liebte.

Ihre Stimme war ein ersticktes Flüstern, als sie endlich etwas sagte. »Du wirst bald fortgehen; du mußt gehen. Du wirst andere Frauen kennenlernen, andere Lieben erfahren. Für mich wird es anders aussehen. Ist es denn so schlimm, daß ich versuche, in wenigen kurzen Stunden genug Liebe für ein Leben zu bekommen und sie festzuhalten?«

»Soll ich mich jetzt schuldbewußt fühlen?« fragte er behutsam und lauernd.

Ihr Herz schnürte sich zusammen; dennoch antwortete sie wahrheitsgemäß, denn die Wahrheit war alles, was ihr noch geblieben war. »Ja«, sagte sie, »falls es dich ins Wanken bringt.«

»Und was dann?«

»Lieb mich nur ein einziges Mal, ohne an deine erlernten Methoden zu denken, und ich verspreche dir, daß du nie von den Folgen erfahren wirst. Dann kannst du von hier fortgehen und brauchst dich nie mehr umzuschauen. Ich werde dich niemals darüber verständigen, falls ich ein Baby bekomme, und ich werde nie in seinem Namen irgendwelche Ansprüche an dich stellen. Du brauchst nicht um ein Kind zu bangen, von dem du gar nichts weißt.«

»Angenommen«, sagte er leise, »ich schicke jemanden, der sich für mich danach erkundigen soll?«

Sie schluckte schwer und brachte erst nach einem zweiten Anlauf einen Laut heraus. »Das ... das wäre natürlich dein Recht.«

»Mein Recht?« wiederholte er mit angespannter Stimme. »Was ist mit meinen Hoffnungen und meinen Befürchtungen, meinem verstümmelten und mißbrauchten Verlangen? Das glaubst du also von mir – daß ich mich nicht binden und keine Verantwortung tragen will? Ist dir denn nicht klar, daß diese untragbare Möglichkeit mich mein Leben lang verfolgen würde, du könntest ein Kind geboren haben, das mein Ebenbild ist, und ich dürfte es niemals kennenlernen?«

Sie forschte in seinem Gesicht. »Ich war mir nicht sicher.«

»Würdest du mir jetzt, nachdem du das weißt, die Wahrheit sagen? Würdest du das wagen, wenn dir klar wäre, daß ich durch Feuer und Sturm zu dir zurückgeritten käme, wenn aus unserer Liebe ein Baby entspringen sollte, und daß ich dich gewaltsam fortschleifen würde, falls nötig, und dich so weit von hier fortbrächte, daß dein Mann uns niemals fände?«

Gewaltige Freude, die sich mit Leid verband, wogte über sie hinweg. Sie fand es bewundernswert, daß er so fest entschlossen war, das, was ihm gehörte, zu behalten, doch sie kam nicht gegen den Schmerz an, den sie bei der Erkenntnis empfand, daß seine Fürsorge begrenzt war und er wegen ihr allein nicht zurückgekommen wäre. Das ließ sie leichtsinnig werden.

Sie fragte: »Warum sollte mir der Trost eines Kindes versagt bleiben, selbst auf diese Gefahr hin? Welches Recht hast du, mir das vorzuenthalten?«

»Und mit welchem Recht enthältst du mir vor, was du über den Tod meines Bruders weißt? Welche Skrupel führen mehr Kummer mit sich, deine oder meine? Welche sind stärker?«

»Skrupel«, sagte sie ruhig, »können etwas Furchtbares sein.«

Aus seiner Stimme waren Zustimmung und Bedauern herauszuhören. »Ich gäbe dir alles, was du willst, und ich täte alles, was du willst, wenn ich dabei an niemand anderen als an uns beide zu denken bräuchte.«

»Wirklich?« Ihr Tonfall war unausgeglichen, ihre Stimme verkrampft.

»Wie kannst du daran zweifeln?«

»Ich weiß nicht genau«, sagte sie und beugte sich langsam zu ihm vor, bis ihre Brüste seine nackte Brust berührten und ihre Lippen nur noch Zentimeter von seinen entfernt waren.

Er wußte genau, was sie tat; das konnte sie in seinen Augen sehen. Er wich nicht zurück, sondern legte die Bürste hin, strich mit den Händen über ihren Rücken, drehte sie ganz zu sich um und zog sie enger an sich. »Ich bin sicher«, sagte er, »daß es ein Verbrechen wäre, die Zeit zu vergeuden, die uns noch bleibt, ganz gleich, um welchen Preis.«

Sein Mund war warm und süß und großzügig, diese Mischung aus liebevoller Zärtlichkeit und gebieterischer Herrschaft war typisch für ihn und einzigartig. Ein leiser Laut entrang sich ihrer Kehle, als sie sich diesem Gefühl hingab, sich an ihn schmiegte und die Arme fest um seinen Hals und seine Schultern schlang. Es entflammte sie, seinen Körper von Kopf bis Fuß an ihrem zu spüren.

Ihr Begehren ging über körperliches Verlangen hinaus. Es war weit und endlos und mit Verlustängsten durchsetzt. Verzweiflung und Wut schwangen darin mit, aber auch eine wilde Gier, die von einer schrecklichen, schmerzhaften Angst angefeuert wurde. Es tat weh, dieses Begehren, und nur er konnte ihr ein Gegengift gegen den Schmerz verabreichen.

Dauer. Jemand, für den sie immer dasein konnte. Ein Kind, das ihn ersetzte oder doch zumindest teilweise.

Soviel würde sie ihm mit List und Liebe entlocken, falls es ihr gelang.

Sie ließ die Hand über sein Ohr und sein eckiges Kinn gleiten und fuhr dann über seinen vorspringenden Backenknochen und seine straffe Wange. Sie legte die Lippen auf seine und bewegte sie auf der glatten, warmen Oberfläche. Zart drang sie zwischen seine Lippen, umschlang seine Zunge mit ihrer, stieß vor und zog sich wieder zurück und lud ihn ein, sich ihr im Liebesvorspiel anzuschließen. Er kam ihrer Aufforderung nach und liebkoste sie mit Einfallsreichtum, Zuvorkommenheit und plötzlicher kraftvoller Heftigkeit.

Seine Arme schlangen sich enger um sie. Katrine spürte, wie er sie vom Stuhl zog, sie fest an sich preßte und sich mit ihr auf den Boden sinken ließ. Im nächsten Moment lag sie auf dem Kaminvorleger und er mit aufgestützten Ellbogen neben ihr; der orangerote Schein des Feuers und die Entschlossenheit züngelten in seinen Augen.

Beklommenheit ließ sie erschauern und nistete sich in ihrer Magengrube ein. Einen kurzen Moment lang wurde sie wieder daran erinnert, wie wenig sie diesen Mann kannte und wie sehr sie ihm ausgeliefert war. Dann fiel, ihr Blick auf seinen schwach und rätselhaft lächelnden Mund. Sie streckte die Arme nach ihm aus.

Er senkte den Kopf und streifte ihre Lippen federleicht mit seiner warmen Zungenspitze an dem Strich, an dem sie zusammenliefen, um sie noch empfindsamer zu machen. »Sag mir eins«, brachte er heiser heraus. »Wenn Terence deine Gunstbezeugungen nicht erringen konnte, warum ist er dann in Arcadia geblieben?«

Der Schock ließ sie stocksteif erstarren, während sie mit weit aufgerissenen Augen sein Gesicht erforschte, das so dicht vor ihrem war. Etwas, was er gesagt hatte – war es im Lauf dieses Tages oder in der vergangenen Nacht gewesen? –, wollte in ihr Bewußtsein vordringen. Es schien ihr eine Erklärung liefern zu können, wenn sie sich bloß wieder daran erinnern konnte. Dann kam sie darauf.

Schlägst du etwa vor, daß wir einander jeder einen Gefallen tun?

Das waren die Worte, die er gesagt hatte. Er hatte so getan, als glaubte er, sie gedächte ihr Wissen über den Tod seines Bruders gegen die Aussicht auf ein Kind einzutauschen. Und genau das hatte er jetzt vor. Soviel wußte sie.

Sie holte keuchend Atem und sagte: »Das ... das hast du schon einmal probiert, und dann hast du nicht durchgehalten.«

»Stimmt«, sagte er leise und zustimmend, »aber das war etwas ganz anderes. Damals habe ich versucht, dein Verlangen zu erproben, während ich mein eigenes Verlangen zügelte, um dir etwas zu entlocken, ohne dir etwas dafür zu geben. Das war unfair. Diese neue Regelung entschädigt uns wenigstens beide gleichermaßen.«

Ihre Stimme bebte unkontrollierbar. »Wenn du das für

fair hältst, dann hast du eine äußerst merkwürdige Auffassung von Gerechtigkeit.«

Er senkte den Kopf, preßte die feuchte Glut seiner Zunge auf ihre Brust und kostete sie, dann nahm er die Brustwarze in seinen Mund. Er hielt sie für einen langen, prickelnden Moment dort fest, ehe er antwortete. »Du kannst mir etwas geben, was ich brauche; ich kann dir etwas geben, was du willst. Dieser Austausch scheint mir nicht unvernünftig zu sein.«

»Deine Methoden ...«, setzte sie an.

»... sind zweischneidig«, beendete er den Satz für sie. »Ich kann dich nicht in Versuchung führen, ohne mich selbst in Versuchung zu führen. Und das weißt du nur zu gut. Und es steht dir frei, es mir in gleicher Münze zurückzuzahlen, falls du es wagst.«

Es war nicht gerade übermäßig galant, die Beschaffenheit ihres Kampfes so offen zu enthüllen, aber es war aufrichtig. In Wahrheit war sein Verhalten anständiger als ihres wenige Momente zuvor.

Eine große Ruhe sammelte sich in ihrem Innern. Sie keimte in dem warmen und pochenden Kern ihres Herzens auf und breitete sich in langsamen, wellenförmigen Bewegungen aus. Ihr gesamtes Wesen dehnte sich aus und wurde warm und ruhig und verflüssigte sich; sie war furchtlos, nahm ihn ganz hin und hieß ihn willkommen. Sie wollte ihn, und sie dachte gar nicht daran, sich diesen Wunsch zu versagen. Sie wollte ihn, und nichts anderes zählte mehr.

Sie hob die Hand auf seine Brust und ließ die Finger über die festen Muskelpakete gleiten, fuhr mit den Nägeln durch das dunkle und seidig gekräuselte Haar. Dann spreizte sie die Finger und preßte die Handfläche auf den gemeißelten Umriß seiner Schulter und auf die Wölbung seines Oberarms. Die Lust an dem, was sie tat, und die Bedeutung, die es für sie hatte, waren beide so groß, daß ihre Kehle zuschwoll; dennoch zwang sie die Worte über ihre Lippen.

»Dein Bruder«, sagte sie, »war nicht in mich verliebt und hat mich nie anders als äußerst respektvoll angesehen oder berührt. Ich war für ihn seine Gastgeberin und sonst gar nichts.«

»Er hat dich aus der Ferne bewundert, oder etwa nicht? Er war schon immer ein wohlerzogener Junge«, sagte Rowan, während er seine Hand genau ihrer Brust anpaßte und sie nach oben drückte, um ihre feuchte und rosige Brustwarze seinen Lippen näher zu bringen. »Aber du hast mir noch nicht gesagt, warum er hiergeblieben ist.«

»Er hat die Musik genossen, den Tanz, das Essen und den Wein, und es hat andere Ablenkungen hier gegeben, andere Damen.«

Das Handtuch war zwischen ihren Körpern eingeklemmt. Sie sah es durch gesenkte Wimpern an und ließ ihre Finger dann durch das Dreieck weichen Haars auf seiner Brust gleiten und dann den Bauch hinab bis zum Bund seiner Hose. Bevor sie die Erhebung seines männlichen Glieds unter dem Handtuch berührt hätte, packte sie das Handtuch und zog daran.

Er veränderte seine Lage und streckte die Hand aus, um ihr dabei zu helfen, das Handtuch zwischen ihnen herauszuziehen. Seine Hand blieb auf ihrem Unterleib liegen, und seine Knöchel rieben über die flache Oberfläche, dann ließ er die Finger tiefer zu dem kleineren Dreieck feuchten rostroten Haares gleiten. »Als ich das letzte Mal von Terence gehört habe, hatte er außer Manieren auch Galanterie erlernt. Wenn du es nicht warst, welche der Damen hat er dann mit seinen Verbeugungen und Gunstbezeugungen geehrt?«

»Keine«, sagte Katrine und sog scharf die Luft ein, als er die empfindlichste Stelle ihres Körpers berührte und sie zärtlich liebkoste.

»Bist du ganz sicher?« fragte er, und die Worte waren ein leises Flüstern an ihrem Ohr, während die Bewegungen seines Daumens und seines Zeigefingers auf ihr sich herrlich dem Rhythmus seiner Worte anpaßten. »Wer könnte das gewesen sein? Ich glaube nicht, daß es Georgette war. Sie wäre für seinen Geschmack zu derb gewesen und paßt viel besser zu den Satchels dieser Welt. Die süße Charlotte hätte seine Beschützerinstinkte wecken können, aber nicht seine Glut. Musetta ist viel zu kokett, als daß sie sein Interesse lange hätte wachhalten können. Es scheint niemanden zu geben. Und doch hat er in seinen Briefen von Liebe gesprochen. Und von dir.«

Zweifel und Verwirrung spannten ihre Stimme an. »Er kann mich nicht damit gemeint haben.«

»Nein? Warum nicht, wenn er dich insgeheim aus der Ferne geliebt hat? Es könnte sein, daß es dir nie aufgefallen ist, aber daß Giles es bemerkt hat, ziemlich wahrscheinlich sogar.«

»Nein«, murmelte sie nahezu zusammenhanglos. Das Blut kochte in ihren Adern. Sie bekam kaum noch Luft. In ihrer Hilflosigkeit streckte sie den Arm aus und preßte die Handfläche auf seine Hose und sein steifes Glied und fiel in seinen Rhythmus ein, ahmte ihn nach.

Er hielt den Atem an und erstarrte. Er hob den Kopf. »Was war das?«

Sie blieb still liegen und lauschte. Außer dem Hämmern ihres rasenden Herzens war nichts zu hören. Sie glaubte, er habe diesen Trick eingesetzt, um sich Zeit zu nehmen und sich gegen sie zu wappnen, seine Reaktionen zu beherrschen. Sie ließ ihn los und stieß die Hand unter den Bund seiner Hose, dann schlang sie die Finger um seine Männlichkeit und hielt sie fest.

Er legte eine Hand auf ihre Hüften, knetete die sanfte Wölbung, streichelte die zarte Haut und zog sie enger an sich. Dann streckte er den Arm weiter aus, bis seine Hand in ihrer Kniebeuge lag und er ihr Knie anzog, bis es auf seinem Oberschenkel lag. Diese Bewegung verschaffte ihm ungehinderten Zutritt zu ihrer Weichheit, und er nutzte ihre Lage augenblicklich und restlos aus.

Die Penetration war zielsicher und doch behutsam, tief und gekonnt, hart und energisch, aber schmerzfrei. Katrine erschauerte unter diesem plötzlichen Anschlag auf ihre Sinne. Ein leiser Laut, halb Aufschrei, halb inständiges Flehen, entrang sich ihr gemeinsam mit dem Atem, der in ihrer Kehle stockte. Ihr Inneres zog sich um ihn herum zusammen, zog ihn weiter in sich, hielt ihn fest. Langsam und blindlings preßte sie sich an ihn.

Seine Muskeln erschauerten in den ausgedehnten Zukkungen eines Krampfs. Schweiß brach auf seiner Stirn und auf seiner Oberlippe aus. Seine Stimme war so zerfetzt wie ein Bananenblatt, dem ein heftiger Sturm zusetzt, als er sagte: »Es muß einen Grund dafür geben, daß du nicht sprechen willst. Nenn mir wenigstens diesen Grund, ich bitte dich, ehe ich den Verstand verliere und meine Seele aufgebe und dich wie ein blödes, brünstiges Tier nehme.«

»Mit dem größten Vergnügen«, flüsterte sie, denn mehr konnte sie nicht tun. »Ich behalte meine Meinung für mich, weil ich mein Wort gegeben habe und weil schon genug Leid und Tod herabgekommen ist.«

»Ehre«, sagte er mit einer schneidenden, fast krächzenden Stimme, »kann auch etwas Furchtbares sein.«

»Ja.« Sie seufzte und öffnete die Hände, und noch während sie sich an ihn schmiegte, ließ sie ihn los. »Bitte... bitte lieb mich jetzt, wie du willst. Mach alles mit mir, das dir Lust bereitet. Ich will es nicht mehr aushalten, und ich kann es auch nicht mehr. Ich will...«

»Psst«, flüsterte er in ihr Haar. »Das weiß ich doch. Mein Gott, wie genau ich das weiß.«

Er bedeckte sie mit seinem Körper; sie spreizte die

Schenkel, um ihn mit schlichter Anmut einzulassen. Dort im flackernden Feuerschein sah er ihr tief in die Augen, als er in ihre flüssige Hitze eindrang. Sie nahm ihn in sich auf, wollte von ihm ausgefüllt werden, begehrte ihn so sehr, daß es weh tat. Die Befriedigung dieses Verlangens war so intensiv, daß sie von Kopf bis Fuß Gänsehaut bekam. Seine Haut begann ebenfalls zu prickeln, bis die dunklen Haare auf seinen Armen und auf seiner Brust sich aufstellten.

Rowan begann sich zu bewegen. Dann flüsterte er heiser und verzweifelt: »Wer war es? Wen hat mein Bruder geliebt?«

Und Katrine, die vor Schock und Verletztheit tief einatmete, sog den ersten Hauch der Katastrophe in ihre Nase ein.

Verkohltes Holz. Brennender Stoff.

Rauch.

16. Kapitel

Rauchschwaden hingen ganz oben in der Luft im Gewächshaus. Kleine Rauchfahnen trieben, angelockt vom Luftzug des Kamins, vor dem Katrine und Rowan lagen, auf die offene Schlafzimmertür zu. Ein unheilvolles Knacken war irgendwo unten in der tiefen mitternächtlichen Stille zu vernehmen. Der Turm stand in Flammen.

Sie saßen in der Falle. Sie saßen in einem brennenden Gebäude fest, aus dem es keinen Ausweg gab. Das war eine grauenhafte Vorstellung der Art, wie sie Katrine schon immer verfolgt hatten.

Rowan wälzte sich von ihr herunter. Er warf ihr das Nächstliegende zu, womit sie sich bedecken konnte, das Handtuch, und dann tastete er nach seiner Hose.

Katrine zog sich auf die Knie. Mit unsicherer Stimme sagte sie: »Demjenigen, der sich um die Dampfkessel unten kümmert, muß das Feuer ausgegangen sein.«

»Vielleicht«, antwortete er in einem grimmigen Tonfall. Im nächsten Moment war er verschwunden und polterte die Treppe hinunter.

Katrine folgte dicht hinter ihm. Ihr Nachthemd lag noch da, wo sie es neben dem Brunnen hatte liegenlassen. Hastig zog sie es sich über den Kopf und kämpfte mit den Falten, die darauf versessen zu sein schienen, ihre Arme nicht in die kurzen Puffärmel zu lassen. Sie konnte hören, wie Rowan von einem Dampfabzug zum nächsten eilte, und einmal sah sie ihn stehenbleiben und den marmornen

Fußboden nach dem Ursprung des Feuers abtasten. Einen Moment lang blieb er an der Eingangstür stehen und überprüfte das Schloß und den Riegel.

Als es Katrine gelungen war, sich das Nachthemd überzuziehen und den fülligen Stoff um sich zu drapieren, sprang Rowan gerade wieder die Treppe hoch. Sie folgte ihm im Laufschritt, als er in der Kammer des Butlers verschwand. Als sie ihn erreichte, stand er hustend inmitten der dichten Rauchwolke, in der Flammen züngelten und die durch den Schacht des Speisenaufzugs nach oben kam. Er knallte die Luke zu, als sie näher kam.

»Das Feuer ist unten ausgebrochen, vom Dampfkessel ausgehend, das stimmt«, sagte er. »Auf dem Weg kommen wir nicht raus.«

»Raus?« wiederholte Katrine wie ein Echo und erforschte mit weit aufgerissenen Augen sein Gesicht.

Er nickte nachdrücklich. »Das Türschloß am unteren Ende des Schachts könnte man gewaltsam aufbrechen; es ist so gearbeitet, daß es von außen hält und nicht von innen. Wenn das Feuer an einem anderen Ort ausgebrochen wäre, hätten wir runterklettern können.«

»Runterklettern?« sagte sie bedächtig. »Das heißt, wir hätten entkommen können.«

»Draußen hat ein Mann Wache gestanden«, antwortete er zurückhaltend. »Ich glaube, es war der Gärtner, der sich um das Feuer kümmert.«

»Gegen jemanden wie dich hätte er es niemals aufnehmen können.«

»Es hätten noch andere dasein können.«

»Ach ja«, sagte sie und heuchelte Zustimmung. »Aber du hast dir nicht die Mühe gemacht, es herauszufinden, oder?«

Er zog eine Augenbraue hoch, und ein grimmiges Lächeln umspielte seinen Mund. »Nein«, sagte er, »das habe ich nicht getan. Ich wollte es nicht sehen, weil ich nicht entkommen wollte. War es das, was du wissen wolltest?«

Natürlich war es das, doch sein offenes Eingeständnis nahm ihr trotzdem den Atem. Sie hatte gewußt, daß er sie begehrte. Allerdings hatte sie nicht gewußt, wie sehr.

»Warum?« erkundigte sie sich unverblümt.

In seinen Augen flackerten zwingende Überlegungen auf, die jedoch gleich wieder verflogen. Er legte die Hände auf ihr Gesicht. »Die Frage ist, wo diese Wachen jetzt sind. Oder meinetwegen auch der Gärtner. Ich würde jetzt liebend gern hier mit dir darüber sprechen und dabei besonders die Gründe und den jeweiligen Nutzen betrachten, aber wenn wir das tun, könnte es uns währenddessen zu warm werden.«

Dagegen ließ sich nichts einwenden. Sie widersetzte sich nicht, als er ihre Hand packte und sie zur Tür zog.

In der kurzen Zeit, die vergangen war, seit sie das Gewächshaus verlassen hatten, hatte sich die Luft mit dichtem grauschwarzem Rauch angefüllt. Er stieg durch die Ritzen in den Wänden auf und wogte gegen das Glas über ihnen. Züngelnde Flammen leckten unten an den Pfeilern aus Zypressenholz. Das Zischen und Knistern des verheerenden Brandes war lauter geworden.

»Es sitzt in den Mauern«, sagte Rowan. »Wer auch immer dieses Gebäude in Brand gesetzt hat – er hat genau gewußt, was er tut.«

»Woher willst du wissen, daß es sich um Brandstiftung handelt?« protestierte sie.

»Das ist doch einleuchtend, oder etwa nicht? Nach allem anderen, was schon passiert ist?«

Das angesägte Rad, der durchschnittene Sattelgurt. Ja, es war auf eine fürchterliche Art und Weise einleuchtend. Sie preßte die Lippen fest zusammen. Es war ihr lieber, sich keine Gedanken darüber zu machen, wer dafür verantwortlich sein könnte.

Als sie Rowan wieder ansah, maß er die Steine der Mauern unter der Glaskuppel mit Blicken. Seine Augen hefteten sich auf mehrere Fixpunkte, als kennzeichnete er Stellen, an denen Hände und Füße Halt finden konnten.

Katrine beobachtete ihn einen Moment lang und zog dann an seiner Hand. »Nein«, sagte sie, »das ist die falsche Richtung. Der Rauch ist zu dicht. Laß dir von mir etwas zeigen.«

Sie eilte ins Schlafzimmer zurück. Es konnte Einbildung gewesen sein, aber ihr schien es, als würde der Boden unter ihren Füßen bereits wärmer. Der Rauch war beißend, setzte ihrer Lunge zu und ließ ihre Augen tränen. Sie atmete zu tief ein und krümmte sich, als ein Hustenanfall sie überkam, doch sie blieb keinen Moment stehen.

Sie lief vor ihm her ins Schlafzimmer, rannte auf den riesigen Kleiderschrank zu, der in einer Ecke eingekeilt war, und riß die Tür auf. Sie streckte die Hand hinein und zog einen verborgenen Hebel hoch. Die kleine Tür in der Rückwand ganz hinten in der Ecke schwang weit auf.

In der Öffnung zeigte sich eine schmale Steintreppe, die sich in die Dunkelheit hinunterwand. Spinnweben und Staub trieben in der Heißluft, die von unten aufstieg, aber der Rauch war noch nicht allzu dicht.

Rowan stieß einen Laut des Erstaunens aus. Als Katrine in den Kleiderschrank stieg, streckte er schnell einen Arm aus und versperrte ihr den Weg. Mit gepreßter Stimme sagte er: »Jetzt bist du mir eine Erklärung schuldig.«

»Das ist ein Dienstbotenaufgang«, antwortete sie zurückhaltend, »der in die Steinmauer eingebaut ist, damit Cato unbemerkt kommen und gehen kann. Oder vor Giles' Eheschließung auch Frauen. Diese Treppe führt zu einer verborgenen Tür in der Seite des Turms, die den Wäldern zugewandt ist. Delphia hat mir davon erzählt, als ich als Braut hergekommen bin.«

»Das habe ich nicht gemeint, und das weißt du ganz genau«, sagte Rowan mit ruhiger Stimme.

Sein Tonfall behagte ihr nicht. »Wie du selbst schon gesagt hast, haben wir keine Zeit«, entgegnete sie. »Wir müssen uns beeilen, ehe der Rauch durch die Ritzen im Stein dringt.«

Sie duckte sich, um unter seinem Arm durchzulaufen, doch er hielt sie noch einmal zurück. »Auch du hättest den Turm verlassen können. Gib es zu.«

Sie wandte den Kopf zu ihm um, sah ihm ins Gesicht und zog eine Augenbraue hoch. »Der Eingang«, sagte sie mit schneidender Stimme, »hätte bewacht sein können. Oder verschlossen.«

»Aber du hast nicht nachgesehen.«

»Wozu hätte das gut sein sollen?« fragte sie und wich seinen Augen aus.

Er schnaubte. Sein Tonfall triefte vor grimmiger Verheißung, als er sagte: »Darüber reden wir dann später noch. Warte hier. Ich komme gleich wieder.«

Er wartete ihre Einwilligung gar nicht erst ab, sondern eilte noch einmal in das Schlafzimmer. Sekunden später kam er mit einem der schmiedeeisernen Bodenleuchter wieder zurück. Die Kerzen hatte er daraus entfernt. Ohne sie gab das dreizackähnliche Gebilde eine brauchbare Waffe ab.

Rowan schob Katrine zur Seite. Er zog den Kopf ein, um durch die niedrige Tür zu steigen, und lief vor ihr her auf die Rückwand des Schranks zu und die schmale, gewundene Treppe hinunter. Sie folgte ihm mit hastigen Schritten.

Die beiden Männer tauchten auf halbem Wege nach unten auf, Schatten von grober Gestalt mit bleicher Haut und Tüchern vor den Gesichtern. Derjenige, der voranging, fluchte, als er sie sah. Er machte eine schnelle Bewegung, und Licht schimmerte auf einer Klinge. Die beiden gingen zum Angriff über.

Rowan bedachte Katrine mit einem schnellen Blick über seine Schulter. Nachdem er sich vergewissert hatte, daß sie zwei Schritte hinter ihm war, stemmte er den Rücken an die gebogene Mauer, hob seine Waffe und holte damit aus.

Der erste Angreifer bekam einen gewaltigen Hieb in den Bauch und fiel rückwärts auf den anderen Mann. Die beiden purzelten die Stufen hinunter. Das Klappern von Metall auf Stein war deutlich zu vernehmen. Rowan sprang hinter den Männern her.

Katrine erstickte einen besorgten Aufschrei. Mit weit aufgerissenen Augen suchte sie den dunklen Schacht ab. Sie stieg ein paar Stufen tiefer hinunter und blieb dann stehen. Sie hatte keine Waffe und konnte Rowan nicht zur Hilfe kommen. Solange sie ihm nicht im Weg war, war jeder in der Dunkelheit ein Feind; ihm konnte egal sein, wen er verletzte. Es war besser, wenn sie sich raushielt.

Gleichzeitig schwirrte ihr alles mögliche durch den Kopf. Sie konnte frische Luft und den Fischgeruch vom Teich riechen; sie mußten die untere Tür offengelassen haben. Die beiden Männer waren weder Hausangestellte noch Feldarbeiter von Arcadia, und es waren auch keine gewöhnlichen Wachen. Ihre Haut war weiß gewesen, und sie hatten heraufkommen wollen. Sie glaubte nicht, daß sie darauf aus gewesen waren, Rowan und sie zu retten.

Unter sich hörte sie die Geräusche von Hieben und rauhen Flüchen. Etwas Weiches schlitterte über den Stein. Ein Schrei aus tiefer Kehle ertönte und riß plötzlich ab.

Stille setzte ein. Jetzt war ein Mann zu hören, der keuchend nach Luft schnappte.

»Rowan?« Katrines Stimme hallte verzweifelt durch den engen Raum.

»Komm her«, schnaufte er abgehackt. »Schnell.«

Die Steinstufen ließen ihre Füße schmerzen, als sie sie hinunterrannte. Im einen Moment herrschte noch Dunkelheit, und im nächsten streckte sich ein fester Arm aus, schlang sich um ihre Taille und hielt sie in ihrem Fortkommen auf.

»So schnell nun auch wieder nicht«, sagte er mit einem heiseren Lachen. »Sonst brichst du uns noch beiden das Genick.«

Ihr Herz schlug so heftig, daß sie sich elend fühlte. Sie hätte ihn gern geküßt oder geohrfeigt und war nicht sicher, was von beidem sie als erstes tun sollte. Statt dessen zuckte sie steif zusammen und löste sich von ihm.

Er streckte die Hand aus, packte ihr Handgelenk und riß sie zurück. Lautlos und mit behutsamen Bewegungen zog er sie hinter sich her die letzten Stufen hinunter. Als sie unten angekommen waren, preßten sie sich flach an die Wand.

Lange Momente durchsuchten sie die Nacht vor der offenen Tür mit den Augen. Nichts regte sich. Ein orangefarbener Lichtschein wurde stärker und strahlte durch das Glas der Kuppel über ihnen. In seinem Licht standen die Bäume, die auf dieser Seite bis dicht an den Turm reichten, finster und stumm da. Nichts rührte sich in ihrem Schatten.

»Laß uns gehen«, sagte Rowan und trat in die Dunkelheit hinaus.

Er hielt sich dicht an der Turmmauer, folgte ihrer Biegung und sah in die Nacht hinaus, von der sie umgeben waren. Er hatte erst ein halbes Dutzend Schritte zurückgelegt, als er über etwas stolperte. Er ließ sich neben einem langen Umriß, der still auf dem trockenen Gras lag, auf ein Knie sinken. Eine leise Verwünschung entrang sich ihm.

Katrine, die sich neben Rowan niederließ, beugte sich über seine Schulter, um das Gesicht des Mannes sehen zu können, der dort lag. Seine Züge waren grau und von einer häßlichen Schnittwunde in seinem Schädel blutbeschmiert. Falls er überhaupt noch atmete, war es ihm nicht anzusehen. Es war Giles.

Die Lider flatterten in der wächsernen Maske seines Gesichts und öffneten sich langsam, aber ruckhaft. Der Blick des älteren Mannes wanderte über Rowan und heftete sich dann auf Katrine. Seine Augen weiteten sich vor rasender Sorge. Er hob eine zitternde Hand. Sein Mund öffnete sich und schloß sich wieder. Das Geräusch, das er endlich hervorbrachte, war trocken und schwach. »Lauf weg«, sagte er. »Sie kommen, um... dich zu töten. Lauf weg...«

»Wer?« fragte Rowan und beugte sich eindringlich und flehentlich über den älteren Mann.

Giles machte den Mund auf, aber es kam kein Laut heraus. Sein Gesicht verzerrte sich, und er ließ die erhobene Hand auf seine Brust fallen und zog am Revers des Morgenmantels, den er trug.

Jetzt waren Schritte zu vernehmen, die auf den Turm zukamen. Diese schweren Schritte, die sich schnell und leise näherten, konnten nur den Mördern gehören, vor denen Giles sie hatte warnen wollen. Rowan sprang auf, stellte sich hinter Giles' Kopf und bückte sich, um die Hände unter seine Schultern zu legen.

»Was tust du da?« fragte Katrine, rannte aber währenddessen schon zu den Füßen ihres Mannes und hob seine Knöchel hoch, damit er leichter zu transportieren war.

»Ich will ihn von der Mauer fortschaffen, für den Fall, daß sie einstürzt – und von der Tür.«

Er meinte damit, daß er ihn aus der Sicht derer entfernen wollte, die näher kamen, dachte Katrine. Es hätte ein Wunder geschehen müssen, damit sie das schafften.

Sie hatte Rowans Kraft bei ihrer Rechnung außer acht gelassen. Kurz darauf hatten sie Giles am Waldrand mit dem Rücken an einen Baumstamm gelehnt. Rowan zögerte noch, als widerstrebte es ihm, ihn dort sitzenzulassen, aber es blieb ihm gar nichts anderes übrig. Die Männer, die um den Turm herum gelaufen kamen, stammten nicht von Arcadia. Im orangeroten Licht, das von oben kam, waren sie hellhäutig und trugen zerlumpte Decken als Mäntel und unförmige Hosen aus Körper, die von selbstgemachten Hosenträgern gehalten wurden. Mit ihrem wüsten Haar und ihren harten Gesichtern erweckten sie den Anschein, als seien sie vom übelsten Abschaum, der sich am Fluß herumtrieb.

»Rowan«, flüsterte sie.

»Nicht jetzt«, antwortete er ebenso leise und bedeutete ihr, daß sie sich wieder in den Wald schleichen sollten.

Sie sah sich nur ein einziges Mal um. Die Flußpiraten glaubten, sie und Rowan seien noch in dem Turm; sie stießen einander aus dem Weg und drängelten und fluchten und beschimpften einander, als sie versuchten, in den Turm zu gelangen. Sie hielten gespannte Pistolen und gezogene Messer in den Händen, und Blutrünstigkeit stand in ihren Augen.

Katrine wandte sich abrupt von diesem Anblick ab. In dem Moment hörten sie es, das Läuten der Plantagenglocke. Direkt im Anschluß daran war Geschrei zu hören. In den Unterkünften der Sklaven hatte man das Feuer bemerkt. Bald schon würden die Bewohner von Arcadia in Scharen über das gesamte Gelände laufen. Es war durchaus möglich, daß die Warnglocke und die Aussicht, entdeckt zu werden, die Flußpiraten vertreiben würden.

Rowan schien nicht bereit zu sein, sich darauf zu verlassen. Er packte ihren Arm, um sie tiefer in den Schutz des dichten Unterholzes zu ziehen. Mit gesenktem Kopf konzentrierte sich Katrine ganz darauf, ihm dorthin zu folgen, wohin er sie führte, und in der Dunkelheit, die immer dichter um sie wurde, nicht zu stolpern.

Die Äste von Bäumen rissen an ihrem Haar, und kleine Zweige schlugen ihr ins Gesicht. Dornen zerstachen ihre

Füße und zerkratzten ihre Knöchel. Ranken schlangen sich um ihre Beine und drohten, sie stolpern zu lassen. Sie kletterten in ausgetrocknete Bachläufe hinein und wieder hinaus, und sie durchquerten die gewundenen Seitenarme des seichten Flusses, der den Brunnen im Turm speiste, so oft, daß der Fetzen, der von Katrines Nachthemd noch geblieben war, bis zur Taille durchnäßt war.

Das Unterholz um sie herum raschelte, wenn wilde Tiere eilig fortliefen und ihnen den Weg frei machten. Der Geruch nach Fäulnis, zertretenem Laub und aufgewühlter Erde stieg um sie herum auf und überlagerte den Gestank des Rauchs. Die kühle Nässe des Taus, der von Spinnennetzen und dem herabhängenden Laub von immergrünen Bäumen spritzte, kühlte ihre erhitzten Gesichter.

Das Zischen und Brodeln des Feuers und das rasende Läuten der Glocke blieben hinter ihnen zurück. Sie schienen jedoch nicht wirklich davor entkommen zu können. Manchmal schien es sogar zwischendurch wieder lauter zu werden, wie durch einen Streich, den ein sprunghafter Wind ihnen spielte. In einem solchen Moment packte Katrine, die mit schmerzender Lunge um Luft rang, Rowan am Arm und zerrte daran, bis er stehenblieb.

»Laß uns anhalten«, flehte sie. »Und ausruhen. Nur eine ... Minute.«

»Wir sind gleich da«, sagte Rowan.

Er atmete tief, aber ohne sichtliche Anstrengung. Das hätte sie geärgert, wenn sie es sich in dem Moment hätte erlauben können. Sie sah ihm genauer ins Gesicht. »Wo? Wohin gehen wir überhaupt?«

Sein Mund schien sich zu einem gepreßten Lächeln zu verziehen. »An den einzigen Ort, an dem wir sicher sind.«

»Und wo ist das?«

»Dort«, antwortete er und trat zur Seite. Dabei wies er auf die Bäume vor ihnen.

Ein abgedunkeltes Gebäude ragte vor ihnen auf, ein großes, zweistöckiges Haus mit gotischen Bögen an den Enden der Giebel, mit Balkonen und so vielen arabesken Schnitzereien und gesägten Holzverzierungen, daß es der Alptraum eines Zimmermanns sein mußte. Davor erstreckten sich ein weißer Platz mit zersplitterten Austernschalen und eine lange Auffahrt aus demselben Material. Das Dach war von einem orangeglühenden Lichtschein umgeben.

»Arcadia«, sagte sie baß erstaunt.

»Was sonst?« sagte er und lief mit ihr auf das Haus zu.

»Nein, warte.« Sie zog noch einmal an ihm, bis er stehenblieb.

Er drehte sich zu ihr um und stellte sich so dicht vor sie hin, daß seine Schenkel ihre streiften. Mit einer ruhigen und tiefen Stimme sagte er: »Wolltest du lieber woanders hingehen, meine süße Katrine?«

In seinen Worten lag etwas, was Tränen hinter ihren Augen brennen ließ. Sie konnte nicht verhindern, daß ihre Stimme sie verriet, als sie antwortete: »Ja. Überall sonst möchte ich lieber hingehen.«

»Das dachte ich mir«, sagte er, und es klang fast, als sagte er wahllos das erstbeste, was ihm einfiel. »Aber vielleicht können wir während dieses ganzen Aufruhrs unbemerkt im Haupthaus bleiben. Dort können wir uns etwas zum Anziehen suchen und dann im Freien erscheinen, als seien wir gerade von dem Lärm geweckt worden. In getrennten Betten, versteht sich.«

»Die anderen könnten mit Giles zurückgekehrt sein. Wir könnten ihnen in den Korridoren über den Weg laufen.«

»Dafür gäbe es inzwischen Anzeichen. Dann wären mehr Lichter im Haus eingeschaltet, und es wären Geräusche zu hören.«

Sie biß sich auf die Lippen, ehe sie widerstrebend mit

einem Nicken ihre Einwilligung bekundete. »Aber ... angenommen, wir werden von den Männern entdeckt, die man hinter uns hergeschickt hat?«

»Ich werde mein Bestes tun«, sagte er trocken, »um das zu verhindern.«

Sie schüttelte den Kopf. »Ich weiß nicht recht.«

Er beobachtete sie einen Moment lang schweigend. Als er schließlich etwas sagte, war seine Stimme ruhig und ausdruckslos. »Wenn du nichts dagegen einzuwenden hast, daß man uns in unserer unmöglichen Aufmachung zusammen sieht, dann soll mir das auch recht sein.«

Sie begriff sofort, was er meinte. »Es ist nett von dir, daß du dich um meinen guten Namen sorgst, aber der ist es wohl kaum wert, unser beider Leben dafür aufs Spiel zu setzen.«

»Und dazu kommt noch«, sagte er und legte den Kopf auf eine Seite, »daß du in unserer aufgezwungenen Idylle eine gewisse Freiheit entdeckt hast und nicht sicher bist, ob du wirklich wieder in dein anderes Gefängnis zurückkehren möchtest.«

»Freiheit?« wiederholte sie.

»Die Freiheit zu sagen, was du willst, zu tun, was du willst, ohne dafür kritisiert zu werden, nackt herumzulaufen, wenn es dir Spaß macht, und einen Mann in Versuchung zu führen, wenn du es wagst. Zu wissen, daß jemand das, was du tust, nicht nur verstehen und akzeptieren wird, sondern dich sogar noch dazu ermutigen wird – falls es das ist, was du brauchst.«

Ihre Kehle schmerzte beim Zuhören, weil die Tränen sich darin stauten. Durch diese zugeschnürte Enge flüsterte sie: »Ja.«

Er schwieg, während hinter ihnen die Flammen hochzüngelten und die Glocke läutete. Schließlich sagte er: »Und was jetzt?«

Sie schluckte und mußte einen zweiten Anlauf nehmen, ehe sie die Worte herausbrachte. Selbst dann noch war ihre Stimme kaum vernehmbar. »Es ist ganz ausgeschlossen, stimmt's? Jemand muß sich um Giles kümmern, ihn ins Haus schaffen und einen Arzt holen lassen. Und dann der Turm; wir können ihn nicht einfach abbrennen lassen.« Sie zögerte und fügte mühsam hinzu: »Es ist unsere Pflicht zu tun, was wir können.«

»Ja«, antwortete er mit einem leisen Seufzen, fast so, als spräche er mit sich selbst. »Es war immer... ausgeschlossen.«

Sie hielten sich im tiefsten Schatten und nutzten jede kleinste Deckung, als sie sich zum Haus schlichen. Niemand stellte sich ihnen in den Weg, und niemand versuchte, sie aufzuhalten. Die Seitentür stand weit offen, und die großen Räume im Hausinnern waren menschenleer. Die Hausangestellten waren durch die Hintertür ins Freie gelaufen, um sich das Feuer anzuschauen, und von Musetta und den anderen war nirgends etwas zu sehen.

Katrine und Rowan trennten sich vor der Tür zu ihrem Schlafzimmer. Die Furcht, jeden Moment könnte jemand auftauchen und sie sehen, verkürzte ihren Abschied.

»Sowie ich mir meine eigenen Sachen angezogen habe, gehe ich ins Freie und tue so, als hätte ich Giles gerade gefunden«, sagte Rowan.

Sie nickte. »Sieh dich nach Cato um. Er wird schon wissen, wie er es seinem Herrn bequemer machen kann und wen er am besten losschickt, um den Arzt zu holen.«

Rowan willigte ein. »Wenn ich Delphia sehe, schicke ich sie zu dir. Danach könnte es sein, daß ich eine Zeitlang zu tun habe.«

Da Giles außer Gefecht gesetzt worden war und die anderen Männer noch auf dem Dampfer waren, würde sich irgend jemand darum kümmern müssen, die Feldarbeiter zusammenzurufen, damit sie das Feuer in Schach hielten und dafür sorgten, daß die Flammen nicht auf das Haupthaus übergriffen. Außerdem trieben sich irgendwo dort draußen auch noch die Flußpiraten herum. Es war unwahrscheinlich, daß sie Rowan angreifen würden, wenn er die Bewohner von Arcadia hinter sich hatte, aber darauf konnte er sich nicht verlassen.

»Wenn du wartest, komme ich mit dir«, sagte Katrine.

Er schüttelte den Kopf. »Das dauert zu lange; du mußt dich ordentlich anziehen. Mir gefällst du zwar so, wie du jetzt bist, und ich finde dich ganz hinreißend, aber die anderen könnten das mißverstehen. Und für Giles könnte die Zeit knapp werden.«

»Ja«, sagte sie und starrte ihn aus dunklen Augen an. Sie feuchtete sich die Lippen an. »Paß auf dich auf.«

Er nahm ihre Hand und drückte ihr einen Kuß auf die Handfläche. Sein Lächeln war von einer seltenen Süße, als er sagte: »Das werde ich.«

Er neigte den Kopf, ohne sie aus den Augen zu lassen, dann wandte er sich schnell ab und war verschwunden. Katrine betrat ihr Schlafzimmer und schloß langsam die Tür hinter sich.

Aus dem Augenwinkel nahm sie eine flüchtige Bewegung wahr. Es war ihr eigenes Spiegelbild in dem Spiegel ihrer Frisierkommode. Durch das Fenster drang soviel Feuerschein in den Raum, daß sie genug sehen konnte. In dieser eigentümlichen orangeroten Beleuchtung trat sie langsam vor den Spiegel.

Mir gefällst du so, wie du jetzt bist, und ich finde dich ganz hinreißend…

Das war ein Kompliment, das sie wie einen Schatz aufbewahren würde. Sie würde es in zahllose Schichten von Rosenblättern hüllen und hervorholen, um die Erinnerung zu wecken, wenn sie alt und grau und nahezu senil war. Was hatte Rowan wirklich gesehen? Sie mußte es wissen.

Die Frau im Spiegel war eine ganz andere; das sah sie auf den ersten Blick. Es lag nicht nur daran, daß ihr das Haar wüst über den Rücken fiel. Es lag auch nicht daran, daß der Fetzen von einem Nachthemd, den sie trug, nahezu durchsichtig und von der Taille bis zum ausgefransten Saum aufgerissen war und ungehörig viel von ihrem nackten Bein zeigte. Und es hing nicht mit der Röte in ihrem erhitzten Gesicht und auf ihren Lippen und ihren entspannten Bewegungen zusammen. Nein, es war der Ausdruck ihrer Augen. Sie blickten weicher und wärmer als zuvor. Sie drückten auch eine Verletzbarkeit aus, verbunden mit verhaltener Verzweiflung. Es war ein Ausdruck der Liebe, fand sie, und der Selbstverleugnung.

Sie schloß die Augen und hob die Hände, hielt sie sich vor das Gesicht und preßte sie darauf. Sie wollte sich nicht daran erinnern, nein, ganz bestimmt nicht. Es war nicht der rechte Zeitpunkt für vergebliche Reue, für das Beklagen des Verlusts von geistiger und seelischer Nähe, von bitteren Worten und großer Willenskraft und süßer Hingabe, von Liebe und der Aussicht auf ein Kind.

Sie war die Schloßherrin von Arcadia. Ganz gleich, wo sie in den letzten Tagen gewesen war oder was sie getan hatte, sie mußte ihre frühere Rolle wieder einnehmen. Es waren Aufgaben zu erledigen und Pflichten zu erfüllen.

Stolz und Pflichtbewußtsein, das waren die Stützen ihres Lebens; so war es immer gewesen, und so würde es immer sein. Etwas anderes hatte sie nicht, und sie würde auch nie etwas anderes haben.

Sie ließ die Hände sinken. Dann holte sie tief Atem, zog die Schultern zurück und strich sich das Haar aus dem Gesicht. Es würde schon alles gutgehen. Eines Tages, vielleicht, wenn die Nähe des Todes zu spüren war, würde sie beginnen zu vergessen, und dann würde alles gut sein.

Sie trat vor den Waschtisch und goß Wasser von dem Krug in die Schüssel. Die Kratzer auf ihren Armen und ihrem Hals brannten, als sie sie wusch. Auch ihre Füße waren zerschunden, und mehr als ein Dorn hatte sich in das Fleisch ihrer Fußballen gebohrt. Trotzdem mußte eine kurze Wäsche jetzt genügen.

Sie ließ den Lappen fallen, trat vor den Kleiderschrank und durchsuchte ihn nach etwas, was sie mit geringem Aufwand anziehen konnte, was aber ihre Arme und Schultern bedeckte. Ein hochgeschlossenes roséfarbenes Popelinkleid mit einem Spitzenkragen, das vorn mit Perlmuttknöpfen geschlossen wurde, fiel ihr dabei in die Hand. Sie drehte sich damit um und wollte es auf das Bett legen.

Schritte näherten sich der Tür, die zum Korridor führte. Katrine blickte auf und rechnete damit, Delphia vor sich zu sehen.

»Also so was«, sagte der Mann, der in der Tür stand, gedehnt, »was haben wir denn da? Sag ich mir doch, Isom, alter Waschbär, die Kleine, die du willst, läuft bestimmt als erstes in ihr Schlafzimmer, da kannst du Gift drauf nehmen. Und jetzt sieh dir an, wie recht ich hatte.«

Der formlose Hut mit dem Loch, als hätte jemand ein Stück herausgebissen, die Waschbärweste über der ausgebleichten Wollunterwäsche, die Hose mit den Ölflecken, die in alte Stiefel mit Wasserrändern gesteckt war, der fettige Bart und die schmutzige Haut – alles wies darauf hin, daß er vom Fluß kam. Sie ließ das Kleid fallen, das sie in der Hand hielt, und wich langsam vor ihm zurück.

»Was haben Sie hier zu suchen? Wer hat Sie geschickt?«

»Also, jetzt hör dir das mal an«, sagte er mit einem Lächeln, das dunkle Zahnstümpfe freilegte. »Die weiß sogar ein bißchen was, tatsächlich.« Er folgte ihr, und seine Blicke, die über sie glitten, hefteten sich auf den kleinen dreieckigen Schatten, der unter ihrem zerfetzten Nachthemd zu sehen war. »Kommt mir sündhaft vor, so einem kleinen Leckerbissen die Kehle durchzuschneiden. Aber Geld ist Geld.«

»Ganz gleich, wieviel man Ihnen angeboten hat, mein Mann wird Ihnen mehr bezahlen.« Hinter ihr auf dem Waschtisch lag Rowans Schwert, das er vor vielen Nächten aus ihrem Bett geholt, in die Scheide gesteckt und dort abgelegt hatte. Ob sie wohl damit umgehen konnte? Sie wußte es nicht, aber zumindest war das eine Chance.

»Aber, aber, so was sagen sie doch alle. Und wo soll der alte Waschbär stecken, wenn ich tatsächlich darauf hören sollte? Außerdem hat mir niemand gesagt, was ich mit dir tun soll oder nicht, du hübsches Ding, und da verspür ich doch tatsächlich diesen mächtigen Drang, dich zu ...«

Katrine verschloß sich für seine weiteren Worte und tat ihr Bestes, um den beißenden Geruch nach altem Holzrauch, alten Tierfellen und altem Schweiß zu ignorieren, der von ihm ausging. Seinem großspurigen Auftreten nach zu urteilen, erwartete er keinen Widerstand von ihr. Das hieß, daß sie den Überrumpelungseffekt auf ihrer Seite hatte. Außerdem mußte sie ihn auf irgendeine Weise ablenken, und sei es auch nur für einen Moment.

»Angenommen«, sagte sie mit zugeschnürter Kehle, »ich lasse es mit mir machen. Was dann?«

Obszöne Lust breitete sich auf dem Gesicht des Mannes aus. »Sag mal, du bist mir ja wirklich eine, meine Schöne! Du läßt mich also? Meine Güte! Mich lassen? Du kannst ja doch nichts tun, um mich daran zu hindern.«

Sie hätte ihn in diesem Augenblick gern umgebracht, und sie wünschte es sich so glühend, daß die Heftigkeit ihres Verlangens sie erschreckte. Seine Grobheit war ihr verhaßt, das übermäßige Vertrauen, das er in seine körperliche Überlegenheit setzte, seine Freude an ihrer Angst. Seine sabbernde Gier auf das, was er mit ihr vorhatte, ekelte sie.

Aber das spielte alles keine Rolle. Sie durfte ihren Verstand davon nicht benebeln lassen. In ihrem Hinterkopf gärte etwas. Sie kam nicht ganz dahinter, was es war, aber es hatte zum Teil mit dem zu tun, was der Mann gerade sagte.

Sie wich noch einen Schritt zurück. »Es könnte Ihnen einige Schwierigkeiten bereiten«, sagte sie in einem schneidenden Tonfall, »Rowan de Blanc umzubringen.«

»Den Mann, mit dem du dort warst?« Er wies auf den brennenden Turm. »Aus dem mache ich Fischfutter, wenn er mir in die Quere kommt.«

Der Mann hatte es also auf sie abgesehen; es schien, als interessierte ihn Rowan nur als eine mögliche Behinderung. Dafür konnte es nur einen Grund geben. Sie hatte gewußt, daß es so sein mußte, und doch fiel es ihr schwer, es zu glauben, selbst jetzt noch.

Sie dachte an Giles, der mit Blut im Haar und in seinem Gesicht im Gras lag. Sie dachte an Terence, der so sanft und so gütig und so jung gewesen war. Sie dachte an Rowan, der so ernsthaft und hingebungsvoll gewesen war, als er im Schein des Feuers über ihr gelegen hatte. Diese Bilder vereinten sich in ihrer Vorstellung zu einem Kaleidoskop, und daher wußte sie, daß sie vor Tagen eine falsche Entscheidung getroffen hatte, eine furchtbar falsche Entscheidung.

»Jetzt seh ich doch, worauf du es abgesehen hast, meine Hübsche«, sagte der Mann, der sich Isom nannte, mit einem obszönen Grinsen. »Du willst mich wohl mit dem langen Schweinestecher da hinter dir anpieksen? Na, so was tut doch keine Dame, das mußt du doch wissen. Aber wenn du es dir wirklich in den Kopf gesetzt hast, kannst du es ja versuchen.«

Er zog ein Messer mit einem primitiven Griff und einer scharfen Klinge, die bedrohlich spitz zulief, aus dem Hosenbund. Dann holte er schwungvoll damit aus und nahm eine kauernde Kampfhaltung ein.

In dem Moment tauchte Delphia in der Tür auf. Sie riß die Augen weit auf, als sie den Mann sah. Ihr Mund sprang auf, und ein Schrei des Entsetzens zerriß die Luft.

Der Mann riß den Kopf zu ihr herum. In dieser Sekunde, in der er unaufmerksam war, sprang Katrine zurück und schnappte das Schwert am Griff. Der Krug auf dem Waschtisch flog durch die Luft und zerschmetterte auf dem Boden, als sie die Klinge aus der Scheide riß. Das Schwert war schwerer und länger, als sie es in Erinnerung gehabt hatte. Als sie sich damit umdrehte, fiel es mit der Spitze vorneweg nach unten und traf auf den Fußboden. Sie packte es mit beiden Händen und riß es hoch.

Der Mann stieß ein wütendes Knurren aus, als er sich wieder zu ihr umdrehte. Er machte einen Satz. Katrine schwang das Schwert und riß es hoch, um seinen Angriff mit dem Messer zu parieren. Die Klinge wurde durch den Schlag so stark erschüttert, daß ihre Handgelenke taub wurden; ihrer Rückhand auf seine Mitte fehlte die Kraft, seinen schweren Mantel aufzuschlitzen. Dennoch hatte sie ihren Angreifer einen Moment lang außer Gefecht gesetzt. Er wankte einen Schritt zurück. Dann kniff er die Augen in heimtückischer Absicht zusammen. Er sprang auf sie zu.

Er wollte sie mit seiner Muskelkraft überwältigen. Katrine spreizte die Füße, biß die Zähne zusammen und umklammerte das Schwert, so fest sie konnte.

Hinter sich hörte sie einen leisen Zischlaut und sah, wie ein Schatten sich bewegte. Ein weiterer war hinter ihr; er mußte durch die offene Tür des Ankleidezimmers neben dem Waschtisch gekommen sein. Ihr blieb keine Zeit, sich umzudrehen, keine Zeit für eine Reaktion. Seine langen, harten, muskulösen Arme schlossen sich um sie und packten ihre Hände, die das Schwert hielten.

Der Mann, der Isom genannt wurde, zog die Lippen zu

einer Grimasse auseinander. Er ging mit dem Messer direkt auf ihr Herz los.

Katrine hob das Schwert, das plötzlich federleicht geworden war. Sie umkreiste damit die Klinge des Messers und stieß sie zur Seite. Mit Rowans Armen, die sie hielten, und seinem Gewicht, das sie von hinten stützte, beugte sie ein Knie zu einem geschmeidigen Angriff und stieß den Stahl in ihren Händen tief in das Herz des Flußpiraten.

»Mein Gott«, hauchte Rowan. Er riß das Schwert zurück und ließ den Mann auf den Boden stürzen. Dann entrang er das Schwert ihrer Umklammerung und schmetterte es klirrend an die Wand. Jetzt drehte er Katrine zu sich um, zog sie fest an sich und preßte ihr Gesicht an seine Schulter. Seine Stimme war leise und bebte, als er fortfuhr: »Ich habe diesen Schweinehund gesehen – ich war gerade bei Giles, als ich gesehen habe, wie er sich ins Haus geschlichen hat. Ich war so weit weg. Ich dachte schon ... ich hatte Angst, ich käme nicht rechtzeitig.«

Delphia trat in das Zimmer. Ihr Gesicht war grau, und sie hatte die Hände fest in die gestärkten Rüschen ihrer Schürze gekrallt. Auf ihrem Gesicht stand ein merkwürdiger Ausdruck, halb Hohn, halb Neid, als sie sagte: »Fast hätten Sie es nicht geschafft.«

Katrine regte sich in Rowans Armen. Sie stieß mit den Händen, die zwischen ihren Körpern eingezwängt waren, leicht gegen ihn. Als er sie losließ, sagte sie: »Das macht nichts. Er ist gekommen.«

»Ja«, sagte Delphia, »und jetzt muß er gehen. Ich wollte Ihnen gerade mitteilen, Madam, daß die Wagen schon die Auffahrt hinauffahren. Master Brantley und Master Lewis reiten neben den Wagen her.«

Katrine drehte sich zu ihrer Zofe um und sah sie an. »Wenn das so ist, dann können auch die Kutschen nicht mehr weit sein. Ich frage mich, was sie so eilig angelockt haben kann.«

»Ich würde vermuten, Master Giles hat sie kommen lassen«, sagte Delphia mit ausdruckslosem Tonfall. »Zweifellos war er besorgt.«

»Ja, das könnte gut sein«, stimmte ihr Katrine mit gesenkter Stimme zu.

»Was auch immer die Gründe gewesen sein mögen, unter den gegebenen Umständen müssen wir froh darüber sein«, sagte die Zofe, und ihre Mundwinkel verspannten sich ein wenig.

»Ja«, stimmte Katrine ihr zu und sah Rowan in die dunkelgrünen Augen. »Vermutlich sollten wir froh darüber sein.«

17. Kapitel

»Meine liebe Katrine, was hast du bloß angestellt, seit wir aufgebrochen sind? Deine armen Hände sind ja so zerkratzt, daß ich schon bei dem Gedanken an die Schmerzen, die du erlitten haben mußt, zusammenzucke.«

Diese Bemerkung gab Musetta beim Abendessen von sich. Es war ein spätes Mahl nach einem kärglichen Mittagessen und einem ausgefallenen Frühstück, was auf den Aufruhr und die nervliche Anspannung im Haushalt zurückzuführen war.

Der Tisch war mit Kerzen und Blumen beladen, aber auch mit einer reichlichen Auswahl von Essen und Wein. Alles mögliche war in dem Bemühen unternommen worden, dieser ersten Zusammenkunft aller seit der Rückkehr von dem Jagdausflug einen Anschein von Normalität zu verleihen, doch bis jetzt war die Stimmung gedämpft. Für alles, was lockeren Gesprächen nahegekommen wäre, waren sämtliche Anwesenden zu müde und zu besorgt, und allzu deutlich nahmen sie den leeren Stuhl am Kopfende des Tisches wahr.

Katrine bedachte die Schrammen auf ihren Handrücken nur mit einem flüchtigen Blick, ehe sie die erste Antwort gab, die ihr in den Sinn kam. »Ich habe während meines Aufenthalts bei ihr einen Strauß Rosen für meine Tante geschnitten, um sie in ihr Krankenzimmer zu stellen. Leider hat sie ihren Garten in den letzten Monaten verwildern lassen, weil sie krank geworden ist.«

»Ohne Handschuhe? Das ist ja Wahnsinn.« Musetta erschauerte.

»Nachdem ich die Rosen durch ein Fenster gesehen hatte, bin ich einfach einem Impuls gefolgt.«

»War Rowan auch da? Er scheint ebenfalls verletzt zu sein.«

Katrine sah Rowan an, der rechts neben ihr saß und sie unbeirrt anblickte. Sie schaute ihm in die Augen und sagte: »Er war so freundlich, mir beizustehen, als ich in Schwierigkeiten war.«

»Das war keine Frage von Freundlichkeit«, sagte er und neigte den Kopf. »Es war mir eine Ehre, mich nützlich machen zu dürfen.«

Katrine konnte nicht verhindern, daß ihr Röte in die Wangen stieg. Sie hätte wissen müssen, daß es gefährlich war, sich in Gegenwart von Rowan verschleiert auszudrücken, er war in Doppeldeutigkeiten sehr gewandt und begegnete ihr kühn.

Der einzige, der ihr Unbehagen wahrzunehmen schien, war der Fremde am Tisch, ein Gentleman, der die Kratzer auf ihren Händen und die Röte in ihrem Gesicht gebannt anstarrte. Es war der Arzt, der geholt worden war, um sich um Giles zu kümmern. Seit seiner Ankunft am frühen Morgen hatte er seinen Patienten kaum einen Moment verlassen. Seine Diagnose lautete auf einen Herzanfall, den der Schock über den Brand und seine Kopfverletzung ausgelöst hatten.

Eben diesem Herrn wandte Musetta jetzt ihre Aufmerksamkeit zu. »Sie sagen also, Dr. Mercier, daß mein Bruder durchkommt, und doch erlauben Sie niemandem außer seiner Frau, ihn zu besuchen. Ihnen muß klar sein, daß ich als seine Schwester natürlich um ihn besorgt bin. Bitte, wann erlauben Sie uns allen, ihn endlich zu sehen?«

Der Arzt legte seine Gabel hin und wischte sich den Mund mit der Damastserviette ab, die er sich oben in die

Weste gesteckt hatte. Er faltete die Serviette zusammen und legte sie neben seinen Teller. Er war groß und hager, hatte einen Zwicker auf der Nase und bewegte sich steif, sprach mit einem ausgeprägten französischen Akzent und war sich seiner eigenen Wichtigkeit durchaus bewußt.

»Ihr Bruder, Madam«, sagte er, als er sich die Worte zurechtgelegt hatte, »ist schwer krank. Kräftigere Männer als er sind schon an diesem dreifachen Schlag umgekommen – Gehirnerschütterung, Herzanfall und längere Verzögerungen, ehe die Behandlung begonnen wird. Nur allein *Le Bon Dieu* weiß, warum Ihr Bruder noch am Leben ist, insbesondere, wenn man die chronische Schwächung bedenkt, unter der er leidet.«

»Eine chronische Schwächung – soll das heißen, daß Giles tatsächlich schon die ganze Zeit über krank war?« Das blanke Erstaunen, das sich in Musettas Gesicht ausdrückte, wäre in einer anderen Situation komisch gewesen.

»Zweifelsohne. Was ihn betrifft, gibt es Fragen, die mir große Rätsel aufgeben, da ich jetzt erst hinzugezogen worden und mit dem Fall noch nicht vertraut bin. Fragen, die ich gerne mit seinem bisherigen Arzt erörtern würde. Aber von diesem Problem einmal abgesehen, müssen wir seine bedenkliche Verfassung im Moment berücksichtigen – ganz zu schweigen von seinen ausdrücklichen Wünschen.«

Lewis, der dem Gespräch mit einem Ausdruck lebhaften Interesses in den Augen zuhörte, sprach mit scharfer Stimme. »Seine was?«

»Mein Patient hat im Moment nicht das Bedürfnis, jemanden zu sehen. Davon ist nur seine Frau ausgenommen. Dem möchte ich hinzufügen, daß ich seine Entscheidung für sehr weise halte. Ich habe in solchen Fällen die Erfahrung gemacht, daß Besuche von Angehörigen häufig spannungsgeladen sind. Das erweist sich vor allem dann als wahr, wenn, abhängig davon, wie die Krankheit eines geliebten Menschen verläuft, finanzielle Erwartungen im Spiel sind.«

»Also, das ist ja wohl unerhört!« rief Lewis aus und kniff vor Entrüstung die Augen zusammen.

Der Arzt erhob sich. »Ich entschuldige mich«, sagte er unbeirrt, »falls ich jemanden vor den Kopf gestoßen habe. Ich hoffe, ich brauche nicht zu sagen, daß das nicht beabsichtigt war. Meine Sorge gilt nur meinem Patienten. Wenn Sie mich jetzt entschuldigen – ich muß wieder zu ihm gehen.«

Es war still am Tisch, als die Schritte des Arztes sich aus dem Raum entfernten. Nachdem er gegangen war, warf Lewis seine Serviette auf den Tisch und verkündete: »Nicht beabsichtigt, also wirklich ...«

Musetta schaute von Lewis zu ihrem Mann, und dabei glitt ihr Blick zu Katrine. »Kann es wirklich sein, daß Giles keinen von uns sehen will?«

Brantley schürzte die Lippen. Kopfschüttelnd sagte er: »Ich sehe keinen Grund, aus dem dieser Mann uns belügen sollte.«

»Ja, aber warum? Er müßte doch wissen, daß keiner von uns irgendwelche ... Erwartungen hat. Das ist doch lachhaft.«

»Dieser Mann ist unerhört aufdringlich und nimmt sich zuviel heraus«, sagte Lewis gereizt. »Wenn er auch angeblich ein noch so guter Arzt ist, ziehe ich doch den alten Grafton vor. Was ist dem eigentlich zugestoßen?«

Rowan beantwortete seine Frage. »Dr. Grafton hat sich das Bein gebrochen, als er auf einer Fuchsjagd oben bei Natchez über einen Zaun gesprungen ist. Es scheint, als sei Dr. Mercier ein Bekannter der Familie Barrows, ein Arzt aus New Orleans, der ihnen wegen der erwarteten Niederkunft einer der Schwiegertöchter der Barrows einen Besuch abstattet.« Er fügte noch hinzu: »Cato wußte, wo er zu finden ist.«

Alan, der weiter unten am Tisch zwischen Georgette und Charlotte saß, lehnte sich auf seinem Stuhl zurück. »Ich finde, wir sollten froh sein, daß Mercier in der Nähe war. Ich bin nicht sicher, ob Grafton mit diesem Problem fertiggeworden wäre.«

»Es war auch ein Glück«, sagte Charlotte mit ihrer Flüsterstimme, »daß Rowan hier war. Ich darf mir gar nicht erst vorstellen, was diese schrecklichen Männer Mr. Giles angetan hätten, wenn er sie nicht daran gehindert hätte.«

»Sie halten mir zuviel zugute«, sagte Rowan und sah mit festem Blick das Mädchen an. »Die Flußpiraten sind schleunigst verschwunden, als sie entdeckt haben, daß außer den Sklaven noch jemand da ist.«

»Aber warum haben sie Giles' Turm geplündert?« fragte Musetta und spreizte die Hände. »Sie können doch nicht davon ausgegangen sein, daß sie dort das Familiensilber finden. Das verstehe ich einfach nicht.«

»Nein, aber ich bin trotzdem froh, daß sie fort sind«, sagte Charlotte und erschauerte.

»Ich wünschte, sie kämen noch einmal wieder«, sagte Georgette, die sich jetzt mit funkelndem Augen in die Diskussion einmischte. »Ich würde sie gern mit meiner Pistole begrüßen oder sie auspeitschen. Und ich würde zu gern sehen, wie Rowan einen von ihnen mit seinem Schwert durchbohrt.«

Eine Zeitlang herrschte Schweigen. Katrine sah Rowan an, doch er musterte den Rand seines Weinglases. Die Rolle des Helden, hatte sie den Eindruck, behagte ihm nicht. Außer ihnen beiden und Delphia wußte niemand, daß der Mann, der mit einem Schwert durchbohrt worden war, im Haus gestorben war. Niemand sonst war sich darüber im klaren, daß Katrine die Finger im Spiel gehabt hatte, und es ahnte auch niemand, daß sie das Opfer gewesen war, auf das er es abgesehen hatte. Das war ihnen als das Beste erschienen, hatte Rowan jedoch in eine Position gebracht, die nicht den Tatsachen entsprach.

Es fiel ihr schwer zu verstehen, warum ihn das stören sollte, denn die beiden Männer auf der geheimen Hintertreppe des Turms hatte er ja wirklich zu Boden geschlagen. Es war nicht seine Schuld, daß sie rechtzeitig das Bewußtsein wiedererlangt hatten, um mit den anderen zu fliehen, als die Alarmglocke zu läuten begonnen hatte.

Die peinliche Gesprächspause schien eine gute Gelegenheit zu sein, den Damen zu bedeuten, sie sollten die Herren jetzt ihrem Portwein und ihren Pekannüssen überlassen. Katrine wollte es gerade vorschlagen, als Rowan wieder etwas sagte, doch diesmal wandte er sich an den ganzen Tisch.

»Weiß jemand«, fragte er in einem neutralen Tonfall, »warum Giles nicht mit dem Rest von Ihnen zurückgekehrt ist, sondern schon vorher nach Arcadia aufgebrochen ist?«

Sie sahen einander an. Als endlich jemand etwas sagte, war es Brantley. »Ich bin nicht sicher, ob er einen Grund dafür genannt hat. Ich habe angenommen, es hätte etwas mit dem Wohlbefinden seiner Gäste zu tun.«

»Aber vielleicht hatte er, nachdem wir so lange auf dem Dampfer waren, auch den Drang, sich zu bewegen, und er ist deshalb vorausgeritten«, fügte Alan hinzu.

Rowan beobachtete sie alle und taxierte sie mit Blicken.

»Nach allem, was Sie wissen, hatte er also keinen Anlaß zu dem Verdacht, hier könnte etwas nicht stimmen?«

»Wenn dem so gewesen wäre, hätte er uns doch bestimmt alle zusammengetrommelt und um Hilfe gebeten«, warf Perry ein.

Brantley, dessen vorspringende Stirn sich in Falten legte, sagte: »Worauf wollen Sie eigentlich hinaus, Sir?«

»Nichts von Bedeutung«, antwortete Rowan achselzukkend. »Es erschien mir nur als ein unseliger Zufall, daß er gerade zu dem Zeitpunkt hier eingetroffen und niedergeschlagen worden ist.«

Katrine beobachtete den Ausdruck, der über Rowans Gesicht zog und gleich wieder verschwunden war, und sie glaubte zu wissen, wohin seine Überlegungen ihn geführt hatten. Giles war seinen Gästen zweifellos nur aus dem einen Grund nach Arcadia vorausgeritten, um den Turm aufzusperren und Rowan und sie freizulassen. Vielleicht hatte er ihnen Zeit geben wollen, ins Haus zurückzukehren und sich vorzeigbar herzurichten, ehe die anderen eintrafen. Daß er gleichzeitig mit den Flußpiraten aufgetaucht war, war entweder ein unglaublich ungünstiges zeitliches Zusammentreffen gewesen, oder jemand hatte gewußt, daß er dort sein würde, hatte gewußt, was er hier noch zu erledigen hatte.

Diese letzte Möglichkeit erforderte, daß sie umdachte. Wenn jemand gewußt hatte, daß er nach Arcadia reiten würde, dann war es kein Zufall, daß ihr Mann überfallen worden war; man hatte ihn nicht niedergeschlagen und in dem Glauben, er sei tot, liegengelassen, weil er zufällig bei dem Anschlag auf den Turm im Weg gewesen war. Nein. Dann war es so gedacht gewesen, daß er gemeinsam mit Rowan und ihr starb.

Jemand hatte versucht, diese Flußpiraten dafür zu benutzen, sie sich alle drei vom Hals zu schaffen. Die Frage war nur, wer sie alle so sehr haßte?

»Wenn wir gerade bei diesem Thema sind«, sagte Rowan jetzt, und stählerne Härte schwang in seiner Stimme mit, »ist schon jemandem von Ihnen aufgefallen, daß das bereits das zweite Jahr ist, in dem das Turnier von Arcadia mit Unglücksfällen geendet hat? Ist noch keiner von Ihnen auf den Gedanken gekommen, sich zu fragen, woran das wohl liegen mag?«

Lewis lehnte sich auf seinem Stuhl zurück, verschlang seine Finger ineinander und sagte: »Uns alle hat der Tod

Ihres Stiefbruders tief betrübt, de Blanc, aber falls Sie andeuten wollen, zwischen jener Tragödie und diesem Angriff der Flußpiraten bestünde ein Zusammenhang, dann muß ich für mein Teil sagen, daß er sich mir nicht erschließt. Die Flußpiraten sind ein Übel, das sich erst in der letzten Zeit eingestellt hat.«

»Mein Bruder«, sagte Rowan bedächtig, »ist auf dem Gelände von Arcadia tot aufgefunden worden. Unser Gastgeber ist ebenfalls verletzt vor dem Haus aufgefunden worden. Wollen Sie behaupten, es bestünde zwischen den beiden Vorfällen keine Ähnlichkeit?«

»Wir wissen, wer Giles niedergeschlagen hat«, sagte Lewis sachlich.

»Wissen wir das tatsächlich? Oder wissen wir nicht vielleicht viel eher, wen wir für die Täter halten sollen? Ist niemand unter Ihnen, der sich von der übrigen Gesellschaft abgesondert hat und ebenfalls vorausgeritten ist? Gibt es niemanden, der in der Nacht, in der mein Bruder gestorben ist, nicht unter Ihnen war?«

Lewis sah sich langsam am Tisch um, und sein Blick glitt der Reihe nach über alle Anwesenden, Männer und Frauen. Mit einem bedauernden Lächeln wandte er sich wieder zu Rowan. »Nein, niemanden.«

Charlotte, deren Augen in ihrem schmalen Gesicht weit aufgerissen waren, flüsterte: »Aber ich dachte, Terence – ich meine, so habe ich es verstanden – ich dachte, daß er Hand an sich selbst gelegt hat.«

»De Blanc glaubt nicht daran, wie es scheint«, sagte Lewis zu ihr.

»Ich auch nicht«, sagte Georgette. »Ich habe es nie geglaubt. So einer war er nicht. Dazu hat ihm das Leben viel zuviel Spaß gemacht, ganz zu schweigen davon, daß er viel zu sehr in sich selbst verliebt war.«

Rowan sah ihr fest in das breite, gerötete Gesicht und sagte: »Was glauben Sie, was passiert ist?«

»Es ist zu einem dummen Streit gekommen, der außer Kontrolle geraten ist, höchstwahrscheinlich über Spielkarten, Frauen oder Pferde. Solche Dinge passieren meiner Meinung nach viel zu oft.« Georgettes Tonfall war verdrossen.

»Ja, meiner Meinung nach auch«, sagte Katrine in die Stille hinein, die daraufhin eintrat. Sie warf den anderen Frauen am Tisch vielsagende Blicke zu. »Was meinen Sie, meine Damen? Sollten wir uns nicht zurückziehen?«

Sie stellte fest, daß ihre Hände zitterten, als sie den anderen Damen zum Salon vorausging. Das war eine nervöse Reaktion, glaubte sie, verbunden mit ihrer Erschöpfung und der Notwendigkeit, als die gefaßte und selbstsichere Gastgeberin aufzutreten, während in ihrem Innern Aufruhr herrschte. Wie sehr sie sich doch wünschte, sie könnte augenblicklich verschwinden, sich hinlegen und die Augen schließen; seit Tagen, so schien es ihr, hatte sie kein Auge mehr zugemacht, jedenfalls nicht mehr, seit sie in Rowans Armen im Turm geschlafen hatte.

Doch das war unmöglich. Sie konnte sich jedoch einen Moment alleine gönnen. Wenigstens für ein paar Minuten hatte sie es dringend nötig, nicht mehr lächeln und allen etwas vormachen zu müssen.

Als die anderen Frauen im Salon Platz genommen hatten und sich mit ihren Handarbeiten, ihren Spielkarten und mit Klatsch beschäftigten, entschuldigte sich Katrine, um nach Giles zu sehen. Er lag reglos und stumm da, und sein Atem war kaum merkbar. Gegen das gestärkte Leinen seines Kissenbezugs und den Verband um seinen Kopf nahm sich sein Gesicht bleich aus, und um die Nase und den Mund herum wirkte es geradezu wächsern.

Dr. Mercier, der mit einem Buch in der Hand dasaß, blickte auf und nickte, als sie eintrat. Er sprach kein Wort mit ihr, und Katrine sagte auch nichts. Es schien kein Anlaß zu bestehen, sich nach dem Befinden seines Patienten zu erkundigen; ihm war leicht anzusehen, daß sich an seinem Zustand nichts geändert hatte. Ihrem Mann ging es noch genauso wie zu dem Zeitpunkt, zu dem sie ihn in sein Bett gelegt hatten; er schwebte in einem Dämmerzustand zwischen Schlaf und Wachen. Ein- oder zweimal hatte er aufgeschrien und unzusammenhängend vor sich hin gemurmelt, doch anschließend war er jedesmal wieder in seinen komaähnlichen Zustand versunken.

Katrine sagte mit leiser Stimme seinen Namen. Seine Hand zuckte kurz bei diesem Laut, doch er erwachte nicht davon. Sie berührte seine Finger, die auf der Decke lagen, und dann wandte sie sich wieder ab und ging.

Sie kehrte nicht sofort in den Salon zurück, sondern ging auf eine Tür am Ende des langen Ganges zu. Sie führte auf einen der Balkone, die die Seite des Hauses zierten, die zum Turnierplatz wies. Sie trat auf die kleine Brüstung, die mit kunstvollen Holzschnitzereien verziert war.

Die Luft war frisch, und die Dunkelheit war ihr willkommen. Beides, aber auch, daß sie über sich keine Decke fühlte, erinnerte sie an den Turm. Die meisten Dinge erinnerten sie jetzt daran. Sie holte tief Atem und stieß ihn langsam wieder aus. Sie hatte gehofft, einen Moment lang Ruhe und Frieden zu finden, aber es schien, als finde sie das nirgends.

Das Türschloß klickte hinter ihr. Als sie sich umdrehte, sah sie die großgewachsene dunkle Gestalt eines Mannes auf den Balkon treten.

»Sag es nicht«, warnte Rowan sie, ehe sie etwas sagen konnte. »Ich weiß, daß ich dir nicht hätte folgen dürfen, aber ich habe gesehen, wie du auf den Balkon getreten bist, und das schien mir die Chance zu sein, ungestört ein paar Worte mit dir zu wechseln.«

»Das kann gut sein«, sagte sie matt, »wenn wir uns beeilen.«

Sein Nicken war in der Dunkelheit nur eine vage Bewegung. Doch blieb er stumm stehen.

Um das Schweigen zu brechen, das allmählich bedrükkend wurde, sagte sie: »Ich hatte noch keine Gelegenheit, dich nach Omar zu fragen. Du hast ihn trotz seiner Gefangenschaft unbeschadet im Gefängnis der Plantage vorgefunden?«

»Ich glaube tatsächlich, daß er seinen Spaß gehabt hat. Er scheint Delphia ziemlich auf Trab gehalten zu haben. Es kann gut sein, daß seine Freilassung sie noch mehr als ihn erleichtert.«

»Viel hatte sie dazu nicht gerade zu sagen.«

»Er hat mir erzählt, sie sei von sich aus zu ihm gekommen und hätte ihn freigelassen, als der Turm in Flammen aufgegangen ist. Das war auch gut so, denn er wollte gerade schon das Gefängnis auseinandernehmen, aber er hat es trotzdem zu schätzen gewußt.«

»Delphia hat gesagt, Omar hätte sich großartig gehalten, als sie dagegen angekämpft haben, daß das Feuer sich weiter ausbreitet. Ich glaube, er hat sie beeindruckt, und das ist nicht gerade leicht.«

Rowan erwiderte nichts darauf. Er stellte sich zu Katrine an das Geländer. Nach einer Weile sagte er: »Ich habe mir überlegt, daß es für mich an der Zeit ist, von hier zu verschwinden.«

Katrine holte tief Atem und stieß ihn behutsam wieder aus. »Ich habe mich schon gefragt, wann es wohl soweit sein wird.«

»Bisher war es nicht möglich, nicht, als es noch so aussah, als könnte diese Horde von Halsabschneidern vom Fluß noch einmal zurückkommen. Mit jeder Stunde, die vergeht, wird das immer unwahrscheinlicher. Da diese Sorge jetzt nachläßt, bleibt mir noch eine andere, die abgewogen werden muß. Falls meine Anwesenheit hier zufällig der Auslöser für die Anschläge auf dich und Giles gewesen ist, dann ist es besser, wenn ich nicht mehr länger als nötig hierbleibe.«

Katrine fühlte plötzlich kalte Pein in ihrem Innern. Sie feuchtete sich die Lippen an. »Und einmal angenommen, deine Anwesenheit hier hatte nichts damit zu tun?«

»Dann sollte ich trotzdem abreisen, und sei es nur, damit kein Gerede aufkommt.«

»Ja«, sagte sie mit unsicherer Stimme. »Ich gehe ohnehin davon aus, daß du andernorts deinen Verbindlichkeiten und Pflichten nachgehen mußt.«

»Ich habe nichts zu tun, was mich daran hindern könnte hierzubleiben«, antwortete er und drehte sich um, um sich neben ihr mit dem Rücken an das Geländer zu lehnen. »Aber ich möchte dir nicht noch mehr weh tun, als ich es ohnehin schon getan habe.«

»Und wenn ich dir sagte, daß du mir nicht weh getan hast?«

»Ich wäre froh«, sagte er leise, »wenn ich es dir glauben könnte.«

Sie konnte ihn nicht halten, und sie hatte kein Recht, es zu versuchen. Dann war es wohl das Beste, was sie tun konnte, wenn sie ihn freigab.

Sie reckte das Kinn etwas höher in die Luft und sagte: »Ich bin sicher, daß jeder angerichtete Schaden schnell wieder behoben sein wird. Vielleicht ist es wirklich besser, wenn du nicht länger bleibst. Wenn Giles wieder zu sich kommt und dich immer noch hier vorfindet, könnte er überreizt reagieren.«

»Das wollen wir ja schließlich nicht«, sagte Rowan. Es waren barsche Worte, ohne jeden Ausdruck.

»Nein«, stimmte sie ihm zu, konnte aber nicht mehr sagen, weil sie einen festen Knoten in der Brust spürte.

»Ihm als deinem Mann sind deine Ängste und Gebete sicher, und natürlich auch deine Liebe. Ganz so, wie er es verdient hat.«

»Ja ... selbstverständlich.« Sie wandte sich von ihm ab, obwohl sie wußte, daß er unmöglich ihr Gesicht sehen konnte.

Eine nächtliche Brise, die in ihrer Kühle Feuchtigkeit mitführte, fand sie auf dem Balkon, zerzauste Rowan das Haar und hob den schweren Saum von Katrines Rock. Nach einer Weile stieß sich Rowan vom Geländer ab. In einem versonnenen Tonfall sagte er: »*La belle dame sans merci.* Jetzt begreife ich, was Terence damit gemeint hat.«

Damit ließ er sie stehen und betrat mit schnellen und leisen Schritten das Haus. Katrine tat nichts, um ihn zurückzuhalten. Sie blieb stehen, umklammerte mit den Händen das Balkongeländer und starrte mit weit aufgerissenen Augen in das Dunkel. Der Schmerz in ihrem Innern war wie ein steinernes Gewicht, das langsam ihr Herz zermalmte. Es kostete sie jeden Funken Willenskraft und den letzten Rest ihrer körperlichen Kräfte, dagegen anzugehen, daß ihre Knie unter ihr zusammensackten. Selbst die winzigen, flachen Atemzüge, die alles waren, was sie bewerkstelligen konnte, waren schmerzhaft. Sie weinte nicht. Das war eine Erleichterung, zugleich aber auch ein Trost, der ihr versagt blieb. Es gab Dinge, die so traurig waren, daß man nicht einmal mehr darüber weinen konnte.

Als Katrine wieder zu ihren Gästen stieß, hatten die Herren das Zimmer verlassen und waren in den Salon umgezogen. Es schien, als hätte Rowan den anderen mitgeteilt, daß er abzureisen gedachte, denn eine allgemeine Diskussion über die Abreise der Gäste war im Gange. Sie blieb eine Zeitlang mit der Hand auf dem Türknopf stehen und lauschte schamlos.

»Ich habe mir schon überlegt, daß es allerhöchste Zeit ist, mich hier loszureißen und mich auf den Heimweg zu machen«, sagte Satchel dröhnend. »Ich würde gern noch bleiben, wenn ich mich nützlich machen könnte, aber ich will nicht im Weg sein.«

»Ganz genau«, pflichtete Georgette ihm bei. »Außerdem habe ich die Jagd bei den Cavendishs zugesagt. Es würde mir nichts ausmachen, mir das entgehen zu lassen, wenn ich Katrine helfen könnte, aber ich weiß selbst, daß ich ihr nicht helfen kann.«

»Ich will aber nicht, daß das alles plötzlich aufhört«, sagte Charlotte, und ihre Stimme war ein leises Wehklagen.

»Das will keiner von uns«, sagte Alan mit ernster Stimme zu ihr, »aber es hat keinen Sinn, Katrine und den Dienstboten von Arcadia noch mehr Arbeit zu machen.«

»Das möchte ich natürlich auch nicht«, versicherte das junge Mädchen darauf. »Aber es ist trotz allem ein so schönes Turnier gewesen.«

Lewis' gehässige Stimme mischte sich in dieses Gespräch ein. »Meine Güte, und das muß man sich von jemandem anhören, der noch vor wenigen Tagen an Bord des Dampfschiffs unermüdlich über Langeweile geklagt hat. Was Sie fasziniert hat, war gar nicht das Turnier.«

»Ich weiß nicht, wovon Sie reden.« Die Stimme des Mädchens war noch leiser als sonst.

»O doch, und wie Sie das wissen«, sagte Lewis in einem anzüglichen Tonfall.

»Hör auf, die arme Charlotte zu ärgern«, befahl ihm Musetta. »Bist du denn nie verliebt gewesen?«

»In der letzten Zeit nicht«, sagte Lewis verächtlich.

»Nein«, hörte man Perry in seinem wohlklingenden Bariton sagen, »dazu bist du zu sehr von dir selbst eingenommen.«

Eine auffällige Stille setzte vorübergehend ein. In diese Stille hinein sagte Charlotte mit stockender Stimme: »Ich ... ich bin nicht verliebt.«

»O nein. Und deshalb haben Sie auch unseren tapferen und edlen Helden angesehen, ehe Sie den Mund aufgemacht haben.« Lewis' Gelächter war hämisch.

»Jetzt reicht es aber.« Diese Worte, die Rowan sagte, drückten Strenge und Entschlossenheit aus.

»Und zwar schon lange«, pflichtete ihm Alan angewidert bei.

»Vielleicht sollte ich mich bei Ihnen entschuldigen, Miss Charlotte. Sonst könnte es mir glatt passieren, daß ich für meinen armseligen kleinen Scherz zur Rechenschaft gezogen werde. Es wäre doch jämmerlich, wenn ich gezwungen würde, dafür zu sterben.«

Der Aufschrei des Mädchens war leise, aber leiderfüllt. Als sie schnell rennende Füße hörte, öffnete Katrine die Tür. Charlotte hatte sich eine Hand vor den Mund geschlagen und lief auf sie zu.

»Warte, Charlotte, bitte, bleib doch hier«, sagte Katrine und versuchte, sie am Arm festzuhalten.

Das Mädchen wich zurück und machte einen Bogen um sie. »Ich kann nicht«, schluchzte sie. »O nein, ich kann nicht.« Sie rannte durch die Eingangshalle auf die Treppe zu.

Katrine wandte sich langsam wieder um. Als sie den Raum betrat, war ihr Blick verächtlich auf Lewis gerichtet. Ein paar Sekunden lang hielt er nervös ihrem Blick stand, ehe er mit den Worten herausplatzte: »Kann ich etwas dafür, daß das Mädchen keinen Sinn für Humor hat?«

»Was ihr fehlt, ist nicht der Sinn für Humor«, sagte Alan, »sondern die Selbstschutzmechanismen. Und du tätest weit besser daran, kein Gegenüber anzugreifen, das dir nicht gewachsen ist.«

»Wie faszinierend«, sagte Lewis. »Ich glaube wirklich, du bist in die schüchterne Charlotte verliebt.«

»Es gibt außer dem persönlichen Interesse noch andere Gründe dafür, eine Dame in Schutz zu nehmen«, sagte Alan barsch.

»Ihr müßt es Lewis nachsehen«, sagte Musetta. »Um Verständnis für die Liebe zu entwickeln, muß man vorher erst einmal selbst geliebt haben.«

Flammen züngelten in seinen Augen, als sich Lewis zu seiner jungen Tante umdrehte. Auf dem Stuhl neben ihr nahm Perry eine aufrechte Haltung ein, und zwischen seinen Augenbrauen bildeten sich tiefe Falten.

Brantley, der stumm und verdrossen auf dem Sofa neben seiner Frau saß, wandte den Kopf zu seinem angeheirateten Neffen um und bedachte ihn mit einem finsteren Blick. Lewis lief dunkelrot an, und sein Mund zog sich zu einem schmalen Strich zusammen. Seine Hände ballten sich zu Fäusten. Im nächsten Moment ließ er sich auf seinem Stuhl zurückplumpsen und richtete den Blick zur Decke.

In der angespannten Stille, die sich herabsenkte, ließ sich Rowans Stimme ruhig und versonnen vernehmen. »Eine Frage an das Gericht der Liebe, ehe es sich wieder für ein Jahr vertagt. Hat jemand etwas dagegen einzuwenden?«

Musetta drehte sich überrascht zu ihm um. »Ganz und gar nicht. Wie spannend.«

»Also, es geht um folgendes: Was ist ein Mann einer Frau schuldig, wenn er sie verletzt hat? Welche Taten oder Schwüre könnten ausreichen, um der Beleidigung den Stachel zu nehmen?«

»Das läßt sich durch nichts wiedergutmachen«, sagte Georgette in einem verdrossenen Tonfall. Ihr Gesicht lief unkleidsam rot an, als alle sich zu ihr umdrehten und sie voller Erstaunen anstarrten.

»Ich würde meinen«, sagte Alan, »das hängt von der Art der Verletzung ab.«

»Die schlimmstmögliche.« Rowans Worte kamen knapp und barsch heraus.

»Seine Hand, sein weltlicher Besitz, sein Leben«, sagte Musetta in einem drolligen Tonfall, der deutlich zeigte, welche Richtung ihre Gedankengänge eingeschlagen hatten. »Gegen Wunden ist die Ehe eine reichlich wirksame Salbe.«

»Nur für manche«, sagte Perry matt und wich dabei Brantleys Blick aus. »Bei anderen bleibt sie wirkungslos.«

»Liebe«, sagte Katrine gedankenverloren mit gesenkter Stimme. »Sie ist für die meisten Übel ein Gegengift, ein Heilmittel für die meisten Wunden, oder zumindest sollte sie es sein.« Sie richtete den Blick auf ein Bild an der hinteren Wand des Salons, ein Stilleben mit Früchten und Blumen. Wenn sie es vermied, Rowan anzusehen, dann eher aus Furcht davor, was sie nicht in seinem Gesicht erblicken würde, und weniger aus Angst vor dem, was sie dort sehen würde.

»Und wenn das nicht genügt?« sagte Rowan mit nachdenklicher Stimme.

»Dann läßt man dafür sein Leben«, fauchte Lewis und richtete sich kerzengerade auf. Mit entrüstetem Gesicht musterte er sie alle der Reihe nach. »Erwartet irgend jemand ernsthaft von mir, daß ich wegen ein paar scherzhafter Worte Charlotte Liebe verspreche und ihr die Ehe anbiete? Das ist doch einfach lachhaft!«

Musetta zog eine Augenbraue hoch, ehe sie in einem mitleidigen Tonfall sagte: »Nein, Lewis. Wir kennen dich zu gut, um auch nur das Geringste von dir zu erwarten.«

»Ja, und das ist auch gut so.« Mit einer ruckhaften Bewegung sprang er auf. Er bedachte die Anwesenden mit angewiderten Blicken, ehe er aus dem Saal stolzierte.

Brantley stemmte sich die Hände auf die Knie und wuchtete seine massige Gestalt hoch, bis er auf den Füßen stand. »Ich glaube, ich drehe mal eine Runde, um nach dem Rechten zu sehen, und dann gehe ich früh schlafen.«

»Ich könnte vielleicht mitkommen«, sagte Satchel mit seiner dröhnenden Stimme.

»Lassen Sie sich meinetwegen bitte keine angenehme Gesellschaft entgehen«, protestierte Brantley.

»Nein, das täte ich nicht, aber ich habe mir gerade überlegt, daß ich meinem Diener besser sage, er soll mit dem

Packen anfangen. Sonst kann ich mich morgen nicht in aller Frühe auf den Heimweg machen.«

»Wollen denn wirklich alle jetzt schon abreisen?« fragte Katrine. Noch vor kurzem hatte sie sich nach Einsamkeit gesehnt, doch jetzt erschien ihr diese Aussicht gar nicht mehr verlockend.

Georgette zuckte so heftig die Achseln, daß ihre hochgesteckten roten Locken tiefer in den Nacken fielen. »Ich werde noch mit Charlotte reden, aber ich nehme an, daß wir gemeinsam mit den anderen aufbrechen.«

Katrine fand es eine nette Geste von der mürrischen jungen Frau, den Aufbruch um ihrer Freundin willen zu beschleunigen. Trotzdem hatte sie noch nicht die Antwort bekommen, auf die sie wartete. Aber dann kam sie.

»Es scheint mir das beste zu sein, den Haushalt so bald wie möglich auch von meiner Gegenwart und der meines Dieners zu erlösen«, sagte Rowan mit ruhiger Stimme.

»So sehe ich das auch.« Alan lächelte Katrine an und zuckte ein wenig die Achseln.

Perry richtete den Blick auf Musetta und sagte kein Wort.

Sie trödelten nicht länger im Salon herum; jetzt war Schluß mit dem müßigen Zeitvertreib und kleinen Wortspielen. Höflich und verkrampft verabschiedete man sich. Sogar Rowans Verbeugung vor Katrine war förmlich und unpersönlich. Sie reagierte mit gefaßter Stimme darauf.

Niemand erwähnte auch nur mit einem einzigen Wort das Turnier im nächsten Jahr. Das hatte weniger damit zu tun, glaubte Katrine, daß vielleicht kein Turnier stattfinden würde, sondern mehr mit der Wahrscheinlichkeit, daß niemand diesem Ereignis freudig entgegensah. Alle schienen erleichtert zu sein, als sie sich endlich in die Privatsphäre ihrer Zimmer zurückziehen konnten.

Sie schaute in Giles' Schlafzimmer, ehe sie sich in ihr eigenes begab. Diesmal saß Cato bei ihm. Sie versuchte, den älteren Butler zu überreden, sich wenigstens für die frühen Nachtstunden von ihr ablösen zu lassen. Davon wollte Cato jedoch nichts hören. Ja, Ma'am, die vergangene Nacht hätte er durchwacht, aber der französische Arzt hatte ihm den größten Teil des Tages freigegeben, damit er Schlaf nachholen konnte. Jetzt ginge es ihm prächtig, und man könne ohnehin nichts tun als warten. Das Herz seines Herrn würde sich entweder selbst heilen oder nicht. Das läge in den Händen des Vaters im Himmel, nicht in den Händen des alten Cato. Sie sollte sich einfach selbst schlafen legen. Und sie sollte sich keine Sorgen machen; er würde ihr Bescheid sagen, wenn sich der Zustand seines Herrn veränderte.

Katrine wollte sich nicht in ihr eigenes Bett legen. Dieses Bett war leer und kalt und viel zu groß. Sie hatte überhaupt nicht mehr darin schlafen können. Es ließ sich jedoch nichts daran ändern, und sie würde eben versuchen müssen, sich wieder daran zu gewöhnen.

Sie ging zu der Verbindungstür zwischen dem Schlafzimmer ihres Mannes und ihrem eigenen Zimmer und drehte den versilberten Türknopf. Die Tür war abgeschlossen. Es steckte kein Schlüssel im Schloß. Mit hochgezogenen Augenbrauen drehte sie sich zu Cato um.

»Ich weiß nichts darüber, Madam Katrine, wirklich nicht. Vielleicht war es Delphia. Oder der französische Arzt.«

»So muß es wohl sein«, sagte Katrine. »Machen Sie sich keine Sorgen; ich gehe einfach durch den Korridor.«

Man hatte sie aus Giles' Zimmer ausgesperrt. Was hatte das zu bedeuten? Dr. Mercier unterstellte ihr doch gewiß nicht, daß sie ihrem Mann übelwollte. Und doch konnte sie ihm nicht wirklich Vorwürfe machen. Der Altersunterschied zwischen ihnen war ihr nie größer erschienen als in diesen letzten Stunden. Nie war die Verlockung, von ihren Gelübden entbunden zu werden, derart groß gewesen. Irgendwo in ihrem Innern hörte sie beschämt ein leises, kleines Stimmchen flüstern: *Wenn Giles stirbt, was dann?*

Darüber wollte sie sich keine Gedanken machen, ganz bestimmt nicht. Sie schüttelte den Kopf, um den Gedanken zu vertreiben, als sie ihre Schlafzimmertür öffnete.

»Ich hätte dir die Tür ja aufgeschlossen, aber ich glaube nicht, daß das Cato gefallen hätte.«

Rowan.

Er hatte die Hände auf einem Berg von Kissen hinter dem Kopf verschränkt, lag entspannt mitten in ihrem Bett und schien sich dort wohl zu fühlen. Sie starrte ihn an, wie er vom flackernden goldenen Lichtschein einer einzigen Kerze neben dem Bett angestrahlt dalag, und ihre hart errungene Fassung wurde von allen vier Winden verweht. Sie hatte geglaubt, sie würde ihn vor seiner Abreise vielleicht nicht wiedersehen, und sie hatte geglaubt, darauf sei sie vorbereitet. Jetzt wußte sie, daß dem nicht so war.

Katrine warf einen Blick in den Korridor hinter sich und schloß dann eilig die Tür. Mit gepreßter Stimme sagte sie: »Du hast die Verbindungstür abgeschlossen?«

»Es schien mir so am besten.«

»Ist etwas passiert?« Sie kam in das Zimmer. Sie sah, daß seine Füße nackt waren und daß er seine Stiefel ordentlich unter die Bettkante gestellt hatte.

Er stand mit einer geschmeidigen Bewegung seiner Muskeln auf und glitt von der hohen Matratze. Dann ging er um sie herum, trat an die Tür, die sie gerade hinter sich zugemacht hatte, und schloß sie ebenfalls ab. Dann kam er auf sie zu und sagte: »Wir beide haben noch eine Rechnung miteinander zu begleichen.«

Er streckte die Arme nach ihr aus und zog sie an seinen festen Körper. Seine Augen brannten sich mit grünem Feuer in den Tiefen in ihre Augen, ehe er den Kopf senkte und seine Lippen auf ihren Mund legte.

Sie hätte sich über seine Dreistigkeit entrüsten sollen, es ihm übelnehmen sollen, daß er so tat, als sei das sein volles Recht, und sich ihrer Unterwerfung so sicher war. Nichts von alledem empfand sie.

Genau das war es, was sie wollte, was sie brauchte; es war der Beweis dafür, daß er nicht so gleichgültig war, wie er ihr erschienen war, als er von seiner Abreise gesprochen hatte oder als er sich so kühl und korrekt von ihr verabschiedet hatte. Ihr Herz schlug in ihrem Innern einen langsamen Purzelbaum, und sie schmiegte sich mit einem leisen Laut der Freude an ihn.

Ihm schwoll die Brust, und er zog sie noch enger an sich und hielt sie so fest, daß sie kaum noch Luft bekam.

Seine Berührungen waren meisterlich, und in der Kraft seiner Arme, die sie umschlangen, lag glühende Leidenschaft. Sein frischer Duft nach gestärktem Leinen, Leder, Pimentöl und warmer Männlichkeit drang in ihre Sinne vor. Sein Mund schmeckte nach Portwein und grenzenloser Entschlossenheit.

Ihre Lippen brannten unter seinen, und daher kam sie ihm entgegen und nahm ihn voller Anmut und Süße auf. Das nutzte er augenblicklich und fuhr die porzellanenen Kanten ihrer Zähne nach, umwarb und koste ihre Zunge spielerisch mit seiner und riß mit Kunstfertigkeit und glühendem Verlangen ihre Abwehr ein, machte ihre Strategien zunichte und raubte ihr den Willen.

Katrine hieß ihn willkommen, und ihr Verlangen war so stark, daß sie ihm alles gab und nichts zurückhielt. Sie begehrte ihn und konnte es nicht mehr leugnen, ihm und auch sich selbst nicht länger etwas versagen. Ganz gleich, was kam, wenigstens blieb ihr diese Erinnerung.

Langsam löste er sich von ihr. Mit Schmerz in den Augen kam ihm ein wunderlicher Einfall, und er sagte: »So, *la belle dame,* du kannst dich also manchmal doch erbarmen.«

»Oft«, antwortete sie mit ernstem Blick, »wenn es der richtige Mann ist.«

»Ich sollte mich geehrt fühlen, aber gleichzeitig muß ich dich warnen, daß meine Absichten im Moment ausschließlich unzüchtiger Natur sind.«

»Du kannst mich als verderbt bezeichnen«, sagte sie und versuchte ein zittriges Lächeln, »aber ich habe eine Schwäche für unzüchtige Männer.«

»Verderbt?« Sein Tonfall klang begeistert, als er das Wort auf der Zunge zergehen ließ und mit einer festen Hand ihre Brust umfaßte. »Sehen wir doch mal, was es mir dieser Verderbtheit auf sich hat und wie weit der richtige, wenngleich auch unzüchtige Mann mit dir gehen kann ...«

Er zog sie auf der Stelle aus, dort, wo sie standen, ließ flink und geschickt Knöpfe durch Knopflöcher gleiten und schälte sie aus Schichten schwerer Seide und bestickter Baumwolle. Er preßte die Lippen über ihrem Hemd auf die zarten Wölbungen ihrer Brüste, ehe er sie aus der Krinoline hob, die gemeinsam mit ihren Petticoats steif stehenblieb. Als er schließlich soweit war, ihr das Hemd auszuziehen, zollte er den vollkommenen Brüsten mit den korallroten Spitzen, die er freigelegt hatte, seinen Tribut.

Katrine trat sich die Schuhe von den Füßen, stand dann nur noch in ihren Strümpfen, dem Korsett und dem Schlüpfer da und ließ ihre Hände unter seinen Umhang gleiten, den sie ihm von den Schultern zog. Genüßliche Wollust breitete sich in ihr aus, als sie seine Weste aufknöpfte und die Kragenknöpfe aus seinem Hemd zog. Sie hatte noch nie einen Mann entkleidet, nie seine Versuche abgewehrt, ihr Küsse zu rauben, während sie ihm half, die Hose und die Unterhose abzulegen.

Sie hätte sich das Korsett selbst aufgehakt, doch er nahm ihre Hände von dem Band, mit dem es oben verschlossen war. Dann bückte er sich, ließ einen starken

Arm unter ihre Knie gleiten und hob sie auf die Matratze. Die Bettseile schwankten noch, als er sich bereits zu ihr gesellt hatte. Er kniete über ihr, als er ihre Strumpfbänder löste und ihre Seidenstrümpfe herunterrollte. Nachdem er sie ihr von den Beinen gezogen hatte, warf er sie über seine Schulter, einen nach dem anderen.

»In Arabien«, sagte er, während er sie entkleidete, »steigt eine Odaliske, die zur Unterhaltung des Potentaten zu ihm geschickt wird, am Fußende in sein Bett. Sie hält den Kopf gesenkt und sorgt dafür, daß er immer unter seiner Kopfhöhe bleibt, und mit sorgsam kalkulierten Bewegungen nähert sie sich den Kissen. Diese Technik ist recht interessant. Soll ich sie dir vorführen?«

Im matten Kerzenschein stand in dem dunklen Grün seiner Augen eine verruchte Verheißung. Sie konnte dieser Verlockung nicht widerstehen. »Dient das meiner Erbauung?« murmelte sie.

Er lächelte. »Nein, deiner Lust.«

»Dann bereite mir Lust«, flüsterte sie und fühlte den Schauer gefährlicher Faszination, als sie sah, wie sehr sein Gesicht leuchtete.

Der Kokon an Einschränkungen und Fremdbestimmtheit, in dem sie gelebt hatte, hatte sie nicht im entferntesten auf die Wirkung vorbereitet, die die feuchte Glut seiner Zunge auf die Wölbungen ihrer Fußsohlen hatte, als sie über ihre Zehen glitt, ihre Knöchel umkreiste und sich dann nach oben vortastete. Sie hatte nicht gewußt, daß ihre Knie so kitzlig und empfindlich waren oder daß ein warmer Atem auf den Innenseiten ihrer Schenkel sie derart um den Verstand bringen konnte.

Ein Glücksgefühl strömte aufgewühlt und gischtig schäumend durch ihre Adern. Ihr Herzschlag drohte ihr die Brust zu zerreißen. Die Oberfläche ihrer Haut glühte mit einem inneren Feuer, dessen Flammen außer Kontrolle zu geraten schienen. Die Begierde, die sich tief in ihrem Innern regte, wurde zum Verlangen, das Verlangen gewann an Heftigkeit und wurde zu blanker Gier. Sie wollte ihn, begehrte ihn und hätte es nicht ertragen, wenn er sich ihr versagt hätte.

Unermüdlich und phantasievoll tastete er sich, sie zärtlich liebkosend, voran. Es gab nicht die kleinste Kerbe und Furche, die ihm entgangen wäre, und keine sanfte Wölbung blieb unberührt. Seine Hände und sein Mund fielen sachte, aber erbarmungslos über sie her und entfachten die Glut ihrer Leidenschaft, steigerten sie, verliehen ihr Gestalt und beherrschten sie.

Verzweiflung kam in ihr auf und nistete sich ein. Sein Mund auf ihren Brüsten ließ sie zucken und sich in Krämpfen winden. Ihre Bauchmuskulatur war angespannt. Seine Finger, die sich tief in sie preßten und sich behutsam bewegten, verwandelten ihren Körper in einen Kessel, in dem geschmolzene Flüssigkeit brodelte und überfloß. Sie keuchte und wand sich, preßte sich an ihn, und ihr Atem stockte.

Er glitt noch höher, hoch genug, um mit seinen Lippen ihre Augenlider zu streifen, ihre Wangenknochen, die Spitze ihres Kinns. Dann nahm er ihren Mund, kostete ihn voller Süße und zog sich wieder zurück.

Sie stieß einen leisen Schrei aus, als die Welt in ihrem Innern sich bis an ihre äußersten Grenzen ausdehnte und dann voller Verzückung in sich zusammenbrach.

Mit einer kräftigen Bewegung seiner Muskeln und Sehnen zog sich Rowan auf sie und glitt sengend in sie. Sie nahm ihn auf und umgab ihn, und das Gefühl von Erfüllung, die nach allen Seiten ausstrahlte, überzog sie mit Gänsehaut. Er tauchte tief in sie ein, lotete den glühenden Kern ihres Wesens aus und hatte es auf ihre Seele abgesehen. Sie hob die Hüften, um sie ihm entgegenzuwölben, und sie nahm jeden durchdringenden Stoß mit einem leisen Laut der Erlösung auf.

Herz an Herz und mit verschlungenen Schenkeln strebten sie weiter. Bis er seine Lage veränderte, sich mit ihr auf der Matratze umdrehte und der Druck intensiver wurde. Dann konzentrierten sich die Wogen der Ekstase, die in ihr zurückgegangen war, auf sich selbst, machten kehrt und schleuderten sie noch höher als zuvor hinauf.

Sie war verklärt, und obwohl sie wußte, daß sie sterblich war, fühlte sie die Unsterblichkeit in sich und schwang sich mit keuchendem Atem und wüst pochendem Herzen empor. Sie wünschte sich, das Wunder würde niemals enden, und es schien, als könnte Rowan mit seiner unendlichen Kraft, seiner Geschicklichkeit und seinem Willen es bis in alle Ewigkeit andauern lassen.

Er drehte sich noch einmal mit ihr um und lag wieder auf ihr. Sie trug gern sein Gewicht, das sie auf das Bett preßte, wollte es spüren, ersehnte, erstrebte und brauchte es. Sie hielt ihn fest und wiegte ihn mit Armen und Schenkeln, die ihn umschlangen, während innere Flutwellen sich überschlugen und brachen, in rhythmischen Zukkungen des Glücksgefühls um seine erhitzte Steifheit ballten.

Er küßte ihre Stirn und ihre Schläfen und tauchte so langsam und gründlich in ihren Mund ein, daß ihr Herz stehenblieb. Er legte die Hände auf ihre Brüste, nahm die aufgestellten Brustwarzen nacheinander in den Mund und ließ dann eine Hand über ihren angespannten Unterleib streichen. Um ihre Vereinigung zu erleichtern, strich er mit kleinen, zielsicheren Bewegungen über die Pforte ihrer Lust.

Verzückt und ungläubig holte sie scharf Luft, als sie in einen neuen Sog geriet. Jetzt zog er sich über sie und stützte sich auf die Ellbogen. Mit einer heiseren Stimme, die gequält klang, sagte er. »Jetzt.«

Katrine schlug die Augen auf. Rowans Gesicht war gerötet, sein Haar war schweißverklebt, und seine Arme zitterten, weil die Selbstbeherrschung ihn große Anstrengung kostete. Sie sah, daß die Lust, die er ihr verschafft hatte, ihren Preis kostete, Sie sah aber auch, daß er keine Rechnung aufstellte und keinen Lohn von ihr erwartete. Seine Augen waren schläfrig und verzückt, und irgendein Gefühl, das sie nicht zu benennen wagte, hatte sie dunkelgrün gefärbt. In seinem Gesicht standen Verheißung und Zielstrebigkeit.

Er sah ihr fest in die Augen, entschied sich bewußt und willentlich, die Zurückhaltung aufzugeben, stieß sich mit ungezügelter Kraft in sie und zeigte ihr Reiche neuer Wonnen. Sie legte die Hände mit weitgespreizten Fingern auf seine Brust, grub ihre Nägel hinein und ließ sie über seine schmale, muskulöse Taille gleiten, und dort umklammerte sie ihn. Als sie diesen Halt gefunden hatte, kam sie mit ihm, kostete seine Stöße aus und spürte, wie die wachsende Lust daran durch ihn zuckte, und sein Verlangen nach ihr tat allen ihren Sinnen wohl. Sie gab sich ihm mit unbändiger Schnelligkeit und rückhaltlos hin. Ihr Herz und ihre Seele lagen unverhüllt in ihren Augen, als sie ihn tief in sich aufnahm und bei dem leidenschaftlichen Verlangen zerfloß, einen Teil von ihm in ihrem Innern zu haben und auf ewig dort zu bewahren.

Ein leiser Laut löste sich aus seiner Brust. Heiß und naß gab er sich ihr in dieser heftigen, wogenden Brandung hin. Sie spürte das pulsierende Strömen, und ihr ganzes Wesen schloß sich eng um ihn und pochte in einer so intensiven Verzückung, daß die einzigen irdischen Bande, die sie noch halten konnten, seine Arme waren.

Gemeinsam schwangen sie sich zu Höhen auf, lebhaft und zügellos und in einer vollkommenen und lebenspendenden Verbindung vereint. Die Begeisterung war so groß, daß sie eine Gratwanderung zwischen Schmerz und Lust darstellte. Dicht, lebhaft und gewaltig umgab sie sie beide und hielt sie fest, trug sie aus sich selbst hinaus in ein Reich uralter Pracht. Dort waren sie allein, einander nah, verborgen und in Sicherheit. Sie waren eins miteinander.

Allmählich senkte sich Stille auf sie herab. Sie begnügten sich damit, dicht beieinanderzuliegen, schwer zu atmen und benommen zu schweigen. Er legte eine Hand auf ihre Schulter und strich in einer nicht endenden Liebkosung mit dem Daumen darüber. Ihre Finger hatten sich in sein dichtes seidiges Haar auf seinem Nacken geschlungen.

Eine geraume Zeit verstrich. Schließlich seufzte Katrine. Sie zog ihre Finger aus seinem Haar, ließ sie über seinen Hals und seine Brust gleiten und übte dort ein wenig Druck aus, gerade soviel, daß er sie nicht mehr ganz so fest hielt. Sie setzte sich aufrecht hin und ließ dann die Hand über seine schmalen Seiten zu der violetten Narbe gleiten, die das Schwert in seine Haut geritzt hatte.

Sie beugte sich vor, und das Haar fiel ihr als wirre Mähne um das Gesicht, als sie diesen langen Schnitt mit ihren Lippen und ihrer Zunge heilen wollte.

»Ich glaube«, sagte sie zwischen zarten Küssen, »jetzt verstehe ich, was die Araberinnen mit ihren Potentaten tun.«

Seine Stimme drückte eine schmerzliche Lockung aus, als er sagte: »Und was ist mit einem erschöpften Potentaten?«

Sie tat so, als dächte sie darüber nach. »Wenn ich an seine letzte Darbietung denke, rechne ich damit, daß man ihn wiederbeleben kann.«

»Was ist«, sagte er, nahm eine Strähne ihres langen Haars und führte sie an seine Lippen, »wenn bei der Wiederbelebung mehr herausspringt, als beabsichtigt war?«

»Dieses Risiko werde ich wohl eingehen müssen«, sagte sie und sah ihn durch einen Vorhang aus rostrotem Filigran mit einem bebenden Lächeln an. In einem lässigen

Tonfall, wenngleich seine Stimme auch noch nicht wirklich ruhig war, sagte er: »Wollen wir uns mal ansehen, was dabei herauskommt?«

Eine ganze Weile später, als sie erschöpft dalagen und in das graue Licht schauten, das durch die Gardinen vor den Fenstern sickerte, rührte sich Rowan und holte tief Atem. Die Worte, die er sagte, fielen leise und niederdrückend in die Stille des Morgengrauens.

»Bisher«, sagte er, »war die Vorstellung, dich hier zurückzulassen und dich bekannten wie auch unbekannten Gefahren auszusetzen, ein Schwert mit Widerhaken, das in mein Fleisch gerammt worden ist. Mir schien, die beste Möglichkeit, mit dem Schmerz zurechtzukommen, bestünde darin, es mit einem schnellen Ruck herauszuziehen. Jetzt hat es mehr von einer Klinge, die im Herzen steckt. Sie herauszuziehen kann nur den Tod bedeuten. Wie also könnte ich gehen? Wie kann ich je von hier fortgehen?«

18. Kapitel

Rowan stand aus dem Bett auf. Er wußte selbst, daß er schon längst hätte fort sein sollen. Das war ihm unmöglich gewesen, weil Katrine so genüßlich und gefügig in seinen Armen gelegen hatte. Selbst jetzt noch mußte er sich gewaltig zusammenreißen, um sie nicht wieder wach zu küssen. Wenn er sie nicht ansah, wie sie mitten auf der warmen Matratze lag, und wenn er nicht daran dachte, wie sie schmeckte und sich anfühlte, dann könnte er es vielleicht schaffen, endlich richtig zu handeln.

Sie brauchte soviel Ruhe, wie sie nur irgend bekommen konnte, ehe der gesamte Haushalt wach wurde. Er war nicht gerade sanft mit ihr umgegangen. Verzweifelte Wut hatte ihn angetrieben, und er hatte alles genommen, was sie zu geben hatte, ihr alles gegeben, was er in sich hatte. Heute morgen war seine Reue groß, aber währenddessen hatte er nichts bereut, und zudem hatte er den Verdacht, es auch später nicht zu bereuen.

Er suchte im schummrigen Licht des frühen Morgens seine Kleidungsstücke zusammen. Irgendwie eigneten sie sich wenig dafür, sie auf dem Fußboden auf einen Haufen zu werfen, aber das konnte Omar mit der Zeit wieder in Ordnung bringen. Er schlüpfte in die Hose und das Hemd und sah sich nach seinen Stiefeln um.

Aus dem Nebenzimmer waren ein dumpfer Aufschlag und das Geräusch von Stimmen zu vernehmen. Er hielt mit dem Anziehen seiner Stiefel inne. Das war bestimmt der Arzt, dachte er, oder vielleicht Brantley. Hoffentlich würden sie nicht versuchen, Katrine um diese frühe Stunde zu stören. Das letzte, was er sich wünschte, war, überstürzt verschwinden und sich verstecken zu müssen.

O Gott, wie sehr es ihm verhaßt war, heimlich hereinschleichen und unbemerkt wieder entkommen zu müssen, wie sehr ihm dieses verstohlene Werben verhaßt war, das Gefühl, die ehelichen Schwüre eines anderen Mannes zu besudeln. Es änderte nichts, daß man ihn dazu gedrängt hatte. Wenn er auch nur halbwegs ein Gentleman gewesen wäre, dann hätte er sich schon in dem Moment geweigert, in dem er begriffen hatte, was von ihm erwartet wurde, und er hätte an dieser Weigerung festgehalten, ganz gleich, wie groß die Versuchung auch sein mochte.

Er hatte recht gehabt, als er Katrine gesagt hatte, er sei kein Gentleman. Ihm war gar nicht klar gewesen, wie recht er damit gehabt hatte.

Er stand auf, griff nach seiner Jacke und schlüpfte in die Ärmel. Das Halstuch baumelte in einer seiner Hände, und mit den Fingern der anderen fuhr er sich durch das Haar. Wie er aussah, war nur wichtig für den Fall, daß ihm jemand im Flur begegnete. Er hatte keine Lust, so zügellos zu wirken, wie er sich fühlte.

»Willst du dich denn nicht von mir verabschieden?«

Katrines zarte Stimme drang wie ein Läuten durch die Morgenluft. Er drehte sich zum Bett um und trat näher, damit sie ihn hören konnte, denn seine Stimme war kaum mehr als ein Flüstern, als er sich auf die Stufen vor dem Bett kniete. »Ich dachte, wir hätten uns letzte Nacht schon voneinander verabschiedet.«

Ein Lächeln zuckte um ihren Mund. »So kann man wohl sagen.« Sie wurde schnell wieder nüchtern. »Es gibt da noch etwas, was ich dir sagen möchte. Ich... ich hätte es dir schon eher gesagt, aber es kam mir wie Verrat vor. Jetzt weiß ich, daß es wichtigere Dinge gibt.«

Er sah ihr ins Gesicht und bemerkte den ernsten und doch zweifelnden Ausdruck ihrer Augen. Als sie nicht weitersprach, sagte er: »Geht es um Terence?«

Sie nickte. »Dein Bruder war nicht in mich verliebt, aber es hat eine Frau gegeben, mit der ihn etwas ganz Besonderes verbunden hat. Ich glaube, daß sie seine Gefühle trotz allem geteilt hat...«

Ein Schrei zerriß die morgendliche Stille. Er kam aus voller Kehle, drückte Entrüstung und Entsetzen aus und hallte durch das ganze Haus.

Rowan sprang sofort auf. Er ging zu der Tür, die zum Korridor führte, um auf draußen vorbeilaufende Schritte zu lauschen, dabei hätte er fast vergessen, daß man ihn nicht sehen durfte, wenn er aus diesem Zimmer kam. Er wartete, bis die Geräusche verklungen waren, ehe er die Tür behutsam einen Spaltbreit öffnete.

Es war niemand zu sehen. Er warf einen schnellen Blick zu Katrine. Sie war bereits aus dem Bett gesprungen und suchte ein Nachthemd und einen Morgenmantel. Er betrachtete sie gründlich, von dem Verlangen getrieben, sich an die bezaubernde Schönheit ihrer nackten Gestalt erinnern zu können, aber auch von unausgegorenen Impulsen, die besser unterdrückt werden sollten. Sie warf ihm einen schnellen Blick zu, in dem Rätselhaftigkeit und Beklommenheit mitschwangen. Diesen Blick nahm er mit sich, als er durch die Türöffnung glitt und die Tür hinter sich schloß.

Georgette war diejenige, die das ganze Haus geweckt hatte. Sie stand am Ufer des Sees, stöhnte und rang die Hände. Als Rowan näher kam, bedeutete sie ihm mit einem hektischen Abwinken, daß ihr nichts fehlte, ehe sie auf etwas wies, was im Wasser trieb.

Die Leiche einer Frau, die ein langes weißes Nachthemd und einen dazu passenden Morgenmantel trug, trieb im See, und das Haar umgab sie wie dunkles Schilf.

Charlotte.

Alan kam aus der Seitentür des Hauses gerannt. Gemeinsam wateten er und Rowan zu der stillen Gestalt hinaus. Rowan schwand in dem Moment, in dem er sie berührte, jede Hoffnung; sie war zu kalt, und ihre Gliedmaßen waren zu steif. Er hob sie auf seine Arme und trug sie ans Ufer.

Dr. Mercier erwartete sie schon, und die meisten anderen hatten sich hinter ihm versammelt, als sie trockenen Boden unter den Füßen hatten. Sie legten Charlotte ab, und der Arzt kniete sich sogleich neben sie.

»Ich fürchte, sie ist von uns gegangen, das arme Kind«, verkündete er nach einer flüchtigen Untersuchung. »Der Tod ist schon vor ein paar Stunden eingetreten.«

Kleine Aufschreie und Seufzer stiegen von den versammelten Gästen auf. Georgette brach in lautes Weinen aus. Sie hatte Schluckauf und schluchzte, während sie das Sperrfeuer von Fragen zu beantworten versuchte, das auf sie niederhagelte.

Sie war in Charlottes Zimmer gegangen, weil die junge Frau sie gebeten hatte, sie möge sie früh wecken, damit sie zeitig aufbrechen konnten. Charlottes Bett war unberührt gewesen, und ihre Zofe hatte sie nicht mehr gesehen, seit ihre Herrin sie am Vorabend fortgeschickt hatte. In ihrer Besorgnis hatte sich Georgette auf die Suche nach ihr gemacht. Der Gedanke, Charlotte könnte vielleicht einen Spaziergang unternommen haben, führte sie schließlich aus dem Haus und zum See.

Warum?« sagte Musetta, und ihre Stimme drückte Entsetzen aus. »Weshalb hätte sie das tun sollen? Ich glaube, dieses Haus ist verflucht, wenn hier so gräßliche Dinge passieren.«

»Falls Sie davon ausgehen,« sagte Dr. Mercier auf seine klare und trockene Art, »daß die Dame Hand an sich gelegt hat, dann irren Sie sich.«

»Was soll das heißen?« Alan stellte diese Frage mit scharfer Stimme.

»Wenn Sie sich die Schürfwunden in der Gegend des Halses näher ansehen, verstehen Sie es augenblicklich. Diese junge Frau wurde stranguliert.«

In dem schockierten Schweigen, das daraufhin einsetzte, sah sich Rowan aufmerksam unter denjenigen um, die sich am Ufer des Teichs versammelt hatten. Ihm waren die Male auf Charlottes Hals schon aufgefallen, als er sie hochgehoben hatte. Dies und daß sie auf der Wasseroberfläche trieb, als sei ihre Lunge nicht mit Wasser gefüllt, hatte seinen Argwohn geweckt. Falls jedoch einer der Anwesenden mehr über das wußte, was Charlotte zugestoßen war, dann verbarg er es geschickt.

Georgette, die nur wenige Meter entfernt stand, drehte sich langsam um und starrte ihn an. »Sie«, sagte sie, und in ihrem bleichen, sommersprossigen Gesicht stand Abscheu. »Sie waren es. Sie haben sie umgebracht.«

»Also so was, das glaube ich nicht«, widersprach Satchel brummig. Die anderen schwiegen, nachdem einige nach Luft geschnappt und miteinander gemurmelt hatten.

Rowan spürte, wie es ihm kalt über den Rücken lief. Er widerstand dem Drang, sich umzudrehen und nachzusehen, ob hinter ihm noch jemand stand, der gemeint sein konnte. Mit ruhiger Stimmte sagte er: »Diese Bemerkung halte ich Ihrem verwirrten Gemüt zugute.«

»Sparen Sie sich die Mühe«, riet ihm die große junge Frau. »Ich bin gefaßt genug, um genau zu wissen, was los ist. Charlotte hat mir die Nachricht gezeigt, die Sie Ihnen gestern abend zukommen lassen wollte. Sie war sehr unglücklich, aber auch aufgeregt und fest entschlossen, sich Ihnen zu erklären. Ich habe ihr gesagt, sie soll sich in acht nehmen, da Sie ein gefährlicher Mann sind und ohnehin eine andere Frau im Auge haben. Sie wollte nicht auf mich hören.«

»Ich habe keine Nachricht erhalten«, sagte Rowan. Die Anspielung, alle Anwesenden wüßten von seinen Gefühlen für Katrine, die Georgettes Worte übermittelt hatten, überging er als etwas, das jeglicher Bemerkung unwürdig war.

»Sie müssen sie erhalten haben. Sie hat gesagt, sie könnte Ihnen etwas sagen, was Sie unbedingt erfahren müßten, etwas über Ihren Bruder.«

Ein kaltes, hartes Grausen keimte in Rowan auf. »Ich frage mich«, sagte er leise, »was das wohl gewesen sein mag.«

»Ich habe keine Ahnung«, sagte Georgette mit einem verächtlichen Gesichtsausdruck. »Ich weiß nur, daß Charlotte an den See gegangen ist, um sich zu einem unsinnigen romantischen Stelldichein mit Ihnen zu treffen, und jetzt ist sie tot. Wenn Sie sie nicht getötet haben, wer war es denn dann?«

Rowan sah sich finster unter den Anwesenden um. Sein Blick fiel zuletzt auf Katrine, die dicht hinter ihm stand. Mit Sorge in den Augen und gelöstem Haar, das über den schimmernden roséfarbenen Brokat ihres Morgenmantels fiel, sah sie wunderschön aus. In ihrem Gesicht drückte sich ein Anflug von Zorn aus, der ihm Unbehagen bereitete.

Er sagte: »Wenn Charlotte mir tatsächlich Informationen über Terence hätte geben können, dann hätte ich sie mir nur zu gern angehört. Aber ich hatte keinen Grund, ihr etwas anzutun.«

»Vielleicht hat Ihnen nicht gefallen, was sie Ihnen erzählt hat. Vielleicht haben Sie geglaubt, sie wollte Ihnen außer den Informationen noch mehr zukommen lassen, und als sie auf Ihre Annäherungsversuche nicht eingegangen ist, sind Sie wütend geworden.«

»Das ist doch lächerlich,« schnaubte er.

»Ach wirklich?« sagte Georgette, und ihr Gesicht verzog sich vor Abscheu. »Sie war nichts weiter als ein unschuldiges Mädchen, wogegen Sie... jeder weiß doch, daß Sie ein Mann von Welt sind, der weiß der Himmel was für Laster über uns gebracht haben mag.«

Das war eine Haltung, die Rowan schon öfter aufgefallen war, die engstirnige Gewißheit, daß diese rückständige Gemeinde hier für alles stand, was anständig war, wogegen jeder Fremde all das verkörpern mußte, was sich nicht gehörte. Es war, als sei dieses Vorurteil notwendig, um das Gefühl der Unterlegenheit auszugleichen, das jemand wachrief, der europäischer Herkunft war und die dortigen Gepflogenheiten kannte.

»Ich versichere Ihnen«, sagte Rowan, und sein Tonfall ähnelte dem Klirren kalten Stahls, »daß ich Ihre Freundin niemals angerührt habe.«

In dem Moment hörte er die Stimme, die er zu hören gefürchtet hatte, und Katrine sagte laut, so daß jeder sie verstehen konnte: »Er kann es nicht getan haben, denn er kann weder Charlottes Nachricht empfangen noch sich letzte Nacht mir ihr getroffen haben.«

Er drehte sich ruckartig zu ihr um. »Katrine, laß es!«

Ihr Blick war fest, als sie vortrat und neben ihm stehenblieb. »Glaubst du tatsächlich«, sagte sie, »ich ließe dich zu Unrecht beschuldigen?«

Irgendwo hinter ihnen war Lewis zu vernehmen, der mit gespieltem Erstaunen sagte: »Meine Güte, wie interessant.«

Brantley, der mit den Händen auf dem Rücken auf den Fußballen wippte, sah die beiden stirnrunzelnd an. Er sagte: »Ich glaube nicht, daß ich das verstanden habe, Katrine. Was weißt du über de Blancs Unternehmungen?«

»Eine ganze Menge«, antwortete sie mir ruhiger Stimme. »Er hat den größten Teil des Abends und die ganze Nacht mit mir verbracht.«

Alan schaute peinlich berührt auf den See hinaus. Perry

zog eine finstere Miene. Musetta schien fasziniert und zugleich auf eine zynische Art amüsiert zu sein. Der Arzt ignorierte die Bemerkung und sah sich die Male auf dem Hals der Leiche genauer an.

Georgette fiel über Katrine her. »Ja, und du bist auch einer der Gründe dafür, daß Charlotte tot ist. Sie wäre niemals auf den albernen Gedanken eines mitternächtlichen Treffens gekommen, wenn nicht du und dein lachhaftes Gericht der Liebe gewesen wären. Sie hat all dieses Zeug über Ritter und feine Damen geglaubt, über Opfer und den Tod aus Liebe; für sie war das mehr als nur ein Spiel. Vielleicht ist sie ja an den See gegangen, um Rowan hier zu treffen, aber statt dessen ist sie diesen Flußpiraten in die Hände gefallen. Trotzdem ist es deine Schuld, deine und die deines edlen Helden.«

Diese Anschuldigungen verschlugen Rowan den Atem, aber nicht etwa, weil sie so weit hergeholt waren, sondern weil sie vielleicht einen wahren Kern beinhalteten. Er schaute Katrine ins Gesicht und sah, daß auch sie es so sah. Eine Angst, die krasser war als jede andere, die er je gekannt hatte, stieg jetzt in ihm auf, aber er fürchtete nicht um sich selbst, sondern um die Frau an seiner Seite.

Das plötzliche Schweigen wurde wieder von Brantley durchbrochen. »Ich finde«, sagte er grüblerisch, »daß das eine Angelegenheit für den Sheriff ist.«

»Mit absoluter Sicherheit«, stimmte Dr. Mercier ihm zu. Er stand auf und wischte sich die Hände an seinem Taschentuch ab. »Es scheint eine Reihe von Möglichkeiten zu geben, auf die die Behörden hingewiesen werden sollten.«

Die Worte des Arztes in Verbindung mit seiner standhaften Bitte, man möge ihn mit der Leiche allein lassen, ließ das Schreckgespenst weiterer Untersuchungen und möglicherweise weiterer Anklagen auferstehen. Nachdenklich begaben sich alle Anwesenden einzeln oder in kleinen Gruppen wieder zum Haus zurück.

Gegen Mittag traf der Sheriff ein. Inzwischen hatten sich die meisten Gäste, die ihm Haus wohnten, umgezogen und sich zu dem späten Frühstück, das ihnen serviert wurde, widerstrebend eingefunden. Die Ausnahme bildete Georgette, die sich in ihrem Zimmer eingeschlossen hatte und einen Brief schrieb, den ein Stallknecht Charlottes Mutter überbringen sollte, um sie über die Tragödie in Kenntnis zu setzen.

Es herrschte eine angespannte Stimmung im Haus. Das war natürlich nicht weiter verwunderlich; dennoch zermürbte es die Nerven. Man konnte unmöglich darüber hinwegsehen, daß jeder alle anderen verstohlen musterte, daß in Ecken getuschelt wurde und daß man das Gefühl hatte, es sei klug, gewisse Menschen und Orte zu meiden.

Rowan gehörte zu letzteren, ebenso Katrine. Ihm persönlich machte das weiter nichts aus, aber um Katrines willen war es ihm zuwider.

Der Sheriff war dicklich, schlechtgelaunt und gewöhnlich. In seinem ganzen Leben hatte ihm nie jemand Anlaß gegeben, an seiner Intelligenz oder den Privilegien seines Amts zu zweifeln, und von beiden hatte er eine hohe Meinung. Abgesehen von gelegentlichen Messerstechereien unter dem Pöbel am Fluß, kleinen Dieben und Falschspielern an der Anlegestelle kamen in der Gegend von St. Francisville selten größere Verbrechen oder Morde vor. Mord in der Oberschicht fiel nicht in seinen Aufgabenbereich, aber er wußte, wie man damit umging. Er dachte, nichts weiter tun zu brauchen, als seine Amtsgewalt einzusetzen. Das war ein Irrtum, den er fast eine Stunde lang nicht wahrnahm, der jedoch dem Haushalt und den Gästen von Arcadia nicht entging. Bis dahin war es zu spät.

»Haben Sie die Frau getötet?« fragte der Sheriff Rowan barsch.

Rowans Blick war voller Überdruß und Herablassung.

Der Sheriff hatte sich ihn anscheinend bis zum Schluß aufgehoben, weil er den besten Verdächtigen abgab. »Ob mich rasende Lust übermannt und dazu veranlaßt hat, das arme Kind zu vergewaltigen, ihm dann den Hals umzudrehen und es wie eine ausgelutschte Apfelsine in den Teich zu werfen? Ja, gewiß. Ich hätte es schon eher gestanden, wenn ich gewußt hätte, daß die Verzögerung eine Dame dazu bringt, meinetwegen einen Meineid zu leisten.«

»Rowan, was sagen Sie da?« rief Alan aus. »Der Schaden läßt sich ja doch nicht mehr rückgängig machen.«

»Welcher Schaden?« erkundigte er sich in einem stählernen Tonfall. »Die Dame und ich haben ein paar Stunden am Bett ihres Mannes gewacht, das ist alles; mich erstaunt, daß jemand, der sie kennt, auf einen anderen Gedanken kommen konnte. Dennoch sehe ich deutlich, daß einige von Ihnen mehr dahinter vermutet haben. Daher kann ich jetzt nur versuchen, den guten Namen der Dame wieder reinzuwaschen.«

»Indem Sie sich hängen lassen?« sagte Alan mit bewunderungswürdiger Freimütigkeit.

»Hören Sie mal«, sagte der Sheriff, der so rot im Gesicht war wie ein Truthahn, »hier stelle ich die Fragen. Vielleicht sollten wir die Dame doch besser hinzubitten, um dahinterzukommen, was hier eigentlich vorgefallen ist.«

»Zweifeln Sie an meinem Wort?« fragte Rowan, der an der Wand lehnte, einen fragenden Ausdruck im Gesicht hatte und die Hände hinter sich an die Wandtäfelung preßte.

Lewis warf einen Blick auf Rowan und die weißen Nägel seiner halb verborgenen Hände, die von Wut sprachen, und er wich unauffällig von den beiden anderen Männern zurück.

Der Sheriff war nicht ganz so dumm, wie es den

Anschein hatte. Er holte pfeifend Atem und sah Rowan finster an. »Ich versuche nur, einer der abscheulichsten Taten, die ich je gesehen habe, auf den Grund zu gehen. Und jetzt will ich eine klare Antwort haben. Haben Sie sich letzte Nacht mit dem Mädchen getroffen?«

»Muß ich es vom Dach aus verkünden?« sagte Rowan mit einem undurchsichtigen Blick. »Ich habe doch schon gesagt, daß ich sie getroffen habe.«

»Warum? Und kommen Sie mir bloß nicht mit einem Lustmord. Sie ist in dem Punkt nicht belästigt worden.«

»Sie wollte heiraten. Ich nicht.«

Der Sheriff kniff die Augen zusammen. »Viele Frauen wollen heiraten, aber wohin kämen wir, wenn Männer sie deshalb gleich umbrächten?«

»Eine gute Frage; die Institution der Ehe könnte in Ungnade fallen.«

Perry stand mit einer ruckartigen Bewegung vom Sofa auf. »Er hat sich nicht mit Charlotte getroffen.«

»Wollen Sie damit sagen, Sie hätten sich mit ihr getroffen?« fragte Rowan, und auf seinem Gesicht stand alles andere als Dankbarkeit.

»Natürlich nicht!« sagte Perry hitzig. »Ich hatte eine andere Verabredung.«

»Ich glaube, er meint damit ein verbotenes Stelldichein«, murmelte Lewis.

»Ich war in der Eingangshalle«, fuhr Perry verbissen fort, »als ich gesehen habe, wie sich de Blanc in das Schlafzimmer einer anderen Dame begeben hat.«

»Da soll mich doch der Teufel holen«, sagte der Sheriff. »Hat denn letzte Nacht niemand in seinem eigenen Bett geschlafen?«

Brantley saß da und starrte Perry und Musetta mit der stirnrunzelnden Böswilligkeit einer angeketteten Bulldogge an, die gereizt wird, doch er sagte nichts. Musetta sah den Sheriff mit trotzig geröteten Wangen fest an.

»Das scheint mir«, sagte Rowan, »ganz nach einem Austausch von Alibis auszusehen.«

Perry wirbelte zu ihm herum. »Soll das heißen, daß ich Sie nur zu Ihrer Rettung verteidige, um Ausflüchte für mich selbst zu schaffen? Sie machen es einem wirklich nicht leicht, Ihnen zu helfen.«

»Ich bedarf keiner Hilfe.« Rowans Worte waren schneidend.

»Macht es Ihnen vielleicht etwas aus, Hilfe von einem Mann anzunehmen, der sich wie ein Schurke benommen und Ihnen einen Schwerthieb verpaßt hat?« sagte der jüngere Mann und ballte die Hände zu Fäusten. »Nun, es tut mir leid, aber Ihnen bleibt gar nichts anderes übrig. Fairneß hin, Fairneß her, aber es läßt sich nicht mit meinem Gewissen vereinbaren, daß ein Mann für einen Mord verhaftet wird, den er nicht begangen hat.«

Der Mann verhielt sich anständig, obwohl er sich selbst damit schadete. Vielleicht konnte er sich seine Haltung zunutze machen. Rowan sagte leise und unversöhnlich: »Eine Wiedergutmachung früherer Schandtaten? Dann kann ich sie nur annehmen, aber mußten Sie die Dame deshalb um ihren Ruf bringen?«

Perry zuckte zusammen, denn die letzten Worte trafen ihn wie Peitschenschläge. »Ich wollte damit nicht ...«

Jetzt mischte sich Musetta in die Auseinandersetzung ein. »Ich sehe keinen Grund dafür, die Ehre meiner Schwägerin in Zweifel zu ziehen. Zwischen ihrem Schlafzimmer und dem ihres Mannes, meines Halbbruders, gibt es eine Verbindungstür. Zweifellos hat M'sieur de Blanc diesen Weg gewählt, weil Dr. Mercier angeordnet hatte, die Tür des Krankenzimmers zum Gang solle abgeschlossen werden. Ich weiß von der Notwendigkeit, das Zimmer auf diesem Weg zu betreten, da ich selbst versucht habe, durch die Korridortür hineinzukommen.«

»Aus welchem Grund?« fragte Rowan, und sein Tonfall war alles andere als liebenswürdig.

»Aus schwesterlicher Sorge selbstverständlich«, sagte Musetta und forderte ihn mit Blicken heraus, ihr etwas anderes zu unterstellen.

»Ich will eins wissen«, sagte Georgette, die zu dem Verhör des Sheriffs nach unten gekommen war, und dabei sah sie Rowan finster an. »Wenn Sie nicht die Absicht hatten, sich mit Charlotte zu treffen, warum haben Sie ihr das dann nicht schriftlich mitgeteilt? Dann wäre sie nicht nach draußen gegangen.«

»Ich habe keine Nachricht bekommen«, sagte Rowan unverblümt. Diese Tatsache hatte ihm bereits einiges an Kopfzerbrechen bereitet.

»Aber ich habe selbst gesehen, wie sie sie geschrieben hat«, beharrte das rothaarige Mädchen.

»Und wer hat diese Nachricht anschließend überbracht?«

Ein nachdenkliches Stirnrunzeln machte sich zwischen Georgettes Augen breit. »Vermutlich hat sie sie ihrer Zofe gegeben, damit diese sie Omar überbringt.«

»Omar hat keine bekommen«, sagte Rowan kurz.

»Nach allem, was ich von der Zofe des Mädchens erfahren konnte«, sagte der Sheriff, »hat sie sie unter Ihrer Zimmertür durchgeschoben.«

Alan räusperte sich. »Wenn sie die Nachricht nicht ganz unter der Tür durchgeschoben hat, hätte jeder, der den Gang entlanggekommen ist, sie nehmen können.«

»Nun, das eröffnet ziemlich viele Möglichkeiten«, sagte der Sheriff.

Rowan konnte ihm in dem Punkt nur zustimmen. Es bestand jedoch noch eine andere Möglichkeit, die näherer Erkundigung bedurfte.

Mit allem Charme, den er aufbieten konnte, sagte er: »Sollen wir es also den Flußpiraten in die Schuhe schieben oder ihnen wenigstens so lange die Schuld daran geben, bis ein besserer Kandidat auftaucht und sein Geständnis unterzeichnet?«

»Legen Sie mir keine Worte in den Mund«, sagte der Sheriff. »Ich sehe doch, was hier gespielt wird. Ihr Leute glaubt, ihr könnt euch gegenseitig beschützen und zum Henker mit der Justiz. Dann merken Sie sich nur eins: Ich bin das Gesetz. Was auch geschehen mag, vor mir haben Sie sich immer noch zu verantworten. Diese Geschichte ist noch lange nicht ausgestanden, bei weitem nicht!«

Kurz darauf ging der Sheriff. Als sein Einspänner die Auffahrt hinunterrollte, nahm er niemanden mit und hatte nur seine Hilfssheriffs zur Gesellschaft.

Nach einiger Zeit brachte der heimkehrende Stallknecht eine Nachricht von Charlottes Mutter, in der es hieß, sie sei zu krank, um die Leiche ihrer Tochter persönlich nach Hause zu begleiten, wünschte jedoch, daß die Reisevorkehrungen so bald wie möglich getroffen wurden. Der schwarze Wagen, der Charlotte in einem schlichten Sarg von der Sorte beförderte, die die meisten Plantagen für den Notfall bereithielten, brach nach St. Francisville und zur Uferstraße auf. Georgette und Satchel fuhren mit, um sie ehrenvoll heimzugeleiten. Der Staub, den der Wagen auf der Zufahrt aufwirbelte, verzog sich zwischen den Bäumen.

Die anderen kehrten wieder ins Haus zurück, nachdem sie die feierliche Prozession verabschiedet hatten.

Als er die Gesellschaft durchgezählt hatte, ließ Cato eine angemessene Zeitspanne verstreichen und brachte dann das Teetablett mit den benötigten Tassen in den Salon, in dem sich die Gäste wieder einmal versammelt hatten. Als er sicher war, daß er ihre Aufmerksamkeit auf sich gelenkt hatte, gab er bekannt, was er zu sagen hatte.

»Ich bin aufgefordert worden, Ihnen mitzuteilen, daß

Master Giles das Bewußtsein wiedererlangt hat, Gott segne ihn. Er wird ab morgen um die Mittagszeit wieder Besucher empfangen können.«

Katrine saß mit ihrer Nadelarbeit da und bestickte weißes Leinen mit einem blauen Muster für eine Tischdecke, als die Verbindungstür zwischen ihrem Schlafzimmer und dem Krankenzimmer aufging. Rowan stand in der Türöffnung. Ihr Herz schlug schneller, als sie ihm in die dunklen Augen sah, und dann bemerkte sie die Härte in seinem Gesicht.

Sie warf einen Blick auf Giles. Seine Augen waren geschlossen, doch sie hätte nicht sagen können, ob er schlief oder nur ruhte. Sie bedeutete Rowan, zu bleiben, wo er war, als sie aufstand und ihr Stickzeug auf den Stuhl legte. Leise ging sie zu ihm und schlüpfte durch die Tür in das Nebenzimmer.

Sie drehte sich um und sah, wie er die Tür hinter sich schloß, ehe sie ihn mit gepreßter Stimme fragte: »Wann reist du ab?«

»Niemals«, sagte er und drehte sich zu ihr um. Er lehnte sich mit dem Rücken an die Türfüllung und sah sie an.

»Aber ... du mußt doch gehen«, flüsterte sie.

»Und dich der sanften Obhut eines mitternächtlichen Würgers überlassen? Nein danke. Ich gehe nur, wenn das die einzige Möglichkeit ist, deine Sicherheit zu gewährleisten. Ich reise nicht ab, wenn ich weiß, daß ich dich damit sicheren Gefahren ausliefere.«

Sie durchforschte sein Gesicht, und da sang es leise und süß in ihren Adern. Als sie sein finsteres Gesicht sah, erstarb ihr Frohlocken jedoch sogleich. »Du weißt, wer Charlotte getötet hat?«

»Und wer versucht hat, dich umbringen zu lassen. Zumindest theoretisch. Erzähl mir schnell, solange wir noch Zeit haben, von dieser Frau, die Terence geliebt hat. Woher weiß du, daß er in sie verliebt war?«

Sie sammelte ihre wirren Gedanken und sagte dann: »Nun, sie sind oft gemeinsam ausgeritten, und ein- oder zweimal ist es ihnen gelungen, vom Weg abzukommen und sich zu verirren. Ein anderes Mal hat man sie entdeckt, als sie mit Stroh im Haar aus dem Stall gekommen sind. Sie waren beide etwas unvorsichtig, aber ihre Leidenschaft hat das zur Genüge entschuldigt.«

»Musetta«, sagte er, stieß sich von der Tür ab und trat zu Katrine.

»Du hast es dir gedacht?«

Er nahm ihre Hand. »Wenn du es nicht warst, dann mußte es die einzige andere Frau sein, die zu Diskretion genötigt war. Um die anderen hätte Terence unverhohlen werben können. Aber ich wollte sichergehen.«

»Ich glaube, er wollte, daß sie mit ihm fortgeht; er schien weder wahrzunehmen noch sich daran zu stören, daß sie ein paar Jahre älter war als er. Ob Musetta tatsächlich eingewilligt hat, weiß ich nicht; sie ist eine Frau, die viel Wert auf Sicherheit legt. Jedenfalls ist er ein paar Tage, nachdem er sich ihr erklärt hat, gestorben.«

»Du hast das Gefühl, sein Tod hatte etwas mit seiner Liebesbeziehung zu tun?«

»Ich ... ich weiß es nicht«, sagte sie und schaute ihn dabei nicht an. »Ich habe mir diese Frage selbst oft gestellt. Ich meine, möglich ist es schon, daß er sich umgebracht hat, weil Musetta nicht bereit war, ihr Leben für ihn aufzugeben.«

»Nein, das glaube ich nicht«, sagte Rowan. »Ich kann mir Terence zornig und niedergeschlagen vorstellen, aber nicht in dem Ausmaß. Was ist mit Perry? War er letztes Jahr schon eine Eroberung deiner Schwägerin?«

»Er war in sie verliebt«, gab Katrine zu, »aber Musetta hat nur ein wenig mit ihm geflirtet und ihm Terence deutlich vorgezogen. Glaubst du, daß er und Terence einen Streit miteinander hatten, der damit endete, daß sie einander mit Pistolen in der Hand gegenübergestanden haben?«

»Nein«, sagte er und hob ihre Hand an seine Lippen, doch seine Augen schauten durch sie hindurch und nahmen sie nicht wahr.

Sie beobachtete ihn, und schnelle, unzusammenhängende Überlegungen schwirrten ihr durch den Kopf. Sein ausdrucksloses Gesicht war ein Schutzschirm, um Dinge vor ihr zu verbergen, von denen er nicht wollte, daß sie sie erfuhr. Diese Vorstellung bedrückte sie nicht, weil er weit mehr sie als sich selbst schützen wollte. Wer auch immer seinen Bruder getötet hatte, hatte auch versucht, ihnen beiden etwas anzutun. Die arme Charlotte war vermutlich deshalb gestorben, weil die geschriebene Nachricht darauf hinwies, daß sie etwas über die Ereignisse im vergangenen Jahr wußte. Rowan war irgendwie auf die Verbindung zwischen diesen Vorfällen gestoßen. Wenn er wußte, was geschehen war, dann mußte sie doch in der Lage sein, ebenfalls dahinterzukommen, wenn sie sich nur genügend anstrengte.

Sie entzog ihm ihre Hand, wandte sich von ihm ab und trat ans Fenster. Der frühe Herbstabend brach an und ließ die Welt draußen zu purpurnem und violettem Samt werden. Das Licht der Lampe auf ihrer Frisierkommode in dem ansonsten dunklen Raum machte die Scheibe zum Spiegel. Hinter sich konnte sie Rowan sehen, aber sie konnte auch die Lampe und ihr eigenes Gesicht erkennen. Er musterte sie mit einem Ausdruck des Zweifels im Gesicht, der ihr das Herz zerriß.

Sie sagte in die Stille hinein: »Du hast die Nachricht von Charlotte nicht bekommen, weil du mit mir zusammen warst. Wo steckt sie jetzt?«

»Sie ist verschwunden«, sagte er mutlos.

»Wenn Omar sie auf dem üblichen Weg erhalten hätte, hättest du sie. Das heißt...«

Er stand regungslos da und sah ihren Rücken an. »Das heißt?«

Der Schmerz setzte in ihrem tiefsten Innern ein und strömte aufwärts, entfaltete sich zu einer großen Pein, mit der sie irgendwie fertigwerden mußte. Sie suchte die Schuld bei sich und fand sie in ihrem unerschütterlichen und unbesonnenen Vertrauen. Die Anklage war vernichtend. Terence hätte sie vielleicht nicht retten können, aber es hätte niemals Gefahr für Rowan bestehen dürfen. Und Charlotte sollte noch vor Liebe schmachten, statt für die fehlgeleiteten Leidenschaften eines anderen Mannes gestorben zu sein.

Als er wieder sprach, traf Rowans Stimme sie wie ein Knüppel. In dem Moment wußte sie, daß noch ein weiterer Verlust zu vermelden war – der der Liebe.

»Wer«, sagte er, »ist Delphias Liebhaber?«

19. Kapitel

In die harte und hallende Gewißheit dieser Frage drangen matte, erboste Laute, in die sich Grauen mengte. Bebend und mit brüchiger Stimme drangen sie aus dem Nebenzimmer. Es war Giles.

Katrine drehte sich zu ihm um. Rowan war schneller als sie, lief zu der Verbindungstür, riß sie auf und stieß sie in das hellere Licht des Krankenzimmers.

Er blieb so abrupt stehen, daß Katrine fast mit ihm zusammengeprallt wäre. Er wirbelte herum, packte sie am Arm und versetzte ihr einen heftigen Stoß, der sie wieder in ihr Schlafzimmer taumeln ließ. Er packte die Tür und knallte sie ihr vor der Nase zu.

»Halt!«

Dieser Befehl, der gemeine Brutalität verhieß, hatte einen seltsamen Klang. Er kam von Brantley.

Katrine blickte um Rowans breite Schultern herum, die ihr die Sicht versperrten, und sah Musettas Mann auf der anderen Seite des Bettes stehen, in dem Giles lag. Die träge Gelassenheit seines breiten Gesichts war von greller Grausamkeit abgelöst worden. In seiner Hand blinkte das getriebene Silber von Giles' Revolver.

»Sehr gut«, fuhr ihr Schwager fort und verzog die dikken Lippen. »Ich verlange, daß Katrine sich uns anschließt, denn andernfalls wäre diese Scharade zwecklos.«

Giles fluchte und keuchte. Sein Gesicht war purpurrot

angelaufen, und um seine blauen Lippen herum zog sich ein weißer Strich.

»Was soll das heißen?« fragte Katrine, die hinter Rowan vortrat. »Wo ist Dr. Mercier?«

»Der gute Arzt ist zu den Barrows zurückgerufen worden – für die Entbindung der Schwiegertochter, versteht sich. Er hatte das Gefühl, sein Patient hier sei soweit genesen, daß man ihn Cato überlassen könnte. Dr. Mercier wird betrübt sein, wenn er feststellen muß, daß Giles in seiner Abwesenheit einen ... ernstlichen Rückfall hatte.«

»Du bist ein Dummkopf«, brachte Giles krächzend und mühsam heraus. »Mercier weiß, daß mir schon seit Monaten jemand Arsen verabreicht – sogar seit Jahren. Gerade heute habe ich es ihm selbst gesagt.«

Brantley lächelte. »Dann werde ich wohl dahinterkommen müssen, daß das Katrine war, oder nicht? Das sollte sich mühelos machen lassen, da jetzt alle wissen, daß sie direkt unter deinen Augen eine Affäre hatte. Niemand wird sich darüber wundern, daß sie ihren älteren Ehemann loswerden wollte.«

»Die Affäre war ... mein Wunsch«, keuchte Giles.

»O ja«, sagte Brantley, »ich weiß das, aber wer sonst würde es glauben? Insbesondere, wenn keiner von euch mehr am Leben ist und es erklären kann.«

Jetzt sprach Rowan mit ausdrucksloser Stimme. »Ein Doppelmord, auf den praktischerweise ein Selbstmord folgt. Glauben Sie, damit kämen Sie durch?«

»Ja, das glaube ich schon. Wissen Sie, die Leute unterschätzen mich. Sie halten mich für einen schwerfälligen Idioten, den man leicht hinters Licht führen kann. Sogar meine eigene Frau. Sie glaubt, daß ich ihre kleinen Spielchen nicht bemerke. Sie weiß eben nicht, daß ich sie ihre eigenen Wege ziehen lasse, weil ich einen exotischeren Geschmack habe.«

»Delphia«, brachte Katrine in einem gepreßten Flüsterton heraus.

»Genau. Ein nützliches Werkzeug, nachdem ich mich erst bei ihr eingeschmeichelt und sie glauben gemacht hatte, daß ich sie liebe. Ganz zu schweigen davon, daß sie weit interessanter ist als die gute Musetta, wenn sie nackt im Bett liegt.«

»Sie hat Ihnen die Nachricht überbracht, der Sie entnehmen konnten, wo Charlotte sich aufhalten würde.«

»Wirklich ein Jammer. Das alberne Mädchen hat sich nachts immer draußen rumgeschlichen. Sie hat mich in jener Nacht mit Terence gesehen, aber sie hat geglaubt, es sei eine Frage der Ehre, bei der es um Musetta ging, etwas, was man taktvoll verschweigen sollte. Sie hat es für eine Sache der Loyalität gehalten, bis sie es sich aus irgendwelchen Gründen anders überlegt und sich entschlossen hat, es de Blanc zu erzählen. Das konnte ich nicht zulassen.«

Katrine sah, daß seine Schwäche in seiner eigenen Egomanie bestand, in seiner Gewißheit, daß sie ihm alle unterlegen waren und er über sie bestimmen konnte. Vielleicht ließ sich das dafür nutzen, Zeit zu gewinnen.

Sie sagte leise: »Komisch, aber dasselbe habe ich mir auch gedacht, um Musetta zu schützen. Aber darum ist es gar nicht gegangen, stimmt's? Sie waren nicht eifersüchtig und haben sich an der Affäre nicht gestört, solange es eine lockere Bindung blieb. Das hat sich jedoch geändert als Sie geglaubt haben, Musetta könnte vielleicht mit Terence fortlaufen. Das hätte Ihnen gar nicht gepaßt.«

»Ich habe sie doch nicht jahrelang auf Arcadia versklavt, damit sie mich dann meines rechtmäßigen Platzes als ihr Herr enthebt, nur weil sie die Beine immer wieder breitmachen muß.« Speichel sammelte sich in Brantleys Mundwinkeln, als er sprach, und in seinen Augen stand kalte Feindseligkeit.

Rowan trat so weit vor, daß er wieder zwischen Katrine

und ihrem Schwager stand, dann sagte er: »Das war auch das Problem mit Katrine, nicht wahr? Wenn sie von mir schwanger geworden wäre, wie Giles es wollte, dann hätte das Kind, sowie es einmal als Giles' rechtmäßiger Erbe anerkannt wäre, Ihnen den Zugang zu Arcadia versperrt, das Sie auf dem Umweg über Musetta an sich bringen wollten.«

»Giles hat sich gehörig angestrengt, um die Skrupel zu beseitigen, die euch voneinander ferngehalten haben. Delphia hat mir gesagt, sie glaubte, er hätte es endlich doch noch geschafft.«

»Bei Gott, ich habe es geschafft«, rief Giles aus. »Das ist doch immerhin etwas.«

»Frohlocke nur, du verdammter Kerl«, sagte Brantley. »Es nutzt dir nicht mehr viel, wenn sie erst beide tot sind.«

Giles stieß einen heiseren Laut aus, der ein Lachen hätte sein können. »Nein, aber ich hätte fast gewonnen. Fast hätte ich dir einen Strich durch deine Rechnung gemacht. Ich weiß schon seit Jahren, daß du in meine Fußstapfen treten willst. Warum glaubst du sonst, war es mir so wichtig, Katrine mit einem Erben zu versehen, ganz gleich, wer der Vater ist?«

»Du hättest mich als Vater wählen können«, sagte Brantley erbittert.

»Niemals«, rief Katrine aus.

»Niemals«, sagte Giles, und es war ein ersticktes Knurren. »Ich erinnere mich nur zu gut daran, wer mir nach dem Duell erzählt hat, ich hätte meinen Gegner getötet – wer mich aus England abgeschoben hat, ehe ich mich auch nur von der Frau verabschieden konnte, die ich mit aller Glut geliebt habe, die in mir war. Von der Frau, deren Verlobten ich getötet hatte und die du dich kaltblütig zu heiraten entschlossen hast.«

Brantley sagte mit einem frostigen Lächeln: »Aber das hast du doch selbst arrangiert.«

Giles setzte sich im Bett auf. Er zitterte so sehr, daß das Bettgestell wackelte. Er sagte: »Das war Erpressung. Was hätte ich denn sonst tun können? Die Leute haben kein Verständnis dafür, daß man seine Schwester liebt – seine Halbschwester. Aber ich habe es dir nie verziehen, dir nie verziehen, daß du sie hierherbegleitet hast, wo es sich hätte machen lassen. Niemals.«

Katrine atmete schnell und schmerzhaft ein. Ihre Brust schnürte sich in der dicken Luft zusammen, in der der Geruch nach brennendem Öl von der Lampe neben dem Bett hing, der säuerliche Geruch eines Krankenlagers, Undankbarkeit und altes Leid. Darin hing auch eine glühende Spannung, die sich um ihre Nerven wand, sich enger zusammenballte und zudrückte. Die Bettvorhänge wehten in einem Luftzug und färbten sich in den Falten abwechselnd rot und schwarz. An der Wand hinter dem Bett schlichen sich die Hunde auf einem Jagdtisch an eine unsichtbare Beute an. Rowan neben ihr stand reglos da.

Brantley ignorierte sie beide und konzentrierte sich ganz auf den Mann in dem Bett. Er sagte: »Du hast dir selbst eine Braut genommen, um mir eins auszuwischen, und deshalb ist es deine Schuld, wenn wir jetzt an diesen Punkt gelangt sind.«

»Dir wäre es lieber gewesen ... wenn ich an meinem ... sogenannten Magenleiden gestorben wäre«, sagte Giles und hustete keuchend und durchdringend. »Aber Cato hat mich gerettet. Er hat etwa ein Jahr nach meiner Hochzeit geahnt, daß mir Gift verabreicht wurde. Zu spät, um meinen Verdauungstrakt noch zu retten. Ich habe Katrine auf die Probe gestellt, aber sie war es nicht. Musetta konnte es nicht gewesen sein. Lewis ist trotz all seiner Gehässigkeit ein Feigling. Nur du konntest es sein. Es war noch nicht zu spät, um dir einen Strich durch die Rechnung zu machen.«

»Das scheint«, sagte Rowan und richtete den versonnenen Blick auf den wankenden Lauf der Waffe in Brantleys Hand, »der Zeitpunkt zu sein, zu dem die Turniere ins Leben gerufen wurden und Terence auf der Bildfläche erschienen ist und dann ich.«

»Sie waren die ideale Wahl«, sagte Brantley mit hämischem Abscheu. »Kräftig und geschickt genug, um den Preis zu gewinnen, von der Gestalt und dem Gesicht her so ansehnlich, daß Sie Giles' Vorstellungen von einem brauchbaren Deckhengst entsprochen haben, aber auch anders genug als alle anderen, um Katrines Aufmerksamkeit auf sich zu ziehen. Von Anfang an war deutlich zu erkennen, daß einer von euch oder beide ausgemerzt werden müssen.«

»Daher also die in die Wege geleiteten Unfälle«, sagte Rowan versonnen und sah Brantley ins Gesicht.

Die Waffe in Brantleys Hand drehte sich und richtete sich auf Rowans Brust. Seine Züge waren mit roten Flekken gesprenkelt, als er sagte: »Das hätte genügen müssen, wenn man bedenkt, wie viele Leute hier waren, wie viele Wettkampfteilnehmer. Wenn ihr nicht soviel Glück gehabt hättet, hätte es auch geklappt.«

»Oder wenn wir vertrauensseliger gewesen wären?« schlug Rowan vor. »Oder wenn ich in der Zeit unserer Gefangenschaft tiefer – oder auch einfach nur mehr – geschlafen hätte. Oder wenn ich diejenigen, die meinem Schutz anvertraut sind, weniger sorgsam beschützen würde. Es tut mir leid, daß ich Ihnen das Leben schwergemacht habe. Ich wollte nur Katrine und auch mir selbst das Leben retten. Aus naheliegenden Gründen.«

»Ja, allzu naheliegenden«, sagte Brantley giftig. »Ich bezweifle, daß Giles eine so starke Anziehungskraft im Sinn hatte.«

»Nein, das hatte ich nicht«, schnaufte Giles, »aber vielleicht hätte ich gerade darauf setzen sollen. Ich gebe zu, es... ich habe mehr darunter gelitten, als ich erwartet hatte. Daher war ich grausamer als ... wie auch immer. Ich entschuldige mich bei dir, meine liebe Frau. Aber es tut mir nicht wirklich leid. Nicht, wenn ich sehe ... wie es ausgegangen ist.«

»In dem Fall«, sagte Rowan und neigte leicht den Kopf vor beiden Männern, »hat doch sicher keiner von Ihnen etwas dagegen, wenn ich mich verabschiede oder wenn dieser Abschied sich etwas länger hinzieht?« Er wandte sich an Katrine, nahm ihre Hände und führte sie an seine Lippen, ehe er sie auf sein Herz preßte.

Es war, als hätte er sie beide mit dieser kleinen Bewegung seines Körpers in einem Raum eingeschlossen, in dem es nichts anderes als honiggelbes Licht und strahlend schöne Erinnerungen gab. Mit offenem Blick und dunklen Augen erkundete sie sein Gesicht und sagte: »Ich hatte nie vor, dich dahin zu führen.«

Ein Lächeln von bitterer Süße verzog seinen Mund. »Ich war immer hinter dir und habe dich mit beiden Händen vor mir hergeschoben, während wir einen Pfad geschaffen haben, der mit halb erstickten Impulsen, Platitüden und unreinen Gedanken gepflastert war. Ich bin dankbar«, sagte er mit einer sanfteren Stimme, »für die Preise, die ich gewonnen habe, aber auch für die, die mir gnädig gewährt worden sind.«

»Und mit Liebe«, sagte sie, und ihre Kehle schmerzte.

»Genug, um ein paar geraubte Stunden in Farben zu emaillieren, die Geist und Seele verblüffen. Du bist mein Wunder und mein lebenslänglicher Traum, mein tapferer Günstling und meine Herrscherin, meine vom Mondschein gekrönte Nymphe, nackt und von warmem Tau geküßt. Ich bete dich mit meinem Körper und jeder anderen schwachen, bebenden, aber wohlgemeinten Regung an, und ich werde dich wie einen süßen Apfel in der Tasche meiner hungrigen Seele aufbewahren, Pfeil des Cupido in meinem Herzen.«

Sie preßte ihre Wange an seine Hände, die ihre hielten. »Ich ehre dich für das, was du mir sein wolltest«, sagte sie, »aber noch viel mehr für das, was du mir warst, was du mir gegeben hast und was du aus mir gemacht hast.«

»Dann bist du bereit, meine Gelübde anzuhören?« antwortete er. Er berührte ihr Gesicht mit seinen warmen Fingern und bog ihren Kopf zurück, damit sie in das intensive Grün seiner Augen sah. »Ich schwöre dir, daß selbst der Tod mich nicht von dir trennen kann oder wird.«

In dem Moment hörte sie die Botschaft, die sich in seinen Liebesworten verbarg und neuentdeckte Reiche von Verzweiflung und reinem, unverfälschtem Leid aufbrach. Sie hörte sie und stählte sich und wartete, als seine Lippen sich zart und in übersinnlichem Einverständnis auf ihre legten.

Der Stoß. Und hinter ihr – sein Tod.

Widerstand erhob sich und hallte schreiend durch ihren Kopf. Ihr blieb keine Zeit. Er zog sie fest und erdrückend eng an sich. Seine Finger gruben sich in ihre Hände. Urplötzlich löste er sich von ihr, und mit derselben abrupten Bewegung stieß er sie von sich wie einen Pfeil, der von einem gespannten Bogen abgeschossen wird. Sie flog mit rauschenden Röcken in die Vorhänge am Kopfende des Bettes, die einzige Stelle des großen Zimmers, auf die sich die Pistole in Brantleys Händen nicht richten konnte.

Brantley drehte sich instinktiv um, und Rowan warf sich, so lautlos und so schnell wie der Schatten einer Schlange, direkt auf die todbringende Waffe, deren Abzug nur betätigt werden mußte, damit sie einen Schuß abgab und gleich den nächsten.

Sie hatten nicht mehr an Giles gedacht, der sich nun heiser knurrend und erbost vorbeugte und Brantleys rechten Arm packte. Er brachte ihn aus dem Gleichgewicht und zerrte ihn auf den Rand der hohen Matratze.

Der Widerhall eines Schusses donnerte durch den Raum. Blauschwarzer Rauch stieg in einer beißenden Wolke auf, die in der Kehle sengend brannte. Ein erstickter Schrei war zu hören. Jemand fluchte.

Katrine, die sich an den Bettvorhang klammerte, den sie gepackt hatte, um ihren Flug aufzuhalten, sah durch den aufsteigenden Rauch, daß mehrere Körper sich wild auf dem Bett wanden. Sie zögerte keinen Augenblick. Sie nutzte die Hebelwirkung des Vorhangs und stürzte sich in das Handgemenge.

Blut strömte aus einer Wunde auf Rowans Stirn und lief ihm in die Augen. Auf der Bettdecke waren Blutflekken, und die drei Männer waren blutbespritzt.

Giles, der Brantleys Arm unerbittlich festhielt, wurde in alle Richtungen geschleudert. Der massiv gebaute Mann, der so stämmig und erzürnt wie ein Bulle war, ignorierte die matten Anstrengungen seines Schwagers, während er sich in Rowans Umklammerung wand. Als er sah, wie Katrine auf das Bett sprang, unternahm er alles, um den Revolver auf sie zu richten.

Rowan streckte sofort eine Hand aus und packte das Handgelenk von Brantleys rechter Hand. Er fletschte die Zähne und übte Druck aus. Man konnte die Knochen in Brantleys Handgelenk knacken hören. Er stieß murmelnd einen Fluch aus und ging auf Rowans Augen los.

Rowan wich seinen kratzenden Nägeln aus. Die Bewegung riß Brantley mit. Der schwarze Mann setzte sein Gewicht ein, um beide das Gleichgewicht verlieren zu lassen, und dann stieß er Rowan in die weiche Matratze. Langsam und mit gefletschten Zähnen versuchte er, das Ende des Revolverlaufs herumzuziehen und auf Rowans Rippen zu richten.

Katrine bekam kaum Luft und konnte keinen klaren Gedanken fassen. Ihre Brust schmerzte. Ihr Herz schlug mit betäubendem Hämmern an ihre Lunge und ihre Rippen. Ihre Augen brannten, doch sie blinzelte nicht, weil sie alles mitverfolgen wollte. Sie wollte helfen, hatte aber schreckliche Angst, statt dessen ein Hindernis zu sein.

Die Furcht um Rowan war Säure in ihrem Blut. Erst vor kurzem war mit einem Schwert auf ihn eingestochen worden, er hatte sich bei dem Sturz von seinem Pferd verletzt und war zusammengeschlagen worden. Wie lange konnte er angesichts dieser Verletzungen seine Kraft mit der des bullenstarken Mannes von Musetta messen?

Irgendwo in der Ferne hörte sie Rufe und rennende Füße. Das waren bestimmt die anderen, die der Schuß herbeigelockt hatte. Brantley hörte sie ebenfalls. Er verdoppelte seine Bemühungen und riß den Revolver mit aller Kraft, die er besaß, herum.

Rowan holte mit geballter Faust aus. Sie erwischte Brantley direkt unter dem Kinn. Er kippte auf die Seite. Rowan schleuderte sich auf ihn. Keuchend und ächzend rangen die beiden Männer auf der Matratze miteinander. Brantleys Kopf fiel mit einem Ruck zurück und hing über die Bettkante. Seine Schußhand wurde weit von seinem Körper weggebogen.

Der Revolver traf auf Katrines Knie. Mit Fingern wie Klauen ging sie darauf los. In ihrem Verstand herrschte Dunkel, und in ihrer Seele tobte Wut, als sie die Waffe Brantley aus der Hand riß.

Giles umklammerte ihren Arm mit zitternden, blutüberströmten Fingern. Seine Augen brannten sich in ihre, verschleiert und doch tödlich. »Das ist meine«, flüsterte er rasselnd. »Gib sie mir.« Mit einer zittrigen Hand umklammerte er den Revolver.

Rowan, der jetzt von der Notwendigkeit befreit war, den Revolver an sich zu bringen, gewann neue Kraft und eisenharten Willen. Er schlug noch einmal mit seiner kräftigen Faust zu.

Brantley wurde von dem Aufprall zurückgeschleudert.

Er sah den Revolver in Giles' Hand und hievte sich rüber, um ihn seinem Griff zu entreißen.

Giles zitterte so heftig, daß seine Zähne klapperten.

Um ihn herum war das Bettzeug von weinrotem nassem Blut durchweicht. Seine Augen waren rotgerändert und trüb und wurden schon glasig. Er stieß den Revolver gegen Brantleys Brust. Schnaufend schloß er die Augen. Sein Gesicht verzog sich, und er gab einen gurgelnden Schrei von sich. Sein Kopf fiel nach vorn.

Brantleys Hand schloß sich um den Lauf der Waffe. Ein grausames Lächeln verzog seine Lippen. Er umklammerte die Waffe, um sie aus Giles' schlaffen Händen zu reißen.

Ein Schuß ging los, und der Lauf rauchte. Brantley, der hinter den Rauchschwaden fast verborgen war, riß die Augen weit und ungläubig auf, als ihm die entsetzliche Wahrheit dämmerte. Er schloß sie nicht mehr.

Sie ließen sie dort liegen, Giles und Brantley, mit der Waffe zwischen ihnen auf dem Bett. So sollte sie der Sheriff, ein eingestandenermaßen argwöhnischer Mann, sehen. Es fiel schwer, sie so liegen zu lassen.

Soviel Blut war gespritzt, und der Geruch von Furcht und Grauen und unsinniger Gewalttätigkeit hing in der Luft. Es wäre weit einfacher gewesen, sie beide vom Blut zu befreien, sie zu säubern, ihre verrenkten Gliedmaßen in eine natürliche Lage zu bringen und sie Seite an Seite in Särgen im Salon aufzubahren. Dann hätten alle die grausigen Geschehnisse vergessen können, die vorgefallen waren, die Scheußlichkeiten, die gesagt worden waren.

So, wie die Dinge standen, taten sie nur so, als könnten sie einen Teil davon vergessen.

Die versammelten Gäste steckten die Köpfe zusammen, berieten sich und kamen zu dem Ergebnis, daß ein paar Einzelheiten der furchtbaren Auseinandersetzung nicht an die Öffentlichkeit gelangen und in ihren Schilderungen ausgelassen werden sollten. Demnach erfuhr der Sheriff nichts von der unnatürlichen Liebe eines Bruders zu seiner Halbschwester. Der Haß, die Intrigen und das mangelnde Ehrgefühl wurden zu einer Geschichte von Neid und fehlgeleiteter Habgier destilliert. Der Kampf auf dem Bett wurde als eine Tragödie dargestellt, die durch einen Akt des Wahnsinns hervorgerufen worden war.

Es gab niemanden, der eingestanden hätte, daß er einen Zusammenhang zwischen den beiden Toten und dem Angriff der Flußpiraten sah. Keiner von ihnen räumte auch nur im entferntesten die Möglichkeit ein, die Männer hätten beauftragt worden sein können, den Turm in Brand zu setzen oder die bisherigen Überfälle am Flußufer zu begehen, die den Überfall auf Arcadia weniger ungewöhnlich dastehen ließen. Und wenn Alan und Rowan, Perry und sogar Lewis auch Blicke miteinander austauschten, die andeuteten, die Zeiten der plündernden Flußpiraten könnten demnächst ein gewaltsames Ende finden, dann verspürte doch keiner von ihnen die Notwendigkeit, diese Auffassung vor dem Vertreter des Gesetzes darzulegen.

Der Sheriff glaubte, wie ihm allzu leicht anzusehen war, nur zwei von zehn Worten von allem, was er hörte, und dem Rest stand er mißtrauisch gegenüber. Als er sich jedoch Rowans hartem Lächeln und seiner unbeirrbaren Ruhe gegenübersah, unterließ er es jedoch, seine Nase noch tiefer in diese Angelegenheit zu stecken.

Die nächste Hürde, die zu nehmen war, stellten die Begräbnisse dar. Schwarze Trauerkleidung wurde herausgeholt, ausgelüftet, gebügelt und angelegt. Die schwarzumrandeten Todesanzeigen wurden in der Stadt und an jeder Kreuzung angeschlagen. Taschentücher, die schwarz gesäumt waren, wurden bereitgelegt. Haarlocken wurden als Erinnerungsstücke abgeschnitten. Die Beileidsbekundungen begannen einzulaufen, manche aus aufrichtigem Beileid, andere aus reiner Neugier geschrieben.

Musetta lag im Tiefschlaf, nachdem ihr Laudanum und Glühwein verabreicht worden waren. Dennoch wachte sie oft von ihrem eigenen hysterischen Weinen auf. Immer wieder rief sie nach ihrem Bruder und kein einziges Mal nach ihrem Mann. Katrine schlief überhaupt nicht, und sie weinte auch nicht.

Eine seltsame Taubheit schien sich ihrer bemächtigt zu haben. Sie führte endlos lange Gespräche mit sich selbst und bemühte sich, Kummer, Schmerz und sogar eine gewisse Erleichterung zu verspüren. Es war nichts da. Sie bewegte sich durch das Haus und nahm dabei kaum wahr, ob es dunkel oder hell war. Sie unterhielt sich, traf Entscheidungen, dachte über Vorkehrungen nach, die zu treffen waren, und war eine gewissenhafte Gastgeberin. Sie lächelte und war so freundlich, wie es ihr nur möglich war.

In ihrem Innern herrschte erwartungsvolle Ruhe. Irgendwie kam ihr dieses Gefühl vage vertraut vor. Wenn man sie gezwungen hätte, ihm einen Namen zu geben, hätte sie es als Furcht bezeichnet.

Erst nach dem Begräbnis, erst nach der Fahrt in der Kutsche mit den schwarzen Pferden und den wogenden schwarzen Federbüschen, die dem Sarg gefolgt war, erst nachdem die Gebete gesprochen worden waren und die Erde auf die Särge geworfen worden war, erst nach der Heimfahrt mit Musetta, die schluchzend in einer Ecke lehnte, und Rowan, der blind durch das kleine Fenster hinausschaute, wußte sie, warum sie Angst hatte.

»Dürfte ich Sie bitten, einen Moment für mich zu erübrigen, Mrs. Castlereagh«, sagte der Anwalt, der den beiden Kutschen vom Friedhof zum Haus gefolgt war. Er verbeugte sich salbungsvoll und kam auf den Stufen näher, ehe er fortfuhr. »Ich dachte mir, ich könnte Ihnen vielleicht eine Last von der Seele nehmen; denken Sie nur immer an die Sicherheitsvorkehrungen, die Ihr Mann für Sie getroffen hat.«

Langsam drehte sie sich um und sah den Mann mit der breiten Brust an, auf der eine Uhrkette und Uhrenanhänger lagen, musterte seine glänzende Glatze und seinen prächtigen Schnurrbart. Hinter ihr blieb Lewis abrupt stehen und hörte zu. Musetta, die an Perrys Arm hing und unter ihrem Kreppschleier ihre Augen betupfte, wandte sich um, als sie die Eingangstür schon fast erreicht hatte. Alan, der hinter ihnen herlief, hielt sich höflich im Hintergrund. Rowan wartete an Katrines Seite, und seine Ruhe wirkte wie ein Befehl zum Schweigen.

Der Anwalt schien niemand anderen als Katrine wahrzunehmen. Er sagte herzlich und jovial: »Ihr Mann, Ma'am, hat Ihnen und Ihren Nachkommen vorbehaltlos seinen gesamten Besitz hinterlassen. Es gibt nur zwei Klauseln, die damit verbunden sind. Die erste ist, daß Sie die Apanage, die er seinem Neffen Lewis Castlereagh bisher ausgesetzt hat, weiterhin bezahlen. Die zweite Bedingung ist, daß Sie seine Schwester – und deren Mann, der uns jetzt natürlich nichts mehr angeht – in der gewohnten Form hier wohnen lassen und sie unterstützen.«

Katrine wankte ein wenig, als hätte sich das Gewicht von Arcadia auf ihre schmalen Schultern gelegt. Sie hörte ein Rauschen in den Ohren, das erst nachließ, als sie Rowans Hand auf ihrem Arm spürte. Schließlich sagte sie: »Ich muß mich bei Ihnen für Ihre Auskünfte bedanken.« Sie verstummte, weil ihr nichts mehr einfiel, und dann stürzte sie sich auf ihre Pflichten als Gastgeberin, um der Situation zumindest einen Anschein von Normalität zu verleihen. Sie fügte hinzu: »Möchten … hätten Sie vielleicht Lust, noch mit ins Haus zu kommen und eine Erfrischung zu sich zu nehmen, ehe Sie gehen?«

Der Anwalt warf einen Blick auf Rowan. Er räusperte sich. »Vielleicht ein anderes Mal. In ein paar Tagen komme ich mit sämtlichen Papieren und den amtlichen Dokumenten vorbei. Ich dachte nur, ich sage Ihnen, wie die Dinge stehen.«

»Das war sehr freundlich von Ihnen.«

Der Anwalt nickte förmlich, drückte sich den Hut wieder auf den Kopf und ging auf seine Kutsche zu. Als sie den Druck auf ihrem Arm spürte, wandte Katrine sich ab und begann, die Stufen wieder hochzusteigen.

Als sie das Haus betrat, sagte Lewis: »Dann sind wir also deine Kostgänger, meine liebe Katrine, Musetta und ich. Wie erfreulich.«

»Mir«, sagte sie matt, »wäre es lieber gewesen, wenn es nicht so wäre.«

»Dir scheint nichts anderes übrigzubleiben; schließlich war es Giles' Wille.« Die Worte kamen scharf heraus.

Sie sah ihn fest an. »Ich wollte damit sagen, es wäre mir lieber, wenn Giles dir eine Summe hinterlassen hätte, mit der du anfangen kannst, was du willst. Mir ist unbegreiflich, warum er das nicht getan hat.«

Ein klägliches Lächeln zog kurz über das Gesicht des jungen Mannes. »Weil er wußte, daß ich sie unverzüglich auf den Kopf hauen würde, vermute ich. Mach dir nichts draus. Ich werde deswegen nicht unangenehmer sein, als es sein muß.«

»Ich für meinen Teil bin froh«, sagte Musetta. »Ich will Arcadia nie verlassen, und mir ist es lieber, wenn ich mir keine Sorgen darüber zu machen brauche, wie ich meine eigenen Rechnungen bezahlen kann.«

»Nie?« sagte Perry und bemühte sich, ihr Gesicht durch den Schleier zu sehen.

»Noch sehr, sehr lange nicht«, sagte das Mädchen mit sanfter Stimme. Sie tätschelte Perrys Arm, ließ ihn los und entschwebte die Treppe hinauf.

»Ich glaube«, sagte Alan, »ein Drink wäre jetzt nicht schlecht.«

Cato, der in dem Moment aus den hinteren Regionen des Hauses auftauchte, meldete sich zu Wort. »In der Bibliothek steht schon alles bereit und erwartet Sie.«

Katrine blieb mit Rowan allein zurück. Sie konnte seinen Blick auf ihrem Gesicht spüren. Sie hob die Hand, um ihre Hutschnüre zu lösen und sich den schwarzen Filz mit den gefärbten Hahnenfedern vom Haar zu ziehen. Mit dem Hut in der Hand begab sie sich in den Salon.

Er folgte ihr mit geschmeidigen, lockeren und lautlosen Schritten. Nachdem er vor dem Beistelltisch stand, auf dem ein Tablett mit Sherry stand, schenkte er zwei Gläser ein und brachte ihr eins von beiden. Sie legte ihren Hut hin. Unter großem Aufwand von Willenskraft konnte sie ihm das Glas mit der goldbraunen Flüssigkeit mit einer halbwegs ruhigen Hand aus den Fingern nehmen.

»Verantwortlichkeiten«, sagte er, »kann man niederlegen. Jedenfalls die Verantwortung für Erwachsene.«

Sie hatte ihm gestattet, ihr näherzukommen. Vielleicht war gestattet aber auch nicht das richtige Wort. Er hatte durch den Austausch geläuterter Gefühle die Fähigkeit erworben, in ihre Seele vorzudringen. Ihre Gedanken wehten wie eine zarte Brise zwischen ihnen. Sie verstand seine Abwehr, seine Zweifel und auch die Ehre, die ihm nicht erlaubte, sie zu drängen. Er kannte den stählernen Käfig der Verpflichtungen, dessen Tür vor ihr zugeschlagen war.

Ihnen und Ihren Nachkommen …

»Bin ich Giles denn gar nichts schuldig?« sagte sie leise.

»Willst du zulassen, daß dein Leben von Schuldbewußtsein bestimmt wird?«

»Es ist kein Schuldbewußtsein, eher Verantwortungsbewußtsein. Du weißt, was einem das abverlangt.«

»O ja«, stimmte er ihr schroff zu. »Bist du dem Andenken an ihn ein Kind schuldig?«

»Kann ich ihm das einzige abschlagen, was er je von mir verlangt hat?« Sie sah Rowan an, und ihr Herz schnürte sich zusammen, als sie den Verband über seinem Auge sah, über der Verletzung, die er wieder einmal um ihretwillen eingesteckt hatte. Ihre Augen waren tief vorbehaltlos, als sie hinzufügte: »Bleib.«

»In dem Haus eines anderen Mannes, auf dem Land eines anderen Mannes, auf dem du immer die Frau eines anderen Mannes sein wirst?«

»Du könntest dir alles zu eigen machen.«

»Lieber würde ich statt dessen dir die Welt zu Füßen legen. Und wenn du unser Kind in dir trägst, dann wäre es mir lieber, wenn es das Kind der weiten Welt ist, dieser Erde, die sich dreht, und nicht eine süße menschliche Schnur, die dich an Arcadia bindet.«

»Oder dich an mich«, flüsterte sie. Dann ergründete sie den Sinn seines Schweigens und sagte: »Nein. Das wäre keines von uns beiden würdig. Mit diesem Band würde ich dich nicht festhalten.«

Mitgefühl und Ehrgefühl hätten ausreichend sein können, um ihn an ihrer Seite zu halten, aber es hätte nicht dazu ausgereicht, ihn glücklich zu machen. In Giles' Schlafzimmer hatte er so große Liebesschwüre ausgesprochen, doch er hatte sie nur abgelegt, um ihr das Leben zu retten. Wie also hätte sie diesen Schwüren trauen können? Was blieb ihnen noch, wenn diese Worte nichts weiter als eine galante, aber rein zweckdienliche Geste gewesen waren?

»Wie kannst du das verhindern?«

Als er das sagte, erinnerte sie sich nur zu gut daran, wie sehr es ihm widerstrebt hatte, in Arcadia ein Kind zurückzulassen oder sich von der Aussicht auf ein Kind dort festhalten zu lassen. Sie sagte: »Vielleicht braucht die Entscheidung nicht getroffen zu werden.«

»Die alte Leier von Feiglingen. Wirst du entscheiden, Katrine, oder soll ich es tun?«

Gehen oder bleiben, das war hier die Frage. Ihre Entscheidung würde die zwischen Liebe und Pflichtbewußtsein werden, seine die zwischen Liebe und Ehrgefühl. Was würde den geringeren Schaden nach sich ziehen, was den geringeren Schmerz bereiten?

»Ich weiß es nicht«, sagte sie und starrte das Muster des Teppichs an.

Er stand lange da und schaute auf ihre gesenkten Wimpern hinunter. »Ich würde die Entscheidung treffen«, sagte er, »aber die Versuchung, zu meinen Gunsten zu entscheiden, könnte so groß sein, daß ich ihr nicht widerstehen kann. Und ich ziehe es vor, mir nicht Vergebung bis in alle Ewigkeit geloben lassen zu müssen.«

»Ich denke aber, dieses Gelübde bekämst du«, sagte sie und schloß seufzend die Augen.

Lange Zeit war sein Blick in die Ferne gerichtet, und dann schaute er seinen Sherry an, als verwunderte es ihn, das Glas in seiner Hand vorzufinden. Er trank den Wein mit einem einzigen Schluck und schloß die Hand fest um das zerbrechliche Glas. »Reiß dich nicht in Stücke«, sagte er. »Es gibt eine andere Lösung.«

»Wie könnte es eine andere Lösung geben?«

Er antwortete nicht darauf. Behutsam stellte er sein Glas auf den Tisch neben sich und ging aus dem Salon.

20. Kapitel

»Frage.«

Rowan war derjenige, der dieses eine Wort in eine kleine Insel aus Schweigen inmitten der versammelten Gäste im Salon nach dem Abendessen stellte.

So ernst wie frisch geweihte Novizen hatten sich die wenigen Gäste, die noch im Haus waren, um das Feuer herum geschart, das unter dem marmornen Kaminsims brannte. Sie redeten nur aus Höflichkeit miteinander und um sich die Zeit zu vertreiben, bis sich ein Vorwand finden ließ, um ins Bett zu gehen. Sie sahen einander kaum je an und streiften kein Thema, das auf irgendeinem Umweg zu den Geschehnissen der letzten Tage hätte führen können. An ihrer Kultiviertheit und Rücksichtnahme war nicht das geringste auszusetzen. Unter den dicken Schichten von sorgsam aufgetragenen Manieren war jedoch reichlich Raum für abschweifende Gedanken.

Katrines Kleid war schwarz und am Hals hochgeschlossen, und es wurde von keinem Schmuckstück und noch nicht einmal von einem Hauch von Spitze gemildert. Der steife, mattschimmernde Stoff, in den sie sich gehüllt hatte, umgab sie wie eine Barriere, die jede Berührung ausschloß und jeden Gedanken an andere Intimitäten zurückwies. Sie war bleich und gefaßt und noch die höflichste von allen.

Ihr Blick fiel aus großen Augen auf Rowan und war von Vermutungen verschleiert, die schnell Gestalt annahmen, doch sie sagte nichts. Musetta, die in schwarzer Kleidung engelgleich blond wirkte, gab ihm die Antwort.

»Sie berufen das Gericht der Liebe ein? Aber das Turnier ist abgeschlossen.«

»Seien Sie so nett, und gewähren Sie mir meinen Wunsch«, sagte er. »Es gibt da einen Fall, der noch nicht abgeschlossen ist.«

Musetta sah sich unter den anderen um, und ihr Blick blieb eine Zeitlang auf Katrine ruhen. Sie hob eine Hand, um mit einer schimmernden blonden Locke zu spielen, die auf ihrer Schulter lag, ehe sie ihre Aufmerksamkeit Rowan wieder zuwandte. Mit einem ironischen Lächeln sagte sie: »Ich habe keine Einwände vernommen.«

Rowan neigte den Kopf zum Dank und stand dann auf. Er stellte sich mit dem Rücken zum Feuer und verschränkte die Hände hinter sich. Eine dünne Schweißschicht brach auf seiner Stirn aus, hatte jedoch nichts mit der mäßigen Hitze des Feuers hinter sich zu tun. Seine Brust hob und senkte sich, als er tief Atem holte und ihn wieder ausstieß. Die erwartungsvolle Stille zog sich in die Länge. Seine Stimme war tief und ein wenig rauh, als er endlich ansetzte.

»Wir haben in den vergangenen Tagen eine Reihe von Fragen diskutiert. Wir haben beschlossen, daß die Pflicht des Ritters seiner angebeteten Dame gegenüber darin besteht, sie in jeder erdenklichen Form zu beschützen, und daß eine Frau ihrem Ehemann gegenüber und er ihr gegenüber zu Gemeinschaftlichkeit, Vertrauen und Respekt verpflichtet ist. Aber es gibt da eine Frage, der wir nicht nachgegangen sind. Es geht um folgendes: Was ist die Pflicht der Angebeteten dem Mann gegenüber, der ihr seine Liebe und seinen Schutz gelobt hat?«

»Das ist ganz einfach«, sagte Musetta augenblicklich. »Die Antwort lautet Treue.«

»Eher Beständigkeit«, sagte Alan. »Dazwischen besteht ein gewisser Unterschied.«

»Ach du meine Güte«, sagte Lewis und zog eine Augenbraue hoch. »Nicht nur Treue, sondern gar ewige Treue?«

Perry bedachte ihn mit einem gepreßten Lächeln, ohne ihn zu sehen, ehe er sich vorbeugte und die Hände zwischen die Knie steckte. »Ich glaube«, sagte er, »daß die wahre Antwort Aufrichtigkeit lautet. Die Dame sollte nie vorgeben, ihn zu lieben, wenn es nicht so ist, und sie sollte niemals von einer Zukunft sprechen, es sei denn, sie wird dasein, um diese Zukunft mit dem Mann zu teilen, und sie sollte nie einen Kuß geben, wenn sie weiß, daß sie ihr Herz nie verschenken wird.«

»Also hör mal, Perry«, sagte Musetta mit einem Ausdruck des Unbehagens im Gesicht. Sie nahm ein grünes Samtkissen mit Fransen und begann, damit zu spielen.

»Ja«, sagte Rowan versonnen. »Sie sind auf dem richtigen Weg.«

»Vielleicht«, sagte Katrine und starrte Rowans Stiefel an, die auf Hochglanz poliert waren, »ist sie es dem Mann schuldig, ihn von seiner Pflicht ihr gegenüber zu entbinden, ihm die Gunst zu gewähren, frei zu entscheiden, wie und wo er lieben wird, ohne jede Verpflichtung.«

Rowan neigte den Kopf zur Seite. »Aber angenommen, ihm sind seine Bande lieber? Welches Opfer darf er für seine Liebe rechtens erwarten? Der Einsatz welcher Maßnahmen ist ihm gestattet, um seine Dame an seiner Seite zu haben?«

»Maßnahmen?« fragte Katrine, und Wachsamkeit stieg in ihren Augen auf und verscheuchte deren bisherige Apathie.

Alan, der den Blick gespannt auf Rowans Gesicht gerichtet hatte, zog die Stirn in Falten. »Wir gehen natürlich davon aus, daß die Dame dort zu sein wünscht, wo der Mann sie gern hätte?«

»Ja«, sagte Rowan, an Alan gewandt, »das wird natürlich immer vorausgesetzt.«

»Und die einzigen Hindernisse bestehen in materiellen Erwägungen oder ansonsten in selbstauferlegten Pflichten?« Auf Rowans Nicken hin fuhr Alan fort. »Nun, dann scheint mir, daß jedes Mittel im Rahmen dessen, was ein Kavalier darf, gerechtfertigt wäre.«

Rowan hob eine Hand und rieb sich das Kinn. »Der Rahmen dessen, was einem Kavalier gestattet ist; das könnte sich als ein unüberwindliches Hindernis darstellen.«

»Nicht«, sagte Alan schlicht, »für einen Mann mit Phantasie.«

Katrine saß lange da und sah Rowan aus Augen an, in denen der Schein des Feuers flackerte. Dann öffnete sie die Lippen, um zu sprechen, schloß sie wieder und setzte noch einmal an. »Falls du andeuten willst …«

Er schüttelte den Kopf, und das Licht tauchte in sein dichtes schwarzes Haar ein und spielte mit dessen Wellen. Sein Blick war so unschuldig wie der einer Taube, die noch nicht flügge ist, so lernbegierig wie der eines Mönchs, der Wunder auf die Probe stellte, als er sagte: »Ich wollte nur einen Punkt klarstellen, in dem es um die Ehre geht.«

Sie traute weder dem sanften Klang seiner Stimme noch seinem zärtlichen Lächeln. Beides hatte er schon eingesetzt, um ihre Abwehr einzureißen. Es war nur gut, dachte sie, wenn sie jetzt auf der Hut war.

Alans Stimme war etwas zu laut, als er sagte: »Wenn wir das geregelt hätten, möchte ich gern allgemein bekanntgeben, daß ich morgen früh endlich abreise.«

Perry würde ebenfalls abreisen, zumindest schien es so. Er unterbreitete die Neuigkeiten trotzig. Musetta nahm sie mit gesenkten Wimpern auf, die Schatten auf ihre Wangen warfen, und mit Röte unter ihrer dünnen Haut. Sie äußerte sich zwar nicht dazu, aber die Fransen des Samtkissens lösten sich in ihren Händen vom Bezug.

»Wenn wir noch weitere Turniere veranstalten«, sagte Lewis, »müßte das Haus direkt neu möbliert werden.«

»Es kann gut sein, daß nie mehr ein Turnier abgehalten wird, nachdem Giles jetzt nicht mehr unter uns ist«, sagte Musetta. Sie legte das Kissen neben sich, und Tränen sprudelten klar und durchsichtig in ihre Augen. Sie sah Perry an, als erwartete sie eine tröstliche Geste, doch er saß nur da und starrte seine Hände an.

»Vielleicht ist das auch gut so«, sagte Alan.

Niemand widersprach ihm.

Es schien, als sei die Party für das Turnier endlich überstanden. Die Gespräche schliefen ein, und es blieben nur noch Anspannung und Unbehagen. Katrine entschuldigte sich kurz darauf, um sich für die Nacht zurückzuziehen, und sie überließ es den anderen, es ihr nach Belieben nachzutun.

Rowan hatte sich noch nicht zu seinen Absichten geäußert, diesmal nicht. Dieses Wissen nahm sie mit sich, als sie auf die große geschwungene Haupttreppe am hinteren Ende der Eingangshalle zuging. Sie war nicht sicher, was das zu bedeuten hatte, ob er im Moment noch nicht die Absicht hatte abzureisen oder ob er sich bisher noch nicht entschlossen hatte, wann genau er aufbrechen würde.

Sie wußte, wie er sich zu diesem Thema geäußert hatte, aber die Lage war jetzt eine andere. Sie schwebte nicht länger in Gefahr, und sie konnte sich auch nicht mehr auf ihre Ehe berufen. Ein gutaussehender Mann, der im Haus blieb, mußte die Form von Klatsch wachrufen, die jede anständige Frau dringend vermeiden sollte. Sie war nicht sicher, wieviel Ehrbarkeit sie jetzt noch für sich beanspruchen konnte, aber sie glaubte, daß das für Rowan einen Unterschied machte.

Jemand folgte ihr aus dem Salon; sie hörte, wie die Tür aufging und wieder geschlossen wurde. Als Schritte von hinten nahten, blieb sie auf der zweiten Treppenstufe stehen und sah sich um.

Es war Lewis. Mit weit ausholenden Schritten kam er auf sie zu. Er hatte die Hände in die Taschen gesteckt, und auf seinem Gesicht stand ein versonnenes Stirnrunzeln.

Als er sah, daß sie sich umdrehte, sagte er: »Ich möchte einen Moment mit Ihnen sprechen, Madam Katrine, wenn Sie gestatten.« Er sagte kein weiteres Wort, bis er direkt unter ihr stand. Dann zog er verlegen die Schultern hoch, als er fortfuhr: »Es ist möglicherweise nicht der geeignetste Zeitpunkt, um auf dieses Thema zu sprechen zu kommen, aber für mich ist es von großer Wichtigkeit.«

»Falls es um Geld geht...« setzte sie an.

»Nun, ja, darum dreht es sich doch immer, oder nicht? Jedenfalls für manche von uns.« Sein Mund verzog sich selbstverächtlich. »Ich frage mich, ob Sie mir wohl meine Apanage für ein Jahr auf einmal vorstrecken würden, damit ich nach England zurückkehren und mich dort niederlassen kann. Wenn Sie das tun, kann ich Ihnen versichern, daß ich Ihnen ansonsten nicht mehr auf der Tasche liegen werde.«

Sie hatte alle möglichen Forderungen von ihm erwartet, von der inständigen Bitte, seine Spielschulden zu bezahlen, bis hin zu dem Ansinnen, ihm eine neue Kutsche zu kaufen, aber niemals das. »Sie wollen Arcadia verlassen?«

»Es geht weniger darum, daß ich fortgehen möchte, sondern eher darum, daß ich es vorziehe, auf mich selbst gestellt zu sein. Als ich hergekommen bin, hatte ich die Vorstellung, ich könnte mich Onkel Giles nützlich machen. Aber das wollte er nicht zulassen. Ich bin der festen Überzeugung, daß Brantley ihm davon abgeraten hat, weil er fürchtete, ich könnte ihn von seinem Platz verdrängen. Außerdem hat Onkel Giles mich zappeln lassen, weil er jemanden haben wollte, den er gegen Brantley ausspielen kann, wenn er sich seiner selbst zu sicher wird.«

»Das war mir nicht klar«, sagte Katrine, aber vielleicht hätte es ihr längst klar sein sollen.

»Das war nur eine unbedeutende Geschichte zwischen meinem Onkel und mir. Ich glaube, Onkel Giles hatte mich gern um sich; er hat sich über mich amüsiert. Darüber hinaus hatte er die lobenswerte, aber schwer zu verwirklichende Absicht, einen Gentleman aus mir zu machen.«

»Ich dachte, das seien Sie längst.«

»Wirklich? Wie nett von Ihnen. Aber meine Mutter war die Tochter eines Wollhändlers, verstehen Sie, nicht annähernd fein genug für Onkel Giles, als er Arcadia erst einmal gebaut hatte. Als mein Vater gestorben ist, ist sein Besitz an meinen älteren Bruder gefallen, und meine Mutter hat mich in der Erwartung hergeschickt, Onkel Giles könnte einem der wenigen männlichen Verwandten seines Familienzweigs etwas Gutes tun.«

Katrine sagte leise: »Und dabei bin ich Ihnen in die Quere gekommen, stimmt's?«

»Oh, Ihnen werfe ich nichts vor; es war ganz allein meine eigene Schuld. Müßiggang ist außerordentlich langweilig, und die Langeweile kehrt meine schlechtesten Seiten hervor. Ich bin im Grunde genommen kein netter Mensch.« Er unterbrach sich und fuhr dann ausdruckslos fort. »Onkel Giles hat mir das Geld für die Heimreise immer abgeschlagen, wenn ich ihn darum gebeten habe; ich dachte, Sie seien vielleicht entgegenkommender. Es scheint mir das beste ... wenn ich von hier verschwinde, ehe ich noch mehr Schaden anrichte, als ich ohnehin schon angerichtet habe.«

Katrine sah den Schmerz, der über Lewis' schmales Gesicht zuckte und augenblicklich wieder verschwunden war. Sie sagte: »Sie geben sich die Schuld an Charlottes Tod.«

Als er sie ansah, war sein Blick starr. »Sollte ich das

etwa nicht tun? Ich habe sie bloßgestellt. Aus Langeweile, Neid und reiner Gehässigkeit habe ich Brantley den Schlüssel gegeben, den er brauchte, um sie loszuwerden. So bin ich nun mal. Ich kann nicht dagegen an.«

Sie hatte in der letzten Zeit eine ganze Menge über die Qualen gelernt, die Selbstvorwürfe einem bereiteten. Sie sagte: »Falls Sie sich nach Beschäftigung sehnen, hier wird es jetzt viel Arbeit geben, nachdem Giles und Brantley nicht mehr da sind.«

Seine Augen wurden groß. »Ist das Ihr Ernst? Verspotten Sie mich auch nicht?«

»Ihnen muß nur klar sein, daß ich Ihnen nicht die alleinige Kontrolle überlasse.«

Eifer zeigte sich schlagartig in seinem Gesicht. »Ich wäre liebend gern nichts weiter als das Faktotum von Arcadia. Das heißt, wenn Sie sich dazu durchringen könnten, mir zu trauen.« Er schnitt eine Grimasse. »Zu all meinen anderen schlechten Eigenschaften kommt noch hinzu, daß ich eine Krämerseele habe. Aber ich bin nicht habgierig.«

»Eine kaufmännische Begabung würde sich bei einem Faktotum gar nicht schlecht machen«, sagte Katrine lächelnd. »Sie könnten es versuchen und sehen, ob es Ihnen liegt.«

Er nahm ihre Hand und küßte sie inbrünstig. »Das wird Ihnen nicht leid tun.«

Sie schüttelte den Kopf. »Doch, ich denke schon, daß es mir ab und zu leid tun wird. Schließlich sind wir beide nur Menschen, und es muß zwangsläufig zu Reibereien kommen, aber vielleicht können wir lernen zusammenzuarbeiten.«

Er sah sie scheu durch gesenkte Wimpern an. »Wenn Sie nicht hier sind, könnte es weniger Reibereien geben, als Sie glauben.«

»Weshalb sollte ich nicht hier sein?« fragte sie. Aber er hatte sich bereits verbeugt und ging wieder zum Salon.

Sie sah seinem Rücken noch einen Moment lang nach, ehe sie sich abwandte und die Stufen hinaufstieg. Sie bewegte sich langsam wie eine Frau, die zweimal so alt war wie sie. Sie hätte das Gefühl haben sollen, daß ein Teil der Last, sich um Arcadia und seine Bewohner zu kümmern, von ihr genommen worden war, weil sie Lewis herangezogen hatte. Statt dessen schien es ihr, als hätte sie sich die Last des Wohlergehens eines weiteren Menschen aufgebürdet.

Sie war in der Lage, diese Last zu tragen. Sie würde es lernen, sie würde sich durchsetzen, und Arcadia würde neue Blütezeiten erleben. Die einzige Frage war, um welchen Preis? Welchen Preis würde sie dafür zahlen müssen, die Schloßherrin und der Grundpfeiler von Giles' Träumen zu sein?

Sie wußte es, o ja, sie wußte es nur zu gut.

Der Preis war die Liebe.

Lewis sah das anders; soviel erkannte sie. Er verstand das nicht.

Wenn sie es gewünscht hätte und wenn sie weniger stolz gewesen wäre, hätte sie Rowan auf die Worte festnageln können, die er im Angesicht des Todes zu ihr gesagt hatte. Wie ähnlich es ihm doch gesehen hatte, den Versuch zu unternehmen, ihr diese Dinge in diesem Augenblick zu sagen, damit sie in ihren Ohren hallten, wenn das Leben aus ihr wich. Die Großzügigkeit dieses Impulses war genau das, was man von jemandem hätte erwarten können, der um ihretwegen schon soviel von sich gegeben hatte.

Sie würde diese Worte hüten wie einen Schatz und sie hoch in Ehren halten. Sie würde sich ihr Leben lang anhören, wie sie leise in ihren Ohren hallten, und wenn sie Glück hatte, würde sie sie als ein süßes, sanftes Klagelied hören, wenn sie in einem fernen Jahr endlich dem Ruf des Todes folgte.

Rowan mit seinen strengen Ehrbegriffen fühlte sich durch die Worte gebunden, die er ausgesprochen hatte. Sie hatte versucht, ihn aus dieser Verpflichtung zu befreien. Er hatte noch nicht akzeptiert, daß er frei war, glaubte sie, aber er würde es schon bald einsehen, und dann würde sie allein sein.

Delphia erwartete sie in ihrem Schlafzimmer. Die Zofe hatte Katrines Nachtgewänder bereitgelegt und saß jetzt da, um sie zu entkleiden und ihr das Haar zu lösen. Ihr Gesicht war verquollen vom Weinen, und ihre Augen waren rot. Sie hielt die Lider gesenkt, als sie aufstand und sich stumm und geschickt an ihre Pflichten machte.

In den wirren Stunden, seit Giles und Brantley gestorben waren, hatte sich alles überstürzt, und Katrine hatte kaum Zeit gehabt, mit Delphia zu reden. Sie war nicht sicher, wie sie sich der Kluft nähern sollte, die zwischen ihnen aufgeklafft war, aber sie konnte es nicht noch länger hinauszögern. Sie war diejenige, die den ersten Schritt tun mußte, denn es war unwahrscheinlich, daß Delphia etwas sagen würde. Ihr graute viel zu sehr vor den Konsequenzen.

»Ist alles in Ordnung mit dir?« fragte sie und richtete den Blick auf das verquollene Gesicht des Mädchens. Als sie ein bestätigendes Nicken sah, fuhr sie fort: »Wirst du denn in den Unterkünften gut behandelt?«

»Manche sagen furchtbare Dinge...« Delphia ließ den Satz mit erstickter Stimme abreißen und fuhr dann fort: »Aber das macht nichts.«

»Es tut mir leid, wenn du beschimpft wirst. Vielleicht kann ich Cato bitten, ein Wort für dich einzulegen?«

»Nein, nein! Es... es wird schon vorübergehen.«

Katrine schwieg einen Moment lang und gestattete Delphia, ihr das schwarze Kleid, das sie aufgeknöpft hatte, über den Kopf zu ziehen und zur Seite zu legen. Als die Zofe begann, ihre Reifröcke und Petticoats zu öffnen, sagte sie: »Ich verstehe, was dich in Versuchung gebracht hat, dich mit Brantley einzulassen, aber ich frage mich unwillkürlich, ob du ihn geliebt hast?«

Das Mädchen schluckte. »Ich habe mich geschmeichelt gefühlt und war stolz, als er sich mir zuwandte. Er hat mir so viele hübsche Dinge geschenkt und mir soviel versprochen. Er hat mir leid getan, weil er mit Madam Musetta verheiratet ist, die an niemanden außer sich selbst denkt.«

Katrine trat aus ihren Petticoats und schlüpfte in den Morgenmantel, den Delphia für sie bereithielt. Sie trat an den Frisiertisch, auf dem eine Öllampe brannte, und setzte sich. Mit ruhiger Stimme sagte sie: »Wußtest du denn, daß er vorhatte, mich – und Rowan – zu töten, als wir im Turm waren?«

Die elfenbeinerne Haarbürste, die Delphia gerade in die Hand genommen hatte, fiel klappernd auf den Fußboden. »O nein, Madam Katrine, gütiger Himmel, nein: Ich konnte es einfach nicht glauben, als ich gesehen habe, daß der Turm in Flammen stand. Ich bin fast verrückt geworden.«

»Und trotzdem hast du Brantley die Nachricht von Charlotte gegeben.«

»Er hat sie mir weggenommen. Das hat er wirklich getan. Ich wollte sie zu Ihnen bringen, weil ich glaubte, daß Master Rowan hier ist. Aber Master Brantley hat mich im Korridor abgefangen. Er hat mir damit gedroht, er würde sagen, ich hätte ihm von Anfang an geholfen, wenn ich mich beschwere – Master Giles das Arsen verabreicht und so weiter. Das war gelogen – aber ich konnte es Ihnen nicht sagen. Ich konnte es einfach nicht.«

»Ich muß eine schlechte Herrin gewesen sein, wenn du dich nicht darauf verlassen hast, daß ich dir traue.«

Delphia kniete sich hin, um die Bürste aufzuheben, und dann stand sie da, drehte sie in den Händen und starrte sie an. »Das war es nicht. Ich wollte nicht, daß Sie erfahren, was für ein Dummkopf ich gewesen bin. Ich habe mich von ihm ausnutzen lassen. Ich war so dumm zu glauben, daß er mich liebt, weil er es mir gesagt hat. Ich wollte nicht, daß Sie so schlecht über mich denken.«

»Und deshalb ist Charlotte gestorben.« Die Kritik ließ sich nicht aus Katrines Stimme verbannen.

»Ich hatte keine Ahnung, was er vorhatte, und ich hätte im Traum nicht geglaubt, was er getan hat. Ich dachte, dieser junge Mann, Master Rowans Bruder, hätte sich umgebracht, weil Madam Musetta so herzlos ist. Ich wußte nicht, was in Wirklichkeit vorgefallen ist.«

»Das mag sein, aber wie konntest du dich auf Giles' Seite schlagen und mich nicht aus dem Turm lassen – nach all den Jahren, die wir zusammen verbracht haben?« Katrine stellte fest, daß das der Punkt war, der sie am tiefsten verletzte.

»Sie hätten ohne mich aus dem Turm rauskommen können, das weiß ich ganz genau. Später haben Sie es ja dann auch getan.« Delphia wirkte nicht nur aufgelöst, sondern auch verwundert.

»Aber indem du Giles geholfen hast, hast du entschieden, ich sollte ihm ein Kind gebären.«

Delphia schüttelte den Kopf. »Ich hatte dabei nicht das Baby im Sinn, sondern den Mann. Ich habe Master Rowan beobachtet, und es schien mir, als sei er anders. Ich dachte, er hätte Liebe in sich, die Liebe, die Sie brauchten.«

»Du hättest nicht für mich entscheiden sollen«, sagte Katrine mit gedämpfter Stimme und wandte den Kopf ab.

Tränen stiegen in die Augen der Zofe auf, und sie schluchzte erstickt. »Ich habe mich selbst in den Männern getäuscht; ich weiß nicht, was mich auf den Gedanken gebracht hat, ich könnte für Sie entscheiden. Wenn ich mich geirrt habe, dann tut es mir leid. Trotzdem muß ich wissen, was Sie mit mir anfangen werden. Werden Sie mich ... fortschicken? Oder werden Sie mich mitnehmen, wenn Sie fortgehen?«

»Fortgehen? Weshalb sollte ich fortgehen?« sagte Katrine gereizt.

Delphia sah sie verwundert und betrübt an, ehe sie den Kopf schüttelte. »Aber warum sollten Sie denn bleiben, Madam Katrine?«

Auf diese Frage gab es keine einfache Antwort, und Katrine brachte nicht die Energie auf, die schwierige Antwort zu erklären. Statt dessen versuchte sie, Delphia zu versichern, daß sie sie weder dem Sheriff noch dem Auspeitscher übergeben würde.

Delphia war frei von jeder Böswilligkeit; sie war in etwas hineingeraten, was ihr aus den Händen geglitten war und ihren Erfahrungshorizont überschritt. Brantley hatte sie für seine Zwecke an der Nase herumgeführt und manipuliert und sie dazu benutzt, seinem übel mitgenommenen Selbstbewußtsein Auftrieb zu geben. Die Narben dieser Irreführung würden niemals heilen, und sie würde immer mit ihrem Teil der Schuld an den Todesfällen auf Arcadia leben müssen. Das genügte als Strafe vollauf.

Sie redeten noch ein Weilchen miteinander, und dann schickte Katrine das Mädchen fort. Sie hatte sich heute schon genug Sorgen um andere Leute gemacht und sich genug Fragen über andere gestellt. Jetzt wollte sie nur noch ihre Ruhe haben.

Die sollte sie jedoch nicht bekommen. Eine Endlosfolge aus eigenen Gedanken und Worten und Formulierungen, an die sie sich nur zu gut erinnerte, spulte sich unermüdlich in ihrem Kopf ab und verfolgte sie.

Warum sollten Sie bleiben?

– wenn Sie nicht mehr hier sind –

– was eine Frau ihrem Mann schuldig ist –

Wenn keine Liebe da ist ...

Ich liebe dich auf meine Art ...

Die letzten Worte stammten von Giles. Es schien ihr fast, als sie jetzt den Kopf auf die Hand gestützt hatte, die auf dem Frisiertisch lehnte, daß sie von ihrem Mann auf eine Art ausgenutzt worden war, die sich nicht allzu sehr davon unterschied, wie Delphia sich von Brantley hatte ausnutzen lassen. Giles hatte sie nicht etwa aus Liebe geheiratet oder weil er mit ihr zusammenleben wollte, sondern um eine inzestuöse Leidenschaft zu tarnen und ihr ein Kind zeugen zu lassen, mit dem er sich selbst erhöhen, aber auch dem Tod trotzen und die teuflischen Pläne seines Schwagers vereiteln wollte. Er mußte doch bestimmt nach dem Unfall mit der Kutsche gewußt haben, daß ihr Leben in Gefahr schwebte, und doch hatte er sie nicht gewarnt und nichts zu ihrem Schutz unternommen. Statt dessen hatte er seine Pläne mit größerer Eile vorangetrieben, um ihr einen Vater für das Kind aufzuzwingen, das er haben wollte. Er hatte ihr mit einer erniedrigenden aufgezwungenen Schwangerschaft gedroht, und er hatte sie betäubt und sie auf Gedeih und Verderb einem Mann ausgeliefert, der sie, soweit er wußte, ohne jede Freundlichkeit und ohne jedes Mitgefühl hätte nehmen können. Und schließlich hatte er dann mit der Last von Reichtümern und Verpflichtungen versucht, sie noch im Tod an sich und seinen Namen zu binden.

Was zählten seine Reue oder die Tatsache, daß er gestorben war, um ihr das Leben zu retten, im Vergleich zu diesen Dingen?

Aber hatte er wirklich versucht, sie zu retten, oder war er nur darauf aus gewesen, sich für Dinge zu rächen, die ihm selbst angetan worden waren? Das ließ sich unmöglich sagen.

Was ist die angebetete Dame dem Mann schuldig, der ihr seine Liebe und seinen Schutz gelobt hat?

Welche Mittel darf der Ritter einsetzen ...?

War es etwa möglich, daß sie sich in Rowan getäuscht

hatte? Wie hätte das sein können? Und doch war dieser Mann nicht leicht zu durchschauen. Die verschlungenen Pfade seiner Argumentation ließen viel Raum für Zweifel, ebenso wie die ständige Anwendung seiner übertriebenen Ehrbegriffe. Seine Rüstung zu Beginn der Reise hatte darin bestanden, Gerechtigkeit für seinen Bruder erwirken zu wollen, aber auch in den vielseitigen und herausfordernden Erfahrungen seines Nomadendaseins. Am Anfang hatte seine Verachtung gestanden, und dann hatte er sie schließlich begehrt, aber dazwischen hatte es wenig genug gegeben, woraus sie jetzt Trost oder Hoffnung hätte schöpfen können. Und doch ... In ihrer Erinnerung bewahrte sie noch die große Lockung von Worten, die voller Sehnsucht, voller Verlangen, voller Verheißung und in der Erfüllung gesagt worden waren.

Katrine stand von ihrem Frisiertisch auf und blies die Lampe aus. Sie blieb lange im Dunkeln stehen und kämpfte gegen den Drang an, aus dem Zimmer zu stürzen, durch den Gang zu laufen und sich in Rowans Schlafzimmer zu begeben. Was hätte sie zu ihm sagen sollen, wenn sie dort war? Sie hatte keine Ahnung, aber es schien ihr, als sei alles besser, als die nagenden Zweifel in ihrem Kopf zu ertragen.

Angenommen, ihm sind seine Bande lieber?

Fast ohne eigenen willentlichen Antrieb setzte sie sich in Bewegung, lief durch das dunkle Zimmer zur Korridortür, öffnete sie und trat in den langen, finsteren Gang hinaus. So lautlos wie ein Geist bewegte sie sich durch den Korridor, und das Nachthemd umwogte sie von dem Perlenbesatz zwischen ihren Brüsten aus; ihr Haar wurde hochgehoben und schwebte hinter ihr her. An der Tür des Schlafzimmers am Ende des Ganges, dem, das man Rowan zugewiesen hatte, hob sie eine Hand und klopfte an.

Sie bekam keine Antwort und biß sich auf die Lippen. Dann packte sie mit plötzlicher Entschlossenheit den silbernen Türknauf und drehte ihn um.

Er war nicht da. Alles war still und dunkel. Das Bett war leer. Die Füße der Lampen, die herumstanden, waren kühl; es war eine ganze Weile her, seit jemand in diesem Zimmer gewesen war.

Katrine ging zum Kleiderschrank und riß die Tür auf. Als sie hineingriff, fand ihre suchende Hand nur Leere vor. Seine Kleidungsstücke waren bis auf das letzte Leinenhemd und das letzte Paar Stiefel ausgeräumt worden.

Er war fort. Er war gegangen, ohne sich von ihr zu verabschieden. Vielleicht hatte er aber auch die Worte, mit denen sie ihn freigegeben hatte, als Abschiedsworte angesehen. So oder so würde sie ihn nie wiedersehen, nie mehr von der Wärme seines Lächelns eingehüllt werden, nie mehr seine Arme um sich spüren oder beobachten, wie seine Augen tiefer und dunkler wurden, ehe er seine Lippen auf ihren Mund preßte.

Genau das hatte sie natürlich beabsichtigt. Sie hatte gewußt, daß es so kommen mußte. Ihr war nur nicht klar gewesen, wie sie sich danach fühlen würde – als hätte jemand ihr die Hälfte ihres Herzens aus dem Leib gerissen, als hätte man ihr Gehirn mit rasiermesserscharfen Klauen zerkratzt, als steckte ihre Brust in einem Schraubstock. Es war qualvoll zu atmen, zu denken, zu fühlen. Sie stand da, hatte sich die Hände auf den Mund geschlagen und bebte unkontrollierbar, während Tränen aus ihren Augen rannen.

Die Tür hinter ihr öffnete sich. Sie wollte sich gerade umdrehen, obwohl ihre Sicht so verschleiert war, daß sie ohnehin nichts sehen konnte. Die große Gestalt eines Mannes zeichnete sich in dem schwachen Licht als Silhouette ab, und dann verschwand das Bild, als die Tür sich schloß.

Sie blinzelte mehrfach schnell hintereinander und ließ die Hände sinken. Sie war sich nicht sicher, was oder wen sie gesehen hatte. Die Gestalt in der Tür war so breitschultrig und so großgewachsen gewesen. War es Rowan? War er wieder fortgegangen, weil er das Zimmer, in dem kein Licht brannte, für leer gehalten hatte? Wenn nicht, wenn er statt dessen eingetreten war, warum sagte er dann kein Wort?

Sie teilte die Lippen und lauschte. Gleich würde sie selbst etwas sagen, sowie sie glaubte, auch nur einen Laut durch ihre zugeschnürte Kehle zwängen zu können.

Sie nahm eine Bewegung wahr, ein Flattern, und dann wurde sie von dickem, weichem Stoff eingehüllt. Er schlang sich um ihren Kopf und ihre Schultern und hielt ihre Arme an ihren Seiten fest. Als sie schockiert und entrüstet Luft holte, atmete sie winzige Samtfasern ein. Sie verschluckte sich, und der Husten blieb in ihrer Kehle stecken und wurde zu einem schmerzhaften Krampf.

Sie spürte, daß sie hochgehoben und an eine Brust gepreßt wurde, die sich wie behauener Stein anfühlte. Dort war sie eingezwängt, und der Husten wütete in ihr, als sie mit schnellen, federnden Schritten fortgetragen wurde. Sie wußte, wann sie in den Gang traten, weil ein schwacher Lichtschein durch den dicken Stoff fiel. Dann hörte sie das warnende Quietschen der Tür, die am Ende des Korridors auf den Balkon führte.

Sie schrie auf, ein erstickter Laut, der sogar in ihren eigenen Ohren gedämpft klang. Sie versuchte, um sich zu treten, doch ihr Entführer hielt sie daraufhin nur mühelos noch fester, so fest, daß es schmerzhaft war. Eine noch dichtere Dunkelheit schloß sich um sie herum. Sie hörte die Geräusche von Zirpfröschen und spürte die Frische der kühleren Luft auf ihren Füßen und auf ihren Knöcheln. Sie war im Freien.

Sie holte Luft, um wieder zu schreien. In dem Moment

spürte sie, wie sie ins Leere gestoßen wurde, spürte, wie die Arme, die sie getragen hatten, sie hochhoben und sie dann gleich noch einmal hochhoben. Dann wurde sie fallen gelassen.

Der Schrei, der sich ihrer Kehle entrang, war rauh vor Entsetzen. Sie stürzte und stürzte, sie wurde tiefer und immer tiefer in das Dunkel geschleudert, und der Stoff, der sie einhüllte, flatterte um sie herum. Ihr Verstand und ihr Körper schreckten vor dem Moment zurück, in dem sie auf den Boden auftreffen würde.

Sie wurde in der Luft aufgefangen, von Armen, die so zäh wie Peitschenschnüre waren, wurde schwindelerregend herumgewirbelt und festgehalten. Ein leiser und unmißverständlicher Fluch drang in ihr Ohr.

Rowan.

Die Kapuze, die ihr Gesicht bedeckte, fiel herunter. Über sich sah sie Omar, der sich vom Balkon schwang und sich dabei auf die quietschenden Schnitzereien stützte, seine kräftigen Beine um die Säule schlang und wie ein Riesenaffe, den Katrine einmal in einem Wälzer über die Wildnis auf dem afrikanischen Kontinent gesehen hatte, daran herunterrutschte.

»Was tust du da?« fragte sie die dunkle Gestalt, die sie festhielt, in einem heiseren und doch würdevollen Tonfall.

Sie bekam keine Antwort. In dem Moment, in dem Omars Füße den Boden berührten, rannte Rowan los. Eine Kutsche stand auf der Einfahrt bereit und wartete. Omar riß die Tür auf und trat zurück. Rowan warf Katrine in die Kutsche, sprang gleich nach ihr hinein und knallte die Tür hinter sich zu. Ehe sie sich auf dem Sitz aufrichten konnte, rollten sie schon fort, ließen Arcadia hinter sich und schlugen den Weg nach St. Francisville ein.

Es war eine reine Reflexhandlung, zur Tür zu stürzen; sie wagte kaum zu hoffen, daß ihr Erfolg beschieden sein könnte. Er war ihr nicht beschieden.

Rowan hielt ihren Arm fest und riß sie zurück, preßte sie auf den Sitz und grub dabei seine Finger fest in ihre Oberarme. »Was hast du vor?« fragte er schnarrend vor Wut. »Willst du dich umbringen?«

»Das kannst du nicht machen«, sagte Katrine durch zusammengebissene Zähne.

Es dauerte einen Moment, bis er antwortete, und dann war seine Stimme ruhig. »Es ist bereits geschehen.«

»Wohin gehst du? Wohin bringst du mich?« In ihrem Innern herrschte ein wüster Aufruhr aus Wut und Hoffnung, zu der noch Reste von Furcht hinzukamen, und sie wußte kaum, was sie eigentlich sagte.

»Fürs erste zum Dampfschiff nach New Orleans, und dann bringe ich dich möglicherweise ins Haus meiner Mutter in New Orleans. Und anschließend an jeden Ort auf den weitesten Ausläufern der Erde, an dem man sich nicht daran stört, wenn ich eine Frau gegen ihren Willen bei mir behalte.«

»Ich… ich habe nichts zum Anziehen«, sagte sie mit zugeschnürter Kehle.

»Ein Koffer, den Delphia für dich gepackt hat, ist hinten auf der Kutsche festgeschnallt. Sie sitzt mit Omar auf dem Kutschbock.«

»Ich werde dem Kapitän des Schiffs sagen, daß du mich entführst.« Die Worte kamen peinlich zögernd heraus.

»Wenn du mich dazu zwingst, kann ich dir gewaltsam eine Flasche Whiskey einflößen, ehe wir dort ankommen. Der Kapitän wird sofort alles verstehen, wenn ich ihm sage, daß du an Wahnvorstellungen leidest.«

Sie starrte ihn in der Dunkelheit an. Ihre Stimme war kaum mehr als ein Flüstern, als sie sagte: »Das tätest du nicht.«

»Glaubst du etwa, ich werde dich von deinen Liebesschwüren entbinden, wie du mich von meinen entbunden hast? So entgegenkommend bin ich nicht. Ich will dich so sehr, wie ich nie etwas anderes in meinem ganzen Leben gewollt habe. Du bist mein Zuhause, meine Herdstelle, mein ein und alles. In dir habe ich meinen Gral, mein Vlies, meine süße Erlösung und meine goldene Herrlichkeit gefunden. Um den Seelenfrieden zu finden, den du mir gibst, bin ich über zahllose wogende Meere gereist und habe Tausende von Städten besucht, die von Ungeziefer verseucht sind. In diesen Wochen habe ich nach dir gelechzt und meine Eingeweide bei dem Versuch verknotet, das immense Verlangen zu unterdrücken, den Kopf deines Mannes verschrumpelt und zahnlos wie eine afrikanische Trophäe auf einem Tablett zu servieren. Wenn du glaubst, daß ich dich jetzt bloß wegen irgendwelcher Skrupel verliere, die dich an einen Toten binden, dann kennst du mich nicht.«

Die Erleichterung und die Freude setzten irgendwo tief in ihrem Innern ein und breiteten sich nach oben aus. Versonnen und grüblerisch sagte sie: »Ich glaube, ich ziehe es vor – wie war das noch mal? –, der süße Apfel deiner Seele zu sein. Und möglicherweise auch deine Frau.«

»Wann heiratest du mich?« fragte er, und sein fester Griff lockerte sich nur eine Spur.

»Woher soll ich das wissen? Wie du schon sagtest, kenne ich dich kaum.«

»Aber du wirst mich noch kennenlernen, ganz und gar und für immer.« Seine Stimme war ruhiger und doch voller Gewißheit, als er hinzufügte: »Das war ein Versprechen.«

Der Klang dieser Verheißung rauschte schnell und tief in ihrem Innern und verbannte Zweifel, beschwichtigte Ängste. Mit einer sanften Strömung erreichte er ihr Herz, das vor süßer Freude höher schlug. Sie ließ ihre Hände zwischen ihnen nach oben gleiten und schloß ihre Finger um das Revers seines Fracks, um ihn festzuhalten.

Ihre Lippen verzogen sich zu einem Lächeln. Es war

auch aus ihrer Stimme herauszuhören, als sie ihrerseits jetzt auf der glatten Oberfläche seines Mundes murmelte: »Wann?«

Die Kutsche wiegte sie beide und ließ sie aufeinanderfallen, und der Rhythmus beschleunigte sich, als sie unbehindert nach St. Francisville rollten. Rowan streichelte ihr Gesicht und strich ihr mit einer Hand über den Rücken. Er preßte sie an sich, schmiegte sie von Kopf bis Fuß an seinen Körper und lehnte sich auf dem Sitz in eine Ecke zurück.

»Am besten fangen wir gleich damit an«, sagte er.